GEORGE ORWELL

A FILHA DO REVERENDO

PÉ da letra

www.editorapedaletra.com.br
(11) 3733-0404 / 3687-7198

Projeto gráfico: **Quatria Comunicação**

Equipe editorial
André Cerino — Capa
Felipe Fiuza — Diagramação
Sandro Ribeiro e Thaís Coimbra — Revisão

Tradução integral da obra *A Filha do Reverendo*, de George Orwell
Título original: *A Clergyman's Daughter*

Dados Internacionais de Catalogação na Publicação (CIP)
Angélica Ilacqua CRB-8/7057

Orwell, George, 1903-1950
A filha do reverendo / George Orwell ; tradução de Livia Bono.
-- Brasil : Pé da Letra, 2021.
360 p. ; 13.5 x 20 cm

ISBN 978-65-5888-190-2
Título original: A Clergyman's Daughter

1. Ficção inglesa I. Título II. Bono, Livia

21-2007 CDD 823

Índices para catálogo sistemático:

1. Ficção inglesa

Colheita de lúpulo na década de 30

NATIONAL UNION OF JOURNALISTS

7 John Street, Bedford Row, London, W.C.1

'Phone :
HOLborn 2258

Telegrams :
Natujay Holb, London

This is to certify that

Mr. GEORGE ORWELL

of The Tribune

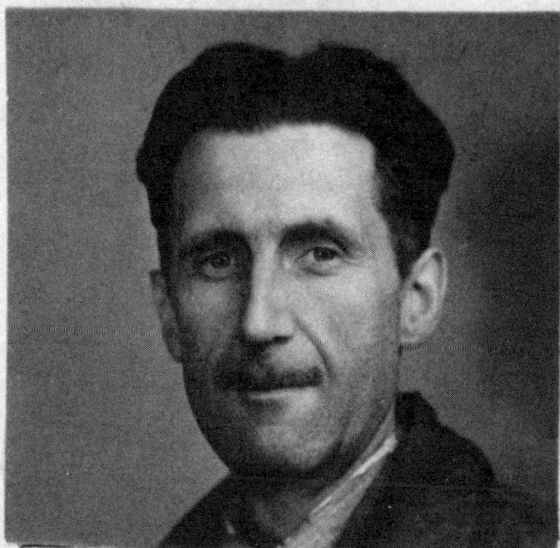

is a member of the T. & P.
Branch of the National Union of Journalists.

Leslie R. Aldous Branch Sec.

(Address) 66. Priory Gdns. N.6.

Member's Sig.

REPRODUÇÃO DO ANTIGO CREDENCIAMENTO DE GEORGE ORWELL NO NATIONAL UNION OF JOURNALISTS, 29 DE DEZEMBRO DE 1943

APRESENTAÇÃO

Escrito em 1935, *A Filha do Reverendo* é um romance renegado por George Orwell, o consagrado autor de *1984* e *A Revolução dos Bichos*. Orwell teria deixado recomendações para que não tornasse a ser publicado após sua morte. Não adiantou. O livro continua fazendo sucesso no mundo todo.

Anos 30, interior da Inglaterra, cidade de dois mil habitantes. Dorothy é uma moça muito educada, submissa, zelosa e extremamente trabalhadora. Ela tem 28 anos e é filha única de um pastor turrão, egoísta e insensível, afundado em dívidas.

Todos os dias Dorothy roda a cidade em sua velha bicicleta e visita os paroquianos. Cuida dos doentes e idosos e dá assistência às crianças e também ao Clube das Mães.

O pai pastor explora Dorothy e é muito severo. Ela tem muita fé e nenhuma revolta. Dorothy parecia incansável. Mas não era. Tem uma síncope e perde a memória. É vítima de uma mexeriqueira que inventa uma história absurda, que ganha proporções incríveis e vai parar em jornais sensacionalistas.

Sem saber da própria identidade, Dorothy passa dias entre vagabundos, trabalha em regime de semiescravidão colhendo lúpulo, vive como mendiga e vai até parar na cadeia. Tudo isso é apenas o começo dos dias de caos.

CAPÍTULO UM

1

Quando o despertador sobre o criado-mudo estourou como uma bomba e espalhou o som irritante parecido com um sino de bronze, Dorothy saiu das profundezas de algum sonho complicado e inquieto. Acordou assustada e continuou deitada de costas, exausta, com olhar perdido na escuridão.

O despertador continuou seu chamado incômodo, que poderia durar até cinco minutos ou mais, se alguém não o parasse. Dorothy estava dolorida da cabeça aos pés, e uma enganosa e desprezível autocomiseração, que usualmente se apoderava dela todas as manhãs na hora de saltar da cama, obrigou-a a enfiar a cabeça sob os lençóis e tentar abafar o barulho detestável. Mas lutou contra o cansaço e, como de costume, começou a se exortar: "Vamos, Dorothy! Levanta! Nada de preguiça, por favor! Provérbios, 6:9".

Percebeu que, se o despertador continuasse a tocar, acabaria por acordar seu pai e, num movimento rápido, pulou da cama, apanhou o relógio na cômoda e desligou o alarme. Costumava deixar o relógio longe, justamente para ser obrigada a sair da cama. Ainda no escuro, ajoelhou-se ao lado da cama e repetiu o padre-nosso, pronunciando mal as palavras. Sentia os pés enregelados.

Eram exatamente cinco e meia e fazia muito frio para uma manhã de agosto. Dorothy vestiu o surrado roupão de flanela e, tateando, desceu a escada.

Dorothy Hare era filha única do reverendo Charles Hare, pastor da igreja de St. Athelstan, Knype Hill, em Suffolk. O ar gelado da manhã estava impregnado do cheiro de poeira em suspensão, de gesso úmido e de peixe frito do jantar da véspera, e, de ambos os lados do corredor do segundo andar, ela podia ouvir o ronco barulhento de seu pai e de Ellen, empregada doméstica que fazia todo trabalho. Dorothy entrou na cozinha se desviando da mesa, para não bater os quadris nas quinas. Acendeu a vela sobre a pedra da lareira e, arrastando ainda seu cansaço matutino, ajoelhou-se para retirar as cinzas do fogão.

Acender o fogo era como enfrentar um bicho indomável. A chaminé era torta e, por isso, vivia quase sempre entupida, e o fogo, antes de acender, esperava receber sua dose de uma xícara de querosene, como o bêbado espera seu gole matinal de gim.

Depois que pôs para ferver a água para a barba do pai, Dorothy tornou a subir e preparou o banho. Ellen continuava dormindo, com aqueles pesados roncos da juventude. Uma vez acordada, era uma trabalhadora incansável, mas pertencia àquela categoria de moças a quem nem o demônio com todos os seus diabinhos reunidos consegue a arrancar da cama antes das sete da manhã.

Dorothy encheu a banheira o mais lentamente possível, pois o som da água ao cair com força da torneira acordava sempre seu pai. Ficou um momento contemplando a pálida e pouco convidativa superfície da água. Estava com o corpo todo arrepiado. Detestava banhos frios e por isso mesmo se impusera, como hábito, a obrigação de se lavar sempre em água fria, de abril a novembro.

Depois de enfiar uma mão exploratória na água, que achou horrivelmente gelada, se estimulou com as exortações habituais: "Vamos, Dorothy! Para dentro! Não seja covarde!". Então, enfiou-se decidida na banheira, sentou-se e deixou o cinturão gelado de água deslizar-lhe corpo acima, cobrindo-o por inteiro, exceto os cabelos, torcidos atrás da cabeça. Imediatamente voltou à tona, ofegando e tremendo de frio, e tão logo recuperou o fôlego, lembrou-se de seu caderninho de anotações, que ao descer deixara no bolso do roupão e pretendia ler. Estendeu o braço, apanhou-o e, recostando-se num lado da banheira, metade do corpo mergulhado na água gelada, releu-o à luz da vela sobre a cadeira.

7 horas: Comunhão.
Bebê Sra. T? Visitar.
Café da manhã: Bacon. Tenho de pedir dinheiro a papai. (P).
Perguntar a Ellen de que material preciso para tônico.
N.B. Ver tecidos para cortinas na loja Solepipe.
Visitar Sra. P., recorte do Daily M., chá de angélica bom para reumatismo. Emplastro para calos à Sra. L.

12 h: Ensaio Charles I.
N.B. Encomendar 1/2 libra de cola e uma lata de tinta de alumínio.
Jantar (riscado) Almoço...?
Distribuir revista paroquial.
N.B. Sra. F. deve três xelins e seis centavos.

16h30min: Chá na Associação das Mães. Não esquecer dois metros e meio de pano de cortina.
Flores para a igreja.
N.B. 1 lata de Brasso.
Ceia. Ovos mexidos.
Datilografar sermão papai. Que se passa com a nova fita de máquina?
N.B. Limpar ervas daninhas entre as ervilhas.

Dorothy saiu do banho e, enquanto se enxugava com uma toalha pouco maior do que um guardanapo (na casa paroquial nunca puderam ter toalhas de um tamanho decente), o cabelo desprendeu-se e caiu-lhe aos ombros em duas pesadas madeixas. Era um cabelo espesso, macio e extraordinariamente claro, e talvez o pai tivesse feito bem em proibi-la de o cortar, pois era a única coisa positivamente bela que havia na moça.

Dorothy era de estatura mediana, mais para esguia, embora forte e benfeita. Seu ponto fraco era o rosto: magro, pálido e inexpressivo. Tinha olhos claros e o nariz um tanto comprido. Observando-lhe o rosto de perto, dava para se ver pés de galinha em torno dos olhos; a boca, quando em repouso, dava-lhe um ar de cansaço. Não que seu rosto fosse o de uma solteirona, mas certamente o seria dentro de mais alguns anos. Ainda assim, as pessoas que não conheciam Dorothy a consideravam bem mais jovem do que de fato era (não chegara ainda aos 28), por causa da expressão de seriedade quase infantil em seu olhar. O antebraço esquerdo era salpicado de pontinhos vermelhos, como picadas de inseto.

Dorothy vestiu de novo a camisola e escovou os dentes — só com água. Achava melhor não usar pasta de dentes antes da comunhão. Afinal, ou se jejua ou não se jejua. Os católicos têm, a esse respeito, toda a razão — e, nesse instante, ela vacilou e deteve-se bruscamente. Soltou a escova de dentes. Uma dor mortal, uma autêntica dor física, sacudira-lhe as entranhas.

O terrível choque fora porque ela se lembrara da conta do açougueiro Cargill, já vencida há sete meses. Essa medonha conta, de umas dezenove ou talvez vinte libras, e sem a mais remota esperança de pagá-la, era um dos principais tormentos de sua vida. A qualquer hora do dia ou da noite, ali estava espiando-a desde um recanto de sua mente, pronta a assaltá-la, a martirizá-la; e, com a lembrança dessa dívida, veio a de outras menos vultosas, cujo total não se atrevia sequer a avaliar.

Quase involuntariamente começou a rezar: "Por favor, meu Deus, faça com que Cargill não nos mande outra vez a conta hoje!". Mas logo percebeu que essa prece era profana e blasfema, e pediu perdão por ela. Depois, vestiu o roupão e desceu correndo até a cozinha, com a esperança de esquecer a conta.

Para variar, o fogo se apagara. Dorothy reacendeu sujando as mãos no pó de carvão, borrifou-o de novo com querosene e esperou ansiosamente que a chaleira fervesse. Seu pai contava com a água para se barbear pronta às seis e quinze. Com apenas sete minutos de atraso, Dorothy subiu com a lata e bateu à porta do quarto dele.

— Entre, entre! — disse uma voz abafada, em tom irritado.

O quarto, protegido por pesadas cortinas, estava abafado, impregnado de cheiro masculino. O pastor acendera a vela na mesinha de cabeceira e estava deitado de lado, olhando o relógio de ouro, que acabara de extrair de sob o travesseiro. Seus cabelos eram brancos e espessos como lanugem de cardo. Sem se mexer, dirigiu um olhar sombrio e irritado à filha.

— Bom dia, pai.

— Eu só queria, Dorothy – disse o pastor, em tom indefinido (sua voz soava sempre abafada e senil, enquanto não punha a dentadura) —, que você se esforçasse um pouco para arrancar Ellen da cama pela manhã. Ou, então, procure você mesma ser mais pontual.

— Lamento, pai. O fogo está sempre apagando.

— Muito bem! Ponha a água na penteadeira. Deixe-a aí e abra as cortinas.

Era uma manhã opaca e nublada. Dorothy voltou depressa ao seu quarto e vestiu-se com a rapidez que julgava necessária em seis das sete manhãs. No quarto havia apenas um minúsculo espelho retangular, e o usou. Limitou-se a pendurar sua cruz de ouro no pescoço — uma simples cruz de ouro; nada de crucifixos, por favor! —, recolheu o cabelo num coque e prendeu-o com grampos, um tanto displicentemente, na nuca, e enfiou a roupa em menos de três minutos: um jérsei cinza, jaqueta e saia surradas de *tweed* irlandês, meias que não combinavam grande coisa com a jaqueta e a saia, e sapatos marrons muito gastos. Tinha que arrumar a sala de jantar e o escritório do pai antes de ir à igreja, além de dizer suas orações em preparação para a Sagrada Comunhão, o que lhe levava não menos de vinte minutos.

Quando saiu de bicicleta pelo portão da frente, a manhã ainda continuava encoberta e a grama encharcada de orvalho.

Através da neblina que cobria as encostas da colina, a igreja de St. Athelstan divisava-se tenuemente, como uma esfinge cinzenta, batendo um melancólico som. Só um dos sinos estava agora em uso ativo; os outros sete tinham sido retirados de suas caixas e naqueles três últimos anos permaneceriam mudos no chão do campanário, rachando-o lentamente sob o seu peso. A distância, através da cortina de névoa, podia-se ouvir o estrépito agressivo do sino da igreja católica — detestável e vulgar objeto metálico que o pastor de St. Athelstan costumava comparar com a sineta de um vendedor ambulante.

Dorothy montou na bicicleta e, inclinada sobre o guidão, pedalou velozmente colina acima. O dorso de seu afilado nariz avermelhou-se com o frio da manhã. Um passarinho piou acima de sua cabeça, invisível no céu nublado. "De manhã cedo meu canto se elevará a Ti". Dorothy encostou a bicicleta no portão do adro e, vendo as mãos ainda sujas de carvão, ajoelhou-se e esfregou-as na grama alta e úmida que crescia entre os túmulos. O sino emudeceu. Ela pôs-se de pé num salto e estugou o passo rumo à igreja, onde Proggett, o sacristão, enfiado numa sotaina esfarrapada e calçando enormes botas de camponês, já subia pesadamente a nave para ocupar seu posto no altar lateral.

A igreja estava muito fria, cheirava a cera de vela e a poeira antiga. Era uma igreja ampla, grande demais para a sua congregação, além de arruinada e mais da metade vazia. Uns bancos, agrupados em três ilhotas, ocupavam escassamente a metade anterior da nave central e, depois deles, havia grandes espaços vazios de chão de pedra, no qual algumas inscrições apagadas marcavam os lugares de antigas sepulturas. Acima do coro, o teto estava cedendo visivelmente; ao lado da caixa de esmolas da igreja, dois fragmentos de viga carcomida explicavam silenciosamente que os estragos eram causados pelo inimigo mortal da cristandade, o voraz cupim. A luz pálida filtrava-se pelos anêmicos vidros das janelas. Através da porta sul aberta podia-se ver um cipreste quase sem folhas e os galhos de uma tília, acinzentada no ar sem sol e balouçando languidamente.

Como de costume, só havia uma outra pessoa para comungar: a velha Srta. Mayfill, de The Grange. A assistência de fiéis à Sagrada Comunhão era tão escassa que o pastor não podia sequer contar com rapazes que o auxiliassem, exceto nas manhãs de domingo, quando a garotada gostava de exibir-se diante da congregação em suas sotainas e sobrepelizes. Dorothy entrou no banco atrás da Srta. Mayfill, afastou para um lado a almofada e ajoelhou-se nas pedras nuas, em penitência por algum pecado recente. O serviço estava começando. O pastor, de batina e sobrepeliz curta de linho, recitava as orações com a rapidez de sempre, numa voz bem clara, agora que tinha posto a dentadura, embora curiosamente inexpressiva. No rosto envelhecido, entediado e pálido como uma moeda de prata, havia uma expressão de indiferença, quase de desdém. "Este é um sacramento válido", parecia estar dizendo, "e é meu dever administrá-lo. Mas não esqueça que sou apenas seu pastor, não o seu amigo. Como ser humano, não gosto de vocês e os desprezo".

Proggett, o sacristão, homem de uns quarenta anos, de cabelos encaracolados e grisalhos, o rosto vermelho e atormentado, mantinha-se pacientemente junto dele, sem entender, mas reverente, tocando a sineta da comunhão, que se perdia em suas imensas e vermelhas mãos.

Dorothy apertou os dedos contra os olhos. Ainda não conseguira concentrar-se em seus pensamentos — na verdade, a lembrança da conta do açougueiro ainda a atormentava o tempo todo. As orações que conhecia de cor, passavam-lhe pela cabeça sem que lhes prestasse a menor atenção. Ergueu os olhos por um momento, e imediatamente eles começaram a vagar, distraídos. Primeiro, para cima, detendo-se nos anjos sem cabeça do teto, em cujos pescoços ainda se podiam ver as marcas da serra usada pelos soldados puritanos para decapitá-los; depois, mais uma vez, no chapéu negro da Srta. Mayfill, que lembrava um empadão de carne, e nos tremulantes brincos de azeviche.

A Srta. Mayfill vestia um longo sobretudo preto, passado de moda, com uma pequena gola de astracã de aspecto gorduroso. Dorothy não se lembrava de lhe ter visto em outro. Era de um tecido muito peculiar, cheio de filetes debruados de negro serpenteando em todas as direções num padrão difícil de identificar. Poderia até ter sido aquele lendário e proverbial tecido: a bombazina negra. A Srta. Mayfill era muito velha, tão velha, que ninguém se lembrava dela senão como uma anciã. Dela se irradiava um odor tênue e indefinível, um aroma etéreo, analisável como água de colônia barata, bolas de naftalina e um leve aroma de genebra.

Dorothy retirou da lapela da jaqueta um alfinete comprido de cabeça de vidro e, sorrateiramente, se escondendo atrás da Srta. Mayfill, comprimiu a ponta do próprio antebraço. Sua carne estremeceu apreensivamente. Sempre que se surpreendia desatenta às suas orações, tinha por hábito espetar-se no antebraço até sair sangue. Era a sua forma preferida de autodisciplina, sua salvaguarda contra a irreverência e os pensamentos sacrílegos.

Graças ao ameaçador alfinete pronto a entrar em ação, ela conseguiu, em vários momentos, dizer suas orações mais compenetrada. Seu pai lançara um olhar sombrio e desaprovador sobre a Srta. Mayfill, que se persignava a todo instante, uma prática que desagradava ao reverendo. Um estorninho chilreou lá fora. Dorothy surpreendeu-se, chocada, a observar vaidosamente as pregas da sobrepeliz do pai, que ela mesma costurara dois anos antes. Apertou os dentes e afundou o alfinete no braço uns dois ou três milímetros.

Estavam se ajoelhando de novo. Era o momento da confissão geral. Dorothy baixou os olhos... que de novo vagavam. Percorria o vitral à sua direita, criado em 1851 por Sir Warde Tooke, membro da Real Academia de Arte, e que representava St. Athelstan recebido nas portas do Céu por Gabriel e uma legião de anjos, todos extraordinariamente parecidos entre si, e o Príncipe Consorte — e de novo espetou o alfinete numa outra parte do braço.

Começou a meditar sobre o significado de cada frase da oração, e assim devolveu sua mente a um estado mais atento. Mesmo assim, ainda teve que usar o alfinete outra vez quando Proggett fez soar a sineta em meio ao "E portanto com os anjos e arcanjos" — acometida, como sempre, por uma pavorosa tentação de começar a rir nessa passagem. A causa era uma história que seu pai lhe contara certa vez, de como, quando ele ainda era menino e ajudava o sacerdote no altar, o badalo da sineta da comunhão se tinha desaparafusado e, então, o sacerdote dissera: "Assim, com os anjos e os arcanjos, e com toda a milícia celeste, entoamos o hino de Tua glória, dizendo sem cessar: 'Aparafusa-o, seu palerma, aparafusa-o!' ".

Quando o pastor concluiu a consagração, a Srta. Mayfill tentou erguer-se com extrema dificuldade e lentidão, como um desconjuntado boneco de pau que se põe em pé por seções, e exalando a cada movimento um forte cheiro de naftalina. Soou um curioso estalo — presumivelmente de seu espartilho, mas muito semelhante ao ruído produzido pelo entrechocar de ossos. Podia-se facilmente imaginar que dentro do casaco negro só havia um esqueleto ressequido.

Dorothy permaneceu de pé um pouco mais. A Srta. Mayfill arrastava-se para o altar em passinhos lentos e vacilantes. Mal podia andar, mas qualquer oferta de ajuda ofendia-a azedamente. Em seu rosto velho e exangue, a boca destacava-se: surpreendentemente grande, flácida e úmida. O lábio inferior, pendente pela idade, deixava escapar a baba e punha a descoberto a gengiva e uma fileira de dentes postiços, tão amarelos quanto as teclas de um piano antigo. Um bigode escuro e úmido orlava o lábio superior. Não era uma boca apetecível; não era, sobretudo, o tipo de boca que uma pessoa gostaria de ver bebendo de sua xícara. De súbito, espontaneamente, como se o próprio demônio a tivesse posto aí, os lábios de Dorothy deixaram escapar uma prece: "Meu Deus, faze com que eu não tenha de beber no cálice depois da Srta. Mayfill!".

Logo se deu conta, horrorizada, do que tinha dito e desejou ter cortado a língua em duas, com uma dentada, a ter pronunciado aquela mortal blasfêmia nos próprios degraus do altar. Retirou de novo o alfinete da lapela e afundou-o tanto no braço, que só a muito custo logrou conter um grito de dor. Caminhou então para o altar e ajoelhou-se humildemente à esquerda da Srta. Mayfill a fim de ter plena certeza de que beberia do cálice depois dela.

De joelhos, a cabeça inclinada e as mãos cruzadas sobre o regaço, dispôs-se rapidamente a rezar implorando perdão, antes que seu pai chegasse perto dela com a hóstia. Mas o fio de seus pensamentos se quebrara. De súbito, percebeu ser inútil qualquer tentativa de rezar; os lábios se moviam, mas tanto o coração quanto o pensamento não estavam presentes em suas orações. Podia ouvir o arrastar de botas de Proggett e o pai murmurando, com sua voz baixa e clara: "Tomai e comei".

Podia ver a franja surrada do tapete vermelho sob seus joelhos, captar o cheiro a pó, água de colônia e naftalina; mas quanto ao corpo e ao sangue de Cristo, quanto à finalidade que a levara até ali, era como se Dorothy estivesse privada da capacidade de pensar. Um vazio mortal descera-lhe sobre a mente. Parecia-lhe que, realmente, não podia rezar. Lutou por concentrar-se, articulou mecanicamente as frases iniciais de uma oração; mas eram inúteis, desprovidas de significado — apenas cascas sem vida de palavras.

Seu pai estava diante dela com a hóstia entre o polegar e o indicador de sua mão enrugada, mas bem torneada. Parecia fazê-lo com tédio, algo contrariado, como se estivesse impingindo uma colherada de medicamento amargo. Tinha os olhos pousados na Srta. Mayfill, que se desdobrava como uma lagarta com muitos estalos, movimentava-se de um jeito que se poderia imaginar estar ela desenhando uma série de alamares entrelaçados na frente de seu casaco.

Por alguns segundos, Dorothy vacilou e não recebeu a hóstia. Não se atrevia a fazê-lo. Era preferível, muito preferível, descer os degraus do altar a aceitar o sacramento com semelhante caos no coração!

Seu olhar se dirigiu para a porta sul, que ficara aberta. Um momentâneo raio de sol tinha traspassado as nuvens: desceu pelas folhas da tília e fez brilhar, na entrada, uma ramagem miúda com um verde transiente e inigualável, mais verde que o jade, a esmeralda ou as águas do Atlântico. Foi como se uma joia de inimaginável esplendor tivesse refulgido por um breve instante, inundando a entrada da igreja de luz verde, para logo se dissipar. O coração de Dorothy encheu-se de júbilo. Aquele lampejo de cor viva devolvia-lhe, por um processo mais profundo que a razão, sua paz de espírito, seu amor a Deus, sua capacidade de orar. De certo modo, graças ao verdor da folhagem, era-lhe de novo possível rezar. "Ó todas vós, coisas verdes que existem sobre a Terra, louvai ao Senhor!" Começou a orar fervorosamente, com exultação, agradecida. A hóstia se desfez na língua. Tomou o cálice que o pai lhe oferecia e colou os lábios sem nojo, até com redobrada alegria por esse pequeno ato de auto-humilhação, sobre a marca úmida que a boca da Srta. Mayfill deixara em sua borda de prata.

2

A igreja de St. Athelstan ficava no lugar mais alto de Knype Hill e de sua torre o olhar podia abranger uns dezesseis quilômetros de campos circundantes. Na realidade, nada havia que valesse a pena ser contemplado: só a paisagem pouco ondulada de East Anglia, intoleravelmente monótona no verão, mas salva no inverno pela repetida silhueta dos olmeiros que se recortavam como leques abertos contra o céu cinzento.

Logo abaixo estendia-se a pequena cidade, com sua Rua Principal, que, atravessando-a de leste a oeste, a divide em duas partes desiguais. A zona sul da cidade correspondia ao antigo e respeitável setor agrícola. Na zona norte localizavam-se os edifícios da refinaria de açúcar de beterraba de Blifil-Gordon e a toda a volta e dispostas de maneira irregular irradiava uma série de fileiras de chalés de tijolo amarelo, em sua maior parte habitados pelos empregados da usina. Esses empregados, mais de metade dos dois mil habitantes da cidade, eram gente recém-chegada, de origem urbana e quase a maioria ateia.

A vida social da cidade se concentrava em dois lugares. Primeiro o Clube Conservador de Knype Hill, licenciado para a venda de bebidas alcoólicas, de cuja grande janela saliente envidraçada, nas horas em que o bar estava cheio, se podiam ver os rostos gorduchos e rubicundos da elite da cidade com os olhos cravados no exterior como peixinhos dourados junto ao vidro de um aquário. Outro foco ficava em Ye Olde Tea Shoppe, o mais importante ponto de reunião das senhoras de Knype Hill. Não ser encontrada todas as manhãs, entre as dez e as onze, no Ye Olde Tea Shoppe, para tomar o café matutino e passar pelo menos meia hora nesse agradável gorjeio de vozes da alta classe média significa definitivamente não pertencer à sociedade de Knype Hill. O pastor, com sua mordacidade, chamava a essas senhoras a "brigada do café". Vizinha da colônia de palacetes ocupados pela brigada do café, mas deles separada por seus jardins mais espaçosos, estava The Grange, a casa da Srta. Mayfill. Era uma curiosa imitação de castelo, com ameias e seteiras, de tijolos vermelho-escuros, produto da desvairada fantasia de alguém, construído por volta de 1870... e, finalmente, quase escondido em meio a espessa vegetação.

A casa paroquial ficava no meio da subida da colina, com a fachada voltada para a igreja e os fundos para a Rua Principal. Era uma casa fora de época, grande demais e revestida de estuque amarelo que vivia descascando. Um outro pároco anterior havia acrescentado, a um lado, uma ampla estufa que Dorothy utilizava como oficina de trabalho, mas sempre exigia reparos.

O jardim da frente estava sufocado por vários pinheirinhos desiguais e por um frondoso freixo que impediam a entrada da luz nos quartos da frente e impossibilitavam o cultivo de flores. Nos fundos da casa havia uma extensa horta. Na primavera e no outono, Proggett encarregava-se de escavar a terra, e Dorothy dedicava o escasso tempo de que podia dispor a semear e plantar, e a arrancar as ervas daninhas — apesar de que a horta era geralmente uma selva impenetrável dessas ervas, que medravam entre as plantas cultivadas.

Dorothy saltou da bicicleta diante do portão principal, sobre o qual algum alguém colara um cartaz com a inscrição: "Vote em Blifil-Gordon e por Melhores Salários". Quando Dorothy abriu a porta, viu duas cartas sobre o gasto tapete de fibra de coco. Uma era do deão rural, e a outra, uma carta imunda e ligeira remetida por Catkin & Palm, a alfaiataria encarregada dos trajes clericais de seu pai. Uma conta, sem dúvida. O pastor, como sempre, apanhara as cartas que lhe interessavam e deixara as outras no chão.

Ao abaixar-se para pegar, Dorothy viu, consternada, um envelope sem selo preso na portinhola do buraco do correio. Era uma conta, tinha a certeza de que era uma conta! Mais do que isso, logo que pôs os olhos no envelope, viu que era a tão temida conta de Cargill, o açougueiro. Uma sensação de queda no vazio atravessou-lhe as entranhas. Por um momento, rezou para que não fosse a conta de Cargill, para que fosse apenas a conta de três xelins e meio de Solepipe, o comerciante de tecidos, ou a conta da International, ou a do padeiro, ou a do leiteiro — tudo, menos a de Cargill! Depois, dominando o pânico, tirou o envelope da caixa do correio e abriu-o num movimento convulso.

"Total de sua conta: 21 libras, 7 xelins e 9 centavos."

Isso estava escrito na caligrafia inócua do contador do Sr. Cargill. Mas, embaixo, com letras gordas e de aspecto acusador, vigorosamente sublinhadas, fora acrescentado: "Gostaria de lhe lembrar que esta conta é devida há muito tempo. Ficaria grato se fosse liquidada o mais cedo possível. S. Cargill".

Dorothy empalideceu ainda mais e perdeu a vontade de tomar o café da manhã. Enfiou a conta no bolso e entrou na sala de jantar. Era uma sala pequena e sombria, com o papel das paredes requerendo urgente substituição; e, como todas as outras peças da casa paroquial, dava a sensação de ter sido mobiliada com os saldos de liquidação de uma loja de antiguidades. Os móveis eram bons, mas tão maltratados que todo o conserto era impensável, e as cadeiras estavam tão carcomidas pelo cupim, que só conhecendo os pontos fracos de cada dava para se sentar nelas com relativa tranquilidade. Nas paredes pendiam velhas e deterioradas gravuras, uma delas, reprodução do retrato de Carlos I por Van Dyck, provavelmente de algum valor se a umidade não a tivesse destruído.

O pastor estava de pé diante da lareira vazia, esquentando-se junto a um fogo imaginário e lendo uma carta saída de comprido envelope azul. Ainda vestia a batina negra que combinava bem com sua espessa cabeleira branca e o rosto fino e pálido, de expressão pouco amistosa. Quando Dorothy entrou, ele pôs a carta de lado, tirou do bolso o relógio de ouro e consultou-o de um modo significativo.

— Acho que cheguei um pouco atrasada, pai.

— Sim, Dorothy, está um pouco atrasada — disse ele, repetindo as palavras da filha com delicada mas acentuada ênfase. — Para ser exato, está doze minutos atrasada. Não acha, Dorothy, que, quando tenho de levantar-me às seis e quinze para dar a Sagrada Comunhão e volto para casa extremamente cansado e faminto, seria melhor que você conseguisse chegar para o desjejum sem esse pequeno atraso?

O pastor estava no seu humor inquietante, como Dorothy chamava eufemisticamente. Ele possuía uma dessas vozes impertinentes e cultivadas que nunca deixam transparecer a cólera, nem tampouco o bom humor — uma dessas vozes que parecem estar sempre dizendo: "Não posso realmente entender por que está fazendo esse rebuliço todo!". A impressão que ele dava era a de estar perpetuamente sofrendo por causa da estupidez e chateação dos outros.

— Lamento muito, pai! Tive que ir saber como está passando a Sra. Tawney. (A Sra. Tawney era a "Sra. T" do caderninho de notas.) Deu à luz a noite passada e o senhor sabe que ela me prometeu vir à igreja para a purificação, depois que nascesse o bebê. Mas certamente não virá se desconfiar que não nos interessamos por ela. Sabe como são essas mulheres... elas parecem detestar serem purificadas. Jamais virão se não as lembrarmos.

O pastor emitiu um pequeno som de insatisfação, enquanto se encaminhava para a mesa do café. Quis dar a entender: primeiro, que era obrigação da Sra. Tawney ir à igreja para ser purificada sem as adulações de Dorothy; segundo, que Dorothy não tinha nada que perder tempo visitando toda a gentalha da cidade, sobretudo antes do café da manhã.

A Sra. Tawney era a mulher de um operário e vivia in partibus infidelium, ao norte da Rua Principal. O pastor pousou a mão no espaldar de sua cadeira e, sem dizer palavra, dirigiu um olhar a Dorothy como querendo significar:

— Já estamos prontos? Ou teremos ainda que esperar?

— Parece que está tudo aqui, pai — disse Dorothy. — Se quiser abençoar a mesa...

— Benedictus benedicat — disse o pastor, levantando a velha tampa de prata da bandeja do desjejum. Essa tampa de prata, assim como a colher prateada da geleia, era uma herança de família; as facas e os garfos, tal como a maior parte da louça, procediam dos Woolworth. — Outra vez bacon, pelo que vejo — acrescentou, contemplando as três minúsculas fatias encarquilhadas sobre fatias de pão frito.

— Lamento muito, mas é tudo o que temos em casa — retorquiu Dorothy.

O pastor apanhou o garfo entre o indicador e o polegar e, com um movimento delicadíssimo, como se estivesse jogando pega-varetas, revirou uma das fatias de bacon.

— Eu sei, é claro — disse —, que comer bacon no café da manhã é uma instituição inglesa tão antiga quanto o governo parlamentar. No entanto, ainda assim, não acha que de vez em quando poderíamos variar?

— O bacon está muito barato agora — esclareceu Dorothy, pesarosa. — Seria um pecado não aproveitar a ocasião para comprá-lo. Este só custou cinco centavos por quase meio quilo, e vi um outro bacon de aspecto bem bom que não custava mais de três centavos.

— Ah, dinamarquês por certo! Que variedade de invasões dinamarquesas já tivemos que suportar neste país! Primeiro a fogo e espada, e agora com o seu abominável bacon a baixo preço. Eu gostaria de saber qual dessas duas invasões terá sido responsável por maior número de mortes...

Sentindo-se um pouco melhor depois dessa fala espirituosa, o pastor acomodou-se em sua cadeira e fez, apesar de tudo, um desjejum bastante satisfatório com o tão desprezado bacon, enquanto Dorothy meditava sobre uma boa maneira de iniciar a conversação. Para ela não havia bacon nessa manhã, uma penitência que se impusera na véspera por ter soltado uma praga e ficado ociosa durante meia hora após o almoço.

Agora teria uma tarefa indescritivelmente odiosa: pedir dinheiro. A maioria das vezes, era quase impossível conseguir dinheiro do pai, e obviamente, nessa manhã, ele se mostraria ainda mais difícil que de costume. Difícil era outro dos eufemismos por ela usados. "Acho que ele recebeu más notícias", pensou Dorothy desanimada, olhando de soslaio para o envelope azul.

Qualquer pessoa que tivesse falado alguma vez com o pastor por uns dez minutos logo notaria que ele era um tipo de homem difícil. O segredo de seu quase permanente mau humor residia no fato de ele próprio ser um anacronismo. Nunca deveria ter nascido no mundo moderno; toda a sua atmosfera repugnava-o e enfurecia-o. Um par de séculos antes, teria sido um feliz beneficiário de várias prebendas, dedicado a escrever poemas ou colecionar fósseis, e aliviado de suas tarefas paroquiais por apenas 40 libras anuais pagas a diversos coadjutores; ter-se-ia sentido, então, inteiramente a gosto. Mesmo agora, se rico fosse, talvez se consolasse não permitindo que o século XX entrasse em sua consciência. Mas viver fora do seu tempo é muito dispendioso...

e inacessível, se não se contar com uma renda anual de pelo menos duas mil libras.

O pastor, amarrado por sua pobreza à época de Lenin e do Daily Mail, vivia em estado de exasperação crônica, que, como era natural, descarregava sobre a pessoa mais próxima dele — quer dizer, geralmente Dorothy.

Era o filho mais novo do filho mais novo de um baronete e nascera em 1871. Ingressara na carreira eclesiástica pela antiquada razão de que a Igreja é, tradicionalmente, a profissão dos filhos caçulas.

Seu primeiro trabalho religioso foi em vasta paróquia de uma espécie de favela da zona leste de Londres, local sujo e cheio de marginais, e que ele recordava com profundo nojo. Já nesses tempos, as classes inferiores (como fazia questão de chamá-las) estavam decididamente passando dos limites.

Um pouco melhor foi sua estada em distante paróquia do condado de Kent (onde Dorothy nascera), na qual ele desempenhou as funções de substituto do pároco titular e onde os aldeões, ainda convenientemente submissos, levavam a mão ao chapéu quando cruzavam com o "senhor pároco". Ele se casara nessa época e seu matrimônio foi terrivelmente infeliz; ainda mais porque, não sendo permitido aos pastores brigarem com as respectivas mulheres, manteve em segredo sua infelicidade, tornando-a, por conseguinte, dez vezes pior.

Chegara a Knype Hill em 1908, aos 37 anos de idade e com um temperamento irremediavelmente azedo, temperamento esse que acabou por afastar todos os homens, mulheres e crianças da paróquia.

Não era um mau pastor, se meramente considerado como pastor. Era muitíssimo correto em seus deveres puramente pastorais, talvez um tanto correto demais para uma paróquia da Igreja Baixa anglicana em East Anglia. Conduzia os serviços com perfeito gosto, seus sermões eram admiráveis e todas as quartas e sextas se levantava a horas incômodas para administrar a Sagrada Comunhão. Mas nunca lhe ocorrera seriamente que um pastor pudesse ter quaisquer obrigações fora das quatro paredes da igreja. Não podendo dar-se ao luxo de pagar um coadjutor, entregou inteiramente à mulher o trabalho pesado da paróquia e, depois que ela morreu (em 1921), transferiu-o para Dorothy.

Costumavam dizer, de forma depreciativa que, se possível fosse, faria Dorothy pronunciar também seus sermões. As classes inferiores tinham percebido desde o primeiro momento qual a atitude dele em relação a elas, e, fora ele um homem rico, provavelmente ter-lhe-iam lambido as botas, como era costume em tais casos. Não sendo, porém, limitavam-se a odiá-lo. Quanto a ele, não que lhe importava que o odiassem ou não, pois ignorava-lhes a existência.

As coisas não tinham ido melhor com as classes mais altas. Tinha brigado com todas as personalidades do condado, uma por uma; e, no tocante à pequena nobreza da cidade, ele, como neto de um baronete, desprezava-a, sem se dar sequer ao trabalho de o dissimular. Em 23, anos realizara a façanha de reduzir a congregação de St. Athelstan de seiscentas pessoas a menos de duzentas.

Isso não aconteceu só por motivos pessoais mas também ao obsoleto anglicanismo ritualista a que o reverendo se aferrava com unhas e dentes e que irritava todos os setores da paróquia. Um pastor que deseje conservar sua congregação tem apenas dois caminhos pela frente: seguir o anglocatolicismo puro e simples (ou melhor, puro e nada simples), ou mostrar-se ousadamente moderno e tolerante e pronunciar sermões reconfortantes, demonstrando que o inferno não existe e que todas as boas religiões são iguais.

O pastor não seguia nenhum desses caminhos. Por um lado, sentia um profundo desprezo pelo movimento anglocatólico. A febre romana, como a chamava, passara por sua cabeça, deixando-o absolutamente incólume. Por outro, era ritualista demais para os membros mais idosos de sua congregação. De quando em quando, assustava-os quase a ponto de os deixar fora de si pronunciando a fatídica palavra "católico", não só em seu lugar santificado das doutrinas, mas também no púlpito.

A congregação foi diminuindo ano após ano e as primeiras pessoas a desertar foram os mais ricos da cidade: Lorde Pockthorne, de Pockthorne Court, proprietário de uma quinta parte do condado, o Sr. Leavis, negociante aposentado de peles, e Sir Edward Huson, de Crabtree Hall. Os membros da pequena nobreza que possuíam automóveis tinham deixado de frequentar a Igreja de St. Athelstan. A maioria deles ia de carro, nos domingos de manhã, até Millborough, cerca de oito quilômetros além de Knype Hill. Millborough era uma cidade de cinco mil habitantes com duas igrejas à escolha: St. Edmund e St. Wedekind. A de St. Edmund era modernista (com texto da "Jerusalém" de Blake decorando a parte superior do altar, e vinho da comunhão servido em cálices de licor), e a de St. Wedekind era anglocatólica e em perpétua luta de guerrilha com o bispo. O Sr. Cameron, secretário do Clube Conservador de Knype Hill, era católico romano convertido, e seus filhos tinham um papel de destaque no movimento literário católico romano. Dizia-se que possuíam um papagaio a que estavam ensinando a dizer: *Extra ecclesiam nulla salus* ("Fora da Igreja não há salvação."). Em suma, ninguém de destaque permanecera fiel a St. Athelstan, exceto a Srta. Mayfill, de The Grange. A maior parte do dinheiro da Srta. Mayfill era doado à igreja... assim dizia ela; no entanto, não se tinha notícia de que alguma vez tivesse deixado mais de seis centavos no saco da coleta, e parecia disposta a seguir vivendo para sempre.

Os primeiros dez minutos do café da manhã se passaram em completo silêncio. Dorothy tentava reunir coragem suficiente para falar. Antes de falar em dinheiro, teria que iniciar qualquer espécie de conversa. Mas seu pai não era um homem fácil com quem se pudesse manter uma conversa frívola. Por vezes, caía em tais acessos de abstração, que ficava difícil fazê-lo escutar o que lhe dizia; outras vezes, mostrava-se excessivamente atento, escutando com cuidado o que lhe era dito, para logo assinalar, com ar de tédio, que não valera ter sido dito. Polidas trivialidades impeliam-no geralmente ao sarcasmo. Dorothy decidiu tentar falar primeiro do tempo.

— Está um dia meio esquisito, não está?

— O que é esquisito? — indagou o pastor.

— Bem, quero dizer... estava tão frio e nublado esta manhã, e agora está um belo dia.

— E há algo especialmente esquisito nisso?

Era evidente que o começo não fora dos mais acertados. Ele deve ter recebido más notícias, pensou ela. E tentou de novo.

— Pai, gostaria que, numa oportunidade qualquer, desse uma olhada na horta. O feijão-da-espanha está uma beleza! As vagens vão passar dos trinta centímetros de comprimento. Estou pensando em reservar as melhores para a Festa da Colheita, é claro. O púlpito ficaria lindo se o decorássemos com grinaldas de feijões-da-espanha e alguns tomates pendurados entre as vagens.

Foi outro passo em falso. O pastor levantou os olhos do prato, com expressão de profundo desagrado.

— Minha querida Dorothy — disse asperamente —, será necessário que já comece a me importunar com a Festa da Colheita?

— Desculpe, pai — murmurou Dorothy, desconcertada. — Não pretendia aborrecê-lo. Pensava só...

— Você acha que me dá algum prazer ter que pregar um sermão em meio a grinaldas de feijões e tomates? Não sou nenhum quitandeiro. Só de pensar nisso o desjejum está me caindo mal. Quando é essa malfadada celebração?

— Dia 16 de setembro, pai.

— Falta ainda quase um mês. Em nome do céu, deixe-me esquecer essa coisa por mais algum tempo, sim? Creio que devemos suportar esse ridículo negócio uma vez por ano para massagear o ego de cada hortelão amador da paróquia. Mas não pensemos nisso mais do que o estritamente necessário.

Dorothy deveria ter-se lembrado de que o pastor abominava profundamente as festas da colheita. Tinha perdido, inclusive, um valioso paroquiano (um tal Sr. Toagis, rude verdureiro com loja no mercado) em virtude de seu horror, como ele dizia, à sua igreja decorada de um modo que mais parecia uma banca de hortaliças. O Sr. Toagis permanecera no seio da igreja exclusivamente pelo privilégio de ornamentar o altar lateral nas festas da colheita com uma espécie de Stonehenge formado por gigantescas abóboras-peras. No verão anterior, conseguira cultivar um perfeito leviatã de abóbora, algo vermelhíssimo e tão enorme, que foram precisos dois homens para erguê-la do chão. Essa coisa monstruosa foi colocada no coro, onde tornou pequeno o altar-mor e tirou todo colorido do vitral da janela leste. De qualquer ponto da igreja, a primeira coisa que saltava à vista era a abóbora.

O Sr. Toagis ficou extasiado. Passou horas a fio de um lado para o outro da igreja, incapaz de se afastar de sua adorada abóbora e trazendo até turnos de amigos para a admirarem. Por sua expressão fisionômica poder-se-ia pensar que estava citando o poema de Wordsworth sobre a ponte de Westminster:

Nada mais belo pode mostrar a terra:
Triste alma seria a que insensível fosse
A visão de tão comovente majestade!

Depois disso, Dorothy alimentara até a esperança de fazer o Sr. Toagis participar da Sagrada Comunhão. Mas quando o pastor viu a abóbora, enfureceu-se de forma terrível e ordenou que retirassem imediatamente dali aquela coisa repugnante. No mesmo instante, o Sr. Toagis abandonou o seio da Igreja, que o perdeu para sempre assim como os seus herdeiros.

Dorothy decidiu fazer uma última tentativa de diálogo.

— Já estão muito adiantadas as roupas para Carlos I — disse. Mas seria melhor ter escolhido uma peça mais fácil. As armaduras são muito difíceis de fazer e receio que as botas de cano alto sejam ainda mais trabalhosas. Da próxima vez, devemos pensar numa obra com gregos ou romanos. Algo em que o guarda-roupa se limite a simples togas. (As crianças da escola paroquial estavam ensaiando uma peça intitulada Carlos I, com o produto de cuja representação pensavam engrossar os fundos para pagamento do órgão.)

Dorothy apenas conseguiu arrancar do pai outro grunhido abafado. Representações teatrais a cargo de crianças, desfiles a fantasia, tômbolas, bazares e concertos com fins beneficentes eram para ele atividades não tão ruins quanto as festas da colheita, mas tampouco se empenhava em fingir interesse por tais eventos. Costumava considerá-los males necessários.

Nesse momento, Ellen, a empregada, escancarou a porta e entrou na sala, meio acanhada, segurando o avental de estopa sobre o ventre com a grande e áspera mão. Era uma jovem alta, de ombros arredondados, cabelo cor de pelo de rato, voz lamurienta e pele ruim, que sofria cronicamente de eczema. Lançou uma olhada rápida e receosa na direção do pastor, mas dirigiu-se a Dorothy, pois temia demais o patrão para falar-lhe diretamente.

— Por favor, senhorita... — começou ela.

— O que há, Ellen?

— Perdoe, senhorita — prosseguiu Ellen, em tom choroso. — O Sr. Porter está na cozinha e pergunta se o reverendo poderia ir batizar o filho da Sra. Porter... É que ele não deve passar de hoje e ainda não foi batizado.

Dorothy levantou-se.

— Sente-se — disse o pastor imediatamente, com a boca cheia.

— O que acham que está acontecendo com a criança? — perguntou Dorothy.

— Bem, o bebê está ficando todo negro e teve uma diarreia muito feia.

O pastor engoliu com esforço o que tinha na boca.

— Será que tenho de ouvir esses detalhes desagradáveis enquanto tomo o café? — protestou. E voltando-se para Ellen. — Despache o Porter e diga-lhe que passarei por sua casa às doze. Não consigo entender por que as classes baixas parecem escolher sempre as horas das refeições para vir nos importunar — acrescentou, dirigindo a Dorothy outro olhar irritado, enquanto a filha voltava a sentar-se.

O Sr. Porter era pedreiro. As ideias do pastor sobre batismo eram absolutamente firmes e inabaláveis. Se tivesse sido urgentemente necessário, teria caminhado trinta quilômetros na neve para batizar uma criança moribunda. Mas não lhe agradou ver Dorothy disposta a abandonar a mesa ante o pedido de um reles pedreiro.

Não houve mais conversa durante o café da manhã. O ânimo de Dorothy afundava cada vez mais. Não havia outro remédio senão pedir dinheiro, embora fosse perfeitamente óbvio que tal pedido estava de antemão condenado ao fracasso. Terminado o desjejum, o pastor levantou-se da mesa e começou a encher o cachimbo, destapando a tabaqueira que estava sobre o consolo da lareira. Dorothy murmurou uma breve prece para adquirir coragem e estimulou-se intimamente. "Vamos, Dorothy! Desembuche de uma vez! Não se acovarde, por favor!" Com esforço dominou a voz e por fim disse:

— Pai...

— O que é? — indagou ele, detendo-se um momento com o fósforo na mão.

— Pai, tenho uma coisa para lhe pedir. Uma coisa importante.

A fisionomia do pastor mudou de expressão. Adivinhara de pronto o que Dorothy ia dizer; e, curiosamente, parecia menos irritável do que antes.. Parecia uma esfinge excepcionalmente distante e inútil.

— Ora, minha querida Dorothy, sei muito bem o que vai dizer. Suponho que pretende pedir-me dinheiro outra vez. Não é isso?

— Sim, pai. Porque...

— Pois bem, posso perfeitamente evitar-lhe o incômodo. Não tenho dinheiro nenhum... nem um níquel, até o próximo trimestre. Já lhe dei a mesada e não posso lhe dar nem meio centavo mais. É completamente inútil vir me importunar agora...

— Mas, pai...

Dorothy se desanimou ainda mais. O pior de tudo, sempre que tinha de pedir dinheiro ao pai, era a calma terrível e inoperante da atitude dele. Jamais se mostrava tão impassível como quando lhe recordavam que estava endividado até à alma. Ao que parecia, era incapaz de entender que, de vez em quando, os comerciantes quisessem cobrar o que lhes era devido, e que nenhuma casa pode subsistir sem um adequado suprimento de dinheiro. Entregava a Dorothy dezoito libras mensais para todas as despesas da casa, inclusive o salário de Ellen, e, ao mesmo tempo, era exigente quanto à sua comida e acusava imediatamente a menor falha de qualidade. O resultado, é claro, era a casa estar sempre em débito. Mas ele não prestava a menor atenção a suas dívidas — na verdade, dificilmente tomava conhecimento delas. Quando perdia dinheiro num investimento, ficava profundamente agitado; mas quanto a dever a um mero comerciante... bem, era dessas coisas com que simplesmente não podia ocupar seu espírito.

Uma nuvem pacífica de fumaça subiu do cachimbo do pastor, que olhava meditativo a gravura de aço de Carlos I e provavelmente já esquecera o pedido de dinheiro de Dorothy. Esta, vendo-o tão indiferente, sentiu um baque de desespero, com o que recuperou coragem para dizer-lhe num tom mais enérgico do que antes:

— Pai, por favor, ouça-me! Preciso de algum dinheiro já! Simplesmente preciso! Não podemos continuar assim. Devemos dinheiro a quase todos os comerciantes da cidade. A coisa chegou a um extremo que, em certas manhãs, nem me atrevo sair à rua, pensando em todas as contas que devemos. Por acaso o senhor sabe que devemos a Cargill quase vinte e duas libras?

— E daí? — retrucou o pastor, entre baforadas do cachimbo.

— Mas as contas vêm aumentando há mais de sete meses! E nesse período ele já mandou cobrá-las nem sei quantas vezes. Temos que pagar-lhe! Não é justo que o façamos esperar tanto por seu dinheiro!

— Bobagem, minha querida filha. Essa gente sabe muito bem que tem de esperar se quiser receber. Eles gostam disso. No final saem ganhando. Só Deus sabe quanto devo a Catkin & Palm... e realmente não me interessa averiguá-lo. Raro o dia em que não me importunam pelo correio. Mas você não me ouve queixar-me, ouve?

— Eu não vejo as coisas como o senhor, não mesmo! É tão desagradável estarmos sempre endividados! Mesmo que não seja uma coisa realmente reprovável, é tão odioso! Fico tão envergonhada! Quando vou ao açougue de Cargill encomendar a carne, ele se dirige tão secamente a mim e me faz esperar até ter atendido todos os outros fregueses, tudo isso porque a nossa conta só faz aumentar. E no entanto, não me atrevo a mudar de açougue. Creio que nos meteria na cadeia se o fizéssemos.

O pastor franziu o cenho.

— O quê? Você quer dizer que ele foi impertinente?

— Não, pai. Mas não pode censurá-lo se ele está furioso porque não lhe pagamos a conta.

— Claro que posso censurá-lo! É simplesmente abominável como essa gentinha se atreve a comportar-se hoje em dia... Abominável! Mas assim estão as coisas. É ao que estamos expostos neste delicioso século em que vivemos. É a democracia... o progresso, como se comprazem em chamar-lhe. Não volte a encomendar carne a esse sujeito. Vá dizer-lhe imediatamente que está abrindo conta em outro lugar. É assim que se deve tratar esse tipo de gente.

— Mas, pai, isso não resolve nada. Sinceramente, acredita mesmo que não devemos pagar-lhe? Por certo poderemos arranjar esse dinheiro de alguma forma, não? Não poderia vender algumas ações ou coisa assim?

— Minha querida filha, não me fale em vender nossas ações! Acabo de receber uma carta do meu corretor com notícias sumamente desagradáveis. Ele diz que minhas ações da Sumatra Tin Company baixaram de sete xelins e quatro centavos para seis e um centavo. Isso significa um belo prejuízo de quase sessenta libras. Vou instruí-lo para que as venda antes que baixem mais.

— Então, se as vende, contará com algum dinheiro disponível, não? Não acha que seria melhor livrarmo-nos dessas dívidas de uma vez por todas?

— Bobagem, bobagem — respondeu ele calmamente, voltando a enfiar o cachimbo entre os dentes. — Você não entende nada desses assuntos. Tenho que reinvestir esse dinheiro imediatamente em algo mais promissor. É a única forma de recuperar o que perdi.

Com o polegar apoiado no cinto da batina, olhou com ar distante para a gravura de Carlos I. Seu corretor aconselhara ações da United Celanese. Era isso... Sumatra Tin, United Celanese e inúmeras outras companhias remotas e vagamente imaginadas. Aí residia a causa central das complicações econômicas do reverendo. Era um jogador inveterado, se bem que, é claro, não lhe passasse pela cabeça que isso fosse jogar; o que ele intentara toda a sua vida fora, simplesmente, um "bom investimento".

Ao atingir a maioridade, herdara quatro mil libras esterlinas, que tinham minguado gradualmente, graças a seus "investimentos", até ficarem reduzidas a mil e duzentas. E, o que era pior, todos os anos arranjava um jeito de retirar de sua miserável renda outras cinquenta libras que sumiam pelo mesmo caminho. É um fato curioso que o engodo de um "bom investimento" parece fascinar os clérigos mais persistentemente que a qualquer outra classe de homens. Talvez seja esse o equivalente moderno dos demônios em forma de mulher que costumavam assediar os anacoretas da Idade Média.

— Vou comprar quinhentas ações da United Celanese — anunciou finalmente.

Dorothy começou a perder toda esperança. Seu pai estava agora absorto em seus "investimentos" (ela ignorava tudo o que se referia a tais "investimentos", exceto que fracassavam com uma regularidade prodigiosa), e mais alguns instantes o problema das dívidas com os comerciantes se teria apagado de sua mente. Dorothy fez uma derradeira tentativa.

— Pai, vamos resolver este assunto, por favor. Acha que logo me poderá dar algum dinheiro extra? Não agora, talvez... Mas dentro de um mês ou dois?

— Não, querida, não acho. Lá pelo Natal, possivelmente... Mas mesmo então é muito improvável. De momento, certamente que não. Não posso desperdiçar meio centavo sequer.

— Mas, pai, é horrível saber que não podemos pagar nossas dívidas! Estamos inteiramente desacreditados! A última vez que veio aqui o Sr. Welwyn-Foster, o deão rural, a esposa dele percorreu a cidade perguntando a todo mundo sobre os nossos assuntos mais pessoais: em que empregávamos o tempo, que dinheiro tínhamos, quantas toneladas de carvão gastávamos ao ano, e assim por diante. Está sempre metendo o nariz em nossos assuntos. Imagine se ela descobrir que estamos seriamente endividados!

— O que é inteiramente de nossa conta, não? Não consigo entender o que é que a Sra. Welwyn-Foster ou qualquer outra pessoa tem a ver com isso!

— Mas iria repetir a história em tudo que é lugar... e exagerando-a, claro! O senhor conhece a Sra. Welwyn-Foster. Em cada paróquia que visita trata sempre de descobrir algo desairoso a respeito do pastor e depois vai contar tudo ao bispo, tintim por tintim. Não quero ser impiedosa com ela, mas a verdade é que...

Apercebendo-se de que, na realidade, queria ser impiedosa, Dorothy calou-se.

— Ela é uma mulher detestável — disse o pastor, imperturbável. — Onde está a surpresa? Alguém já ouviu falar da esposa de um superior religioso que não seja detestável?

— Mas, pai, parece que não consigo fazê-lo entender a gravidade da situação! Simplesmente, não temos nada com que viver o mês que vem. Nem mesmo sei onde vou arranjar a carne para o jantar de hoje!

— Almoço, Dorothy, almoço — corrigiu o pastor, com certa irritação. — Quero que abandone esse detestável costume que a gente baixa tem de chamar jantar à refeição do meio-dia.

— Para o almoço, então. Onde vou arranjar a carne? Não me atrevo a entrar no açougue do Cargill.

— Vá ao outro. Como se chama ele? Ah, sim, Salter. E esqueça o Cargill. Ele sabe muito bem que mais cedo ou mais tarde lhe pagaremos. Deus bendito, não entendo por que todo esse drama! Todo o mundo não deve dinheiro aos seus fornecedores? Recordo nitidamente que, quando eu estava em Oxford, meu pai ainda não tinha pago algumas de suas dívidas contraídas durante sua passagem pela universidade trinta anos antes. Tom (Tom era o primo do pastor, o baronete) devia sete mil libras antes de entrar na posse do dinheiro. Ele mesmo me contou. O pastor endireitou um pouco os ombros e, levando o cachimbo à boca, fixou o olhar na distância; sua voz tornou-se evocativa e sensivelmente mais "agradável".

Diante disso, as últimas esperanças de Dorothy desvaneceram-se. Quando o pai começava a falar de seu primo Tom e das coisas que aconteceram "quando eu estava em Oxford", era inútil continuar. Nada mais havia a fazer com ele. Isso significava que o pastor refugiara-se num passado de ouro imaginário em que coisas tão vulgares como contas de açougueiro simplesmente não existiam. Havia extensos períodos seguidos em que ele parecia esquecer completamente que não passava de um pobre pároco de aldeia — e não um jovem de boa família com propriedades e direitos sucessórios a respaldá-lo. A postura que ele assumia com mais naturalidade, fossem quais fossem as circunstâncias, era a de um aristocrata perdulário. E, é claro, enquanto ele vivia, comodamente instalado, nesse mundo de sua imaginação, era Dorothy quem tinha de batalhar com os comerciantes e fazer com que a perna de carneiro durasse de domingo até quarta-feira. Mas ela compreendia a total inutilidade de continuar argumentando com ele. Só conseguiria irritá-lo.

Ergueu-se da mesa e começou a empilhar na bandeja as coisas do desjejum.

— Tem a certeza absoluta de que não me pode dar dinheiro algum, pai? — perguntou pela última vez, já na porta e com a bandeja nos braços.

O reverendo, com o olhar meio perdido na distância e envolto em confortáveis baforadas de seu cachimbo, não a ouviu. Estava pensando, talvez, em seus dourados dias de Oxford. Dorothy saiu da sala, aflita e prestes a romper em pranto. A desgraçada questão das dívidas ficava mais uma vez arquivada, como já o fora milhares de vezes antes, sem perspectiva alguma de solução final.

3

Pedalando sua velha bicicleta e a cesta no guidão, Dorothy desceu colina abaixo, fazendo mentalmente cálculos aritméticos com as três libras, dezenove xelins e quatro centavos, toda a reserva disponível de dinheiro até o dia de pagamento do trimestre seguinte.

Ela conferira a lista de coisas necessárias à cozinha. Mas haveria alguma coisa que não fosse necessária na cozinha? Chá, café, sabão, fósforos, velas, açúcar, lentilhas, lenha, soda, óleo para lamparinas, graxa para as botas, margarina, fermento em pó... Parecia não haver praticamente nada que não estivesse acabando. E a cada momento surgia alguma outra coisa de que se esquecera e que a enchia de consternação. A conta da lavanderia, por exemplo, e o fato de que a reserva de carvão estava chegando ao fim, e a questão do peixe para a sexta-feira. O pastor era muito "difícil" a respeito de peixe. De um modo geral, só queria comer as espécies mais caras — nada de bacalhau, pescada, arraia, qualquer tipo de arenque, frescos ou defumados.

Por ora, teria de conseguir a carne para o jantar de hoje... quer dizer, o almoço. (Dorothy procurava obedecer ao pai e, quando se lembrava, dizia almoço. E o que comiam pela tardinha não podia ser considerado mais que um modesto lanche. Na casa paroquial não havia, na realidade, uma refeição digna de chamar-se "jantar".) Melhor fazer uma omelete para o almoço de hoje, decidiu Dorothy. Não se atreveu a voltar ao açougue do Cargill.

Se bem que, se comessem omelete no almoço e depois ovos mexidos à noite, era mais do que certo que o pai faria algum comentário sarcástico. Na última ocasião em que tinham comido ovos duas vezes no mesmo dia, ele lhe perguntara friamente: "Montaste uma granja avícola, Dorothy?". E talvez amanhã o melhor fosse comprar duas libras de salsicha na International, com o que ficaria adiado por mais um dia o problema da carne.

Mais 39 dias com apenas três libras, dezenove xelins e quatro centavos para se alimentarem! Essa ideia assediava-lhe a cabeça e ela se sentia invadida por uma onda de autocomiseração que tratou de rechaçar quase imediatamente. "Vamos, Dorothy! Nada de lamentações, por favor! Tudo sairá bem se confiar em Deus. Mateus, 6:25. O Senhor providenciará." Será que sim? Dorothy retirou a mão direita do guidão e procurou o alfinete de cabeça de vidro, mas o pensamento blasfemo dissipou-se. Nesse momento, deu-se conta do rosto soturno e corado de Proggett, que respeitosamente lhe fazia sinais, mas com ar de urgência, a um lado da estrada. Dorothy freou e saltou da bicicleta.

— Perdão, senhorita — disse Proggett. — Queria falar-lhe... em particular.

Dorothy suspirou. Quando Proggett queria falar com a gente em particular, era perfeitamente certo do que vinha pela frente — alguma notícia alarmante sobre o estado da igreja. Proggett era um homem pessimista e consciencioso, e, à sua maneira, um fiel servidor de sua igreja. De intelecto demasiado estreito para ter qualquer crença religiosa definida, demonstrava sua devoção através de uma solicitude intensa em relação ao estado dos prédios da igreja. Ele decidira havia muito tempo que a Igreja de Cristo significava, na realidade, as paredes, o teto e a torre da de St. Athelstan, em Knype Hill, e passava o dia esquadrinhando a igreja para descobrir, com tristeza, aqui uma pedra rachada, ali uma viga carcomida e... depois, naturalmente, indo assediar Dorothy, pressuroso, com propostas de consertos que custariam somas fabulosas de dinheiro.

— Que se passa, Proggett? — perguntou Dorothy.

— Bem, senhorita, acontece que as... — e seguia-se um som peculiar, imperfeito, não exatamente uma palavra, mas apenas o espectro de uma palavra, algo que não chegava a tomar forma em seus lábios. Parecia algo começado com um S. Era Proggett um desses homens que estão sempre prestes a praguejar, mas que sempre sabem se conter quando a imprecação está quase escapando.

— Os sinos, senhorita — disse ele, livrando-se com esforço do som S. — Os sinos da torre da igreja. Eles estão rachando o chão do campanário, dá até arrepio só de olhar. Vão cair em cima da gente antes que se dê conta do que aconteceu. Subi à torre esta manhã e desci mais depressa do que subi, quando vi como o assoalho está rebentando debaixo deles.

Proggett vinha reclamando do estado dos sinos pelo menos uma vez a cada quinze dias. Já fazia três anos que eles estavam no chão do campanário, porque tanto içá-los de novo como retirá-los viria a custar vinte e cinco libras, que muito bem podiam ser vinte e cinco mil, pois as chances de dispor de uma soma ou de outra eram as mesmas.

Ele não exagerava ao dizer que os sinos eram um perigo. Era mais do que certo que acabariam por despencar, através do chão do campanário, no pórtico da igreja, se não nesse ano ou no seguinte, de qualquer modo num futuro próximo. E, como Proggett gostava de sublinhar, era provável que isso ocorresse num domingo de manhã, justamente quando os fiéis estivessem entrando na igreja.

Dorothy suspirou de novo. Aqueles sinos nunca estavam por muito tempo fora de sua mente; por vezes, o medo de que eles caíssem, perseguia-a até em sonhos. A verdade é que havia sempre um problema ou outro na igreja. Quando não era o campanário, era o teto, ou as paredes, ou um banco quebrado que o carpinteiro pedia dez xelins para consertar; ou faltavam sete hinários de seis centavos cada um; ou o cano da estufa entupido (e o limpador de chaminés cobrava meia coroa para desentupi-lo), ou era uma vidraça quebrada, ou as sobrepelizes dos meninos do coro em farrapos. Nunca havia dinheiro suficiente para nada. O novo órgão que o pastor insistira em comprar há cinco anos (dizia ele que o antigo lhe lembrava uma vaca asmática) era um fardo que desde então vinha desequilibrando implacavelmente a conta de despesas da igreja.

— Não sei o que poderemos fazer — observou Dorothy finalmente. — Na verdade, não sei. Simplesmente, não temos dinheiro algum. E mesmo que se tire algum lucro da representação das crianças da escola, irá tudo para o fundo reservado ao pagamento do órgão, entende? Os vendedores do órgão estão ficando realmente desagradáveis com a conta. Você falou com o meu pai?

— Sim, senhorita. Nem ligou para o que eu disse. "O campanário já aguentou em pé quinhentos anos", disse o reverendo, "podemos esperar que aguente mais alguns".

Esse jeito de ver as coisas era típico do pastor. O fato de a igreja estar visivelmente ruindo sobre a sua cabeça não o impressionava em nada; simplesmente o ignorava, como sempre ignorara qualquer outra coisa com que não desejava preocupar-se.

— Bem, não sei o que podemos fazer — repetiu Dorothy. — É verdade que teremos a quermesse de beneficência dentro de duas semanas. Conto com a Srta. Mayfill para nos dar alguma coisa realmente bonita para a venda. Sei que ela pode fazê-lo. Tem uma porção de móveis e de coisas que nunca usa. Estive na casa dela no outro dia e vi um belíssimo serviço de chá de porcelana Lowestoft, que está metido num guarda-louça, e ela me contou que não era utilizado há mais de vinte anos. Imagine que ela nos desse esse serviço, já pensou? Poderíamos obter com ele uma boa porção de libras. Rezemos para que a quermesse seja um êxito, Proggett. Rezemos para que renda pelo menos umas cinco libras. Tenho a certeza de que, se o pedirmos com todo o fervor, de alguma forma conseguiremos o dinheiro.

— Sim, senhorita — retrucou Proggett, respeitosamente. E desviou o olhar para longe.

Soou uma buzina e um enorme e fulgurante automóvel azul desceu lentamente a estrada na direção da Rua Principal. Por uma das janelas, o Sr. Blifil-Gordon, o proprietário da refinaria de açúcar de beterraba, assomou a cabeça coberta de cabelo liso e negro que não condizia em absoluto com seu terno Harris de tweed areia. Ao passar, em vez de ignorar Dorothy, como fazia sempre, dirigiu-lhe um sorriso tão cálido que quase pareceu amoroso. Acompanhavam-no seu filho primogênito, Ralph (ou, como ele e o resto da família costumavam pronunciar, Walph), um jovem efeminado de vinte anos, dado a escrever poemas em verso livre à Eliot, e as duas filhas de Lorde Pockthorne. Todos sorriam efusivamente, inclusive as filhas de Lorde Pockthorne. Dorothy assombrou-se, pois havia anos que nenhuma dessas pessoas se dignava reconhecê-la na rua.

— O Sr. Blifil-Gordon está muito amável esta manhã — observou.

— Sim, senhorita, porque lhe convém. O que se passa é que as eleições são na próxima semana. Ficam todos melosos até terem a certeza de que votamos neles e, no dia seguinte, já nem se lembram da nossa cara.

— Ah, as eleições! — disse Dorothy vagamente.

As eleições parlamentares pertenciam a um mundo de coisas tão distantes da rotina diária da paróquia, que Dorothy ignorava-as completamente. De fato, nem sequer seria capaz de dizer qual era a diferença entre liberais e conservadores, ou entre socialistas e comunistas.

— Está bem, Proggett — disse ela, esquecendo imediatamente as eleições para pensar em algo mais importante. — Vou falar com meu pai e explicar-lhe como é grave o problema dos sinos. Talvez o melhor que temos a fazer é abrir uma subscrição especial só para os sinos. Quem sabe, talvez consigamos reunir umas cinco libras... ou mesmo dez! Acha que se eu for visitar a Srta. Mayfill e pedir-lhe que abra a subscrição com cinco libras, ela aceitará?

— Siga o meu conselho, senhorita, e não deixe que ela saiba de nada. Ela ficará apavorada. Se ficar sabendo que a torre representa perigo, nunca mais conseguiremos que volte a pôr os pés na igreja.

— Santo Deus! Acho que você está exagerando...

— Não, senhorita, não arrancaremos nada dela. Essa velha saf...

Os lábios de Proggett deixaram escapar de novo o fantasma de um palavrão que reteve a tempo. Sentindo-se mais aliviado depois do relatório quinzenal sobre o estado dos sinos, levou a mão ao boné e afastou-se, enquanto Dorothy voltava a pedalar pela Rua Principal abaixo, embaralhando na cabeça os dois problemas gêmeos que, à maneira dos dois estribilhos de um vilancete, se perseguiam incessantemente: as dívidas com os comerciantes e as necessidades financeiras da igreja.

Um sol ainda pálido brincava de esconde-esconde, como se fosse abril, entre lanudas ilhotas de nuvens, e deixava cair um raio oblíquo sobre a Rua Principal, dourando palidamente as fachadas das casas do lado norte. A Rua Principal era uma dessas ruas sonolentas e antiquadas que oferecem um aspecto muito aprazível para uma visita ocasional, mas inteiramente diverso quando se vive nelas e se tem um inimigo ou um credor atrás de cada janela. Os únicos edifícios realmente agressivos eram o Ye Olde Tea Shoppe (fachada revestida de gesso com falsas vigas pregadas por cima, janelas com vidro de garrafa e um espantoso telhado recurvo como o de um templo chinês) e o novo edifício dos Correios, com colunas dóricas. Uns duzentos metros mais adiante, a rua bifurcava, formando a minúscula praça do mercado, adornada com um chafariz que deixara de funcionar havia muito tempo, e um par de barracões de madeira carunchados. A um lado do chafariz estava a Dog and Bottle, a principal estalagem da cidade, e, do outro, o Clube Conservador de Knype Hill. Ao fundo, dominando a rua, o temido açougue do Cargill.

Ao dobrar a esquina, Dorothy encontrou-se em meio a um terrível estrépito de aplausos, de mistura às notas do Rule Britannia, tocado num trombone. A rua perdera seu aspecto sonolento e estava negra de gente, e ainda mais gente acudia em tropel de todas as ruas laterais. Era evidente que estava acontecendo uma espécie de desfile triunfal. Do outro lado da rua, desde o telhado do Dog and Bottle até o telhado do Clube Conservador, fora estendida uma corda com inúmeros galhardetes azuis e no centro pendia enorme faixa com a inscrição: "Blifil-Gordon e o Império!". Em direção ao Clube e entre duas filas de gente, avançava lentamente o carro do Sr. Blifil-Gordon, com ele sorrindo efusivamente, primeiro para um lado, depois para o outro. À frente do carro, um homenzinho de expressão compenetrada, tocando o trombone, encabeçava um destacamento dos "Buffaloes", carregando uma outra faixa que dizia:

Quem salvará a Inglaterra dos Vermelhos?
BLIFIL-GORDON!
Quem voltará a encher tua caneca de cerveja?
BLIFIL-GORDON!
Blifil-Gordon para sempre!

Da janela do Clube Conservador ondeava uma enorme bandeira da Inglaterra, acima da qual seis rostos escarlates riam entusiasmados.

Dorothy seguiu rua abaixo, pedalando lentamente, agitada demais ante a perspectiva de ter de passar diante do açougue do Cargill (não tinha outro remédio para ir à loja de Solepipe) para prestar muita atenção ao desfile. O automóvel de Blifil-Gordon parara por instantes diante do Ye Olde Tea Shoppe. Avante, brigada do café! Metade das damas da cidade pareciam se apressar em sair, com seus cachorrinhos fraldiqueiros ou suas cestas de compras nos braços, para se apinharem ao redor do carro, como bacantes em torno do trono do deus do vinho. No fim de contas, a única ocasião em que se tem a oportunidade de trocar sorrisos com a alta administração do condado é quando há eleições. Havia pressurosos gritos femininos: "Boa sorte, Sr. Blifil-Gordon!", "Querido Sr. Blifil-Gordon!", "Torcemos para que se eleja, Sr. Blifil-Gordon!". E o Sr. Blifil-Gordon prodigalizava sorrisos sem descanso, mas graduando-os cuidadosamente. Ao populacho dedicava um sorriso difuso e geral, sem deter-se em ninguém em especial; às damas do café e aos seis patriotas escarlates do Clube Conservador, dirigiu-lhes sorrisos individuais; os mais favorecidos de todos foram aqueles a quem o jovem Walph acenou cordialmente com a mão, acompanhando o gesto por um esganiçado "Viva!".

O coração de Dorothy apertou. Viu o Sr. Cargill, que, como o resto dos lojistas, estava à porta do seu açougue. Era um homem alto, de aspecto pouco agradável, com um avental listrado de azul, e um rosto magro e bem barbeado, tão vermelho quanto algumas das peças de carne que ficavam expostas por tempo excessivo na vitrina. Tão fascinados estavam os olhos de Dorothy por essa ameaçadora figura que não viu para onde estava indo e esbarrou num homem enorme e troncudo que descia do passeio recuando.

O homenzarrão voltou-se:

— Santo Deus! Mas se é Dorothy! — exclamou.

— Sr. Warburton! É incrível! Sabe que eu estava com o pressentimento de que iria encontrá-lo hoje?

— Pela comichão nos polegares? — disse o Sr. Warburton, com um sorriso radiante estampado em seu rosto largo, sanguíneo e bonacheirão. — E como está você? Mas, por Deus! — acrescentou —, para que perguntar? Você está mais fascinante que nunca!

Beliscou o cotovelo nu de Dorothy, que, depois do café da manhã, pusera um vestido riscadinho, sem mangas. Dorothy recuou rapidamente para ficar fora do alcance dele (ela detestava ser beliscada ou "bolinada" de qualquer maneira que fosse) e disse em tom severo:

— Por favor, não me belisque o cotovelo. Não gosto disso.

— Minha querida Dorothy, e quem poderia resistir a uma beleza de cotovelo como o seu? É o tipo de cotovelo que se belisca automaticamente. Entenda-me, é um ato reflexo.

— Quando regressou a Knype Hill? — perguntou Dorothy, colocando a bicicleta entre ambos. — Há mais de dois meses que não o via.

— Voltei anteontem. Mas é apenas uma visita-relâmpago. Parto de novo amanhã. Estou levando os garotos para a Bretanha. Os bastardos, você sabe.

O Sr. Warburton pronunciou a palavra bastardos com um toque de orgulho ingênuo. Dorothy, ao ouvi-la, sentiu-se constrangida e desviou os olhos. Ele e seus "bastardos" (tinha três) eram um dos maiores escândalos de Knype Hill. O Sr. Warburton, que vivia de rendas e se chamava a si mesmo pintor (produzia meia dúzia de paisagens medíocres por ano), tinha chegado a Knype Hill dois anos antes e adquirira um dos novos chalés vizinhos da casa paroquial. Aí vivera ou, melhor dito, passara temporadas, em notório concubinato com uma mulher a quem chamava sua governanta. Fazia quatro meses que essa mulher — uma estrangeira, espanhola segundo se dizia — criara um novo e ainda pior escândalo, quando bruscamente o abandonou e aos seus três filhos, que agora viviam com uma parente em Londres. Warburton era um homem de estupenda aparência, embora completamente calvo (coisa que tratava de dissimular por todos os meios) e assumia um ar tão garboso, que dava a impressão de que seu ventre consideravelmente volumoso era apenas uma espécie de anexo de seu tórax. Tinha 48 anos, mas admitia somente 44. A gente da cidade dizia que ele era o que se podia chamar um "velho safado", e as jovens o temiam, não sem razão.

O Sr. Warburton pousara a mão, num gesto pseudopaternal, no ombro de Dorothy, e conduzia-a através da multidão, falando o tempo todo quase sem uma pausa. O automóvel de Blifil-Gordon, depois de ter contornado o chafariz, iniciava seu caminho de regresso, ainda acompanhado por sua trupe de bacantes cinquentonas. O Sr. Warburton, surpreendido pelo insólito espetáculo, deixou de falar por momentos para observar melhor.

— O que significa toda essa palhaçada? — perguntou.

— Ah, estão... como dizem mesmo?... em campanha eleitoral. Tratando de conseguir que votemos neles, suponho.

— Tratando de conseguir que votemos neles! Santo Deus! — murmurou o Sr. Warburton, observando o cortejo triunfal. Ergueu a bengala de castão de prata que sempre levava consigo e apontou, de maneira bastante expressiva, primeiro para uma figura do desfile, depois para outra e outra. — Olhe para aquilo! Olhe aquela! Veja todas aquelas bruxas puxa-sacos, e essa espécie de retardado mental que está arreganhando os dentes para nós como um chimpanzé diante de um saco de castanhas. Você já viu alguma vez espetáculo mais repugnante?

— Tenha cuidado! — murmurou Dorothy. — Podem ouvi-lo.

— Ótimo! — exclamou o Sr. Warburton, levantando imediatamente a voz. — E pensar que esse sujeitinho tem realmente a desfaçatez de pensar que nos está deliciando com a exibição de sua dentadura postiça! Só o terno que leva já constitui um insulto! Há um candidato socialista? Se houver, certamente votarei nele.

Muitas pessoas que estavam no passeio voltaram-se e olharam-no. Dorothy viu o pequeno Sr. Twiss, o comerciante de ferragens, um velho murcho e de tez coriácea, espiando com dissimulada malevolência por detrás das cestas de vime penduradas na porta de seu estabelecimento. Captara a palavra "socialista" e estava catalogando mentalmente o Sr. Warburton como socialista e Dorothy como a amiga dos socialistas.

— Realmente, tenho que ir — disse Dorothy apressadamente, sentindo ser mais prudente bater em retirada, antes que o Sr. Warburton começasse a dizer coisas ainda mais inconvenientes. — Tenho que fazer um montão de compras. Então, por agora, adeus.

— Ah, não! — protestou o Sr. Warburton jovialmente. — De maneira alguma! Eu a acompanho.

Enquanto Dorothy descia a rua montada em sua bicicleta, ele caminhava a seu lado, falando sem parar, com seu vasto peito bem estofado e a bengala apertada sob o braço.

Era um homem de quem não se escapava facilmente, e, embora Dorothy o contasse entre seus amigos, às vezes, desejava que ele não escolhesse sempre para falar-lhe os lugares públicos mais concorridos, sendo o Sr. Warburton o escândalo da cidade e ela a filha do reverendo. Desta vez, porém, até que se sentia grata pela companhia dele, que facilitava sua passagem diante do açougue de Cargill, pois este continuava plantado na porta e a seguia com um olhar de viés e cheio de significação.

— Foi pura sorte tê-la encontrado esta manhã — continuava o Sr. Warburton. — De fato, estava à sua procura. Sabe quem vem jantar comigo esta noite? Bewley... Ronald Bewley. Ouviu falar dele, claro.

— Ronald Bewley? Não, creio que não. Quem é?

— Mas como! Ronald Bewley, o romancista! O autor de Piscinas e Concubinas. Certamente já leu Piscinas e Concubinas, não é?

— Não, lamento muito. De fato, nem sequer ouvi falar nesse livro.

— Minha querida Dorothy! Como você tem perdido o tempo dessa maneira? Tem que ler, sem falta, Piscinas e Concubinas. É coisa quente, garanto, pornografia de primeira classe. Precisamente o que lhe faz falta para tirar-lhe da boca esse ar de escoteira.

— Preferia que não dissesse essas coisas! — protestou Dorothy, olhando contrafeita para o outro lado, e depois voltando imediatamente o olhar, porque por um triz não o cruzava com o de Cargill. — Onde vive esse Sr. Bewley? — acrescentou ela. — Não será aqui, não é?

— Ele está vindo de Ipswich para jantar e talvez fique até amanhã. Por isso é que eu a estava procurando. Pensei que você gostaria de o conhecer. Que tal vir jantar esta noite conosco?

— Não posso — disse Dorothy. — Tenho de cuidar do jantar de papai e de uma porção de coisas. Não estarei livre antes das oito, ou mais.

— Apareça depois do jantar, então. Gostaria que conhecesse Bewley. É um sujeito interessante. Muito por dentro do escândalo de Bloomsbury, e coisas assim. Você gostará de conhecê-lo. Além disso, vai lhe fazer bem escapar por algumas horas do galinheiro da igreja.

Dorothy estava tentada a aceitar o convite. Para falar a verdade, ela gostava muito das visitas ocasionais que fazia à casa do Sr. Warburton. Mas, é claro, eram visitas muito ocasionais — no máximo, uma vez a cada três ou quatro meses; era óbvio que não ficava bem ter um convívio demasiado assíduo com semelhante homem. E, mesmo nas raras ocasiões em que o visitava, tinha o cuidado de se certificar de antemão de que haveria, pelo menos, um outro visitante.

Há dois anos, quando o Sr. Warburton chegou pela primeira vez a Knype Hill (nessa época, ele se fazia passar por viúvo com dois filhos; um pouco depois, entretanto, a governanta deu subitamente à luz um terceiro bebê, em plena noite), Dorothy conheceu-o durante um chá social e, depois, foi visitá-lo. O Sr. Warburton recebeu-a com um delicioso chá, falou espirituosamente sobre livros e, logo depois do chá, sentou-se ao lado dela num sofá e tentou fazer amor com ela, de um modo violento, furioso e até bruto. Foi praticamente um assalto. Dorothy ficou horrorizada a ponto de se descontrolar, mas não suficientemente horrorizada para resistir. Soltou-se dele e refugiou-se no outro canto do sofá, branca, tremendo e quase em lágrimas. O Sr. Warburton, por seu lado, não só não sentia vergonha como até parecia bastante divertido.

— Como pôde? Como pôde fazer isso? — soluçou Dorothy.

— Seria mais correto dizer que não pude — disse o Sr. Warburton.

— Mas como pôde ser tão bruto?

— Ah, isso? Facilmente, minha filha, facilmente. Entenderá quando chegar à minha idade.

Apesar desse mau começo, uma espécie de amizade crescera entre eles, a ponto de Dorothy ser frequentemente "falada" em relação ao Sr. Warburton. Claro que não demorava muito para alguém "ser falado" em Knype Hill. Ela só o via a longos intervalos e tomava sempre as maiores precauções para não se encontrar a sós com ele; assim mesmo, o Sr. Warburton descobria sempre um jeito de fazer seus avanços amorosos. Mas sempre de modo cavalheiresco; o desagradável incidente do começo não voltou a repetir-se. Depois de ter sido perdoado, o Sr. Warburton explicou a Dorothy que "sempre experimentava" com todas as mulheres apresentáveis que conhecia.

— E não lhe acontece com isso levar muitos foras? — Dorothy perguntou.

— Ah, certamente. Mas, se quer saber, também tenho êxito em bom número de ocasiões.

As pessoas surpreendiam-se, às vezes, de ver como uma moça como Dorothy podia combinar, mesmo ocasionalmente, com um homem do tipo do Sr. Warburton; mas a ascendência que ele exercia sobre ela era o que o blasfemo e a pessoa de vida duvidosa sempre têm sobre as criaturas devotas. É um fato — basta olhar à nossa volta para comprová-lo — que entre o virtuoso e o imoral existe uma atração recíproca natural. As melhores cenas de bordel de toda a literatura foram escritas, sem exceção, por pessoas sérias, virtuosas, crentes ou não. E, é claro, Dorothy, nascida no século XX, fazia questão de ouvir as blasfêmias do Sr. Warburton com toda a calma possível; é inevitável lisonjear os fracos fazendo-os perceber que se fica escandalizado com o que dizem e fazem. Além disso, Dorothy sentia por ele verdadeira afeição. O Sr. Warburton mexia com ela, atormentava-a, e, no entanto, sem que ela mesma se apercebesse completamente disso, recebia dele uma espécie de simpatia e compreensão que não podia encontrar em nenhuma outra parte. Apesar de todos os seus defeitos, ele sem dúvida era simpático, e o brilho pretensioso de sua conversação (Oscar Wilde sete vezes diluído) que ela, por sua inexperiência, não podia entender completamente, fascinava-a ao mesmo tempo que a escandalizava. Talvez, nessa oportunidade, também a perspectiva de vir a conhecer o celebrado Sr. Bewley a atraía, se bem que, na realidade, Piscinas e Concubinas lhe soava como o gênero de livro que não leria ou então, caso o lesse, se obrigaria a uma severa penitência. Em Londres, sem dúvida, uma pessoa dificilmente se daria ao trabalho de atravessar sequer uma rua para ver meia centena de romancistas; mas as coisas eram vistas de um modo muito diferente em lugares como Knype Hill.

— Tem a certeza de que o Sr. Bewley virá? — perguntou ela.

— Claro que sim. E sua mulher também virá, creio. Não faltará um pau de cabeleira. Nada de Tarquínio e Lucrécia esta noite.

— Muito bem — resolveu Dorothy finalmente —, fico muito grata. Aparecerei por volta das oito e meia, assim espero.

— Excelente. Se puder dar um jeito de ir ainda de dia, melhor. Lembre-se de que a Sra. Semprill é a minha vizinha do lado. Pode estar certa de que, depois do anoitecer, ela estará de sentinela.

A Sra. Semprill era a fofoqueira-mor da cidade, quer dizer, a mais destacada de todas, pois havia muitas outras que se dedicavam à mesma atividade. Tendo conseguido o que queria (ele estava sempre insistindo com Dorothy para que fosse à sua casa com mais assiduidade), o Sr. Warburton despediu-se e deixou que Dorothy prosseguisse em suas compras.

Na penumbra da loja de Solepipe, e justamente quando se afastava do balcão com seus dois metros e meio de cortina já debaixo do braço, uma voz soturna e lamentosa chegou aos ouvidos de Dorothy. Era a Sra. Semprill. Era uma mulher de seus quarenta anos, magra, com um rosto largo, pálido e distinto, que, somado a seu cabelo negro e luzidio, e um ar de profunda melancolia, dava-lhe de certo modo a aparência de um retrato de Van Dyck.

Estivera vigiando a conversa de Dorothy com o Sr. Warburton entrincheirada atrás de uma pilha de peças de cretone junto à janela. Sempre que alguém fazia algo que não desejaria ser testemunhado pela Sra. Semprill, poderia ter a certeza absoluta de que ela andaria por perto. Parecia ter o poder de materializar-se, como um gênio da lâmpada árabe, em qualquer parte onde fosse indesejável. Nenhuma indiscrição, por menor que fosse, passava despercebida à sua eterna vigilância. O Sr. Warburton costumava dizer que ela era como as quatro bestas do Apocalipse: "Elas estão cheias de olhos, como se recordará, e não descansam nem de dia nem de noite".

— Dorothy querida — murmurou a Sra. Semprill, com a voz dolorida e carinhosa de quem se dispõe a dar uma má notícia o mais suavemente possível. — Estava ansiosa por falar-lhe, meu bem. Tenho que lhe contar algo simplesmente espantoso... algo que realmente a horrorizará!

— O que é? — indagou Dorothy, resignada, sabendo muito bem o que vinha por ali, pois a Sra. Semprill tinha um único tema de conversação.

Saíram juntas da loja e começaram a caminhar pela rua, Dorothy empurrando sua bicicleta e a Sra. Semprill ao lado, saltitando como um delicado passarinho, e aproximando cada vez mais a boca da orelha de Dorothy, à medida que seus comentários iam ficando mais íntimos.

— Já notou aquela moça — começou ela — que se senta na ponta do banco mais próximo do órgão da igreja? Uma jovem bonita, de cabelo ruivo. Não faço a menor ideia de como se chama — acrescentou, bem ciente do nome e do sobrenome de todos os homens, mulheres e crianças de Knype Hill.

— Molly Freeman — esclareceu Dorothy. — É sobrinha de Freeman, o verdureiro.

— Ah, Molly Freeman? É esse o nome dela? Muitas vezes me perguntei que nome ela teria. Bem...

Os delicados lábios vermelhos aproximaram-se mais e a voz lamentosa reduziu-se a um sussurro escandalizado. A Sra. Semprill começou a despejar um caudal de calúnias purulentas sobre Molly Freeman e seis rapazes que trabalhavam na refinaria de açúcar. Momentos depois, o relato ficou tão escabroso que Dorothy, vermelha de vergonha, afastou precipitadamente o ouvido dos lábios sussurrantes da Sra. Semprill. Parou a bicicleta.

— Não estou disposta a ouvir tais coisas! — disse abruptamente. — Sei que nada disso é verdade a respeito de Molly Freeman. Não pode ser verdade, Sra. Semprill! Molly é uma jovem encantadora e sossegada. Foi uma de minhas melhores escoteiras e sempre está disposta a ajudar nas festas da paróquia e em tudo o que seja preciso. Estou absolutamente certa de que não faria as coisas que a senhora está dizendo.

— Mas, minha querida Dorothy! Se lhe conto é porque vi com os meus próprios olhos...

— Não me importa! Não é correto andar dizendo tais coisas a respeito das pessoas. Mesmo que fossem verdadeiras, não fica bem a ninguém repeti-las. Já basta toda a maldade que existe no mundo, sem se ter que andar por aí atrás dela.

— Atrás dela! — suspirou a Sra. Semprill. — Mas, minha querida, fala como se eu quisesse ou precisasse procurar! A tragédia é que não se pode deixar de ver toda a pavorosa imoralidade que acontece nesta cidade!

A Sra. Semprill mostrava-se sempre sinceramente atônita quando alguém a acusava de procurar assuntos para escândalo. Nada lhe era mais doloroso, protestava ela, do que o espetáculo da corrupção humana; mas, desgraçadamente, ele lhe era imposto a todo instante aos seus olhos relutantes, e só um apurado sentido de dever a impelia a divulgá-lo. A observação de Dorothy, longe de a fazer calar, animou-a, pelo contrário, a falar sobre a corrupção maciça de toda a cidade de Knype Hill, de que a má conduta de Molly Freeman era apenas um exemplo. Assim, de Molly Freeman e dos seis rapazes, ela passou ao Dr. Gaythorne, o médico oficial da cidade, que engravidara duas enfermeiras do Cottage Hospital; e depois à Sra. Corn, esposa do secretário da Prefeitura, que aparecera estendida num descampado inteiramente ébria com água de colônia; seguiu-se o pastor de St. Wedekind, em Millborough, que se envolvera num assunto escandaloso com um menino do coro; e assim sucessivamente. Pois nem na cidade ou seus arredores havia alguém de quem a Sra. Semprill não pudesse revelar algum segredo nauseabundo, se o seu interlocutor ou interlocutora dispusesse de tempo bastante para ouvi-la.

Era notório serem suas histórias não só sujas e caluniosas como também nelas haver sempre algum monstruoso matiz de perversão. Comparada com as mexeriqueiras encontradiças em qualquer cidade de província, podia-se dizer que a Sra. Semprill estava como Freud para Boccaccio. Ouvindo-a falar, tinha-se a impressão de que Knype Hill, com seus dois mil habitantes, reunia em si mais perversões refinadas do que Sodoma, Gomorra e Buenos Aires juntas. Com efeito, pensando-se na vida que levavam os habitantes desta recente Cidade da Planície — desde o diretor do banco local, que malbaratava o dinheiro de sua clientela com os filhos de seu segundo casamento (bígamo), até a garçonete do Dog and Bottle, que servia bebidas no bar vestida apenas com chinelinhas de cetim de salto alto, e desde a velha Srta. Channon, a professora de música, com sua garrafa de gim guardada em segredo e suas cartas anônimas, até Maggie White, a filha do padeiro, que tivera três filhos do próprio irmão — pensando-se em todas essas pessoas, jovens e velhos, ricos e pobres, entregues a monstruosos vícios babilônicos, era de espantar que o fogo não tivesse ainda descido dos céus para destruir imediatamente a cidade. Mas, escutando-se um pouco mais as histórias da Sra. Semprill, o catálogo de obscenidades tornava-se primeiro monótono e depois insuportavelmente enfadonho. Pois numa cidade em que todo o mundo é bígamo, pederasta, ou viciado em drogas, o maior dos escândalos acaba perdendo todo o interesse. Em resumo, a Sra. Semprill era algo muito pior do que uma caluniadora: era uma chata.

Quanto ao crédito que se dava a suas histórias, isso variava. Por vezes, dizia-se dela que era uma velha faladeira e que tudo que contava era um monte de mentiras; outras vezes, prestava-se ouvidos a algumas de suas acusações, cuja vítima levava meses e até anos para superá-las. Como seria de prever, ela havia sido o instrumento de ruptura de não menos que meia dúzia de compromissos matrimoniais e de um número bem maior de brigas entre marido e mulher.

Durante todo esse tempo, Dorothy tentara em vão livrar-se dela. Desviara-se pouco a pouco, atravessando para o outro lado da rua, até levar a bicicleta junto ao meio-fio da direita; mas a Sra. Semprill seguiu-a tenazmente, cochichando sem cessar. Somente quando chegou ao fim da Rua Principal, Dorothy reuniu forças suficientes para escapar. Estacou e pôs o pé direito no pedal da bicicleta.

— Não posso deter-me nem um minuto mais — disse. — Tenho mil coisas a fazer e já me atrasei demais.

— Mas, Dorothy, meu bem! Tenho ainda que lhe contar algo da maior importância!

— Sinto muito, mas estou com pressa. Fica para outro dia.

— Trata-se desse horrível Sr. Warburton — apressou-se em dizer a Sra. Semprill, temendo que Dorothy escapasse sem a ouvir. — Ele acaba de regressar de Londres e... sabe?... o que eu lhe queria dizer é precisamente... na realidade...

Dorothy compreendeu que tinha de afastar-se imediatamente, custasse o que custasse. Não podia imaginar nada mais desagradável do que ter de discutir com a Sra. Semprill sobre o Sr.

Warburton. Montou na bicicleta e, com um lacônico: "Lamento, mas não posso demorar mais!", pedalou velozmente.

— Queria dizer-lhe... ele está com uma outra mulher! — a Sra. Semprill gritou atrás dela, esquecendo-se até de baixar a voz em sua ânsia por transmitir-lhe esse suculento bocado.

Mas Dorothy já dobrava a esquina, sem olhar para trás, e fingindo não ter ouvido. Uma coisa deveras imprudente, porque deixar a Sra. Semprill cortada a meio do que se propunha dizer nunca dera bom resultado. Qualquer tipo de resistência a suas histórias escandalosas era interpretado como um sinal de depravação e, assim que se afastasse do seu lado, passava-se a ser automaticamente protagonista de novos e mais graves escândalos, que ela tratava pressurosamente de divulgar.

No caminho de regresso, Dorothy ia pensando pouco caritativamente na Sra. Semprill, pelo que teve de recorrer ao alfinete. Além disso, pensava numa outra coisa, deveras perturbadora, que não lhe ocorrera até esse momento: que a Sra. Semprill saberia certamente de sua visita à casa do Sr. Warburton nessa noite e, no dia seguinte, já estaria provavelmente convertida em novo e escandaloso caso. Essa ideia passou por sua mente com uma vaga premonição aziaga no instante em que desmontava da bicicleta diante do portão da casa pastoral, onde Jack, o Tonto, o bobo da cidade, um retardado mental de terceiro grau, de rosto triangular e vermelho como um morango, zaranzava com uma vara de aveleira na mão, vergastando distraidamente o pilar do portão.

4

Passava um pouco das onze. O dia, como viúva demasiado madura, mas cheia de esperanças, que quer aparentar 17 anos, estivera se dando ares de abril, mas, agora, lembrara-se de que era agosto e decidira-se a ser excessivamente quente.

Dorothy pedalou até a aldeia de Fennelwick, a menos de dois quilômetros de Knype Hill. Já entregara à Sra. Lewin o emplastro para calos e dispunha-se a levar à Sra. Pither o recorte do Daily Mail sobre o chá de angélica para o reumatismo. O sol, escaldante num céu sem nuvens, atravessava-lhe o vestido riscadinho, queimando-lhe as costas, e a estrada poeirenta fremia no calor. A pradaria lisa e sufocante, acima da qual, mesmo nessa época do ano, inúmeras cotovias trinavam irritantemente, era de um verde tão vivo que feria os olhos. Era um daqueles dias que as pessoas que não precisam trabalhar chamam de maravilhoso.

Dorothy encostou a bicicleta no portão da casa dos Pither, retirou um lenço da bolsa e enxugou as mãos suadas pelo contato com o guidão. Na luz solar, seu rosto parecia murcho e sem cor. A essa hora da manhã, mostrava realmente a sua idade, senão um pouco mais. Ao longo do dia — e, em geral, era um dia de dezessete horas — ela passava por períodos regularmente alternados de fadiga e de energia; a metade da manhã, quando cumpria a primeira prestação das visitas diárias, era um desses períodos de cansaço.

Essas visitas consumiam quase metade do dia, por causa das distâncias que tinha de percorrer de bicicleta, de casa em casa. Todos os dias de sua vida, com exceção dos domingos, fazia de meia a uma dúzia de visitas às casas dos paroquianos.

Conhecia interiores acanhados e sentava-se em cadeiras poeirentas, com as molas do estofo rebentadas, para bater papo com donas de casa sobrecarregadas de serviço e desarrumadas. Em cada casa passava uma meia hora apressada, dando uma ajuda na costura ou no ferro de engomar, lia capítulos dos Evangelhos, refazia ataduras em "pernas ruins", e consolava gestantes atacadas de náuseas matinais; ela brincava de cavalgar cavalos de pau com crianças que fediam a azedo e lhe sujavam o peitilho do vestido com os dedinhos pegajosos; dava conselhos sobre como revigorar aspidistras raquíticas, sugeria nomes para futuros bebês, e bebia inúmeras xícaras de chá — pois as mulheres trabalhadoras sempre queriam que ela tomasse uma "xícara de chá" da chaleira, eternamente em ebulição.

A maior parte desse trabalho era profundamente desanimadora. Eram poucas, muito poucas, as mulheres que pareciam ter pelo menos uma vaga ideia da vida cristã que ela tentava ajudá-las a levar. Algumas delas eram tímidas e desconfiadas, estavam sempre na defensiva e arranjavam desculpas quando Dorothy as instigava a participar da Sagrada Comunhão; outras fingiam devoção, com vistas aos míseros trocados que pudessem surripiar da caixa das esmolas da igreja; as que bem acolhiam as visitas de Dorothy eram, especialmente, as palradoras, sempre desejosas de um auditório a quem se queixarem das "andanças" de seus maridos ou contarem intermináveis histórias fúnebres acerca das terríveis doenças de que tinham morrido parentes seus ("E tiveram que pôr-lhe tubos de vidro nas veias" etc. etc.).

Dorothy sabia que metade das mulheres em sua lista eram, no fundo, ateias, de um ateísmo vago e irracional. Sua vida cotidiana era uma luta contra essa vaga, confusa e irredutível descrença, tão comum na gente inculta, contra a qual todos os argumentos eram impotentes. Nunca conseguia elevar o número de comungantes para mais de uma dúzia. Algumas dessas mulheres prometiam ir, cumpriam sua promessa durante um mês ou dois, e, então, voltavam a sumir. Com as mulheres mais jovens, sobretudo, nada havia a fazer. Nem mesmo participavam das atividades locais das organizações paroquiais que tinham por objetivo beneficiá-las.

Dorothy era secretária honorária de três dessas agremiações, além de ser chefe das Escoteiras. A Confraria da Esperança e a Sociedade Matrimonial definhavam por absoluta falta de membros, e a União das Mães só se mantinha porque os mexericos e o chá forte em quantidade ilimitada tornavam suportáveis as sessões semanais de costura. Sim, era um trabalho ingrato — tão ingrato que, por vezes, teria parecido também fútil, se Dorothy não soubesse perfeitamente o que era essa sensação de futilidade: a mais sutil arma do demônio.

Dorothy bateu à porta desengonçada da casa dos Pither, e pelas frestas saía um melancólico cheiro de repolho cozido e água suja. Graças à sua larga experiência, Dorothy conhecia e podia reconhecer de antemão os cheiros peculiares da cada casa em suas visitas. Alguns desses odores eram peculiares ao extremo. Por exemplo, o cheiro salobro e bravio da casa do velho Sr. Tombs, idoso livreiro aposentado que permanecia de cama o dia inteiro num quarto escuro, o longo e cinzento nariz e os óculos com lentes de cristal de rocha sobressaindo do que parecia ser um grosso cobertor de pele, enorme e de grande luxo. Mas se pusesse a mão no cobertor, ele se desintegrava e voava em pedaços em todas as direções. Era inteiramente formado de gatos, 24 gatos, para sermos exatos. O Sr. Tombs costumava dizer, à guisa de explicação, que "os bichanos o mantinham aquecido". Em quase todas as casas havia um cheiro básico de casacos velhos e água de lavagens, ao qual se sobrepunham outros cheiros particulares: fedor de fossa sanitária, repolho, crianças, ou esse cheiro forte, parecido ao do bacon defumado, do veludo cotelê impregnado do suor de uma década.

A Sra. Pither abriu a porta, que, como sempre, emperrou na ombreira, e depois, com o safanão que lhe deu, fez sacudir a casa toda. Era um mulherão de espáduas encurvadas, cabelo grisalho e ralo, avental de estopa e chinelos de feltro.

— Mas quem estou vendo, a Srta. Dorothy! — exclamou com voz triste e sem vida, embora não desprovida de certo afeto.

Tomou Dorothy entre as mãos grandes e nodosas, cujas articulações, por causa dos anos e do constante lavar de roupas e panelas, brilhavam como cebolas peladas, e plantou-lhe um beijo úmido no rosto. Depois fê-la passar ao interior sujo da casa.

— Pither está fora trabalhando, senhorita — informou, enquanto entravam. — Está lá na casa do Dr. Gaythorne, removendo a terra dos canteiros de flores.

O Sr. Pither fazia biscate como jardineiro. Ele e sua mulher, ambos septuagenários, formavam um dos poucos casais realmente devotos de toda a lista de Dorothy. A Sra. Pither, que padecia de um perpétuo torcicolo porque as vergas das portas eram baixas demais para ela, levava uma vida triste, como a de um verme que se arrasta de um lado para o outro, entre o poço, o tanque, a lareira e uma horta minúscula. A cozinha vivia decentemente arrumada e limpa, mas era opressivamente abafada, malcheirosa e saturada de pó antigo. No extremo oposto à chaminé, a Sra. Pither fizera uma espécie de genuflexório, com um pedaço de esteira velha e engordurada colocada diante de pequeno harmônio imprestável, sobre o qual havia uma pintura a óleo da crucificação, um "Velai e Orai" feito de contas e miçangas, e uma fotografia do Sr. e Sra. Pither no dia do casamento em 1882.

— Pobre Pither! — prosseguiu a Sra. Pither em sua voz depressiva. — Ter que cavar a terra na sua idade, e com aquele seu reumatismo tão forte! Não é uma crueldade, Srta. Dorothy? E nestas últimas manhãs esteve péssimo, com uma dor entre as pernas, que nem sequer imagina o que seja. Não é dura e amarga, Srta. Dorothy, a vida que nós, pobres trabalhadores, temos que levar?

— Sim, é uma vergonha — disse Dorothy. — Mas espero que a senhora esteja passando um pouco melhor.

— Ai, senhorita, não há nada que me ponha melhor. O meu caso não tem remédio neste mundo. Nunca ficarei melhor neste lugar cheio de maldade em que vivemos aqui embaixo.

— Não deve dizer isso, Sra. Pither. Espero tê-la entre nós ainda por muito tempo.

— Ai, nem imagina o mal que passei toda esta última semana! O reumatismo andou subindo e descendo por trás de minhas pobres e velhas pernas, e houve manhãs em que nem sequer podia chegar até a horta para colher um punhado de cebolas. Ai, Srta. Dorothy, que mundo tão ruim este em que vivemos! Não lhe parece? Um mundo injusto e cheio de pecados.

— Mas não podemos esquecer, Sra. Pither, que depois deste mundo existe um outro melhor. Esta vida é apenas um período de prova, em que nos fortalecemos e aprendemos a ser pacientes, a fim de estarmos preparados para entrar no céu, quando chegar o momento.

Ao ouvir essas palavras, a Sra. Pither mudou completamente. O motivo foi a palavra "céu". A Sra. Pither só tinha dois temas de conversa: um eram as alegrias do céu, e o outro, os sofrimentos da vida presente. A observação de Dorothy pareceu atuar sobre ela como uma palavra mágica. Seu olhar cinzento e baço não conseguiu recuperar o brilho, mas sua voz ganhou vida e encheu-se de um entusiasmo quase alegre.

— Ah, Srta. Dorothy, que bom tê-la ouvido dizer isso! Que grande verdade! Isso é o que Pither e eu nos dizemos sempre. E é o que nos faz suportar tudo: a ideia do céu e do eterno descanso que nele teremos. No céu seremos recompensados por tudo o que sofremos, não é verdade, Srta. Dorothy? Por cada pedacinho de sofrimento seremos retribuídos cem, mil vezes. Não é verdade? No céu encontraremos todo o repouso — descanso e paz. E nada de reumatismo, de cavar a terra, de cozinhar, de lavar roupa. Acredita nisso, não é verdade, Srta. Dorothy?

— Claro que sim.

— Ah, se soubesse o que nos conforta pensar no céu! Cada vez que Pither regressa a casa de noite, cansado, e que o reumatismo dos dois nos faz sofrer demais, ele me diz: "Não se preocupe, minha velha, já estamos perto do céu. O céu foi feito para pessoas como nós, para os pobres trabalhadores como nós, que foram sóbrios e bons e comungaram regularmente". Este é o melhor caminho, não lhe parece, senhorita? Pobres nesta vida e ricos na outra. Não como alguns desses ricaços, com todos os seus carros e suas belas casas, que não os salvarão do verme que não morre, nem do fogo que não se extingue. Que texto tão belo! Poderia rezar um pouquinho comigo, Srta. Dorothy? Estive pensando a manhã toda em rezar um pouquinho.

A Sra. Pither estava sempre disposta a "rezar um pouquinho" a qualquer hora do dia ou da noite. Era o equivalente nela a "tomar uma xícara de chá". Ajoelharam-se as duas na esteira e rezaram o padre-nosso e a Coleta da semana; depois, a pedido da Sra. Pither, Dorothy leu a parábola do rico Epulão e do pobre Lázaro, interrompida de vez em quando com: "Amém! Que grande verdade é essa, não acha? E foi levado pelos anjos ao seio de Abraão. Que lindo! É o que se pode chamar lindo de verdade! Amém, Srta. Dorothy, Amém!"

Dorothy entregou à Sra. Pither o recorte do Daily Mail sobre as virtudes antirreumáticas do chá de angélica e depois, vendo que a velhota não tirara do poço água em quantidade suficiente para o dia todo, tirou-lhe três baldes. Era um poço muito fundo, com um parapeito tão baixo que o mais provável era a Sra. Pither acabar, um dia daqueles, por cair dentro dele e afogar-se. Por outro lado, nem mesmo tinha uma roldana, de modo que os baldes deviam ser içados a pulso. Dorothy sentou-se ainda por mais alguns minutos com a Sra. Pither, que continuou a falar-lhe do céu e de suas inefáveis delícias.

Era extraordinária a constância com que a ideia do céu ocupava o seu pensamento, e ainda mais extraordinárias as pinceladas de realidade com que o via. Suas ruas douradas e portões de pérolas do Oriente eram tão reais para ela como se, de fato, as tivesse tido diante dos olhos. E sua visão abrangia os detalhes mais concretos, mais terrenos: A maciez das camas lá em cima! À suculência dos manjares! Os preciosos vestidos de seda, limpos, que se vestiam todas as manhãs! As tarefas domésticas cessadas para toda a eternidade. Essa visão do céu a sustentava e a consolava em quase todos os momentos da vida, e suas queixas amargas acerca do pesado fardo dos "pobres trabalhadores" encontravam uma curiosa satisfação na ideia de que, depois de tudo, os "pobres trabalhadores" eram os principais habitantes do céu. Era como se tivesse feito uma espécie de transação para trocar toda uma vida de árdua trabalheira por uma eternidade de privilégios e bem-aventurança. Sua fé era quase excessiva, se isso fosse possível. E o curioso era que essa certeza inabalável com que a Sra. Pither aguardava o céu e o descrevia como uma espécie de glorificado asilo para incuráveis, produzia em Dorothy uma estranha inquietação.

Dorothy preparou-se para sair, enquanto a Sra. Pither lhe agradecia — talvez com excessiva efusão — a visita, rematando, como de costume, com uma nova série de lamentações sobre o seu reumatismo.

— Não deixarei de tomar o chá de angélica — concluiu —, e muito agradecida pela receita. Embora não acredite que me sirva de nada. Ai, Srta. Dorothy, não sabe o mal que passei a semana passada! Foi como se me tivessem golpeado a parte de trás das pernas o tempo todo com uma barra de ferro em brasa. E nem sequer posso esfregá-las bem. Seria pedir-lhe muito, Srta. Dorothy, que me desse um pouco de massagem antes de sair? Tenho uma garrafa de linimento Elliman's debaixo da pia.

Sem que a Sra. Pither o visse, Dorothy deu um forte beliscão em si mesma. Estivera o tempo todo esperando por isso — que já lhe acontecera muitas vezes antes — e realmente detestava fazer massagens na Sra. Pither. Animou-se a si mesma com raiva. "Vamos, Dorothy! Não torça o nariz, por favor! João 13:14".

— Mas claro que sim, Sra. Pither! — acudiu prontamente.

Subiram a escada estreita e pouco firme em que, ao passar por um certo ponto, a pessoa tinha que dobrar-se até quase a metade para não bater com a cabeça no teto excessivamente baixo. A luz entrava no quarto de dormir por uma janelinha quadrada que, por causa de uma trepadeira que, do lado de fora, emperrava a parte inferior do caixilho, não era aberta há vinte anos. Uma enorme cama de casal com lençóis eternamente úmidos e um colchão de flocos de lã tão cheios de vales e montanhas quanto um mapa em relevo da Suíça, ocupavam o quarto quase por completo. Com muitos gemidos, a velha subiu na cama e estendeu-se de bruços. O quarto fedia a urina e a elixir paregórico.

Dorothy apanhou o vidro de linimento Elliman's e friccionou cuidadosamente as grandes pernas flácidas e sulcadas de grossas veias cinzentas da Sra. Pither.

Ao sair, no calor úmido, Dorothy montou em sua bicicleta e pedalou rapidamente para casa. O sol queimava-lhe o rosto, mas o ar parecia agora suave e fresco. Sentia-se feliz, muito feliz! Sempre se sentia extremamente feliz ao terminar sua ronda de visitas matutinas; e, curiosamente, não atinava com a razão. Em Borlase, a fazenda leiteira, vacas ruivas pastavam no prado, enterradas até os joelhos em reluzentes mares de grama. Dorothy aspirou o cheiro de vacas, que era como uma combinação de baunilha e feno fresco. Embora tivesse ainda pela frente meia manhã de trabalho, não pôde resistir à tentação de se retardar por alguns momentos. Desmontou e acercou-se da porteira da fazenda Borlase, nela encostando a bicicleta. Uma vaca de focinho úmido e rosado esfregava o queixo contra a porteira e observava-a com olhos sonhadores.

Dorothy descobriu uma roseira silvestre, sem flores, é claro, que crescia atrás da cerca e a transpôs para ver se se tratava de uma roseira eglantéria. Ajoelhou-se em meio ao capim alto que crescia junto à cerca. Ali embaixo, junto à terra, sentiu mais calor. A seus ouvidos soava o zumbido de uma multidão de insetos invisíveis e o cálido vapor estival que evolava das emaranhadas faixas de vegetação envolveu-a toda. Ao redor cresciam altas hastes de erva-doce, que arrastavam consigo frondes de folhagem como caudas de verdes cavalos-marinhos. Dorothy puxou um ramo de erva-doce contra o rosto e aspirou fundo o intenso aroma adocicado. O generoso perfume inebriou-a, fazendo-a, por um instante, quase desmaiar. Absorveu-o, encheu com ele os pulmões. Aroma delicioso, delicioso — aroma de dias de verão, aroma de jubilosos dias da infância, aroma de ilhas saturadas de especiarias, na cálida espuma de mares orientais!

Seu coração encheu-se de súbita alegria. Era uma alegria mística na beleza da terra e da própria natureza das coisas, que ela interpretava, talvez erroneamente, como o amor de Deus. Ajoelhada na terra escaldante, em meio àquele perfume adocicado e ao zumbido letárgico dos insetos, pareceu-lhe poder ouvir por um momento o poderoso hino de louvor que a terra e todas as coisas criadas elevam eternamente ao seu Criador. Toda a vegetação — as flores, as folhas, a grama, reluzentes, palpitantes — gritava seu júbilo. Também as cotovias cantavam, coros de cotovias invisíveis, derramando música desde as alturas. Todas as riquezas do verão, o calor da terra, o canto dos pássaros, as emanações das vacas, o zumbido de inumeráveis abelhas, misturando-se e ascendendo como a fumaça de altares perpétuos. Portanto, com os anjos e os arcanjos! Ela começou a orar e, por um momento, rezou fervorosamente, com arroubo, esquecida de si mesma no júbilo de sua adoração.

Depois, menos de um minuto mais tarde, descobriu que estava beijando as folhas de erva-docc que ainda apertava contra o rosto.

Deteve-se de chofre e recuou. Que estava fazendo? Estava adorando a Deus ou somente à terra? E a alegria fugiu-lhe do coração para ceder lugar à fria e desagradável sensação de se ter deixado arrastar por um êxtase quase pagão. Recriminou-se a si mesma: "Nada disso, Dorothy! Nada de adorar a natureza, por favor!". Seu pai advertira-a contra o culto à natureza, ouvira-o pregar mais de um sermão contra semelhante culto. Dizia que era puro panteísmo e, o que parecia repugná-lo ainda mais, uma nova moda intolerável. Dorothy apanhou um espinho da roseira silvestre e cravou-o no braço três vezes, para recordar-lhe as Três Pessoas da Trindade, antes de voltar a saltar a cerca e montar na bicicleta.

Um chapéu preto de aba larga, coberto de poeira, aproximava-se contornando a cerca. Era o padre McGuire, o sacerdote católico, que também fazia suas rondas de bicicleta. Tratava-se de um homem muito corpulento, tão volumoso que a bicicleta desaparecia-lhe sob o corpo, fazendo com que ele parecesse equilibrar-se em cima da máquina como uma bola de golfe sobre um montículo de terra. Suas faces rosadas tinham uma expressão bem-humorada e um tanto chocarreira.

Dorothy pareceu subitamente infeliz. Ruborizou-se e a mão buscou instintivamente a cruz de ouro que levava sob o vestido. O padre McGuire avançava na direção dela, com um ar imperturbável e ligeiramente divertido. Dorothy esforçou-se por sorrir e murmurou a contragosto:

— Bom dia.

Mas ele passou sem fazer o menor gesto; seus olhos resvalaram pelo rosto de Dorothy e foram perder-se atrás dela, no vazio, com uma admirável simulação de nem se ter apercebido da existência da moça. Foi um "golpe direto". Dorothy, por natureza (infelizmente!) incapaz de desferir um "golpe direto", montou em sua bicicleta e afastou-se, lutando com os pensamentos pouco caritativos que sempre a assaltavam depois de um encontro com o padre McGuire.

Cinco ou seis anos antes, quando o padre McGuire fora ao cemitério de St. Athelstan para enterrar um de seus paroquianos (em Knype Hill não havia cemitério católico), surgira uma controvérsia entre o pastor e ele sobre se o padre McGuire teria ou não que paramentar-se na igreja, e os dois religiosos tinham discutido de forma agressiva e deveras lamentável à beira da sepultura aberta. Desde então, nunca mais se haviam falado. Era melhor assim, disse o pastor.

Quanto aos outros ministros religiosos de Knype Hill — o Sr. Ward, ministro da igreja congregacionalista, o Sr. Foley, pastor metodista, e Ebenezer, o vociferante e calvo presbítero que conduzia as orgias na capela — o pai dela chamava-lhes todos uma pandilha de vulgares dissidentes e proibira a Dorothy qualquer conversa com eles, sob pena de desgostá-lo profundamente.

5

No amplo e semidestruído jardim de inverno, cujo telhado envidraçado a ação do tempo e da sujeira havia deixado embaçado, verdoso e iridescente como um velho vitral romano, transcorria um apressado e ruidoso ensaio de Carlos I. Era meio-dia.

Dorothy não participava realmente do ensaio, mas estava atarefada fazendo o guarda-roupa. Ela fazia os trajes, ou a maioria deles, para todas as peças representadas pelas crianças da escola. A montagem e encenação eram da responsabilidade de Victor Stone, o professor da escola paroquial. Era um jovem de 27 anos, franzino, moreno e nervoso, vestido num terno negro quase clerical. Nesse momento, gesticulava freneticamente, brandindo um manuscrito enrolado na direção de seis crianças de expressão estúpida. Outras quatro crianças, sentadas num banco contra a parede, ensaiavam alternadamente os "efeitos sonoros" batendo com ferros de lareira uns contra os outros e disputando entre si um encardido saco de pastilhas de menta, quarenta por um centavo.

Na estufa o calor era horrível e cheirava fortemente a cola e ao suor azedo da garotada. Dorothy estava ajoelhada no piso, com a boca cheia de alfinetes e uma tesoura na mão, cortando rapidamente folhas de papel pardo em longas tiras estreitas. A seu lado, sobre um fogareiro de querosene, borbulhava a lata de cola; atrás dela, sobre uma mesa desengonçada e coberta de manchas de tinta, havia um montão de indumentárias meio terminadas, mais folhas de papel pardo, a máquina de costura, pacotes de estopa, pedaços de cola seca, espadas de madeira e latas destampadas de tinta. Dorothy dividia sua atenção entre os dois pares de botas de cano alto do século XVII que tinha de "fabricar" para Carlos I e Oliver Cromwell, e os gritos coléricos de Victor, que era tomado de um acesso de raiva, como invariavelmente lhe ocorria nos ensaios. Ele era um ator por natureza, e se sentia especialmente penoso por ter de ensaiar com crianças de inteligência medíocre. Caminhava de um lado para o outro em grandes passadas, arengando aos garotos numa linguagem de veemente calão, e detendo-se uma vez ou outra para investir sobre um deles com uma das espadas de madeira que apanhara em cima da mesa.

— Será que não pode pôr um pouco de vida no que diz? — gritou Victor, cutucando na barriga um garoto de onze anos com impassível expressão bovina. — Não durma enquanto fala! Diga isso como se significasse alguma coisa para você, infeliz criatura! Mais parece um cadáver que foi enterrado e desenterrado de novo! Não fique prendendo as palavras na barriga! Vamos, empertigue-se e grite para ele! E, por favor, não me ponha essa cara de homicida em segundo grau!

— Vem aqui, Percy! — gritou Dorothy por entre os alfinetes. — Rápido!

Estava fazendo a couraça — a mais difícil de todas as tarefas, exceto as detestáveis botas de cano alto — com papel pardo e cola. Graças à sua larga experiência, Dorothy era capaz de fazer qualquer coisa com papel pardo e cola, inclusive uma peruca bastante razoável, com um barrete e umas mechas de estopa tingida imitando cabelo. Ao longo do ano, destinava uma grande quantidade de tempo a batalhar com papel pardo, cola, musselina e toda a parafernália do teatro amador. A necessidade de dinheiro era tão crônica na igreja que raro era o mês em que não havia uma representação a cargo das crianças da escola, um espetáculo ao ar livre ou uma exposição de quadros vivos... para não mencionar as tômbolas e vendas beneficentes.

Quando Percy — Percy Jowett, o filho do ferreiro da cidade, um garotinho de cabelo encaracolado — se levantou do banco e, de má vontade, parou diante de Dorothy, ela apanhou uma folha de papel, mediu-a no corpo de Percy, recortou o buraco para o pescoço e os braços, prendeu-a pela cintura e, com alfinetes, deu-lhe rapidamente a forma de um peitoral. Houve uma grande algazarra.

Victor: — Vamos, vamos! Entre, Oliver Cromwell... Sim, você! Não, assim não! Pensa que Oliver Cromwell entraria assim encolhido como um cachorro que acabou de apanhar? Fique direito. Estufe o peito! Franza o cenho, com um ar arrogante. Isso, agora está melhor. Agora continue, Cromwell: "Alto! Tenho uma pistola na mão!". Continue.

Uma menina: — Por favor, senhorita, mamãe me disse que eu tinha de lhe dizer...

Dorothy: — Fique quieto, Percy! Pelo amor de Deus, fique quieto!

Cromwell: — "Arto! Tou coa pistola na mão!"

Uma menina sentada no banco: — 'fessor, caiu o meu caramelo! (choramingando) Caiu o meu cara...me...loooo!

Victor: — Não, não e não, Tommie! Assim não e não!

A Menina: — Por favor, senhorita, mamãe mandou eu dizer que não pôde fazer meus calções como prometeu, senhorita, porque...

Dorothy: — Se fizer isso outra vez, vai me fazer engolir um alfinete.

Cromwell: — Alto! Tenho uma pistola...

A Menina no banco (em lágrimas): — O meu carame...looo!

Dorothy pegou o pincel de cola e com rapidez febril começou a colar tiras de papel pardo sobre todo o peito de Percy, em movimentos para cima e para baixo de um lado para o outro, um por cima do outro, só fazendo uma pausa quando o papel lhe colava nos dedos. Em cinco minutos fizera uma couraça de papel e cola tão forte que, uma vez seca, poderia desafiar uma espada de verdade. Percy, "encerrado em seu invólucro de aço" e com a borda afiada do papel cortando-lhe o queixo, mirava-se com a mesma expressão resignada e infeliz de um cachorro a quem dão banho.

Dorothy catou a tesoura, cortou a couraça de um lado, pô-la em pé para que secasse e partiu imediatamente para outro garoto, repetindo a mesma operação. Um estrépito medonho irrompeu de súbito: a "seção de efeitos sonoros" começava a ensaiar o som de tiros de pistola e de galope de cavalos. Os dedos de Dorothy estavam cada vez mais pegajosos, mas, de vez em quando, ela retirava parte da cola mergulhando as mãos num balde de água quente já preparado para isso. Em vinte minutos, completara parcialmente três couraças. Mais tarde, teria que rematá-las, pintando-as com tinta de alumínio e colocando fitas dos lados. Faltava ainda fazer os coxotes e, o pior de tudo, os elmos combinando. Victor, gesticulando com sua espada e falando aos gritos para superar o estrondoso galopar dos cavalos, fazia sucessivamente Oliver Cromwell, Carlos I, os "Cabeças Redondas", cavaleiros, camponeses e damas da corte. As crianças começavam a mostrar-se impacientes: bocejavam, choramingavam e trocavam furtivos pontapés e beliscões. Concluídas de momento as couraças, Dorothy limpou um pouco a mesa, colocou a máquina de costura em posição adequada e começou a costurar um gibão de veludo verde para um cavalheiro (na realidade, musselina verde, mas de longe fazia efeito).

Houve mais dez minutos de trabalho febril. Dorothy, quando o fio da máquina partiu, soltou um "Droga!", conteve-se e rapidamente enfiou de novo a linha na agulha. Trabalhava contra o relógio. Faltavam apenas quinze dias para a representação e havia ainda uma porção de coisas a fazer: elmos, gibões, espadas, botas de montar (essas odiosas botas que nesses últimos dias a atormentavam como um pesadelo), bainhas de espada, rufos, perucas, esporas, cenários... Quando pensava em tudo isso, ficava com o coração apertado. Os pais das crianças nunca colaboravam no guarda-roupa das representações escolares; para sermos exatos, prometiam sempre fazê-lo, mas ficavam sempre nas promessas.

Dorothy estava com uma terrível dor de cabeça, provocada em parte pelo calor que fazia na estufa, em parte pelo esforço que lhe custava coser e, simultaneamente, tentar imaginar modelos para as botas de papel pardo. De momento, esquecera-se até das vinte e uma libras, sete xelins e nove centavos que devia a Cargill. Não conseguia desviar seus pensamentos da aterradora montanha de adereços por fazer que tinha pela frente. Assim era todos os dias. Surgia uma preocupação atrás de outra: a indumentária para a representação, o piso ameaçador do campanário, as dívidas, as trepadeiras silvestres invadindo o ervilhal, e cada uma dessas preocupações era tão angustiosa que apagava todas as demais.

Victor largou a espada de madeira, tirou o relógio do bolso e olhou-o.

— Chega por hoje! — gritou no tom abrupto e implacável que nunca abandonava quando lidava com crianças. — Continuaremos na sexta-feira. Vamos, todo o mundo para fora! Estou farto de vê-los.

Acompanhou a saída das crianças e então, tendo-as esquecido assim que desapareceram de sua vista, tirou do bolso uma partitura e começou a caminhar de um lado para o outro, enquanto lançava olhadas para duas plantas abandonadas a um canto, com seus ramos secos pendidos bordas afora dos respectivos vasos. Dorothy, ainda vergada sobre a máquina, fazia as costuras do gibão de veludo verde.

Victor era um sujeitinho inteligente e inquieto, que só se sentia feliz quando brigava com alguém ou alguma coisa. O rosto pálido, de traços finos, tinha uma expressão próxima do descontentamento, mas que, na realidade, apenas refletia certa veemência pueril. As pessoas, ao vê-lo pela primeira vez, costumavam dizer que ele desperdiçava talento em trabalho tão obscuro como o de mestre-escola do interior; mas a verdade é que Victor não possuía nenhum talento especial, salvo um certo dom para a música e um dom muito mais pronunciado para lidar com crianças. Ineficaz em outros aspectos, era excelente com as crianças; adotava com elas uma adequada atitude impiedosa. Mas, é claro, como todos os mortais, ele também desprezava os seus dotes especiais.

Seus interesses eram quase puramente eclesiásticos. Era o que as pessoas chamavam um jovem clerical. Sua ambição fora sempre ingressar no serviço da Igreja e tê-lo-ia feito, realmente, se possuísse o tipo de cérebro capaz de aprender grego e hebraico. Fora de cogitações o sacerdócio, derivara naturalmente para a sua posição atual de mestre-escola da paróquia e organista. Isso lhe permitia, por assim dizer, manter-se dentro do recinto da Igreja. Era um anglocatólico da mais truculenta linha do Church Times: mais clerical do que os próprios clérigos, conhecedor da história da Igreja, perito em paramentos eclesiásticos e disposto, em qualquer momento, a despejar furiosas tiradas contra modernistas, protestantes, cientistas, bolchevistas e ateus.

— Estava pensando — disse Dorothy, enquanto parava a máquina e cortava o fio — que poderíamos fazer os elmos com velhos chapéus-coco, desde que consigamos arranjar um número suficiente deles. É só cortarmos a aba deles, colocar outras abas na forma apropriada e depois pintar tudo com tinta prateada.

— Santo Deus, por que se preocupa com tais coisas? — resmungou Victor, que perdera todo o interesse pela peça teatral no momento em que dera por terminado o ensaio.

— O que mais me preocupa são essas desgraçadas botas — disse Dorothy, colocando o gibão sobre os joelhos e admirando-o.

— Ah, lá estamos de novo com as malditas botas! Deixe de pensar por alguns momentos na peça. Veja isto — disse Victor, desenrolando sua partitura. — Quero que fale a seu pai em meu nome. Gostaria que lhe perguntasse se podemos fazer uma procissão em algum dia do mês que vem.

— Outra procissão? Para quê?

— Sei lá! Sempre se pode encontrar uma boa desculpa para uma procissão. Dia 8 é o nascimento da Santíssima Virgem Maria, uma bela oportunidade para uma procissão. Faríamos a coisa em grande estilo. Arranjei um hino esplêndido em que todos poderão esganiçar-se à vontade, e talvez pudéssemos pedir emprestado a St. Wedekind, de Millborough, o estandarte azul da Virgem Maria. Se o pastor aprovar, começarei a ensaiar o coro imediatamente.

— Você sabe muito bem que ele dirá que não — disse Dorothy, enfiando uma agulha para coser os botões do gibão. — Na realidade, ele não é partidário de procissões. É melhor não lhe perguntar nada, para não o enfurecer.

— Que besteira! — protestou Victor, em seu tom agressivo. — Faz meses que não temos uma procissão. Palavra que nunca vi serviços tão desanimados como os que temos aqui. Pelo jeito em que as coisas vão, dir-se-ia que somos uma capela batista ou coisa assim.

Victor irritava-se sempre com a enfadonha e inexpressiva correção dos serviços do pastor. Seu ideal era o que ele chamava de "autêntico culto católico", com isso querendo significar o uso de incenso em quantidades ilimitadas, imagens em talha dourada e paramentos que superassem os do rito romano. Em sua qualidade de organista, estava reclamando sempre mais procissões, música mais voluptuosa e uma liturgia cantada de modo mais requintado, de forma que havia uma contínua escaramuça entre ele e o pastor. E, nessa questão, Dorothy ficava do lado do pai. Tendo sido criada na peculiar e frígida via média do anglicanismo, sentia aversão visceral e mesmo um certo temor a tudo o que cheirasse a "ritualismo".

— Que chatice! — prosseguiu Victor. — Afinal de contas, uma procissão é sempre divertida! Desce pela nave central, sai pela porta oeste e volta a entrar pela porta sul, encabeçada pelos escoteiros, levando o estandarte, e atrás o coro, com velas acesas. O efeito é lindo!

E começou a cantar uma estrofe com voz de tenorino, débil mas afinada:

"Salve, dia de festa, dia bendito para sempre santificado!"

E acrescentou:

— Eu poria um par de rapazes balançando simultaneamente dois estupendos turíbulos, bem carregados de incenso.

— Sim, mas você sabe como meu pai é avesso a esse tipo de coisa. Sobretudo quando se trata de algo relacionado com a Virgem Maria. Diz que tudo isso é "febre romana" e faz com que as pessoas se persignem e se ajoelhem nas horas erradas e uma porção de outras coisas. Lembre-se do que aconteceu na festa do Advento.

No ano anterior, Victor escolhera como um dos hinos para o Advento o de número 642, que tem como refrão: "Ave Maria, Ave Maria, Ave Maria cheia de graça!". Essa peça de catolicice literária irritara muito o pastor. Ao terminar o primeiro verso, ele fechara acintosamente o seu livro de hinos, rodara completamente em sua estala e pusera-se a contemplar a congregação com um ar tão duro que alguns dos meninos do coro gaguejaram e por pouco não deixaram de cantar. Depois, explicou que, ao ouvir os campônios gritando "Ave Maria, Ave Maria!", pensou estar no bar Dog and Bottle.

— Raios! Seu pai sempre estraga qualquer tentativa minha de insuflar um pouco de vida nos serviços. Não nos permite incenso, nem música decente, paramentos condignos, nada. E qual é o resultado? Não temos público para encher nem uma quarta parte da igreja, mesmo no domingo de Páscoa. Se olharmos à nossa volta nos domingos de manhã, só vemos na igreja os escoteiros, as escoteiras e meia dúzia de velhotas.

— Eu sei, é terrível — admitiu Dorothy, enquanto pregava um botão. — Parece não fazer qualquer diferença o que fazemos ou deixamos de fazer: simplesmente, não conseguimos atrair gente para a igreja. No entanto — acrescentou —, procuram-nos para casamentos ou enterros. E não creio que a congregação esteja diminuindo este ano. Na comunhão pascal havia quase duzentas pessoas.

— Duzentas! Deviam ter sido duas mil! Essa é a população desta cidade. O fato é que três quartos dos habitantes da cidade nunca se aproximam da igreja em toda a sua vida. A Igreja perdeu todo o poder sobre eles. Nem sequer sabem que ela existe. E por quê? Aí é onde quero chegar. Por quê?

— Suponho que se deve isso à ciência, ao livre pensamento e coisas assim — disse Dorothy, sentenciosamente, citando o pai.

Esse comentário afastou Victor do que estava prestes a dizer: que a congregação de St. Athelstan tinha diminuído por causa da monotonia e insipidez de seus serviços. Mas as odiosas palavras ciência e livre pensamento levaram-no para um outro terreno que lhe era ainda mais familiar.

— É claro que isso se deve ao que chamam Livre Pensamento! — exclamou, e recomeçou imediatamente seus passeios de um lado para o outro. — São esses porcos ateus como Bertrand Russell e Julian Huxley, e toda essa pandilha. E o que está arruinando a Igreja é que, em vez de lhes responder como merecem e fazê-los ver os idiotas e mentirosos que são, acomodamo-nos e deixamos que divulguem sua abominável propaganda ateia onde lhes apetece. É claro que toda a culpa é dos bispos. (Como todo anglocatólico, Victor sentia profundo desprezo pelos bispos.) Todos eles são modernistas e contemporizadores. Caramba! — acrescentou mais animado. — Você leu a minha carta no Church Times da semana passada?

— Não, não li. De que tratava? — disse Dorothy, pregando outro botão e pressionando-o com o polegar sobre a fazenda.

— Ah, de bispos modernos e tudo isso. Apliquei uma boa surra no velho Barnes.

Era muito raro que transcorresse uma semana sem que Victor escrevesse uma carta para o Church Times. Entrava de cabeça em todas as controvérsias e figurava na vanguarda de todos os ataques a modernistas e ateus. Entrara por duas vezes em luta aberta contra o Dr. Major, escrevera cartas de fulminante ironia sobre o deão Inge e sobre o bispo de Birmingham, e não hesitara sequer em atacar o diabólico Russell... Mas Russell, é claro, não se atrevera a replicar-lhe. Para dizer a verdade, Dorothy raramente lia o Church Times, e o pastor, só de ver um exemplar do jornal em sua casa, tinha um acesso de cólera. O semanário que se lia na casa paroquial era o High Churchman's Gazette — velho e refinado anacronismo conservador de pequena e seleta circulação.

— Esse imundo Russell! — repisou Victor, com as mãos enfiadas nos bolsos. — Esse sujeito faz-me o sangue ferver!

— Não é esse que é um matemático muito inteligente, ou coisa assim? — perguntou Dorothy, enquanto cortava a linha com os dentes.

— Oh, atrevo-me a dizer que, em seu terreno, ele é bastante inteligente, sem dúvida — admitiu Victor, contrariado. — Mas o que tem isso a ver? Só porque um homem é inteligente para os números não quer dizer que... bem, não interessa! Voltemos ao que eu estava dizendo. Por que é que nesta cidade não há como conseguir que as pessoas venham à igreja? Porque os nossos serviços são enfadonhos e sem graça, eis o motivo! O pessoal quer um culto que seja um culto mesmo... quer o verdadeiro culto católico da autêntica Igreja Católica a que pertencemos. E não o encontram aqui. Tudo o que encontram é o velho espantalho protestante, e o Protestantismo, como todo o mundo sabe, está mais que morto e enterrado.

— Isso não é verdade! — protestou Dorothy, enquanto pregava um terceiro botão. — Você sabe que não somos protestantes. Meu pai está sempre dizendo que a Igreja Anglicana é a Igreja Católica... e em seus sermões já falou não sei quantas vezes da sucessão apostólica. É por isso que Lorde Pockthorne e os outros não querem vir à nossa igreja. Só que ele não quer unir-se ao movimento anglocatólico porque acredita que todos os que o compõem são demasiado propensos ao ritualismo. E eu também penso assim.

— Não digo que o seu pai não seja absolutamente reto no tocante à doutrina... sim, absolutamente reto. Mas se ele pensa que somos a Igreja Católica, então por que não celebra os serviços à maneira católica de verdade? É uma vergonha que não possamos queimar um pouco de incenso, vez por outra. E as ideias dele sobre os paramentos... se não leva a mal que eu o diga... são simplesmente medonhas. No domingo de Páscoa, usou mesmo uma pluvial gótica com uma alva moderna de renda italiana. Que disparate! É como usar cartola junto com botas marrons.

— Não creio que as vestes sejam tão importantes quanto você pensa — comentou Dorothy. — Creio que o que importa é o espírito do sacerdote e não como ele se veste.

— Esse é justamente o tipo de coisas que esperaríamos ouvir de um metodista primitivo — replicou Victor, contrariado. — É claro que os paramentos são importantes! Onde está o sentido do culto se não podemos fazê-lo como é próprio? Escute, se quiser ter uma ideia clara do que pode ser o verdadeiro culto católico, vá a Millborough e dê uma olhada em St. Wedekind. Santo Deus, eles sim, que sabem fazer as coisas com estilo! Imagens da Virgem, reserva de sacramentos... tudo. Por três vezes tiveram de brigar com os kensititas, mas desafiaram o bispo.

— Detesto a maneira como fazem as coisas em St. Wedekind! — disse Dorothy. — Eles são tremendamente ortodoxos. Queimam tanto incenso que nem dá para a gente ver o que está acontecendo no altar-mor. A minha opinião é que esse tipo de gente deveria voltar à Igreja Católica Romana e acabar de vez.

— Querida Dorothy, você devia ter sido uma não conformista. Realmente devia. Um irmão de Plymouth... ou uma irmã de Plymouth, ou seja lá como se chamam. Creio que o seu hino favorito deveria ser o de número 567: "Ó Deus meu, eu Te temo por estares tão Alto!".

— O seu é o de número 231: "A cada noite instalo minha tenda um dia de marcha mais perto de Roma!" — replicou Dorothy, dando voltas à linha em redor do quarto e último botão.

A discussão durou ainda mais alguns minutos, enquanto Dorothy adornava com fitas e plumas um chapéu de cavaleiro (era um velho chapéu de feltro negro de seus tempos de escola). Victor e ela não podiam estar muito tempo juntos sem se enredarem numa discussão sobre "ritualismo". Na opinião de Dorothy, Victor era daqueles que acabariam "se passando para Roma" se nada se fizesse para impedi-lo, e era muito provável que estivesse certa. Mas Victor ainda não sabia qual seria o seu destino. Nesse momento, a febre do movimento anglocatólico, com sua incessante e excitante luta em três frentes simultâneas — à direita, os protestantes; à esquerda, os modernistas; e atrás, desgraçadamente, os católicos romanos, sempre dispostos a aplicar-lhe, à socapa, um pontapé nos fundilhos — ocupava por inteiro o seu horizonte mental. O que para ele tinha um significado supremo na vida era atacar o Dr. Major na coluna dos leitores do Church Times. Não obstante, apesar de todo o seu clericalismo, não havia nele um só átomo de verdadeira religiosidade. As controvérsias religiosas atraíam-no essencialmente como um jogo, o jogo mais apaixonante já inventado, porque continua indefinidamente e porque nele se permitem pequenas trapaças.

— Já está pronto, graças a Deus — disse Dorothy, girando na mão o chapéu de cavaleiro e deixando-o depois sobre a mesa. — Quantas coisas ainda há por fazer! Ufa! Se pudesse deixar de pensar naquelas malditas botas! Que horas são, Victor?

— Quase cinco para a uma.

— Ah, santo céu! Tenho que correr. Tenho que fazer três omeletes. Não me atrevo a confiá-las à Ellen. Ah, Victor... você tem alguma coisa que pudesse dar-nos para a quermesse? O melhor seria um par de calças velhas, porque sempre se vendem.

— Calças? Não, não tenho. Mas lhe direi o que posso dar. Tenho um exemplar de O Peregrino e um de O livro dos Mártires, de Foxe, de que há anos venho querendo me livrar. Um detestável lixo protestante. Presente de uma velha tia minha que era dissidente. Você não sente o estômago embrulhado com toda essa pedinchice de trocados? Mas se realizássemos os nossos serviços de maneira adequada, propriamente católica, de forma a atrair uma congregação decente... Entende?... Não precisaríamos de...

— Mas isso é ótimo — atalhou Dorothy. — Sempre temos uma barraca de livros que vendemos a um centavo cada exemplar. Temos de fazer com que esta venda seja um êxito, Victor! Claro que também conto com a Srta. Mayfill para que nos dê alguma coisa realmente valiosa. Se ela quisesse dar-nos aquele aparelho de chá de velha porcelana Lowestoft, uma beleza, poderíamos vendê-lo por cinco libras, no mínimo. Rezo todas as manhãs para que ela faça isso.

— Ah, sim? — disse Victor com menos entusiasmo que de costume. Tal como Proggett, bem cedo nessa mesma manhã, ele se sentia perturbado com a palavra "rezo". Estava disposto a falar durante o dia todo sobre qualquer coisa relacionada com ritual, mas fazer alusão a devoções particulares parecia-lhe um tanto descabido. — Não se esqueça de falar com seu pai sobre a procissão — insistiu ele, voltando a um tema que lhe era mais agradável.

— De acordo, vou falar. Mas já sabe o que vai acontecer. Não conseguirei outra coisa senão irritá-lo e ouvi-lo dizer que é a "febre romana".

— Ao diabo com a "febre romana"! — vociferou Victor, que não tinha o costume de castigar-se por proferir pragas, como fazia Dorothy.

Dorothy foi correndo até a cozinha e descobriu que só havia cinco ovos para fazer omeletes para três pessoas. Decidiu-se por uma só omelete grande, que aumentaria um pouco com as batatas cozidas que tinham sobrado da noite anterior. Depois de rezar um instante para que a omelete saísse boa (pois as omeletes têm uma terrível propensão para se desmancharem ao tirá-las da frigideira), começou a bater os ovos. Nesse meio tempo, Victor descia pelo atalho, assobiando e resmungando mal-humorado, "Salve, Dia do Festival...", e cruzou com um criado enojado, carregando os dois urinóis sem asa que se constituíam na contribuição da Srta. Mayfill para a quermesse.

6

Passava um pouco das dez horas. Várias coisas tinham acontecido, nenhuma, entretanto, de especial importância; só as costumeiras tarefas paroquiais de todos os dias, que ocupavam inteiramente as tardes e noites de Dorothy. Agora, de acordo com o combinado bem cedo nessa mesma manhã, estava em casa do Sr. Warburton e tentava defender seus pontos de vista numa daquelas tortuosas discussões em que ele adorava confundi-la.

Estavam conversando (e, como sempre, o Sr. Warburton nunca deixava de encaminhar a conversa para esse assunto) sobre a questão de crença religiosa.

— Minha querida Dorothy — argumentava ele, passeando de um lado para o outro da sala com uma das mãos no bolso do colete e a outra manipulando um charuto brasileiro. — Minha querida, não vai querer seriamente convencer-me de que na sua idade... 27, se não me equivoco... e com a sua inteligência, ainda conserva as suas crenças religiosas mais ou menos *in toto*...

— Claro que sim. Você sabe muito bem que sim.

— Ora vamos, vamos! Toda aquela série eterna de bobagens? Todas aquelas tolices que aprendeu no colo da mamãe... certamente não vai me querer convencer de que ainda acredita nelas, hein? Claro que não acredita nelas! Não pode! O que acontece é que não se atreve a confessá-lo. Mas já sabe que aqui nada tem a temer. A esposa do deão rural não está nos ouvindo e eu não vou andar por aí apregoando-o.

— Não sei o que você quer dizer com "todas aquelas tolices" — começou Dorothy, empertigando-se na cadeira, levemente ofendida.

— Bem, tomemos um exemplo. Algo particularmente difícil de engolir... o Inferno, por exemplo. Você acredita no Inferno?

Quando digo acredita, preste bem atenção, não lhe pergunto se crê nele à maneira sentimentalista e metafórica desses bispos modernistas que tanto irritam o jovem Victor Stone. O que eu quero dizer é se acredita literalmente nele. Acredita na existência do Inferno tal como crê na existência da Austrália?

— Sim, claro que sim — disse Dorothy, e esforçou-se por explicar-lhe que a existência do Inferno é muito mais real e permanente do que a existência da Austrália.

— Hum... — fez o Sr. Warburton, sem se impressionar. — Tudo isso de certo modo é muito lógico, claro. Mas o que sempre me faz desconfiar de gente religiosa é que têm um diabólico sangue-frio acerca de suas crenças. O menos que se pode dizer é que isso revela uma imaginação muito pobre. Aqui estou eu, um infiel e blasfemo, enterrado até o pescoço em pelo menos seis dos sete pecados mortais e obviamente condenado aos tormentos eternos. Ninguém sabe se dentro de uma hora não estarei virando churrasco no setor mais quente do Inferno. E, no entanto, você pode estar aí sentada, falando-me tranquilamente, como se nada me passasse. Ora, se eu simplesmente fosse atacado de câncer ou de lepra ou de qualquer outra doença física, com certeza você ficaria muito aflita e preocupada comigo... pelo menos, lisonjeia-me pensar que seria assim. No entanto, a ideia de que vou ficar assando para sempre numa grelha parece não ter para você a menor importância.

— Eu nunca disse que você irá para o Inferno — retrucou Dorothy, incômoda e desejando que a conversa tomasse um rumo diferente. Pois a verdade era que o tópico que o Sr. Warburton acabara de abordar era um daqueles em que ela mesma experimentava certas dificuldades, se bem que, naturalmente, nunca iria revelar-lhe. Sim, ela acreditava na existência do Inferno, mas era incapaz de persuadir-se de que alguém fosse realmente para lá. Acreditava na existência do Inferno, mas de um Inferno vazio. Não estando muito certa sobre a ortodoxia de tal crença, preferia não falar disso. — Nunca há a certeza de que alguém vá para o Inferno — disse ela com maior firmeza, sentindo que aí, pelo menos, estava pisando terreno firme.

— O quê?! — exclamou o Sr. Warburton, detendo-se com fingida surpresa. — Certamente não está querendo dizer que ainda existe esperança para mim...

— Claro que há. Somente aquela gente horrível que acredita na predestinação afirma que uma pessoa irá para o Inferno, quer se arrependa ou não. Não pensará você que a Igreja Anglicana é calvinista, não?

— Suponho que sempre existe a possibilidade de salvação sob o pretexto da ignorância invencível — disse o Sr. Warburton em tom meditativo. E, depois, mais confidencialmente: — Sabe, Dorothy, tenho a sensação de que mesmo agora, ao fim de dois anos de conhecimento, você continua com alguma ideia de me converter. Uma espécie de ovelha desgarrada, salva do fogo eterno e tudo o mais. Desconfio que você ainda espera que, por um destes dias, meus olhos se abram e você me encontre entre os que recebem a Sagrada Comunhão, às sete da manhã, num dia de inverno insuportavelmente frio. Não é isso?

— Bem... — disse Dorothy, de novo constrangida. De fato, ela continuava alimentando alguma esperança a respeito do Sr. Warburton, embora não fosse ele exatamente um caso promissor de conversão. Não era da natureza de Dorothy ver uma pessoa carente de fé e não tentar algo para atraí-la ao seio da religião. Quantas horas não passara já, em diferentes ocasiões, discutindo com supostos ateus da cidade incapazes de apresentar uma única razão inteligível para a própria descrença! — Sim — admitiu finalmente, sem um desejo especial de admiti-lo, mas não querendo prevaricar.

O Sr. Warburton riu deliciado.

— Você é de natureza confiante — observou. — Mas não receia que, por um acaso, eu possa converter você?

Dorothy limitou-se a sorrir. "Nunca lhe dê a entender que ele a está escandalizando", era a sua máxima quando falava com o Sr. Warburton. Tinham discutido assim, sem chegar a qualquer espécie de conclusão, durante uma hora, e, estivesse Dorothy disposta a ficar, poderiam ter prosseguido pelo resto da noite, porque ao Sr. Warburton encantava provocá-la a respeito de suas crenças religiosas.

Ele possuía aquele tipo fatal de inteligência que acompanha amiúde a incredulidade, e em suas discussões, embora Dorothy pensasse estar sempre certa, quase nunca saía vitoriosa. Estavam sentados ou, melhor, Dorothy estava sentada e o Sr. Warburton de pé, numa sala ampla e agradável, que dava para o gramado iluminado pelo luar.

Era o que o Sr. Warburton chamava de seu "estúdio" — embora não houvesse sinal algum de que alguma vez ali se tivesse realizado qualquer espécie de trabalho. Para grande decepção de Dorothy, o tão celebrado Sr. Bewley não tinha aparecido. (Na verdade, tanto o Sr. Bewley quanto sua esposa e o romance intitulado Piscinas e Concubinas realmente não existiam. Tudo isso fora inventado pelo Sr. Warburton, de improviso, como pretexto para convidar Dorothy a sua casa, sabendo que ela jamais iria sem a cobertura de outros convidados.) Dorothy sentira-se um tanto inquieta ao comprovar que o Sr. Warburton estava só. Ocorrera-lhe que o mais sensato seria voltar para casa imediatamente; mas ficara, sobretudo por sentir-se horrivelmente cansada e a poltrona de couro em que o anfitrião a instalara assim que chegou era confortável demais para renunciar a ela. Agora, entretanto, remordia-lhe a consciência. Não podia ficar naquela casa até muito tarde; haveria falatório se as pessoas soubessem disso. Havia, ademais, uma infinidade de coisas a fazer, que ela abandonara para ir ali. Estava tão pouco acostumada à ociosidade, que uma hora consumida em mero papo parecia-lhe vagamente pecaminosa.

Fez um esforço para empertigar-se na poltrona excessivamente cômoda.

— Creio estar na hora, se não me leva a mal, de voltar para casa — anunciou ela.

— A propósito de ignorância invencível — prosseguiu o Sr. Warburton, fazendo caso omisso da observação de Dorothy —, não sei se já lhe contei que, certa ocasião, quando me encontrava defronte do pub The World's End, em Chelsea, esperando um táxi, aproximou-se uma jovem horrenda do Exército da Salvação e me perguntou, sem mais rodeios: "Que dirá você no Juízo Final?" E respondi: "Reservo a minha defesa para o dia da audiência". Nada mau, não lhe parece?

Dorothy nem respondeu. Remordia-lhe a consciência de novo, dessa vez ainda muito mais, ao lembrar-se das malfadadas botas por fazer, das quais pelo menos uma teria que ficar pronta essa noite. No entanto, sentia-se tremendamente fatigada. Tivera uma tarde extenuante: primeiro, percorrendo de bicicleta uns quinze quilômetros, mais ou menos, de um lado para o outro, em pleno sol, distribuindo o boletim da paróquia; depois, o chá da Associação das Mães, na sala de paredes de madeira e quente como um forno, nos fundos do salão paroquial.

As mães se reuniam todas as quartas-feiras à tarde para tomar chá e fazer costura com fins caritativos, enquanto Dorothy lhes lia em voz alta. (Por agora, estava lendo A Girl of the Limberlost, de Gene Stratton Porter.) Esse tipo de trabalho quase sempre tocava a Dorothy, porque o grupo de mulheres devotas (o galinheiro da igreja, como as apelidavam) que costuma encarregar-se das tarefas mais árduas na maior parte das paróquias reduzira-se em Knype Hill a quatro ou cinco no máximo.

A única ajuda com que Dorothy podia contar mais regularmente era a Srta. Foote, uma donzela de 35 anos com cara de coelho, alta e inquieta, que, apesar da boa intenção, confundia tudo e vivia em contínuo estado de agitação. O Sr. Warburton costumava dizer que ela lhe lembrava um cometa... "uma criatura ridícula de nariz achatado, dando precipitadas voltas numa órbita excêntrica e sempre um pouco atrasada em relação ao tempo". Podia confiar-se à Srta. Foote a decoração da igreja, mas não a Associação das Mães ou a Escola Dominical, porque, embora frequentasse a igreja com regularidade, a sua ortodoxia era um tanto suspeita. Confessara a Dorothy que onde melhor se podia adorar a Deus era sob a abóbada azul do céu.

Após o chá, Dorothy saíra correndo para pôr flores frescas no altar da igreja; depois, tinha batido à máquina o sermão de seu pai (a máquina de escrever era um modelo desengonçado, anterior à guerra dos bôeres, na qual não se podia bater em média mais de oitocentas palavras por hora) e, após o jantar, ainda arrancara as ervas daninhas que teimavam em invadir o ervilhal, até a noite cair e as costas doerem-lhe a ponto de parecerem prestes a se desintegrar. Com uma coisa e outra, acabara mais cansada do que de costume.

— Não tenho outro remédio senão voltar para casa — repetiu com maior firmeza. — Deve estar ficando muitíssimo tarde.

— Para casa? — espantou-se o Sr. Warburton. — Que tolice! Mal anoiteceu.

E voltou a percorrer a sala em grandes passadas, com as mãos nos bolsos do paletó, depois de ter jogado no cinzeiro o charuto. O espectro das botas por fazer voltou à mente de Dorothy. De repente, decidiu que nessa mesma noite faria duas botas e não uma só, em penitência pela hora perdida. Estava já começando a fazer um croqui mental do modo como cortaria as folhas de papel para os peitos dos pés, quando se deu conta de que o Sr. Warburton parara atrás da poltrona onde ela estava sentada.

— Sabe que horas são? — perguntou Dorothy.

— Devem ser umas dez e meia. Mas pessoas como você e como eu não falam de coisas tão vulgares como a hora.

— Se são dez e meia, então tenho mesmo que ir — disse Dorothy. — Tenho muito que trabalhar antes de me deitar.

— Trabalhar a estas horas da noite? Impossível!

— Sim. Tenho que fazer um par de botas de cano alto.

— Tem que fazer um par de quê?! — espantou-se o Sr. Warburton.

— De botas altas. Para a representação das crianças da escola. Faço-as com papel pardo e cola.

— Cola e papel de embrulho! Santo Deus! — murmurou o Sr. Warburton, e continuou falando, principalmente para dissimular que se acercava cada vez mais da poltrona de Dorothy. — Mas que vida você leva! Às voltas com papel pardo e cola no meio da noite! Devo confessar que, em certas ocasiões, sinto-me felicíssimo por não ter nascido filha de um pastor.

— Também acho...

Mas, nesse exato momento, o Sr. Warburton, invisível atrás da poltrona de Dorothy, desceu as mãos e agarrou-a suavemente pelos ombros. Ela afastou-se imediatamente para um lado num esforço para libertar-se dele, mas o Sr. Warburton manteve-a firme no seu lugar.

— Acalme-se — disse de forma tranquila.

— Solte-me! — exclamou Dorothy.

O Sr. Warburton deslizou com suavidade a mão direita pelo braço de Dorothy. Havia algo de muito revelador, muito característico, na maneira como o fazia: o toque lento, apreciativo de um homem que avalia o corpo de uma mulher como se fosse algo de comer.

— Você tem uns braços extraordinariamente bonitos — disse. — Como diabo conseguiu permanecer sem casar todos estes anos?

— Solte-me já! — repetiu Dorothy, esforçando-se de novo por livrar-se.

— Aí está uma coisa que não sinto o menor desejo de fazer — objetou o Sr. Warburton.

— Por favor, não me toque assim no braço! Não gosto disso!

— Que moça mais estranha você é! Por que não gosta?

— Já lhe disse que não gosto!

— Vamos, acalme-se e não se mexa — disse o Sr. Warburton suavemente. — Parece que você não percebe o quão delicado que foi de minha parte aproximar-me de você por trás. Se se voltar, verá que tenho idade suficiente para ser seu pai e, para cúmulo, horrivelmente calvo. Mas se ficar onde está e não me olhar, poderá imaginar que sou o Ivor Novello.

Dorothy viu de relance a mão que a estava acariciando — grande, corada, muito masculina, de dedos grossos e o dorso coberto de pelos dourados. Empalideceu; a expressão de seu rosto, até esse momento de simples irritação, passou a refletir aversão e medo. Num esforço violento, desvencilhou-se e pôs-se de pé, encarando o Sr. Warburton.

— Gostaria tanto que não fizesse isso! — disse ela, meio enfurecida, meio aflita.

— O que se passa com você?

Empertigara-se, em sua postura normal, inteiramente despreocupado, e olhava-a com certa curiosidade. O rosto dela era outro. Não empalidecera apenas; seu olhar tinha uma expressão ausente, algo assustada, quase como se nesse momento o estivesse vendo com olhos de uma estranha. Ele percebeu que a ferira de algum modo que não lograva entender e que talvez ela não desejasse que entendesse.

— O que se passa com você? — repetiu.

— Por que você tem de fazer sempre o mesmo toda vez que me vê?

— Toda vez que a vejo é um exagero. Na realidade, as oportunidades são muito raras. Mas se realmente você não gosta...

— Claro que não gosto! Você sabe muito bem que não gosto!

— Bem, bem... não falemos mais nisso — concedeu o Sr. Warburton, generosamente. — Sente-se e mudemos de assunto.

Ele era totalmente desprovido de vergonha. Talvez fosse essa a sua característica mais notável. Depois de tentar seduzi-la e fracassar em seu intento, estava perfeitamente disposto a continuar a conversação como se nada tivesse acontecido.

— Vou para casa imediatamente — declarou Dorothy. — Não posso ficar mais aqui.

— Que tolice! Sente-se e esqueça. Falemos de teologia moral, da arquitetura das catedrais, ou das aulas de culinária das escoteiras, o que você quiser. Pense como ficarei chateado em ficar tão sozinho, se você voltar para casa a esta hora.

Mas Dorothy insistiu, e houve uma discussão. Mesmo que não tivesse entrado nos cálculos do Sr. Warburton fazer amor com Dorothy — e se ela não saísse, voltaria de fato a repetir tudo dentro de poucos minutos apesar de suas promessas —, ele teria insistido para que ficasse pois, como todas as pessoas totalmente ociosas, tinha horror de se deitar e um desconhecimento absoluto do valor do tempo. Se o deixassem, ficaria conversando com ela até três ou quatro da manhã. Mesmo quando Dorothy finalmente conseguiu escapar, ele a acompanhou pela alameda iluminada pelo luar, falando ainda sem parar e de tão perfeito bom humor que a Dorothy foi impossível continuar irritada com ele.

— Parto amanhã bem cedo — comunicou-lhe ele quando chegaram ao portão do jardim. — Irei de carro até Londres e apanharei as crianças... você sabe... os bastardos... e no dia seguinte sairemos para a França. Não sei ainda aonde iremos depois; talvez ao Leste europeu, Praga, Viena, Bucareste...

— Que estupendo — comentou Dorothy.

O Sr. Warburton, com uma agilidade surpreendente num homem tão corpulento, conseguiu interpor-se entre Dorothy e o portão.

— Estarei fora uns seis meses ou mais. E, é claro, às vésperas de uma tão longa ausência, acho que não preciso perguntar-lhe se quer me dar um beijo de despedida.

Antes de ela se dar conta do que ele estava fazendo, o Sr. Warburton abraçava-a e puxava-a contra si. Dorothy recuou... tarde demais: ele beijou-a na face e a teria beijado na boca não tivesse ela virado o rosto em tempo. Debateu-se nos braços dele com violência e, por um momento, inutilmente.

— Solte-me! — gritou. — Solte-me!

— Creio já lhe ter dito antes — disse o Sr. Warburton, mantendo-a nos braços sem dificuldade — que não quero deixá-la sair.

— Mas estamos bem diante da janela da Sra. Semprill! É mais que certo que nos verá!

— Caramba! Claro que nos verá! — disse o Sr. Warburton. — Tinha me esquecido dela.

Impressionado por esse argumento, como não o teria sido por nenhum outro, soltou Dorothy. Ela apressou-se a colocar o portão entre ambos, enquanto ele esquadrinhava as janelas da Sra. Semprill.

— Não vejo nenhuma luz — disse ele finalmente. — Com um pouco de sorte essa maldita bruxa não nos terá visto.

— Adeus — disse Dorothy secamente. — Desta vez tenho mesmo que ir. Dê lembranças minhas às crianças.

E afastou-se tão depressa quanto pôde, sem chegar a correr, a fim de colocar-se fora do alcance dele antes que tentasse beijá-la de novo.

Ouviu algo que a fez deter-se por um instante: o ruído inconfundível de uma janela se fechando, e provinha de algum ponto da casa da Sra. Semprill. Será que ela os estivera espiando? Claro que sim, concluiu Dorothy. Que outra coisa se poderia esperar? Dificilmente se poderia imaginar que a Sra. Semprill perdesse tal cena! E se os estivera espionando, não haveria dúvida alguma de que a história se espalharia pela cidade inteira na manhã seguinte, sem faltar o menor detalhe. Mas essa ideia, apesar de tão sinistra, apenas passou fugazmente pela cabeça de Dorothy, enquanto acelerava o passo caminho abaixo.

Quando perdeu de vista a casa do Sr. Warburton, deteve-se, tirou o lenço da bolsa e com ele esfregou o lugar da face onde ele a beijara. Esfregou com tanta força que o sangue lhe afluiu ao rosto. E só voltou a caminhar quando acreditou ter apagado por completo a mancha imaginária que os lábios dele haviam deixado.

O que o Sr. Warburton fizera transtornara-a. Mesmo agora era como se o coração lhe fosse saltar pela boca. "Não posso suportar esse tipo de coisas!", repetiu para si mesma várias vezes. E, lamentavelmente, isso nada mais era do que a verdade literal: não podia suportá-lo, realmente. Ser beijada ou acariciada por um homem — sentir fortes braços masculinos ao redor do corpo ou grossos lábios de homem comprimidos contra os seus — aterrorizava-a e causava-lhe repulsa. Só de o recordar ou imaginar sentia calafrios. Esse era o seu segredo mais íntimo, a secreta e incurável incapacidade que ela arrastava ao longo da vida.

Se ao menos a deixassem em paz! — pensou Dorothy enquanto caminhava um pouco mais devagar. Era assim que ela se apresentava a si mesma: "Se ao menos a deixassem em paz!". Porque, sob outros aspectos, os homens não lhe desagradavam. Pelo contrário, preferia-os às mulheres. Parte da ascendência exercida pelo Sr. Warburton sobre ela, devia-se ao fato de ser um homem e possuir aquele bom humor despreocupado e aquela amplitude intelectual de que raramente as mulheres são dotadas. Mas por que não podiam deixá-la em paz? Por que tinham sempre que beijar e querer tirar uma casquinha? São desagradáveis quando beijam... desagradáveis e um pouco asquerosos, como grandes animais peludos que se esfregam na gente, tudo muito amigavelmente e, no entanto, capazes de se tornar perigosos a qualquer momento. E por trás de seus beijos e maus-tratos paira sempre a sugestão daquelas outras coisas monstruosas ("tudo aquilo", era como as chamava) em que não suportava nem pensar.

Ela tivera seu quinhão, e algo mais do que o seu quinhão, de fortuitas atenções dos homens. Era suficientemente bonita e, ao mesmo tempo, suficientemente desgraciosa para ser o tipo de moça que os homens costumam importunar. Pois, quando um homem busca uma aventura passageira, escolhe geralmente uma moça que não seja bonita demais. As moças bonitas (assim raciocinam eles) são muito aduladas e mimadas, e, por isso, caprichosas; em compensação, as moças não tão atraentes são presas fáceis. E mesmo que seja filha de um pastor, que viva numa cidadezinha como Knype Hill e dedique toda a sua vida às atividades paroquiais, não se consegue escapar a essa perseguição.

Dorothy estava muito acostumada a homens gorduchos de meia-idade, com seus olhinhos de peixe sorrindo de esperança, que diminuíam a marcha do carro ao cruzarem com ela na rua e que, a qualquer pretexto, entabulavam conversa para, dez minutos depois, já lhe estarem beliscando os braços. Homens de todo tipo. Até mesmo um religioso, em certa ocasião... o capelão de um bispo...

E era infinitamente pior quando se tratava do tipo de homem perfeito e que se aproximava com intenções perfeitamente respeitáveis. Seu pensamento recuou cinco anos atrás, a Francis Moon, na época o pároco de St. Wedekind, em Millborough. Querido Francis! Com que prazer teria casado com ele, se não fosse por tudo aquilo! Quantas vezes ele a pedira em casamento e, naturalmente, tivera que lhe dizer não; e, também naturalmente, ele nunca entendera por quê. Impossível dizer-lhe por quê. E então, Francis fora-se embora, e só um ano mais tarde morrera da maneira mais absurda, de pneumonia. Murmurou uma oração por sua alma, esquecendo por momentos que seu pai não aprovava as orações pelos mortos, e logo tratou de afastar a lembrança. Ah, melhor não pensar naquilo outra vez! Recordá-lo machucava-lhe o peito.

Decidira havia muito tempo que jamais se casaria. Sabia-o até desde que era ainda criança. Nada a faria superar o horror que tudo aquilo lhe causava. Só de pensar nisso, algo parecia comprimir-se e gelar dentro dela. E, é claro, num certo sentido, não queria superá-lo. Pois, como todas as pessoas anormais, ela não tinha plena consciência de o ser.

Apesar de sua frigidez sexual lhe parecer natural e inevitável, sabia muito bem como tudo começara. Podia recordar, com tanta nitidez como se tivesse sido ontem, certas cenas horrendas entre seu pai e sua mãe, cenas que presenciara quando não tinha mais de nove anos. Elas lhe haviam deixado na mente uma ferida secreta e profunda. E depois, pouco mais tarde, sentira-se aterrorizada diante de algumas velhas gravuras de ninfas perseguidas por sátiros.

Existia algo de horrivelmente sinistro e inexplicável naqueles seres chifrudos e semi-humanos que se moviam furtivamente no mato e se escondiam atrás de grandes árvores, prontos a aparecer de súbito, aos saltos, e partir em fulminante perseguição. Durante todo um ano de sua infância, causara-lhe verdadeiro medo atravessar sozinha os bosques por temer os sátiros. Esse medo deixou-a com o tempo, é lógico, mas não o sentimento que lhe estava associado. A imagem do sátiro ficara nela como um símbolo. Talvez nunca se libertasse dela, dessa sensação peculiar de medo, de fuga desesperada diante de algo mais que racionalmente terrível: o ruído de cascos no bosque deserto, as coxas finas e peludas do sátiro. Era uma coisa que nada, nem ninguém, poderia alterar, algo que não admitia argumentos. Por outro lado, é algo por demais comum entre as mulheres educadas dos dias de hoje para causar qualquer espécie de surpresa.

Ao chegar à casa paroquial, a agitação de Dorothy tinha desaparecido quase por completo. Os pensamentos sobre sátiros e o Sr. Warburton, sobre Francis Moon e sobre a sua predestinação para a esterilidade, que tinham estado a atormentá-la no caminho de regresso a casa apagaram-se de sua mente e foram substituídos pela imagem acusadora das botas de cano alto. Pensou que teria trabalho para mais duas horas antes de se deitar essa noite. A casa estava mergulhada na escuridão. Rodeou-a e, nas pontas dos pés, entrou pela porta da lavanderia, com receio de despertar seu pai, que provavelmente já dormia.

Enquanto avançava às apalpadelas pelo escuro corredor que conduzia à estufa, decidiu subitamente que fizera mal em ir nessa noite à casa do Sr. Warburton. Assim, resolveu nunca mais voltar lá, nem mesmo quando tivesse a certeza de lá encontrar outras pessoas. Além disso, faria penitência no dia seguinte por ter ido nessa noite. Depois de acender a lâmpada e antes de começar a fazer alguma coisa, buscou seu caderninho de notas, onde já escrevera o que tinha de fazer no dia seguinte, e escreveu um P maiúsculo junto à palavra desjejum. O P significava penitência — ficaria outra vez sem bacon no café da manhã. Depois acendeu o fogareiro de querosene.

A lâmpada derramava uma luz amarela sobre a máquina de costura e sobre a pilha de costumes semiacabados sobre a mesa, fazendo-a lembrar-se de uma pilha ainda maior de trajes que nem sequer estavam começados; também a fizera se lembrar de que estava, nessa noite, terrível e irremediavelmente cansada. Esquecera o seu cansaço no mesmo instante em que o Sr. Warburton lhe pusera as mãos sobre os ombros, mas, agora, voltava a senti-lo com redobrada intensidade. E mais: a exaustão dessa noite tinha algo de especial. Sentia-se literalmente esgotada. De pé, ao lado da mesa, experimentou uma sensação repentina e estranha, como se o cérebro se lhe tivesse esvaziado por completo, a ponto de, por alguns segundos, esquecer inteiramente o que fora fazer na estufa.

Depois voltou a lembrar-se: as botas, claro! Um pequeno e desprezível demônio sussurrava-lhe ao ouvido: "Por que não vais logo para a cama e deixas as botas para amanhã?". Ela murmurou uma oração para animar-se e beliscou-se: "Vamos, Dorothy, não sejas preguiçosa, por favor! Lucas, 9:62". Depois, arrumando um pouco a mesa, dispôs ao seu alcance a tesoura, um lápis e quatro folhas de papel pardo, e sentou-se disposta a cortar de uma vez os complicados peitos de pé das malfadadas botas, enquanto esperava a cola ferver.

À meia noite, quando o relógio de pêndulo bateu doze vezes, Dorothy ainda estava trabalhando, no gabinete de seu pai. Já dera forma às duas botas, e estava reforçando-as com estreitas tiras de papel, coladas por cima de todas elas, uma tarefa demorada e confusa. Doíam-lhe todos os ossos do corpo e tinha os olhos pesados de sono. De fato, mal se dava conta do que estava fazendo. Mas continuou trabalhando, colando mecanicamente no lugar uma tira de papel após outra, e beliscando-se de dois em dois minutos para neutralizar o efeito hipnótico do fogareiro sob a lata de cola.

CAPÍTULO DOIS

1

Dorothy saiu de um sono escuro e sem sonhos e atingiu um primeiro nível de consciência com a sensação de ser devolvida à superfície através de enormes abismos, nos quais a luz surgia gradualmente. Ainda tinha os olhos fechados.

Suas pálpebras foram ficando menos opacas à luz e acabaram por se abrir naturalmente aos poucos. Ela olhava para uma rua feia e pobre, cheia de pequenas lojas e casas de fachadas, estreitas, com correntes de homens, bondes e automóveis num vaivém incessante em ambas as direções.

Ainda não dava para se dizer que ela estivesse enxergando. Porque ela não distinguia as coisas que olhava, não as percebia como homens, bondes e automóveis, nem como qualquer coisa em particular; nem mesmo conseguia vê-las como coisas em movimento; nem mesmo como coisas. Ela meramente via, como um animal vê, sem reflexão e quase sem consciência. Os ruídos da rua — o vozerio confuso, o soar das buzinas e os bondes rangendo nos trilhos, passavam por sua cabeça somente como movimentos. Ela não tinha palavras nem qualquer ideia sobre a utilidade dessas coisas a que chamam palavras, nem consciência de tempo ou lugar, ou de seu próprio corpo ou sequer de sua própria existência.

Aos poucos, suas percepções foram gradualmente ficando mais nítidas. O fluxo de coisas em movimento começou a penetrar-lhe mais além dos olhos e a se organizar no cérebro em imagens separadas. Ela começou, ainda sem palavras, a observar as formas das coisas. Viu passar uma forma alongada, apoiada em outras quatro mais finas, que levava a reboque uma outra coisa quadrangular que se equilibrava sobre dois círculos.

Dorothy viu passar tudo aquilo ante seus olhos e, de súbito, uma palavra atravessou como um relâmpago sua mente. A palavra era "cavalo". Ela se dissipou, mas voltou a aparecer, dessa vez na forma mais complexa: "Isso é um cavalo". Outras palavras se seguiram: "casa", "rua", "bonde", "carro", "bicicleta" — até que em poucos minutos tinha encontrado os nomes de quase todas as coisas ao alcance de sua vista.

Descobriu as palavras "homem" e "mulher" e, refletindo sobre todas elas, descobriu que conhecia a diferença entre coisas vivas e inanimadas, entre seres humanos e cavalos, e entre homens e mulheres.

Depois de adquirir consciência da maioria das coisas que a rodeavam, teve consciência de si mesma. Até esse instante, era como se tivesse sido apenas um par de olhos com um cérebro receptivo, mas puramente impessoal por detrás deles. Mas agora, num pequeno e curioso sobressalto, descobria sua existência única e independente; podia sentir-se existindo; era como se algo em seu íntimo estivesse exclamando: "Eu sou eu!". De certo modo, sabia também que esse "eu" havia existido e tinha sido o mesmo desde períodos remotos do passado, se bem que desse passado não conservasse a menor lembrança.

Mas foi só por um momento que essa descoberta a manteve ocupada. Desde o princípio sentiu que algo faltava, algo vagamente insatisfatório. E era isto: o "eu sou eu" que lhe parecera uma resposta convertera-se numa pergunta. De "eu sou eu" passara a "quem sou eu?".

Quem era ela? A pergunta rodopiava em sua cabeça, e ela chegou à conclusão de que não tinha a mais vaga noção de quem era. Ao ver gente e cavalos passando por ela, percebeu que ela era um ser humano e não um cavalo. Com isso surgia outra pergunta: "Sou um homem ou uma mulher?". Novamente, nem os sentidos nem a memória lhe forneceram qualquer pista para a resposta. Mas, nesse momento, possivelmente por acaso, as pontas de seus dedos roçaram-lhe o corpo. Ela percebeu mais claramente do que antes a existência de um corpo que era o seu, que era, de fato, ela própria. Começou a explorá-lo com as mãos, e suas mãos encontraram seios. Portanto, era uma mulher. Só as mulheres têm seios. De algum modo, sabia, embora sem saber como sabia, que todas as mulheres que passavam tinham seios sob os vestidos, embora não pudesse vê-los.

Percebeu então que, para identificar-se, devia examinar seu próprio corpo, começando pelo rosto; e, por alguns momentos, tentou de fato olhar para o próprio rosto, até se dar conta de que isso era impossível. Baixou o olhar e viu um vestido de cetim preto bastante usado e meio comprido, com um par de meias finas cor de carne, sujas e com fios corridos, e um par de sapatos também de cetim negro, de salto alto bem surrados. Nenhuma dessas coisas lhe era familiar. Examinou suas mãos, e estas eram simultaneamente conhecidas e desconhecidas. Eram mãos pequenas, de palmas ásperas e muito sujas. Passado o primeiro momento, notou que era a sujeira que as tornava estranhas para ela. As mãos, em si, pareciam normais e apropriadas, embora não as reconhecesse.

Após vacilar ainda por momentos, voltou-se para a esquerda e começou a caminhar lentamente pelo passeio. Do passado vazio, chegara até ela, misteriosamente, um fragmento de conhecimento: a existência dos espelhos, sua finalidade, e o fato de que existem frequentemente espelhos em vitrinas de lojas. Pouco depois, viu-se diante de uma pequena joalheria barata: num ângulo, uma tira de espelho refletia os rostos das pessoas que passavam. Dorothy viu o seu reflexo em uma dúzia de outros, percebendo imediatamente ser o seu.

Mas não podia se afirmar que o reconhecera, pois não recordava tê-lo visto até esse instante. Era um rosto delgado, de mulher jovem, muito loura, com pés de galinha ao redor dos olhos, e todo ele ligeiramente sujo. Um chapeuzinho preto e vulgar, colocado descuidadamente na cabeça, escondia a maior parte do cabelo. O rosto era inteiramente desconhecido para ela e, no entanto, não lhe parecia estranho. Até esse momento, não tinha uma ideia muito nítida sobre que rosto esperar, mas agora, que o vira, deu-se conta de que era o rosto que poderia ter esperado ver. Era o rosto apropriado. Correspondia a algo em seu íntimo.

Quando se afastou do espelho da joalheria, leu as palavras "Fry's Chocolate" na vitrina de uma loja na calçada oposta, e descobriu que compreendia a finalidade da escrita, e também, após um esforço momentâneo, que era capaz de a ler. Seus olhos percorreram rapidamente a rua, buscando e decifrando fragmentos soltos de escrita: nomes de lojas, anúncios, cartazes, manchetes de jornais. Soletrou as palavras de dois cartazes em vermelho e branco do lado de fora de uma tabacaria. Um deles dizia: "Novos boatos sobre a filha do pastor" e o outro "A filha do pastor. Acredita-se que esteja em Paris". Ergueu depois os olhos e viu em letras brancas na esquina de uma casa: "New Kent Road". Essas palavras detiveram-na. Compreendeu que estava na New Kent Road — e outro fragmento de seu misterioso conhecimento —, que a New Kent Road era uma rua de Londres, então, isso queria dizer que ela estava em Londres.

Quando fez essa última descoberta, estranho tremor a percorreu. Sua mente estava agora completamente desperta; percebeu, como não percebera até então, o estranho de sua situação e ficou perplexa e atemorizada. O que poderia tudo aquilo significar? O que estava ela fazendo ali? Como chegara até aquele lugar? O que lhe acontecera?

A resposta não demorou. Entendeu perfeitamente o que significavam as palavras: "É claro! Perdi a memória!".

Nesse momento, aproximavam-se dois rapazes e uma moça, carregando às costas dois sacos desajeitados; eles pararam e olharam com curiosidade para Dorothy. Hesitaram um pouco, depois continuaram seu caminho, mas pararam de novo debaixo de um poste de luz, alguns metros adiante. Dorothy viu o grupo voltar a cabeça para ela enquanto falavam entre si. Um dos rapazes poderia ter uns vinte anos, estreito de peito, cabelos negros e faces coradas; era bonito, num insolente estilo *cockney*, e vestia o que restara de elegante terno azul e um boné quadriculado. O outro andaria pelos 26 anos, era robusto, ágil e musculoso, nariz chato, pele rosada e lábios grossos como salsichas, expondo dentes fortes e amarelados. Ia francamente andrajoso e tinha a cabeça coberta por espessa capa de cabelo curto, alaranjado, que lhe nascia quase logo acima das sobrancelhas, fazendo-o parecer-se incrivelmente com um orangotango. A moça, gorducha e de aspecto simplório, usava roupas que não se diferençavam muito das de Dorothy. Esta pôde ouvir algumas das coisas que eles diziam:

— Aquela fulaninha ali parece doente — disse a moça. O de cabeça de orangotango, que estava cantando Sonny Boy em boa voz de barítono, parou de cantar para responder.

— Ela não está doente — disse ele. — O que acontece é que está na pior como a gente, viu?

— Até que estaria bem para o Nobby, não? — comentou o de cabelos negros.

— Olha aí, você! — exclamou a moça com um ar de amor traído, fingindo dar uma palmada na cabeça do moreno.

Os rapazes tinham arriado os sacos no chão, encostando-os no poste. Os três encaminhavam-se agora, um tanto hesitantes, na direção de Dorothy, o da cabeça alaranjada, pelo visto chamado Nobby, na frente como embaixador do grupo. Avançava gingando, o andar simiesco, mas com um sorriso tão aberto e franco que era impossível deixar de retribuí-lo. Dirigiu-se a Dorothy de um modo cordial:

— Oi, boneca!

— Olá!

— Também dando sopa?

— Sopa?

— Numa pior?

— O quê, na pior?

— Opa, ela tá é maluca — murmurou a moça, puxando o braço do moreno, como para levá-lo dali.

— Bem, garota, o que eu quero dizer é se tem alguma grana...

— Não sei.

Ao ouvirem isso, os três se entreolharam estupefatos.

Sem dúvida, devem ter pensado por um momento que Dorothy estava realmente maluca. Mas, na mesma hora, Dorothy, que descobrira momentos antes uma pequena bolsa no lado de seu vestido, pôs a mão dentro dela e tateou o contorno de uma moeda grande.

— Acho que tenho um centavo — disse.

— Um centavo! — repetiu o jovem moreno, em tom depreciativo. — E para que isso serve, pode-se saber?

Dorothy retirou a moeda do bolso. Era meia coroa. A mudança operada no rosto dos outros três foi assombrosa. Nobby abriu a boca deliciado, deu uns quantos saltos como um macaco no auge da euforia e depois parou e agarrou Dorothy pelo braço, com intimidade.

— Isso vem como abelha no mel! — disse ele. — Foi o que se pode chamar um golpe de sorte... e para você também, garota, pode crer. Você ainda vai abençoar o dia em que botou os olhos aqui na turma. Vamos fazer a sua fortuna, já verá. Escute aqui... o que acha de se misturar aqui com os ilustres?

— O quê?

— Quero dizer... o que lhe parece a ideia de se unir a Flo, Charlie e eu, hein? Sócios, manjas? Todos parceiros, ombro com ombro. Unidos venceremos, separados fracassaremos. A gente põe a cabeça e você o dinheiro. Que lhe parece, garota? Entra ou cai fora?

— Cale a boca, Nobby! — interrompeu a moça. — Ela não entende uma palavra do que você está dizendo. Fale direito com ela, não consegue?

— Chega, Flo — prosseguiu Nobby, imperturbável. — Você fecha o bico e deixa o papo comigo, tá? Sei como tratar com fulaninhas. E você, escute aqui... Ah, será pedir muito perguntar como se chama?

Dorothy esteve a ponto de dizer "Não sei", mas estava suficientemente alerta para deter-se a tempo. Escolheu um nome feminino entre a meia dúzia que nesse instante lhe acudiu à mente e respondeu:

— Ellen.

— Ellen. Abelha no mel. Nada de sobrenomes quando se está na vadiagem. Bem, agora, Ellen querida, escute direito. Nós três vamos começar a pular, viu?

— Pular?

— Sim, pular! — repetiu o jovem moreno impacientemente e como que enojado com a ignorância de Dorothy. Sua voz e sua maneira eram bastante rudes e seu sotaque ainda mais vulgar que o de Nobby. — Pular pra catar lúpulo lá no Kent! Sacou agora?

— Ah, lúpulo para cerveja?

— É isso aí! Já percebeu! Bom, garota, a gente vai apanhar lúpulo, prometeram trabalho... fazenda de Blessington, em Lower Molesworth. A única coisa que atrapalha é que estamos na maior dureza, tá sabendo? Entre os três não juntamos um centavo e temos de ir a pé... uns cinquenta quilômetros... e tem que encher a pança e arranjar um teto para dormir também. E isso fica um tanto complicado quando há senhoras no grupo. Mas vamos supor, por exemplo, que você venha com a gente. Podemos pegar o bonde de dois centavos até Bromley, com o que teremos feito vinte quilômetros na maior. E só precisaremos dormir uma noite no caminho. E pode ficar sócia nas sacas da gente... quatro para uma saca é a melhor maneira de colher... e se Blessington paga a dois centavos o alqueire, sacamos dez pratas por semana na moleza. Sua meia coroa não lhe vai adiantar muito aqui em Londres. Mas se fizer sociedade com a gente, terá com que aguentar um mês ou mais... e iremos de bonde até Bromley e filar um rango por aí.

Dorothy só entendeu uma quarta parte de todo esse discurso. E perguntou, um tanto ao acaso:

— O que é rango?

— Rango? Boia, comida. Tá na cara que você é novata no ramo, garota.

— Ah... bem. Querem que eu vá com vocês para a colheita do lúpulo, não é isso?

— Na mosca, Ellen querida. Está dentro ou fora?

— Está bem — concordou Dorothy prontamente. — Eu vou.

Ela se decidiu sem apreensões de qualquer tipo. É verdade que, se tivesse tido tempo de pensar em sua situação, talvez agisse de modo diferente; o mais provável é que tivesse ido a um posto policial para pedir ajuda. Isso teria sido o mais sensato. Mas Nobby e os outros tinham aparecido justamente no momento mais crítico e, tão desamparada como estava, parecia muito natural que jogasse seu destino com o primeiro ser humano que se apresentou. Além disso, por alguma razão que não entendia, o fato de tê-los ouvido dizer que se dirigiam a Kent tranquilizava-a. Parecia-lhe que Kent era o lugar para onde realmente queria ir. Os outros não mostraram maior curiosidade nem lhe fizeram perguntas incômodas. Nobby disse simplesmente: "Está bem! Isso é abelha no mel!", e tratou logo de apanhar suavemente a meia coroa da mão de Dorothy, enfiando-a no próprio bolso... com receio de que ela a perdesse, segundo explicou. O jovem moreno que, segundo parecia, se chamava Charlie, disse naquele seu tom rude e desagradável:

— Vamos, a caminho! Já passa das duas e meia e não queremos perder essa merda de bonde. Donde é que ele sai, Nobby?

— Do bairro de Elephant — informou Nobby. — E temos de pegá-lo antes das quatro, porque depois já não há mais viagens grátis.

— Então vamos. Já chega de perder tempo. Estaríamos fritos se tivéssemos que ir a pé até Bromley e procurar às escuras um maldito buraco pra dormir. Vamos, Flo!

— Em marcha — disse Nobby, jogando sua trouxa sobre o ombro.

Começaram a andar sem dizer mais palavra! Dorothy, ainda aturdida, mas sentindo-se muito melhor do que meia hora antes, caminhava ao lado de Flo e Charlie, que falavam entre si sem fazer o menor caso dela.

Desde o primeiro momento, pareciam manter-se um pouco distanciados de Dorothy, perfeitamente dispostos a compartilhar sua meia coroa, mas sem qualquer sentimento amistoso para com ela. Nobby ia na frente, caminhando depressa, apesar de seu fardo, e cantando, com briosas imitações de marchas militares, a conhecida canção marcial de que as únicas palavras conhecidas parecem ser:

"'___!', era tudo o que a banda sabia tocar;
'___! ___!' E o mesmo para você!"

2

Era o dia 29 de agosto. Dorothy adormecera na estufa na noite de 21; portanto, tinha ocorrido em sua vida um hiato de oito dias.

O que lhe tinha acontecido era algo bastante corrente — quase todas as semanas se lê nos jornais a ocorrência de casos semelhantes. Um homem desaparece de casa, some vários dias ou semanas, e subitamente aparece num posto policial ou num hospital, sem a menor ideia de quem seja ou de onde veio. De um modo geral, é impossível averiguar o que fez nesse meio-tempo; andou provavelmente perambulando em estado hipnótico ou sonambúlico, no qual, não obstante, foi capaz de fazer-se passar por normal. No caso de Dorothy, apenas uma coisa era evidente; que em algum momento a haviam roubado; pois a roupa que estava vestindo não era a dela e a cruz de ouro havia desaparecido.

Quando Nobby a abordou, ela já estava a caminho de recuperar-se e, se tivesse recebido os cuidados necessários, teria recuperado a memória em poucos dias, ou mesmo em poucas horas. Qualquer pequeno detalhe teria sido bastante para consegui-lo: um encontro casual com uma amiga, uma fotografia da casa, umas quantas perguntas feitas com habilidade. Mas o fato é que esse pequeno estímulo mental de que necessitava nunca lhe foi dado. Permaneceu, pois, nesse estado peculiar em que primeiro tomara consciência de si mesma, um estado em que sua mente era potencialmente normal, mas não o suficiente forte para fazer o esforço de decifrar sua própria identidade.

Ao juntar se a Nobby e seu grupo, Dorothy perdia toda a oportunidade de reflexão. Não tinha tempo para sentar-se e pensar sobre os seus problemas, não havia tempo para enfrentar suas dificuldades e encontrar-lhes uma solução de forma racional. No estranho e sórdido submundo em que, de momento, estava mergulhada, teriam sido impossíveis cinco minutos, nada mais de cinco minutos, de reflexão contínua.

Os dias passavam numa incessante atividade de pesadelo. Era, de fato, muito parecido a um pesadelo: um pesadelo não de terrores imediatos, mas de fome, sordidez e exaustão, com alternâncias de calor e frio. Mais tarde, quando recordava esse período de sua vida, os dias e as noites se misturavam num único todo, até o extremo de nunca poder recordar com perfeita exatidão quantos tinham sido. Sabia apenas que por um período de tempo indefinido sentira os pés continuamente doloridos e estivera quase constantemente faminta. A fome e os pés doloridos eram as recordações mais nítidas que conservava dessa época, somadas ao frio das noites e a essa sensação peculiar de apatia e estonteamento produzida pela falta de sono e a contínua exposição às intempéries.

Em Bromley, tinham "jantado" num horrível depósito de lixo, alimentado pelos fétidos restos de vários matadouros, e depois passaram a noite tremendo de frio, cobertos apenas com sacos e deitados na grama alta e úmida à beira de um parque de diversões. Pela manhã, prosseguiram a marcha a pé, rumo aos campos de lúpulo.

Dorothy já descobrira que a história que Nobby lhe contara acerca da promessa de emprego era totalmente falsa. Ele inventara-a, segundo lhe confessou com toda a tranquilidade, para induzi-la a que os acompanhasse. A única possibilidade que tinham de encontrar trabalho era ir aos campos de lúpulo e perguntar de granja em granja até encontrarem uma onde ainda precisassem de apanhadores.

Precisavam seguir uns cinquenta quilômetros em linha reta e mesmo assim, ao final do terceiro dia, mal haviam chegado ao limite das plantações. Naturalmente, a necessidade de procurar alimento era o que mais os atrasava. Poderiam ter coberto essa distância em dois dias, ou mesmo em um, não fosse a comida. Mas na situação em que se encontravam, mal tinham tempo para pensar se estavam indo ou não na direção dos campos: era a comida que ditava todos os seus movimentos.

A meia coroa de Dorothy voara em poucas horas e tudo o que podiam fazer daí em diante era mendigar. Mas aí estava a dificuldade. Uma pessoa pode mendigar sua comida pelos caminhos com bastante facilidade, inclusive duas pessoas podem consegui-lo; mas, quando são quatro, a coisa fica bem diferente. Nessas circunstâncias, a única forma de subsistir é buscar comida como um animal selvagem, quer dizer, com persistência e obstinação. A comida, eis a única preocupação deles durante esses três dias — só a comida, e a contínua dificuldade de consegui-la.

Mendigavam de manhã à noite. Percorriam distâncias enormes, ziguezagueando através do condado, de aldeia em aldeia e de casa em casa, "batendo" em todos os açougues e padarias, à porta de todas as residências de aspecto promissor, rondando os grupos que iam de piquenique ao campo, pedindo carona — sempre em vão — aos carros que passavam e acercando-se de senhores idosos com pinta de boas almas e contando-lhes histórias de partir o coração sobre as causas de sua indigência. Desviavam-se, muitas vezes, seis ou sete quilômetros do caminho, só para conseguir uma côdea de pão ou um punhado de restos de toucinho de fumeiro.

Todos mendigavam, Dorothy e os outros; ela não tinha um passado que pudesse recordar, nem termos de comparação que pudessem fazê-la sentir vergonha. No entanto, apesar de todos os seus esforços, teriam ficado de barriga vazia a metade das vezes, se não roubassem tanto quanto mendigavam. Ao anoitecer e nas primeiras horas do dia, entravam nas hortas e granjas, e roubavam maçãs, damascos, peras, avelãs, framboesas e, sobretudo, batatas.

Nobby considerava um pecado passar por um campo de batatas sem apanhar ao menos um bom punhado delas. Era ele quem praticava a maioria dos roubos, enquanto os outros ficavam de olheiros. Era um ladrão audacioso; costumava se vangloriar que podia roubar tudo que não estivesse amarrado, e teria acabado por levar todos para a cadeia se, por vezes, não o tivessem refreado. Certa vez, pusera até a mão num ganso, mas a ave armou tamanho alarido que Charlie e Dorothy tiveram de arrastar Nobby para fora, no preciso momento em que o dono do animal saía para ver o que estava acontecendo.

Nos primeiros dias, caminharam entre vinte e vinte e cinco milhas por dia. Arrastaram-se através de terrenos baldios, passaram por aldeias esquecidas com nomes incríveis, e perderam-se por caminhos que não levavam a lado nenhum, estendendo-se exaustos em valas secas que cheiravam a erva-doce e tanacetos, entrando furtivamente em bosques particulares e "jantando" onde a lenha e a água estivessem à mão, o que lhes permitia cozinhar refeições estranhas e minguadas em duas grandes latas de rapé, seus únicos utensílios de cozinha. Por vezes, quando tinham sorte, comiam excelentes cozidos de bacon que ganhavam e couve-flor roubada; outras, grandes e insípidos "banquetes" de batatas assadas nas cinzas, ou geleia de framboesas roubadas que ferviam numa das latas, que devoravam mal era tirada do fogo. O que nunca faltava era o chá. Mesmo quando nada tinham de comer, sempre podiam saborear um bom chá, forte e reconfortante. O chá é uma das coisas mais fáceis de mendigar.

— Por favor, minha boa senhora, poderia dar-me um pouquinho de chá? — é um pedido que raramente falha, nem mesmo com as endurecidas donas de casa do condado de Kent.

Fazia um calor abrasador; as estradas brancas refletiam o sol e os carros, ao passarem, jogavam no rosto uma poeira escaldante. Cruzavam frequentemente com famílias inteiras de apanhadores de lúpulo que se deslocavam alegremente em caminhões carregados até alturas inacreditáveis de móveis, crianças, cães e gaiolas de pássaros. As noites eram sempre frias. Na Inglaterra, é raro que as noites sejam temperadas depois da meia-noite. A única coisa que tinham para cobrir-se eram dois grandes sacos de linhagem que dividiam. Flo e Charlie utilizavam um, Dorothy o outro, e Nobby dormia no chão puro. O desconforto era quase tão insuportável quanto o frio. Deitando-se de costas, a cabeça, sem o apoio de uma almofada, pendia para trás e o pescoço parecia quebrar-se. De lado, o osso do quadril apoiado no chão duro era um verdadeiro tormento. Mesmo quando finalmente, às primeiras horas da madrugada, se conseguia adormecer, aos sobressaltos, o frio penetrava até nos sonhos mais profundos. Nobby era o único que conseguia de fato resistir a tudo isso. Era capaz de dormir tão tranquilamente num leito de grama encharcada quanto numa cama, e seu grosseiro rosto símio, em cujo queixo brilhava apenas meia dúzia de pelos de um vermelho dourado como pontas de fio de cobre, nunca perdia a cor rosada e quente. Era uma dessas pessoas ruivas das quais parece emanar uma luz interior, que não só as esquenta, mas também ao ar que as circunda.

Dorothy aceitava bem toda aquela vida estranha e desconfortável; só possuía uma sensação tênue e remota — se é que a tinha — de que o período de sua vida que ficara para trás, e não recordava, tinha sido, de algum modo, diferente do atual. Depois de um par de dias, deixara já de surpreender-se com sua situação anormal. Aceitava tudo: aceitava a imundície e a fome, a fadiga, o interminável zanzar de um lado para o outro, os dias quentes e poeirentos, e as noites insones e tiritantes. Em todo caso, sentia-se demasiado exausta para pensar. Na tarde do segundo dia, estavam todos muito cansados, irresistivelmente cansados, exceto Nobby, a quem nada podia cansar. Nem mesmo pareceu incomodá-lo o fato de que, mal reiniciaram a marcha, aparecesse um prego a atravessar-lhe a sola da bota. Houve períodos de uma hora em que Dorothy parecia dormir enquanto caminhava. Agora tinha um fardo para carregar, pois, como os dois homens já iam carregados e Flo se recusava terminantemente a levar qualquer peso, ela se oferecera para levar o saco com as batatas roubadas. De um modo geral, contavam sempre com uma reserva de cinco quilos de batata. Dorothy pôs o saco ao ombro, como faziam Nobby e Charlie com seus fardos, mas a corda cortava-a como uma serra e o saco batia-lhe contra o quadril, até que, finalmente, ele começou a sangrar. Seus frágeis e miseráveis sapatos começaram a ficar em pedaços logo ao final do primeiro dia. No segundo dia, ela perdeu o salto do sapato direito e passou a mancar; mas Nobby, especialista em tais matérias, aconselhou-a a arrancar o salto do outro sapato para poder andar com os dois pés planos. O resultado foi que, cada vez que tinha de subir uma ladeira, doíam-lhe terrivelmente as pernas e sentia como se lhe martelassem as plantas dos pés com uma barra de ferro.

Flo e Charlie estavam em situação muito pior que ela, não tanto pela exaustão física quanto pelo espanto e indignação diante das distâncias que tinham de percorrer. Trinta quilômetros de marcha diária era algo de que nunca tinham ouvido falar até então. Eles tinham nascido e crescido *cockneys* e, embora tivessem passado vários meses de miséria em Londres, nenhum dos dois se vira, até então, palmilhando estradas. Charlie, até recentemente, tivera um bom emprego, e também Flo vivera num lar digno até ser seduzida e expulsa de casa para viver pelas ruas. Tinham encontrado Nobby na Trafalgar Square, juntando-se a ele para irem colher lúpulo na crença de que isso seria uma espécie de farra. Como era natural, sendo como eram relativamente novatos na vadiagem, olhavam Nobby e Dorothy com desdém. Reconheciam no primeiro sua experiência da estrada e sua audácia para o roubo, mas consideravam-no socialmente inferior. Essa era a atitude deles. Quanto a Dorothy, mal se dignavam olhá-la depois que deram cabo de sua meia coroa.

Mesmo no segundo dia a coragem deles começava a fraquejar. Ficavam para trás, resmungavam continuamente e exigiam mais do que lhes correspondia na partilha da comida. Lá pelo terceiro dia, era quase impossível convencê-los a prosseguir. Ansiavam por regressar a Londres e deixaram de se preocupar totalmente se chegariam algum dia ou não aos campos de lúpulo. Tudo que desejavam era deitarem-se para descansar em qualquer lugar que considerassem apropriado, e, quando sobrava alguma comida, devoravam-na em intermináveis "lanches". Depois de cada parada, era aquela discussão enfadonha antes de se porem de novo em pé.

— Vamos, meus chapas! — dizia Nobby. — Arrumem os bagulhos! Já devíamos estar a caminho!

— Ah... a caminho, hein! — respondia Charlie, mal-humorado.

— Bem, não vamos bobear por aqui, vamos? Combinamos que esta noite chegaríamos a Sevenoaks, não foi?

— Hum, Sevenoaks! Sevenoaks ou qualquer outro maldito lugar, para mim t'ou pouco ligando.

— Mas... que droga! Queremos arranjar um trabalho amanhã, não é? E antes de chegarmos às fazendas não podemos encontrar nenhum.

— Hum... as fazendas! Como eu gostaria de nunca ter ouvido falar nessa porcaria de lúpulo. Não fui criado como você para andar rodando de um lado para o outro e passar as noites jogado por aí. Estou de saco cheio. É isso aí, de saco cheio.

— Se isso é o que se chama colher lúpulo — interveio Flo, esganiçada —, também já estou por aqui.

A opinião de Nobby, segundo confidenciou a Dorothy, era que Flo e Charlie provavelmente se mandariam logo que encontrassem alguém que lhes desse carona de volta a Londres. Quanto a Nobby, não havia nada que o desencorajasse ou o fizesse perder o bom humor, nem mesmo quando o prego de sua bota o machucava à beça, a ponto de manchar de sangue o sujo resto de uma meia. No terceiro dia de marcha, o prego fizera um orifício permanente no pé e Nobby tinha de parar a cada quilômetro para desferir algumas marteladas com uma pedra.

— Desculpem — dizia ele —, tenho que tratar outra vez da minha ferradura. Este prego não é sopa.

Buscava uma pedra redonda, agachava-se na beira da estrada e martelava cuidadosamente o prego.

— Pronto! — dizia com otimismo, enquanto apalpava o local com o polegar. — Esse filho da puta está enterrado em sua sepultura!

Entretanto, o epitáfio do prego parecia ser: "Ressuscitarei", pois um quarto de hora mais tarde já voltava a aparecer.

Como era de esperar, Nobby tentou fazer amor com Dorothy, mas, quando se viu rejeitado por ela, não lhe guardou o menor rancor. Ele tinha esse feliz temperamento que é incapaz de levar a sério as suas próprias derrotas. Estava sempre de bom humor, sempre cantando, numa boa voz de barítono. Suas três canções favoritas eram: "Sonny Boy", "'Twas Christmas Day in the Workhouse" (com a música de "The Church's One Foundation") e " '___!' was all the band could play", a que dava animada versão de marcha militar.

Ele tinha vinte e seis anos e era viúvo; tinha sido, vendedor de jornais, ladrãozinho, menor delinquente, soldado, assaltante e vagabundo. Esses fatos, entretanto, quem quisesse que os compilasse por sua própria conta, pois Nobby era incapaz de fazer um relato da sequência de sua vida. Sua conversação era salpicada de lembranças pitorescas que lhe iam aparecendo sem ordem à memória: os seis meses que servira num regimento de infantaria, antes de lhe ser dada baixa por incapacidade para o serviço, por causa de um problema ocular; a repugnante sopa em Holloway; sua infância nos esgotos de Deptford; a morte de sua mulher, de parto, aos dezoito anos, quando ele tinha apenas vinte; a terrível flexibilidade das chibatas que usavam em um reformatório; o estampido surdo da nitroglicerina rebentando a porta do cofre da fábrica de sapatos de Woodward, onde Nobby roubara 125 libras que gastou em três semanas.

No fim do terceiro dia, chegaram às culturas de lúpulo e começaram a encontrar gente desanimada, em sua maioria vagabundos, voltando para Londres com a notícia de não haver trabalho — a colheita de lúpulo tinha sido ruim e estavam pagando um preço baixo pela jornada, e os ciganos e apanhadores locais tinham açambarcado o serviço. Ao ouvirem isso, Flo e Charlie perderam o resto de ânimo que lhes restava, mas Nobby, combinando habilmente ameaças e argumentos, persuadiu-os a fazerem mais alguns quilômetros.

Numa aldeia chamada Wale encontraram uma velha irlandesa — Sra. McElligot era seu nome — a quem acabavam de dar trabalho numa plantação de lúpulo das cercanias, e trocaram com ela algumas das maçãs roubadas por um pedaço de carne que ela arranjara naquela manhã. Ela lhes deu algumas indicações úteis sobre a colheita de lúpulo, assim como sobre as fazendas onde poderiam pedir trabalho. Eles estavam todos descansando, estirados na grama da praça da aldeia, do outro lado de uma pequena loja em cuja porta havia diversos cartazes com as principais notícias dos jornais do dia.

— O melhor que vocês podem fazer é perguntar na fazenda de Chalmers — aconselhou a Sra. McElligot no seu desprezível sotaque de Dublin. — Fica a pouco mais de uma légua daqui. Ouvi dizer que Chalmers precisa de uma dúzia de apanhadores. Tenho a certeza de que lhes dará trabalho se forem depressa.

— Poxa! Mais uma légua? Não há nada mais perto? — resmungou Charlie.

— Bem, há a de Norman. Eu mesma consegui trabalho lá. Começo amanhã de manhã. Mas seria inútil perguntarem, porque só empregam gente local, e dizem que ele vai jogar fora mais da metade da colheita.

— E que história é essa de gente local? — perguntou Nobby.

— Ué, são os que moram por aqui e têm casa própria. Ou os apanhadores vivem nas vizinhanças ou o fazendeiro terá que arranjar galpões onde eles possam dormir. Essa é a lei agora. Antes, quando vinham para o lúpulo, metiam-nos num estábulo qualquer, sem perguntas de qualquer tipo. Mas depois, com a intervenção de um governo trabalhista, saiu uma lei dizendo que nenhum fazendeiro poderia contratar trabalhadores se não possuísse alojamentos decentes para eles. Agora, Norman só contrata gente que tenha casa própria.

— Mas você não tem casa própria, tem?

— Nem em sonhos! Mas Norman pensa que tenho. Disse que vivia num barraco perto daqui. Aqui que ninguém nos ouça, estou dormindo num estábulo. Não estaria mal, se não fosse pelo fedor de esterco, mas é preciso cair fora antes das cinco da manhã, senão os vaqueiros te pegam.

— Nós não temos experiência nenhuma de colher lúpulo — disse Nobby. — Se o vir na minha frente, nem saberia distinguir o lúpulo de uma alface. Mas é claro que vamos dizer que somos veteranos no negócio, se quisermos pegar o emprego.

— Vocês estão mesmo por fora, garotos! O lúpulo não precisa de experiência. Só arrancar e meter na saca. Só isso.

Dorothy estava quase adormecida. Ouvia os outros falarem, mas de uma forma vaga, desconexa. Primeiro, era sobre a colheita do lúpulo, depois a respeito de uma história publicada nos jornais sobre uma jovem que desaparecera de casa. Flo e Charlie tinham estado lendo as manchetes na porta da loja em frente, e isso os animara um pouco, porque os cartazes com as notícias recordavam-lhes o bulício de Londres. A jovem desaparecida, por cujo destino pareciam interessar-se profundamente, figurava como "A Filha do Reverendo".

— Viu esta, Flo? — disse Charlie, lendo em voz alta e manifestamente deliciado: — "A Vida Amorosa Secreta da Filha do Pastor". Puxa! Gostaria de ter um centavo para comprar o jornal e ler isso tudo!

— Mas afinal que história é essa?

— O quê? Não leu? Os jornais estão falando muito disso. É filha do reverendo para cá, filha do reverendo para lá. E as coisas que dizem dela, hein? Vou lhe contar.

— Ela é quente, a filha do velho carola — observou Nobby, pensativamente, deitado de costas na grama. — Gostaria que ela estivesse agora aqui. Eu saberia o que fazer com ela direitinho, ah, se saberia, pode crer.

— Foi uma garota que fugiu de casa — acrescentou a Sra. McElligot. — Deu no pé com um homem vinte anos mais velho, e agora está desaparecida e andam vasculhando por tudo que é lado, para ver se a encontram.

— Mandou-se de casa no meio da noite num automóvel, metida só na camisola de dormir — disse Charlie, adorando tudo aquilo. — Todo o mundo a viu sair.

— Há quem diga que ele a levou para o estrangeiro e a vendeu depois para um desses bordéis bacanas de Paris — acrescentou a Sra. McElligot.

— Vestida só com a camisola de dormir, hein? Boa peça me saiu a filhinha do reverendo.

— Ela deve ser um barato — comentou Nobby.

E a conversa poderia ter continuado com múltiplos detalhes se Dorothy não a tivesse cortado. O que eles diziam despertara nela uma tênue curiosidade. Percebeu que ignorava o significado da palavra "reverendo". Levantou-se e perguntou a Nobby:

— O que é um "reverendo"?

— Reverendo? Ora, é um clérigo, um pastor... um cara que leva a gente pro céu. Um cara que faz sermões, canta hinos e tudo o mais na igreja. Um negócio desses, tá sacando? Ontem cruzamos com um que ia montado numa bicicleta verde e levava o colarinho ao contrário.

— Ah, sim... Acho que sei...

— Pastores! Uns bons safados são também alguns deles — disse a Sra. McElligot, como se recordasse algo.

Dorothy não entendeu direito. O que Nobby lhe dissera aclarara-lhe um pouco a mente, mas não muito. Todo o conjunto de ideias relacionadas com "igreja" e "reverendo" penetrava nela de um modo estranhamente vago e confuso. Era uma das muitas lacunas — e havia muitas de tais lacunas — no misterioso conhecimento que ela resgatara do fundo do seu passado.

Era a terceira noite que passavam na estrada. Quando se apagou a luz do dia, se enfiaram como de costume, num bosque, com a intenção de dormir, mas pouco depois da meia-noite começou a chover muito. Passaram toda uma terrível hora tropeçando aqui e ali no escuro, em seu afã de encontrar algum lugar onde pudessem abrigar-se. Descobriram finalmente um monte de feno, onde se enfiaram às pressas, do lado abrigado do vento, até ficar suficientemente claro para ver.

Flo passou toda a noite choramingando da maneira mais intolerável e pela manhã encontrava-se prostrada. O rosto gorducho, de expressão estúpida, lavado pela chuva e pelas lágrimas, parecia uma bola de toucinho, se fosse imaginável uma bola de toucinho desfigurada pela autocomiseração. Nobby andou rebuscando a orla do bosque até encontrar uma braçada de gravetos parcialmente secos, e conseguiu fazer um fogo para ferver um pouco de chá, como de costume. Por mais tempestuoso que fosse o tempo, Nobby sempre conseguia arranjar uma lata de chá. Entre outras coisas, levava consigo alguns pedaços de pneus velhos, que fazia arder quando a lenha estava molhada, e possuía inclusive a arte, só conhecida de poucos iniciados na vagabundagem, de fazer ferver água sobre a chama de uma vela.

Todos sentiam os membros endurecidos depois da terrível noite, e Flo disse que era incapaz de dar mais um passo. Charlie concordou com ela. Assim, como os outros dois se negavam a mover-se, Dorothy e Nobby foram até a fazenda de Chalmers, combinando um encontro entre os quatro para depois de tentarem a sorte. Dirigiram-se, pois, à fazenda de Chalmers, distante uma légua e pouco, atravessando extensos pomares em direção às plantações de lúpulo, e souberam que o capataz voltaria dali a pouco.

Esperaram quatro horas à beira da plantação, com o sol secando-lhes as roupas nas costas, e observando os apanhadores no trabalho. Era uma cena de certo modo tranquila e atraente. Os caules volúveis do lúpulo, planta trepadeira como o feijoeiro, mas muitíssimo mais alta, cresciam em frondosas alamedas verdes, com as espigas verde-pálidas pendendo como uvas gigantescas. Quando o vento as agitava, exalavam um cheiro fresco e amargo de enxofre e cerveja gelada.

Em cada alameda, os membros de uma família desmanchavam as espigas para dentro de sacos de linhagem, cantando sem parar. Daí a pouco soou um apito e todos suspenderam suas tarefas a fim de preparar o chá em crepitantes fogueiras feitas com caules de lúpulo. Dorothy invejou-os profundamente. Como pareciam felizes, sentados ao redor da fogueira, com suas latas de chá e seus bons nacos de pão com toucinho em meio ao forte cheiro do lúpulo e à fumaça da lenha! Ansiava por um trabalho assim — mas, de momento, nada havia a fazer. O capataz chegou por volta da uma e disse que não havia trabalho para eles, de modo que voltaram para a estrada, não sem antes se vingarem na fazenda de Chalmers roubando no caminho uma dúzia de maçãs.

Quando chegaram ao lugar combinado do encontro, não encontraram nem rastro de Charlie e Flo. Procuraram, mas, também é claro, sabiam muito bem o que acontecera. Na verdade, era perfeitamente óbvio. Flo teria lançado olhos ternos para algum caminhoneiro em trânsito, que os levara de carona de volta para Londres, em troca de boas carícias pelo trajeto. O pior é que ainda tinham levado também as duas sacolas. Não lhes haviam deixado comida alguma, nem um naco de pão, uma batata ou umas folhinhas de chá, nada com que se cobrissem pela noite, nem sequer uma mísera lata de rapé onde pudessem cozer algo que lhes dessem ou roubassem — nada mesmo, exceto a roupa que traziam no corpo.

As 36 horas seguintes foram terríveis. Atormentados pela fome e pela exaustão, desfaziam-se na ânsia de arranjar trabalho! Mas as possibilidades de consegui-lo tornavam-se cada vez menores, à medida que se internavam nos campos de lúpulo. Caminhavam interminavelmente de fazenda em fazenda, e a resposta era sempre a mesma — não precisamos de apanhadores. E tão absorvidos estavam em seu peregrinar de um lado para o outro, que nem lhes sobrava tempo para mendigar. Assim, nada tinham para comer, exceto maçãs e ameixinhas pretas roubadas, que lhes perturbavam o estômago com seu suco ácido e, ao mesmo tempo, os deixavam furiosamente famintos. Naquela noite não choveu, mas fez mais frio. Dorothy nem tentou dormir e passou a noite agachada junto à fogueira, cuidando para que não se apagasse.

Estavam escondidos num bosque de faias, sob uma árvore velha e achaparrada que, se por um lado os protegia do vento, deixava cair periodicamente sobre eles geladas gotas de orvalho. Nobby, estendido de costas, a boca aberta e uma face levemente iluminada pela débil rutilação da fogueira, dormia tão despreocupado quanto uma criança.

Durante toda a noite, a mente de Dorothy foi agitada por um vago assombro, fruto da insônia e do intolerável desconforto. Seria esse o tipo de vida para que fora criada — essa vida de vadiagem com o estômago vazio o dia inteiro e o passar da noite, tremendo, sob árvores gotejantes? Também teria sido assim seu obscuro passado? Donde vinha ela? Quem era? Nenhuma resposta lhe chegou e, ao alvorecer, estavam de novo em marcha. Ao cair da tarde, haviam percorrido um total de onze fazendas, as pernas de Dorothy negavam-se a prosseguir, e ela se sentia tão fatigada que lhe era difícil até caminhar em linha reta.

Mas já ao anoitecer, de forma deveras inesperada, sua sorte mudou. Na aldeia de Clintock, tentaram uma fazenda chamada Cairns e aí foram imediatamente contratados, sem mais perguntas. O capataz limitou-se a olhá-los dos pés à cabeça e disse secamente: "Está bem, podem ficar. Começam amanhã de manhã. Saca número sete, grupo dezenove". E nem se deu ao trabalho de lhes perguntar os nomes. A colheita do lúpulo, ao que parecia, não exigia referências ou experiência.

Encaminharam-se para o prado, onde estava localizado o acampamento dos apanhadores. Como num sonho, entre o esgotamento e a alegria de terem conseguido, enfim, um emprego, Dorothy viu-se caminhando através de um labirinto de barracos de teto de flandres e carroças de ciganos, de cujas janelas pendiam roupas coloridas e recém-lavadas. Enxames de crianças corriam pelas estreitas passagens verdes entre os barracos, enquanto os adultos, gente malvestida e de aspecto agradável, preparavam suas refeições em inúmeras fogueiras de lenha. Ao fundo do acampamento havia umas quantas barracas redondas, com teto de flandres como as demais, embora mais humildes, reservadas para as pessoas solteiras. Um velho que estava assando queijo no fogo, indicou a Dorothy uma das barracas para mulheres.

Dorothy abriu a porta. O recinto teria pouco mais de três metros de largura; as janelas, sem vidros, tinham sido tapadas com tábuas e não havia qualquer móvel. Parecia não haver nada dentro, exceto um montão enorme de palha que chegava quase ao teto. Com efeito, a barraca estava quase literalmente cheia de palha. Aos olhos de Dorothy, mal abertos de tanto sono, a palha oferecia um aspecto confortável e paradisíaco. Começou a procurar onde se deitar, mas foi detida por violenta gritaria que saía de sob a palha.

— Ei, você! Que diabo está fazendo? Saia daqui! Saia de cima da minha barriga, pedaço de idiota!

Pelo que parecia, havia mulheres dormindo enfiadas na palha. Dorothy foi abrir caminho um pouco mais adiante, dessa vez com mais cuidado; tropeçou em algo, afundou-se na palha e no mesmo instante começou a mergulhar num sono invencível. Uma mulher de aspecto rude, seminua, emergiu de repente do mar de palha como uma sereia.

— Epa, companheira — disse ela —, está arrasada, hein?

— Sim... cansada, muito cansada.

— Vai ficar gelada se se meter na palha sem se enrolar numa manta. Tem alguma?

— Não.

— Pera aí. Arranjo um saco.

Mergulhou na palha e emergiu de novo com um saco de dois metros de largura, dos que serviam para meter o lúpulo. Dorothy já dormia. Deixou que a despertassem e enfiou-se como pôde no saco, tão comprido que a cobria da cabeça aos pés; depois, meio deslizando, meio afundando, foi-se metendo palha adentro, até afundar numa espécie de ninho mais quente e mais seco do que podia imaginar ser possível. A palha fazia cócegas no nariz e penetrava-lhe pelos cabelos, picava-a mesmo através do saco de lúpulo e pelo corpo todo; mas, nesse momento, nenhum leito imaginável — nem o colchão de penas de cisne de Cleópatra, nem a cama flutuante de *Harun al-Rachid* — tê-la-ia acariciado mais.

3

Foi incrível a facilidade de adaptação à rotina da colheita das espigas de lúpulo. Ao fim de apenas uma semana, já se tornava especialista na tarefa, como se não se tivesse feito outra coisa a vida inteira.

Era um trabalho incrivelmente fácil. Fisicamente, era extenuante, sem dúvida — ficava-se de pé dez a doze horas diárias, e às seis da tarde já se estava caindo de sono — mas não exigia qualquer aptidão especial. Uma terça parte dos apanhadores que viviam no acampamento eram tão novatos no ofício quanto Dorothy. Alguns deles tinham descido de Londres sem a menor ideia de como era o lúpulo, de como era colhido, por que e para quê. Contava-se que um homem, ao dirigir-se na primeira manhã às plantações, perguntara: "Mas cadê as pás?" Imaginava ele que era preciso retirar o lúpulo da terra.

Fora os domingos, todos os dias eram iguais. Às cinco e meia da manhã, uma pancada na parede da barraca fazia as mulheres saltarem para fora do ninho noturno e começarem a procurar os sapatos, em meio às sonolentas pragas das outras (eram seis ou sete, ou mesmo oito), ainda mergulhadas, aqui e ali, na palha. Se alguma cometia o equívoco de despir uma peça de roupa, perdia-a imediatamente naquele imenso montão de palha. Depois, apanhava-se uma braçada de palha, outra de caules de lúpulo seco, e um feixe da lenha que estava empilhada fora, e preparava-se o fogo para o desjejum. Dorothy fazia sempre o desjejum de Nobby junto com o seu e, quando estava pronto, avisava-o com uma pancada na parede do barraco onde ele se alojava, pois tinha mais facilidade para sair do sono. Já fazia bastante frio nessas madrugadas de setembro. Pelo leste, o céu ia clareando lentamente, passando do negro ao azul-cobalto, e o orvalho vestia a grama de um branco argênteo. O desjejum era sempre o mesmo: bacon, chá e pão frito na gordura do bacon. Enquanto comiam, iam preparando outra refeição igual para a hora do jantar. Depois, saíam para as plantações, a meia légua de distância, com a lancheira na mão, em meio ao azul e ventoso amanhecer, o nariz escorrendo de tanto frio, o que, vez por outra, os obrigava a uma parada para limpá-lo no avental de aniagem.

As plantações tinham aproximadamente meio hectare de extensão e cada grupo de trabalho — uns quarenta apanhadores mais ou menos, chefiados por um capataz, com frequência um cigano — era responsável por uma plantação. Os caules, de três metros e meio ou mais de altura, estavam presos em sua parte superior por suportes horizontais dispostos em fileiras e distantes entre si de um metro a metro e meio. Em cada fileira havia um saco de pano grosso, parecido com uma rede de dormir muito profunda, suspenso por um pesado caixilho de madeira. Assim que o apanhador chegava, punha o saco em posição, cortava os suportes dos dois caules imediatos e puxava-os para baixo — enormes e pontiagudas carreiras de folhagem, como as trancas de Rapunzel, que lhe despencavam em cima, regando-o de orvalho noturno. Fazia-se então os caules ficarem mais ou menos à altura da boca do saco e, depois, começando pelo lado mais grosso, iam-se arrancando as pesadas inflorescências do lúpulo. Naquela hora matinal, trabalhava-se devagar e desajeitadamente. As mãos ainda estavam hirtas e a frialdade do orvalho inchava-as ainda mais, dado que as inflorescências estavam molhadas e escorregadias. O mais difícil era desprender as espigas sem arrancar ao mesmo tempo as folhas e os talos, pois o medidor podia recusar o conteúdo de um saco se contivesse folhagem em excesso.

Os talos das espigas cobriam-se de espinhos minúsculos que ao cabo de dois ou três dias deixavam toda retalhada a pele das mãos. Pela manhã, era um tormento começar a arrancar as espigas com os dedos ainda entorpecidos demais para se dobrarem sangrando por uma dúzia de cortes, mas a dor desaparecia quando os cortes se reabriam e o sangue corria livremente. Se as espigas eram boas e o apanhador as arrancava bem, um caule podia ficar limpo em dez minutos, e as melhores plantas produziam meio alqueire de lúpulo. Mas isso variava muito de uma plantação para outra. Em algumas eram do tamanho de nozes e pendiam de grandes espigas sem folhas, que se podiam arrancar com um simples retorcer; em outras, porém, eram coisinhas de nada, menores que ervilhas, e cresciam esparsamente, era preciso arrancá-las uma por uma. Algumas eram tão ruins, que não se conseguia recolher nem um alqueire de lúpulo em uma hora de trabalho.

De manhã cedo, antes que as espigas estivessem suficientemente secas para serem manipuladas, pouco se progredia. Mas, depois que saía o sol, as espigas aquecidas começavam a desprender um cheiro amargo, mas agradável, o mau humor matutino dos apanhadores desaparecia e o trabalho avançava com rapidez. Das oito até o meio-dia colhia-se o lúpulo sem descanso, com uma espécie de paixão pelo trabalho, uma vontade veemente de acabar com todos os caules e correr a saca um pouco mais adiante, ao longo da fileira, veemência que se intensificava à medida que a manhã avançava. Ao iniciar-se a colheita pela manhã, todas as sacas estavam ao mesmo nível, mas, pouco a pouco, os apanhadores mais hábeis iam obtendo vantagem sobre os demais, e alguns deles já tinham percorrido toda a sua carreira de caules, quando outros ainda iam pela metade das suas. Permitia-se, então, aos que tinham terminado que ajudassem os mais atrasados a concluírem o trabalho em seus corredores. Chamava-se a isso "roubar as espigas". Dorothy e Nobby estavam sempre entre os últimos. Costumava haver quatro pessoas para cada saco e eles eram só dois; além disso, Nobby, com suas grandes e grossas mãos, era um apanhador desajeitado. De um modo geral, as mulheres eram mais hábeis que os homens nesse trabalho.

Entre os dois sacos de cada lado de Dorothy e Nobby, o seis e o oito, havia sempre uma renhida concorrência. O número seis estava a cargo de uma família de ciganos (o pai, de cabelos encaracolados e argolas nas orelhas, a mãe, cor de velho couro curtido, e dois filhos robustos); e o oito pertencia a uma velha vendedora ambulante de verduras do East End londrino, coberta com um chapéu de abas largas e comprida capa negra, e que fungava rapé de uma caixa de papel machê com um barco pintado na tampa. Era sempre ajudada por sucessivos turnos de filhas e netas, que vinham de Londres passar dois dias de cada vez.

Havia todo um bando de crianças trabalhando com o grupo; iam atrás dos sacos sobraçando cestas e recolhiam as espigas caídas, enquanto os apanhadores seguiam trabalhando. Rose, a franzina e pálida neta da velha vendedora ambulante, e uma ciganinha, morena como uma índia, escapuliam a todo instante para ir roubar framboesas de outono e balançar-se nos caules; e o canto constante dos apanhadores em redor dos sacos era cortado pelos gritos estridentes da vendedora: "Vamos, Rose, sua gatinha preguiçosa! Apanhe as espigas, ande! Olhe que vou esquentar o seu traseiro!".

Metade dos apanhadores desse grupo eram ciganos; havia pelo menos uns duzentos no acampamento. Os outros apanhadores os chamavam de "Diddykies" e eram boa gente, bastante cordiais e com um talento especial para a mais descarada adulação quando queriam sacar alguma coisa de alguém; no entanto, eram manhosos, com aquela astúcia impenetrável dos selvagens. Na expressão pouco inteligente de seus rostos orientais, havia algo de um animal feroz, mas indolente: a expressão da estupidez mais crassa a par da mais indomável astúcia. Suas conversas consistiam em meia dúzia de observações que repetiam a toda hora, sem nunca chegarem a delas se cansar. Os dois ciganos jovens do saco número oito propunham a Dorothy e Nobby a mesma adivinhação pelo menos uma dúzia de vezes ao dia:

— O que é que: nem o homem mais inteligente da Inglaterra seria capaz de fazer?

— Não sei. O que é?

— Fazer cócegas no cu de um mosquito com um poste telegráfico.

Ao que invariavelmente se seguiam estrepitosas gargalhadas. Eram de uma ignorância abissal e vangloriavam-se de que nenhum deles sabia ler uma só palavra. O velho pai de cabelo encaracolado, que vagamente suspeitava que Dorothy "tinha estudos", perguntou-lhe um dia com toda a seriedade se poderia ir em sua carroça até Nova Iorque.

Às doze, um apito da fazenda avisava aos apanhadores que poderiam interromper o trabalho por uma hora e, em geral, um pouco antes disso, passava o medidor recolhendo os sacos de lúpulo. Ao aviso do capataz de "Sacos preparados, número dezenove!", todos se apressavam a apanhar as espigas que estavam pelo chão, a arrancar os galhos que tinham ficado por aqui e ali e a retirar dos sacos as folhas que haviam caído junto com o lúpulo. Tudo isso requeria certa arte, pois não compensava recolher as espigas demasiado limpas, já que as folhas engrossavam o conteúdo dos sacos. Os veteranos no trabalho, como era o caso dos ciganos, sabiam com exatidão até que ponto as espigas podiam entrar "sujas" nos sacos.

Um encarregado percorria as plantações com um cesto de vime que continha uma medida de alqueire, e era acompanhado de um apontador que ia registrando o conteúdo de cada saco num livro. Esses apontadores eram jovens empregados de escritório, contadores, escriturários etc., que faziam esse trabalho durante as férias. O encarregado, que media, ao mesmo tempo que retirava as espigas dos sacos e ia enchendo uma medida de alqueire atrás de outra, cantava: "Um! Dois! Três! Quatro!" e os apanhadores registravam o número de alqueires em seus talonários. Por cada alqueire, pagavam-lhes dois centavos e, naturalmente, surgiam sempre intermináveis discussões e acusações de desonestidade quanto às medidas.

As inflorescências de lúpulo são de consistência esponjosa e, se quiser, pode-se amassar um alqueire delas até ficarem reduzido a um litro. Assim, cada vez que o medidor retirava uma medida, um dos apanhadores inclinava-se sobre o saco e removia as inflorescências para deixá-las fofas, após o que, por sua vez, o medidor apanhava o saco pelas bordas e sacudia de novo o conteúdo a fim de deixar o lúpulo outra vez compactado. Certas manhãs, ele recebia a ordem de "tornar as espigas pesadas" e manobrava de tal forma que de cada medida roubava um par de alqueires, deflagrando à sua volta uma explosão de irados protestos: "Olha como ele aperta, o filho da puta! Por que não as esmaga com as suas patas imundas, cretino?", e assim por diante.

Os veteranos contavam sombriamente terem sabido de medidores que, no último dia de colheita, haviam aparecido afogados nos poços onde as vacas iam beber. Dos sacos, o lúpulo passava a umas tulhas que, em teoria, tinham a capacidade de um quintal; mas, quando o medidor "tornava as espigas pesadas", eram precisos dois homens para levantar cada saco cheio.

Tinham uma hora para o almoço e acendia-se uma fogueira com os caules (coisa proibida, mas que todos faziam) para esquentar o chá que acompanharia os sanduíches de pão com bacon. Depois do almoço continuava-se trabalhando até às cinco ou seis da tarde, hora essa em que o medidor voltava a percorrer os sacos, após o que os apanhadores podiam regressar ao acampamento.

Dorothy mais se recordava das tardes. Aquelas longas e laboriosas horas sob um sol intenso, em meio a um coro de quarenta vozes, respirando o cheiro forte do lúpulo e a fumaça da lenha, tinham uma qualidade especial e inolvidável. Conforme a tarde avançava, ia se sentindo quase cansada demais para aguentar de pé; os pequenos piolhos verdes do lúpulo metiam-se entre os cabelos e nas orelhas, o que era muito incômodo, e as mãos, em virtude do suco sulfuroso, pareciam as de um negro, exceto onde sangrava. Mas todos se sentiam felizes, uma felicidade irracional. O trabalho os absorvia. Era um trabalho estúpido, mecânico, exaustivo e a cada dia mais doloroso para as mãos, mas do qual ninguém chegava a entediar-se.

Quando fazia bom tempo e as espigas eram boas, tinha-se a sensação de que se poderia ficar colhendo indefinidamente. Permanecer ali de pé, horas a fio, arrancando as pesadas espigas e vendo subir o conteúdo verde pálido do saco — o que significava dois centavos a mais no bolso por cada alqueire — provocava uma alegria física e, ao mesmo tempo, um sentimento de reconfortante satisfação. O sol ardente ia queimando a pele de todos, bronzeando-a, e o aroma persistente e acre, como um vento proveniente de oceanos de cerveja fresca, penetrava nas narinas e produzia uma sensação de frescor. Quando brilhava o sol, todos cantavam enquanto trabalhavam, o campo todo ressoava com canções. Por alguma razão, todas as toadas eram tristes naquele outono: canções sobre amores rejeitados e fidelidade não correspondida, como versões populares da Carmen ou da Manon Lescaut. Diziam assim:

Lá vão em sua alegria...
O garoto e a garota...
E eu aqui estou...
Com o coração estourado!

E outra:

Mas eu estou dançando com lágrimas nos olhos...
Por que a garota que tenho nos braços não é você

Ou então:

Os sinos estão tocando por Sally...
Mas não por Sally e por mim!

A ciganinha costumava cantar repetidamente:

Que miseráveis, que miseráveis
Somos todos na Fazenda miseráveis!

E, embora todos dissessem que o nome era Fazenda da Miséria, ela insistia em chamá-la Fazenda Miserável.

A velha vendedora ambulante e sua neta Rose sabiam uma canção de apanhadores de lúpulo que dizia assim:

Nossas valiosas espigas!
Nossas valiosas espigas!
Quando chega o medidor,
Cate logo tudo do chão!
Quando vier para medir,
Nunca pare nem que pedir!
Enfia tudo no saco pardo
E entrega logo todo fardo!

As favoritas, entretanto, eram *Lá vão os dois, alegres* e *Os sinos estão tocando por Sally*. Os apanhadores nunca se cansavam de cantá-las; ao longo de toda a temporada, tinham-nas cantado várias centenas de vezes cada uma. Juntamente com o aroma amargo e o sol ardente, as toadas ressoando através dos frondosos corredores de caules de lúpulo eram o mais característico da atmosfera das plantações.

Quando se regressava ao acampamento, por volta das seis horas mais ou menos, todos se agachavam junto ao arroio que corria atrás das barracas e lavavam a cara, provavelmente pela primeira vez no dia. E, quanto às mãos, era preciso contar pelo menos com uns vinte minutos para retirar toda a sujeira, negra como carvão. Somente a água e até a eventual ajuda de sabão eram ineficazes; apenas duas coisas conseguiam limpá-la: lama, e, por estranho que pareça, o suco de lúpulo. Depois, Dorothy preparava o jantar, que costumava ser pão, bacon e chá outra vez, a menos que Nobby tivesse ido comprar no açougue da aldeia uns pedaços de carne por dois centavos. Era sempre Nobby quem fazia a compra, porque pertencia àquela espécie de homem que sabe como conseguir do açougueiro quatro centavos de carne por apenas dois, além de ser especialista em fazer pequenas economias. Por exemplo, comprava sempre um pão caseiro, em vez de qualquer outro tipo de pão, porque ao cortar horizontalmente ao meio pareciam dois pães sobrepostos.

Bem antes de acabar de jantar, já estavam caindo de sono, mas as fogueiras que se acendiam entre as barracas eram agradáveis demais para serem abandonadas. A fazenda fornecia dois feixes de lenha diários para cada barraca, mas os apanhadores iam surripiar no campo tudo que queriam, e não só lenha, mas também grandes pedaços de raízes de olmo, cujas brasas se mantinham acesas até de manhã.

Algumas noites, as fogueiras eram tão grandes que até vinte pessoas podiam sentar-se comodamente à sua volta. Aí permaneciam cantando até tarde da noite, contando histórias e assando maçãs roubadas.

Os rapazes e as moças se escorregavam aos pares até os recantos mais escuros, e os tipos mais atrevidos, como Nobby, armavam-se de sacos e saíam a roubar nos pomares das vizinhanças, enquanto as crianças brincavam de esconde-esconde na penumbra ou perseguiam umas aves noturnas que rondavam o acampamento, tomando-os por faisões em sua ignorância *cockney*. Nos sábados à noite, uns cinquenta ou sessenta apanhadores costumavam embriagar-se na taverna da aldeia, e percorriam depois as ruas, cantando aos gritos canções obscenas, para grande escândalo dos moradores, que encaravam a época da colheita de lúpulo como os decentes provincianos da Gália romana deveriam ter encarado as incursões anuais dos godos.

Quando finalmente conseguiam arrastar-se até o ninho de palha, não o encontravam suficientemente quente ou confortável. Depois daquela primeira noite feliz, Dorothy descobriu que a palha era horrível para se dormir. Não só espeta muito, como deixa passar o ar em todas as direções. No entanto, havia a possibilidade de roubar nas plantações uma quantidade quase ilimitada de sacos e com quatro deles metidos uns dentro dos outros conseguia-se fazer uma espécie de casulo de bicho-da-seda, dentro do qual se acumulava suficiente calor para se poder dormir, ainda que apenas cinco horas cada noite.

4

O que recebiam nesse trabalho de apanhar lúpulo era suficiente para não se morrer de fome, mas nada mais que isso.

Na fazenda Cairns pagavam dois centavos o alqueire, e um apanhador experiente podia colher, em média, três alqueires por hora, se as espigas fossem boas. Em teoria, portanto, podiam--se ganhar trinta xelins por semana de sessenta horas. Mas o certo é que ninguém no acampamento se aproximava sequer dessa quantia. Os melhores apanhadores recebiam treze a catorze xelins semanais e os piores apenas seis. Nobby e Dorothy, trabalhando juntos e repartindo o que ganhavam, o máximo que conseguiam ganhar era uns dez xelins cada um.

As razões variavam. Em primeiro lugar, em algumas plantações, as espigas eram ruins. E mais: perdia-se uma ou duas horas por dia em demoras, porque, quando se esgotava uma plantação, era necessário trasladar-se a saca para a seguinte, que ficava por vezes, distante mais de um quilômetro; e, aí chegados, talvez resultasse em algum engano, e o grupo perdia mais meia hora arrastando-se até outro local da plantação, carregando as sacas, de um quintal de peso cada uma. Mas o pior de tudo era a chuva. O mês de setembro nesse ano foi adverso e, de cada três dias, um era de chuva. Às vezes, passava-se uma manhã ou tarde inteira tremendo do modo mais miserável sob o abrigo precário das latadas de lúpulo, com um saco encharcado ao ombro, esperando a chuva parar. Era impossível trabalhar enquanto chovia. As espigas ficavam tão escorregadias que dificultavam a colheita. E se desse para arrancá-las, isso não só era inútil mas também contraproducente, visto que, empapadas de água, elas encolhiam muito no saco. Assim, passava-se, às vezes, um dia inteiro nas plantações para se ganhar um xelim ou menos.

Mas isso pouco importava para a maioria dos apanhadores, porque boa metade deles eram ciganos acostumados a salários de fome, e quase todos eles, respeitáveis moradores do East End, vendedores ambulantes, pequenos lojistas e coisas assim, que iam à colheita do lúpulo como em férias e contentavam-se em cobrir as despesas da viagem de ida e volta, e divertir-se um pouco nas noites de sábado. Os fazendeiros sabiam disso e exploravam ao máximo a situação. De fato, não fosse a colheita do lúpulo considerada uma espécie de excursão de férias, a indústria quebraria, já que o preço do lúpulo estava tão baixo na época, que nenhum agricultor poderia pagar a seus apanhadores um salário decente.

Duas vezes por semana, havia um adiantamento de metade do que um apanhador ganhara. Se um se retirava antes de terminada a colheita (coisa que desagradava aos fazendeiros), o dono da plantação tinha o direito de pagar apenas um centavo por alqueire em vez de dois centavos, quer dizer, embolsava metade do que devia ao homem. Mais para perto do final da temporada, quando todos os trabalhadores já tinham de cobrar uma quantia apreciável e não queriam sacrificá-la abandonando o emprego, o fazendeiro reduzia a paga de dois centavos a um centavo e meio por alqueire. A greve era praticamente impossível. Os apanhadores não tinham sindicato, e os capatazes das turmas, em vez de serem pagos a dois centavos o alqueire como os demais, recebiam um salário semanal, suspenso automaticamente em caso de greve; assim, é claro, faziam o possível e o impossível para evitá-la. Com tudo isso, os fazendeiros tinham os apanhadores na mão; embora não fossem eles os verdadeiros culpados, na realidade, mas o baixo preço do lúpulo. Raros eram os apanhadores que tinham uma ideia, ainda que mínima, de quanto ganhavam. O sistema de trabalho por empreitada disfarçava quão mal pagos estavam sendo.

Antes que pudessem pedir um adiantamento por conta, Dorothy e Nobby quase morreriam de fome se os outros apanhadores não lhes tivessem dado de comer. Mas todos eram incrivelmente solidários. Uma das maiores barracas do acampamento, um pouco mais distante no extremo da ruela, era ocupada por duas famílias: a de Jim Burrows, um florista, e a de Jim Turle, ajudante de limpeza num grande restaurante londrino. Suas mulheres eram irmãs e eles amigos íntimos. Tinham simpatizado com Dorothy e os quatro cuidaram para que tanto ela quanto Nobby não passassem fome. Naqueles primeiros dias, May Turle, de quinze anos, aparecia todas as tardinhas com uma caçarola cheia de cozido, que oferecia a Dorothy com estudada displicência, a fim de que esta não visse nesse gesto a menor intenção de caridade ou esmola. A fórmula de oferta era sempre a mesma:

— Por favor, Ellen, mamãe disse que ia jogar fora este cozido, mas depois pensou que talvez você gostasse de provar. Ela não o quer para nada, assim você lhe faria um favor se o aceitasse.

Era impressionante a quantidade de coisas que os Turle e os Burrows "iam jogar fora" nesses primeiros dias. Uma ocasião, chegaram a oferecer meia cabeça de porco já guisada; e não só lhes mandaram comida, mas várias caçarolas e um prato de latão que podia servir de frigideira. Mas o melhor do comportamento deles é que não faziam perguntas indiscretas. Tinham compreendido que na vida de Dorothy existia algum mistério. "Vê-se", diziam eles, "que Ellen desceu alguns degraus na vida". Mas consideravam um ponto de honra não a molestar com perguntas acerca de sua origem. Só após mais de uma quinzena no acampamento é que Dorothy se viu obrigada a inventar o sobrenome.

Dorothy e Nobby saíram finalmente de apuros logo que puderam pedir um adiantamento por conta de seus salários. Com apenas um xelim e seis centavos diários podiam viver com surpreendente folga. Quatro centavos eram gastos em fumo para

Nobby e outros quatro e meio no pão. Com sete cobriam a despesa diária de chá, açúcar, leite (podiam comprar na granja meio litro por meio centavo), margarina e fatias de bacon. Mas, como era natural, não havia dia em que não se gastasse um ou dois centavos mais. A fome era constante e passava-se o dia fazendo cálculos para ver se seria possível comprar um arenque defumado, um par de sonhos ou um centavo de batatas fritas; e, embora a diária dos apanhadores fosse muito pequena, metade da população de Kent parecia conspirar para sacar-lhes o dinheiro dos bolsos. Os comerciantes locais, com quatrocentos apanhadores ali aquartelados, ganhavam durante a época da colheita mais do que em todo o resto do ano, o que não os impedia de considerá-los como "lixo *cockney*". À tarde, faziam sua aparição entre as sacas os trabalhadores rurais, vendendo maçãs e peras a um centavo sete unidades, e vendedores londrinos surgiam com cestas cheias de roscas, picolés e pirulitos a meio centavo. À noite, o acampamento era invadido por legiões de mascates que chegavam também de Londres em caminhonetas abarrotadas de artigos de mercearia escandalosamente baratos, peixe e batatas fritas, enguias em gelatina, camarões, bolos abaixo da crítica e coelhos magros, de olhos vidrados, que tinham estado metidos no gelo durante dois anos e eram então vendidos em saldo a nove centavos a peça.

A maioria dos apanhadores vivia com péssimo regime alimentar — o que era inevitável, visto que, mesmo que tivessem dinheiro suficiente para comprar provisões decentes, não havia tempo para cozinhá-las, exceto aos domingos. E, se o escorbuto não devastara todo o acampamento, isso se devia apenas, com toda a probabilidade, à grande fartura de maçãs roubadas. O roubo de maçãs era um fato constante e sistemático de que praticamente todos participavam — quem não as roubava delas partilhava. Havia até grupos de jovens (dizia-se empregados por vendedores ambulantes de Londres), que a cada fim de semana chegavam de bicicleta da capital com a finalidade de saquear os pomares.

Nobby, convertera o roubo de frutas numa ciência. Ao cabo de uma semana, reunira à sua volta uma turma de garotos que o olhavam como a um herói, porque era um ladrão de verdade e estivera quatro vezes no xadrez. Todas as noites punham-se em marcha equipados com sacos e voltavam com cerca de noventa quilos de frutas. Perto das plantações de lúpulo havia extensos pomares, e as maçãs, especialmente as belas e pequenas *golden russets*, jaziam amontoadas sob as árvores, apodrecendo, porque os lavradores não conseguiam vendê-las. Nobby dizia que era um crime deixá-las ali abandonadas. Em duas ocasiões, ele e sua patota chegaram a roubar uma galinha. O modo como se arranjaram para não despertar os vizinhos era um mistério; mas, ao que constava, Nobby sabia como enfiar um saco pela cabeça de uma galinha, de modo que à meia-noite ela soltasse o último suspiro sem dor... ou, pelo menos, sem barulho.

O tempo passou e, depois uma quinzena, Dorothy não estava mais perto de resolver o problema de sua própria identidade. De fato, afastara-se dela mais que nunca, porquanto, à exceção de alguns momentos deveras estranhos, o assunto apagara-se quase por completo de sua mente. Aceitava cada vez mais sua curiosa situação, abandonando qualquer pensamento sobre o seu passado ou o seu futuro. Isso era um efeito natural do tipo de vida que se levava nos campos de lúpulo: a pessoa acabava perdendo a consciência de tudo que não fosse o momento presente.

Não se podia lutar com nebulosos problemas mentais no estado de sonolência e permanente ocupação em que se vivia, pois, quando não se estava trabalhando no campo, estavam ocupados em preparar a comida ou em trazer coisas da aldeia, ou tentando acender o fogo com lenha molhada, ou carregando latas d'água de um lado para o outro. Havia apenas uma bica em todo o acampamento, a uns duzentos metros da barraca de Dorothy, e a execrável latrina de fossa estava à mesma distância. Era uma vida extenuante que consumia cada gota de energia, mas em que todos se sentiam felizes. Os longos dias passados nas plantações, a má comida e a insuficiência de sono, somados ao cheiro do lúpulo e à fumaça da lenha, deixavam-nos num torpor quase animal. Era como se a inteligência ressecasse, tal como a pele, sob o efeito do sol, da chuva e do constante ar fresco.

Aos domingos não se trabalhava nos campos; mas as manhãs eram sempre atarefadas, pois era quando as pessoas aproveitavam para cozinhar a principal refeição da semana, e para lavar e remendar a roupa. O vento fazia chegar até o acampamento o repicar dos sinos na igreja da aldeia, misturado com a suave melodia de "Ó Deus, Amparo Nosso", entoada pelos escassos assistentes ao serviço ao ar livre, celebrado pela Missão dos Apanhadores de Lúpulo de São Não Sei das Quantas. Com esse fundo musical, todo o acampamento refulgia de enormes fogueiras nas quais se fazia ferver água em baldes, latas e caçarolas ou o que quer que estivesse à mão, enquanto sobre os telhados dos barracões ondulavam andrajosas roupas recém-lavadas.

No primeiro domingo, Dorothy pediu emprestada aos Turle uma bacia e lavou primeiro o cabelo, depois sua roupa íntima e a camisa de Nobby. Suas roupas íntimas encontravam-se em estado alarmante. Não poderia dizer há quanto tempo as levava no corpo mas, sem dúvida, não menos que dez dias... e sem tirá-las mesmo para dormir. De suas meias sobravam apenas alguns pedaços dos pés e, se os sapatos ainda se mantinham inteiros, devia-se à espessa camada de lama seca que os recobria.

Depois de estender a roupa para secar, preparou a comida, que incluía meia galinha estufada (roubada), batatas cozidas (roubadas), maçãs cozidas (roubadas) e chá servido em xícaras autênticas, com asa e tudo, que pedira emprestadas à Sra. Burrows. Depois do almoço, Dorothy passou a tarde inteira sentada ao sol junto à sua barraca, com os joelhos enrolados num saco seco de lúpulo para que não lhe subisse o vestido, e cochilando. Dois terços das pessoas no acampamento estavam fazendo exatamente a mesma coisa, somente cochilando ao sol e abrindo os olhos, uma vez ou outra, para não se fixarem em coisa alguma, exatamente como as vacas. Era tudo o que uma pessoa se sentia capaz de fazer após uma semana de trabalho árduo.

Por volta das três da tarde, quando Dorothy estava à beira do sono, surgiu Nobby, o tronco nu (sua camisa estava secando) e com um exemplar de um jornal de domingo que conseguira emprestado. Era o Pippin's Weekly, o mais abjeto dos cinco sórdidos jornais dominicais. Ao passar por Dorothy, jogou-lhe o jornal no colo.

— Dê uma lida nele, garota — disse, generosamente.

Dorothy apanhou o Pippin's Weekly e atravessou-o sobre os joelhos, sentindo-se sonolenta demais para poder ler. Uma grande manchete saltou-lhe à vista: Drama passional numa paróquia do interior. Havia outros títulos mais abaixo, alguns em negrito, além da foto do rosto de uma mulher ainda jovem. Durante uns cinco segundos mais ou menos, Dorothy ficou olhando fixamente para o meio escuro e borrado, mas perfeitamente reconhecível, retrato de si mesma.

Abaixo da fotografia, uma coluna de matéria impressa. De fato, a maioria dos jornais já abandonara por essa época o mistério da "Filha do Reverendo", pois o acontecimento tinha mais de quinze dias e a notícia estava superada. Mas ao Pippin's Weekly pouco importavam esses detalhes, quer as notícias fossem recentes ou não, desde que fossem picantes, e essa semana a safra de violações e assassinatos tinha sido pobre. Assim, estavam dando um incremento final à "Filha do Reverendo", dedicando-lhe lugar de destaque no canto superior da coluna à esquerda da primeira página.

Dorothy contemplou apalermada a fotografia. Um rosto de jovem que a olhava desde o fundo escuro e pouco atraente da tinta de imprensa... e não lhe sugeria absolutamente nada. Voltou a ler maquinalmente as palavras: Drama passional numa paróquia do interior, sem que as entendesse ou por elas sentisse o menor interesse. Descobriu ser totalmente incapaz de fazer o esforço necessário para ler; o mero esforço de olhar para as fotografias já lhe era demais. A cabeça pesava-lhe de sono. No momento de fechar os olhos, a vista deslizou para o outro lado da página, indo pousar numa foto que era ou de Lorde Snowden ou do homem que não queria usar cinta, e nesse mesmo instante adormeceu com o Pippin's Weekly sobre o colo.

Não se sentia incômoda com as costas apoiadas contra a chapa de ferro ondulado da barraca, tanto que não se mexeu até as seis, hora em que Nobby a despertou para dizer-lhe que preparara o chá, em vista do que Dorothy, com toda a sobriedade, pôs de lado o Pippin's Weekly (que serviria para acender o fogo) sem voltar a olhá-lo. Assim, perdia, de momento, a oportunidade de resolver o seu problema. E o problema poderia ter ficado sem solução durante meses e meses, se uma semana depois não ocorresse um incidente desagradável, que a sobressaltou a ponto de afetar o estado de acomodada inconsciência em que vivia.

5

No domingo seguinte, à noite, surgiram de repente no acampamento dois policiais que prenderam Nobby e a outros dois por roubo. Aconteceu tudo num abrir e fechar de olhos, e Nobby não poderia ter escapado, mesmo que tivesse sido avisado de antemão, pois todos os arredores estavam pululando de agentes especiais. O número deles era grande em Kent. Eram recrutados a cada outono — uma espécie de milícia com a missão de abordar tribos de saqueadores que se formavam entre os apanhadores de lúpulo. Os fazendeiros já estavam cansados de lhes roubarem os pomares e tinham decidido dar-lhes um susto exemplar.

O acampamento ficou em tremendo alvoroço. Dorothy saiu de seu barracão para saber o que estava acontecendo e viu um círculo de pessoas, iluminado por uma fogueira, em direção ao qual todos acudiam na carreira. Correu para lá, gelada de terror, pois lhe parecia adivinhar o que tinha ocorrido. Com os ombros e os cotovelos abriu caminho até a frente da multidão e viu exatamente aquilo que estava temendo.

Um enorme policial agarrava Nobby com firmeza, enquanto um outro agarrava pelos braços dois rapazes assustados. O Sr. Cairns, o dono da fazenda, um sujeito empertigado de suíças grisalhas, e dois peões montavam guarda ao produto do roubo, que fora retirado do meio da palha do barraco de Nobby. Prova A: uma pilha de maçãs; prova B: algumas penas de galinha manchadas de sangue. Nobby, ao enxergar Dorothy no magote de gente, dirigiu-lhe um amplo sorriso, que deixou, num relance, à mostra seus grandes dentes, e piscou-lhe o olho.

Uma mulher com silhueta de tonel, seios monstruosos e cabelos caindo pelas costas, abriu caminho e começou a xingar, primeiro, o policial e o Sr. Cairns, depois Nobby, a quem culpava de ter levado seu filho para o mau caminho. Finalmente, os peões da fazenda conseguiram afastá-la dali. Acima dos gritos da mulher, Dorothy pôde ouvir o Sr. Cairns interrogando asperamente Nobby:

— Vamos, meu jovem, aconselho-o a confessar e nos dizer com quem repartia as maçãs! Vamos pôr um fim a essa roubalheira de uma vez por todas! Vamos, confesse, e asseguro que isso será levado em consideração.

Nobby, com a jovialidade de sempre, respondeu:

— Consideração uma ova!

— Chega, chega! Se continuar com esse palavreado, será muito pior para você quando estiver diante do juiz!

— Pior para mim? A puta que te pariu!

Nobby sorriu. Sua própria audácia enchia-o de satisfação. Deu com o olhar de Dorothy e voltou a piscar-lhe, antes que o levassem. E essa foi a última vez que ela o viu.

O vozerio aumentou ainda mais, e, quando levaram os detidos, algumas dúzias de homens os seguiram, bombardeando os policiais e o Sr. Cairns com toda a sorte de impropérios. Mas nenhum se atreveu a intervir. Nesse meio-tempo, Dorothy afastara-se da multidão; nem mesmo se deteve para ver se encontrava uma oportunidade de dizer adeus a Nobby. Estava terrivelmente assustada e só queria escapar. Os joelhos tremiam de modo incontrolável. Quando voltou ao barracão, as outras mulheres, sentadas em grupos, comentavam, muito agitadas, a prisão de Nobby.

Dorothy fez uma profunda abertura na palha e escondeu-se nela para fugir ao alarido das vozes. Elas continuaram falando mais de metade da noite e, claro, como acreditavam que Dorothy fosse a "amiguinha" de Nobby, compadeciam-se dela, ao mesmo tempo em que a assediavam com perguntas. Mas Dorothy não respondia, fingindo ter adormecido, embora tivesse a certeza de que não conseguiria pregar olho durante toda a noite.

Tudo aquilo a assustara e transtornara por completo, atemorizando-a de forma mais que incompreensível e irracional. Pois ela não corria o menor perigo. Os peões da fazenda ignoravam que ela compartilhara as maçãs roubadas, coisa, aliás, que tinha sido feita pelo acampamento inteiro... e Nobby nunca a delataria. Tampouco a intranquilizava especialmente a detenção de Nobby, que, na realidade, pouco pareceu importar-se com a perspectiva de um mês na prisão. Era algo que estava acontecendo em seu íntimo, uma espécie de mudança que estava ocorrendo na atmosfera de sua mente.

Deixara de ser a mesma pessoa de uma hora antes. Tudo estava mudado dentro e fora dela. Era como se no íntimo de seu cérebro tivesse estourado uma bolha, libertando pensamentos, sentimentos e temores cuja existência havia esquecido. Toda a apatia onírica em que estivera nas três últimas semanas dissipara-se. Pois, com efeito, tinha sido como que num sonho que vivera todo esse tempo — a condição especial de um sonho é aceitar-se tudo sem fazer perguntas. Assim, tudo ela aceitara como coisa natural: a imundície, os andrajos, a vadiagem, a mendicância, o roubo. Até a perda da memória lhe parecera natural; pelo menos, até esse momento, só raramente pensara nisso. Por vezes, chegara a esquecer, horas a fio, a pergunta: "Quem sou eu?". Só agora ela retornava com verdadeira premência.

Ficou quase toda uma noite agoniada com a cabeça num turbilhão de ideias que iam e vinham. Estava recuperando a memória, disso não tinha dúvidas, e com ela crescia uma sensação de mal-estar. Na verdade, Dorothy temia o momento em que descobriria a sua própria identidade. Algo com que não desejava defrontar-se estava esperando logo abaixo da superfície de sua consciência.

Levantou-se às cinco e meia e começou a procurar os sapatos, como de costume. Saiu, atiçou o fogo e colocou entre as brasas a lata cheia d'água. Ao fazer isso, acudiu-lhe à mente uma recordação aparentemente irrelevante. Tratava-se daquela parada, quinze dias antes, no jardim público de Wale, quando conheceram a velha irlandesa, a Sra. McElligot. Recordava a cena com todos os detalhes. Ela própria estendida no gramado, extenuada, tapando o rosto com um braço; Nobby e a Sra. McElligot conversando por cima do seu corpo; e Charlie saboreando a leitura de um cartaz: "A Vida Amorosa Secreta da Filha do Reverendo", e ela, desconcertada, mas sem um interesse profundo, sentando-se e perguntando: "O que é um reverendo?".

Nisto, um frio mortal, qual implacável mão de gelo, apertou-lhe o coração. Levantou-se e precipitou-se, quase correndo, de volta ao barracão. Abriu caminho na palha até onde estavam seus sacos de dormir e começou a rebuscar por baixo deles. Naquele montão enorme de palha, perdia-se tudo o que estivesse solto, que aos poucos ia afundando, afundando até o fim. Contudo, depois de rebuscar febrilmente por vários minutos e de receber xingamentos de várias mulheres ainda meio dormidas, encontrou o que procurava. Era o exemplar de Pippin's Weekly que Nobby lhe dera uma semana antes. Levou-o para fora do barracão, pôs-se de joelhos e estendeu-o no chão, à luz da fogueira.

Estava na primeira página... uma fotografia, e três grandes manchetes. Sim! Ali estava!

Drama passional numa paróquia do interior
A filha do pastor e um sedutor de meia-idade
O velho pai prostrado de dor
(Número Especial do Pippin's Weekly)

"Preferia vê-la morta!", foi o grito de dor proferido pelo reverendo Charles Hare, pároco de Knype Hill, Suffolk, ao saber que sua filha de 28 anos de idade fugira com um solteirão maduro chamado Warburton, descrito como um artista.

A Srta. Hare, que abandonou a cidade na noite de 21 de agosto, ainda não apareceu, tendo resultado infrutíferas todas as tentativas de localizá-la. E, em destaque: "Existem versões, ainda não confirmadas, de que foi vista recentemente em companhia de um homem num hotel de péssima reputação em Viena.

"Os leitores de Pippin's Weekly recordarão que a fuga ocorreu em circunstâncias dramáticas. No dia 21 de agosto, pouco antes da meia-noite, a Sra. Evelina Semprill, viúva residente na casa contígua à do Sr. Warburton, assomou casualmente à janela de seu dormitório e viu seu vizinho falando com uma moça no portão do jardim da casa. Como era noite de lua cheia, a Sra. Semprill pôde reconhecer na moça a Srta. Hare, a filha do pastor. O casal permaneceu ali por vários minutos e, antes de entrarem em casa, beijaram-se, segundo diz a Sra. Semprill, de maneira apaixonada. Meia hora mais tarde, voltaram a aparecer os dois no automóvel do Sr. Warburton, que saiu de marcha à ré pelo portão do jardim e tomou a direção de Ipswich. A Srta. Hare encontrava-se sumariamente vestida e parecia estar sob efeito de álcool.

"Soube-se mais tarde que havia algum tempo a Srta. Hare tinha por costume fazer visitas clandestinas à casa do Sr. Warburton. A Sra. Semprill, a quem foi difícil persuadir a falar sobre assunto tão doloroso, também revelou..."

Dorothy amarfanhou violentamente o Pippin's Weekly entre as mãos e arremessou-o ao fogo, virando a lata d'água. Levantou-se uma nuvem de cinzas e fumaça sulfurosa, e quase no mesmo instante Dorothy voltou a apanhar o jornal, ainda não atingido pelas chamas. Para que acovardar-se? Era preferível conhecer o pior. Continuou lendo, pois, com horrível fascínio. Não era uma história agradável de ler acerca de si mesma. Pois, por estranho que fosse, já não lhe restava a menor sombra de dúvida de que a moça de que se ocupava o jornal era ela própria. Examinou a fotografia. Embora um pouco indistinta, nebulosa, era inequívoca. Além disso, não precisava mais da fotografia para recordar-lhe o ocorrido. Podia agora lembrar cada circunstância de sua vida, até aquela noite em que chegara exausta a sua casa, de regresso da do Sr. Warburton, e, presumivelmente, adormecera no jardim de inverno. Estava tudo tão claro em sua mente, que lhe parecia quase inacreditável haver esquecido.

Não tomou o desjejum nessa manhã, nem pensou em preparar coisa alguma para o meio-dia; mas, quando chegou a hora de sair para as plantações, pela força do hábito, acompanhou os demais apanhadores. Era difícil trabalhar sozinha, mas arrastou a pesada sacola até colocá-la em posição, puxou o caule mais próximo e começou a colheita.

Minutos depois, porém, percebeu que lhe era impossível prosseguir; mesmo o trabalho puramente mecânico de arrancar as espigas era superior às suas forças. Aquela horrível e mentirosa história do Pippin's Weekly deixara-a tão tensa que lhe era impossível concentrar a atenção em qualquer outra coisa, nem que fosse apenas por instantes.

As expressões mais repugnantes da reportagem martelavam-lhe na cabeça: "Beijaram-se de maneira apaixonada", "sumariamente vestida", "sob os efeitos do álcool" — e produziam-lhe uma dor tão intensa que sentia vontade de chorar, como se a acometesse excruciante mal físico.

Momentos depois, desistiu até de fingir que trabalhava: deixou um punhado de espigas de lúpulo cair na saca e sentou-se com as costas apoiadas num dos postes que sustentavam os arames. Seus companheiros compreenderam que ela estava passando mal e compadeceram-se. Era natural que Ellen estivesse arrasada, diziam. Que outra coisa se poderia esperar, se lhe tinham levado o seu "amigo"? (Porque todo o acampamento, é claro, tinha por certo que Nobby era o amante de Dorothy.) Aconselharam-na a ir até a fazenda e dizer que estava doente. E por volta do meio-dia, quando o medidor apareceu, todos os apanhadores do setor de Dorothy se aproximaram e jogaram em sua saca punhados de espigas.

Ao chegar o medidor, Dorothy ainda estava sentada no chão. Apesar da sujeira e do rosto curtido de sol, estava muito pálida, o rosto desfigurado e bem mais envelhecida. Sua saca que ficara uns vinte metros mais atrás das do resto da turma, continha menos de três alqueires de lúpulo.

— O que é que há? Está doente? — perguntou o medidor.

— Não.

— Bem, então por que não trabalhou? O que é que pensa que isto é... um piquenique? Aqui ninguém vem para ficar sentado no chão, como bem sabe!

— Cale a boca e deixe a moça em paz! — gritou subitamente a velha vendedora *cockney*. — Não pode a infeliz ter um momento de paz e tranquilidade? O amigo dela não está em cana por sua causa e dos seus malditos cupinchas, os tiras? Ela já tem o bastante para que, ainda por cima, um maldito alcaguete da polícia de Kent venha chateá-la!

— Chega, vovó! — ordenou, de mau humor o medidor, embora sua expressão se tornasse mais benévola ao saber que o moço que tinham detido na noite anterior era amante de Dorothy.

Quando a vendedora preparou seu chá, chamou Dorothy para perto de sua saca e deu-lhe uma xícara de chá bem forte e um bom naco de pão com queijo. Depois do descanso do meio-dia, mandaram um outro apanhador, que também estava sozinho, para trabalhar com Dorothy. Era um vagabundo baixote e de aspecto envelhecido que se chamava Deafie. Dorothy sentiu-se um pouco melhor depois do chá. Encorajada pelo exemplo de Deafie, que era um excelente apanhador, conseguiu durante a tarde executar uma boa quantidade de trabalho.

Refletira longamente sobre o seu problema e sentia-se mais senhora de si. As frases do Pippin's Weekly ainda a faziam estremecer de vergonha, mas sentia-se agora com forças para enfrentar a situação. Entendia perfeitamente o que lhe acontecera e o que motivara o relato difamatório da Sra. Semprill. Esta os vira juntos no portão do jardim e vira o Sr. Warburton beijando-a; e depois disso, quando ambos desapareceram de Knype Hill, era perfeitamente natural (natural para a Sra. Semprill) concluir que tinham fugido juntos. Quanto aos detalhes pitorescos, tinha inventado mais tarde. Seriam mentiras deliberadas? Isso era algo de que nunca se podia estar certo em se tratando da Sra. Semprill: se ela contava suas mentiras consciente e deliberadamente como invenções ou se, em sua mente estranha e repugnante, acabava por acreditar, de algum modo, em suas próprias mentiras.

Bem, fosse como fosse, o mal estava feito, e era inútil continuar naquela angústia. De momento, precisava pensar na questão de como regressar a Knype Hill. Teria de fazer com que lhe remetessem algumas roupas decentes e, além disso, precisaria de duas libras para pagar o trem de regresso a casa. A casa! Sentiu um baque no coração. Casa, após semanas de sujeira e fome! Como ansiava por ela, agora que dela se lembrava!

Mas...!

Uma pequena dúvida assomou em sua cabeça. Havia um aspecto da questão em que não pensara até esse momento. Poderia ela voltar para casa, depois do que acontecera?

Poderia enfrentar Knype Hill depois de tudo o que se passara? Essa era a questão. Quando se apareceu na primeira página do Pippin's Weekly "sumariamente vestida" e "sob os efeitos do álcool" — ah, nem voltaria a pensar nisso! Mas quando se foi manchada com as calúnias mais horríveis e indecentes, poderia voltar a uma cidadezinha de dois mil habitantes, onde todos conhecem a vida particular de todos e falam sobre ela o dia inteiro?

Não sabia... não podia decidir. Num momento pareceu-lhe que a história de sua fuga era tão palpavelmente absurda que ninguém talvez acreditasse nela. O Sr. Warburton, por exemplo, poderia facilmente desmenti-la... e com certeza o faria, por todas as razões possíveis. Mas no momento seguinte lembrou-se de que o Sr. Warburton partira para o estrangeiro e, a menos que esse caso tivesse sido comentado em algum jornal do continente, não teria a menor notícia dele; e voltou a sentir desalento. Sabia o que significa ter de viver como personagem de um escândalo numa pequena cidade do interior. As olhadelas e as cotoveladas furtivas! Cem olhos esquadrinhadores seguindo-a pela rua e cochichando atrás de janelas com as cortinas corridas! Os grupinhos de jovens, nas esquinas da fábrica de Blifil-Gordon, fazendo comentários atrevidos:

— Ei, George! Está vendo aquele pedaço de material que vai ali?

— Qual, aquela magrinha? Sim, quem é?

— Pois é nada menos do que a filha do reverendo, a Srta. Hare. E o que acha que ela fez há dois anos? Mandou-se com um cara que podia ser pai dela. Caíram os dois na grande e bela farra em Paris, tá sabendo? Ninguém diria... não é? Com aquele ar de santinha!

— Vamos, homem, tá inventando!

— Que nada! Tudo verdade. Saiu nos jornais. Mas três semanas depois o cara deu no pé, deixou-a por aí e ela voltou para casa como se nada tivesse acontecido. É preciso ter muita cara de pau, hein?

Sim, seria humilhante. Por anos, dez talvez, seria apontada a dedo, falariam da "filha do reverendo" nesses termos. E o pior de tudo é que a reportagem do Pippin's Weekly seria, provavelmente, um mero resumo do que a Sra. Semprill andara espalhando pela cidade. Era natural que o jornal não quisesse ir longe demais. Mas haveria algo que pudesse deter a língua viperina da Sra. Semprill? Somente os limites de sua imaginação... e esses eram quase tão amplos quanto o próprio firmamento.

O que tranquilizava Dorothy era a segurança de que seu pai faria o possível por protegê-la. Haveria também outros, sem dúvida. Porque ela tinha amigos. A congregação da igreja, pelo menos, conhecia-a e confiava nela; o mesmo poderia dizer da Associação de Mães e das Escoteiras, assim como das mulheres de sua relação de visitas, que jamais acreditariam em tais histórias a seu respeito. Mas seu pai era quem mais importava. Pode-se suportar qualquer situação quando se tem um lar para onde regressar e uma família disposta a dar todo o apoio. Com coragem, e o apoio de seu pai, ela sentia-se capaz de enfrentar a situação. Ao entardecer, já decidira que poderia perfeitamente regressar a Knype Hill, embora os primeiros tempos viessem a ser, sem dúvida, desagradáveis. E, quando terminou o trabalho por esse dia, pediu um xelim adiantado do seu salário e foi ao empório da aldeia comprar papel e envelope do mais barato. De volta ao acampamento, sentou-se na grama perto da fogueira — não havia mesas nem cadeiras, é claro, no acampamento — e começou a escrever com um toco de lápis:

"Queridíssimo pai: Não pode imaginar o quão feliz me sinto por poder escrever-lhe de novo depois de tudo o que me sucedeu. E espero que não tenha ficado excessivamente aflito a meu respeito ou preocupado demais com todas essas horríveis histórias que vieram nos jornais. Não sei o que deve ter pensado quando desapareci subitamente de casa e o senhor ficou quase um mês sem receber notícias minhas. Mas verá que..."

Como lhe era estranho sentir o lápis entre os dedos dilacerados e endurecidos! Só conseguia traçar letras gordas e esparramadas como as de uma criança. Mas escreveu uma longa carta, explicando tudo e pedindo ao pai que lhe remetesse algumas roupas e duas libras para a viagem de regresso. Também lhe pedia que escrevesse para um nome suposto: Ellen Millborough, de Millborough, Suffolk. Parecia-lhe absurdo ter que usar um nome falso, algo fraudulento, quase criminoso. Mas não se atrevia a correr o risco de ser conhecida na aldeia, e talvez no próprio acampamento, se viessem a saber que ela era Dorothy Hare, a tristemente famosa "Filha do Reverendo".

6

Uma vez decidida a regressar a Knype Hill, o único pensamento de Dorothy era como escapar agora do acampamento. No dia seguinte, foi com profunda contrariedade que prosseguiu na estúpida tarefa de apanhar lúpulo, e o desconforto e a má alimentação eram-lhe agora intoleráveis, uma vez que dispunha de lembranças que lhe permitiam fazer comparações. Teria fugido imediatamente se contasse com dinheiro suficiente para chegar em casa. No mesmo instante em que chegasse a carta de seu pai com as duas libras, diria adeus aos Turle e pegaria o trem de volta, e que suspiro de alívio ao chegar lá, apesar dos feios escândalos que teria de enfrentar!

No terceiro dia depois de ter enviado a carta, foi ao correio local e perguntou se havia alguma coisa para ela. A funcionária, mulher com cara de bassê e profundo desprezo por todos os apanhadores, respondeu-lhe friamente que nada chegara em seu nome. Dorothy ficou decepcionada. Que pena... deveria ter ficado retida no correio! Mas não importava; logo seria amanhã — era só esperar mais um dia.

Na tarde seguinte voltou à aldeia, certíssima de que dessa vez teria chegado. Mas nada de carta. Começou a sentir uma vaga apreensão; e, no quinto dia, quando no correio lhe disseram que nada havia para ela, a apreensão converteu-se num pânico horrível. Comprou de novo papel e envelope, e escreveu uma enorme carta de quatro folhas, explicando uma vez mais, em detalhes, tudo o que acontecera e implorando ao pai que não a deixasse naquela incerteza. Depois de a meter na caixa de coleta, decidiu que deixaria passar uma semana inteira antes de voltar de novo à agência de correio.

Isso foi num sábado. Na quarta-feira esse propósito caiu por terra. Quando soou a sirena para o descanso do meio-dia, ela abandonou sua colheita e, renunciando à comida, correu à agência de correio, distante uns dois quilômetros da fazenda. Lá chegando, aproximou-se, envergonhada, do balcão, como se receasse falar. A funcionária com cara de cachorro estava sentada em seu guichê de grades douradas na outra extremidade do balcão, registrando números num volumoso livro contábil. Dirigiu a Dorothy um rápido olhar interrogativo e prosseguiu em sua tarefa, ignorando a presença da moça.

Algo doloroso estava acontecendo no diafragma de Dorothy. Tinha dificuldade em respirar.

— Alguma carta para mim? — conseguiu, finalmente, perguntar.

— Nome? — perguntou a funcionária, continuando a registrar.

— Ellen Millborough.

A funcionária virou seu comprido nariz de bassê e, olhando por cima do ombro, verificou se havia alguma correspondência na divisão reservada à letra M da Posta Restante.

— Não — disse ela, enfiando de novo a cabeça no livro de contas.

Sem saber como, Dorothy arrastou-se para fora e começou a caminhar na direção dos campos de lúpulo. De repente, estacou. Uma sensação mortal de vazio na boca do estômago, causada em parte pela fome, fê-la sentir-se sem forças para prosseguir.

O silêncio de seu pai só podia significar uma coisa: que ele acreditava na história da Sra. Semprill, acreditava que ela, Dorothy, fugira de casa em circunstâncias vergonhosas e agora mentia para desculpar-se. Sem dúvida, ele estava furioso e enojado demais para escrever-lhe. Tudo o que desejava era ver-se livre dela, cortar toda a comunicação com ela, apagá-la da vista e do pensamento como um mero escândalo que é preciso encobrir e esquecer.

Nesse caso, ela não poderia voltar para casa. Não se atrevia. Agora que sabia qual era a atitude de seu pai, via claramente que a sua análise da situação tinha sido precipitada demais. Claro que não poderia voltar para casa! Regressar desonrada, encher de opróbrio, com a sua presença, a casa de seu pai! Ah, não, impossível! Como poderia ter sequer pensado nisso?

E agora? Agora, a única coisa que podia fazer era desaparecer, ir para um lugar suficientemente grande para nele se esconder. Londres, talvez. Um lugar onde ninguém a conhecesse e em que a simples vista de seu rosto ou menção de seu nome não trouxesse à baila um rosário de lembranças desonrosas.

Ouviu o som dos sinos da igreja da aldeia, depois da curva da estrada; os sineiros divertiam-se tocando "Ó Senhor meu Deus, permanece comigo!", como quem toca uma melodia ao piano com um só dedo. Mas logo veio ao pensamento o familiar e desafinado repicar das manhãs de domingo. "Oh, deixa em paz minha mulher! Está tão ébria que nem pode voltar para casa!", com que o povo glosava jocosamente a toada repetida pelos sinos de St. Athelstan, três anos atrás, quando ainda não tinham sido arriados no chão. Os sinos cravaram um punhal de nostalgia no peito de Dorothy, ao lhe trazerem à memória, com momentânea nitidez, um torvelinho de recordações: o cheiro de cola no jardim de inverno quando estava preparando o guarda-roupa para a representação teatral da escola, o chilrear dos estorninhos diante da janela de seu dormitório, interrompendo-lhe as orações antes da Sagrada Comunhão, a voz queixosa da Sra. Pither sempre reclamando de suas dores nas costas das pernas, as preocupações com o estado de ruína do campanário, as dívidas com os comerciantes e as ervas daninhas da horta — todo esse amontoado de detalhes urgentes que enchem uma vida repartida entre o trabalho e a oração.

Oração! Por alguns instantes, talvez um minuto, o pensamento atraiu-a. Naqueles tempos, a oração fora a própria fonte e o centro de sua vida. Em momentos de apuro ou de felicidade, seu refúgio sempre fora a oração. E deu-se conta — era a primeira vez que isso lhe passava pela mente — de que não pronunciara uma única oração desde que saíra de casa, nem mesmo depois de recuperar a memória. Mais do que isso, estava consciente de que já não sentia o menor impulso para rezar. Mecanicamente, começou a murmurar uma oração, mas deteve-se quase instantaneamente: as palavras eram vazias e fúteis. A oração, que tinha sido o principal esteio de sua vida, perdera todo o significado para ela. Registrou esse fato enquanto caminhava lentamente estrada acima, e registrou-o brevemente, quase por casualidade, como se tivesse sido algo visto de passagem — uma flor à beira do caminho ou um pássaro cruzando a estrada — algo que salta à vista de súbito e em que não se volta a pensar. Nem mesmo teve tempo para refletir sobre o que isso poderia significar. Outras coisas mais importantes varreram-lhe esse pensamento da cabeça.

Era no seu futuro que ela tinha de pensar agora. Já chegara a uma conclusão razoavelmente clara sobre o que devia fazer. Quando terminasse a colheita do lúpulo, iria para Londres, escreveria a seu pai pedindo-lhe dinheiro e roupas (pois, por muito furioso que ele estivesse, ela não podia acreditar que ele tivesse a intenção de a deixar completamente ao desamparo) e depois começaria a procurar trabalho. Mas o fato de que o som das palavras "buscar trabalho" não tinha uma ressonância ameaçadora a seus ouvidos dava bem a medida da ignorância de Dorothy.

Sabia-se forte e voluntariosa, sabia existirem numerosos empregos a que poderia aspirar. Podia ser uma preceptora de jardim de infância, por exemplo — não, melhor ainda, uma governanta ou dama de companhia. Não havia muitas coisas numa casa que ela não soubesse fazer melhor do que a maioria das empregadas; além disso, quanto mais modesto fosse o seu emprego, mais fácil seria manter secreta a história de seu passado.

De qualquer modo, o mais certo é que a casa de seu pai estava fechada para ela. Doravante, teria que valer-se de si mesma. Tomada essa decisão, com apenas uma ideia muito superficial do que isso significava, estugou o passo e voltou às plantações a tempo de iniciar o turno da tarde.

A temporada de colheita do lúpulo estava chegando ao fim. Numa semana mais ou menos, a fazenda Cairns estaria dando os trabalhos por encerrados: os *cockneys* tomariam o trem dos apanhadores para Londres, os ciganos selariam seus cavalos e amontoar-se-iam em suas carretas, rumando para o norte até Lincolnshire, a fim de arranjar trabalho nas plantações de batata. Quanto aos *cockneys*, não queriam ouvir falar mais de lúpulo por toda uma temporada. Estavam ansiosos por voltar à velha e amada Londres, com Woolworths e a lojinha de peixe frito na virada da esquina, e nada de dormir na palha e de fritar bacon em tampas de latas, com os olhos lacrimejantes por causa da fumaça de lenha verde. A colheita do lúpulo era como uma temporada de férias, mas o tipo de férias cujo final se vê aproximar-se com satisfação. Chegava-se aos campos alegremente mas voltava-se para casa com gritos de alegria ainda mais sonoros e jurando nunca mais ir ao lúpulo... Até o mês de agosto seguinte, quando as noites frias, o salário miserável e as mãos feridas tinham sido esquecidos, lembradas apenas as tardes ao sol com o vento soprando, e as noites ao redor das fogueiras do acampamento, bebendo cerveja em canecos de barro.

As manhãs estavam cada vez mais frias e com ares do novembro que se aproximava: céus pardacentos, as primeiras folhas que caíam e tentilhões e estorninhos já se reunindo em bandos para o inverno.

Dorothy escrevera de novo ao pai, pedindo-lhe dinheiro e roupas, mas não obtivera resposta, nem qualquer outra pessoa lhe escrevera. De fato, o pai era a única pessoa que conhecia seu endereço atual; mas, por qualquer razão, alimentara a esperança de que o Sr. Warburton lhe escrevesse. Quase lhe faltava coragem agora, sobretudo à noite, quando permanecia desperta, afundada naquela maldita palha, pensando no futuro incerto e ameaçador. De dia colhia desesperadamente suas flores secas de lúpulo, com uma espécie de energia frenética, sabendo que cada punhado de espigas significava uma fração de centavo a mais, entre ela e a fome. Deafie, seu companheiro de saca, trabalhava contra o relógio tal como ela, pois era o último dinheiro que poderia ganhar até a próxima temporada do lúpulo no ano seguinte. A quantia que se haviam fixado por meta era cinco xelins diários — trinta alqueires — entre os dois — mas não houve um único dia em que se avizinhassem dessa cifra.

Deafie era um velho extravagante e um companheiro medíocre em comparação com Nobby, mas não má pessoa. De profissão era moço de bordo, mas havia muito tempo era vagabundo, surdo como uma toupeira e, portanto, parecido com uma tia do Sr. F. em termos de conversação. Era também um exibicionista, mas inteiramente inofensivo. Horas e horas ficava cantando uma cançoneta que dizia "Com meu biri, biri, biri... com meu biri, biri", e, embora não pudesse ouvir o que cantava, parecia sentir certo prazer. Tinha as orelhas mais peludas que Dorothy já vira em toda a sua vida. De cada uma delas saíam-lhe tufos como compridas e bastas suíças em miniatura. Deafie acudia todos os anos à colheita do lúpulo na fazenda Cairns, economizava cerca de uma libra e com ela passava uma semana paradisíaca numa hospedaria em Newington Butts, antes de voltar para a rua. Era a única semana do ano em que dormia no que se podia chamar, somente por cortesia, uma cama.

A colheita terminou a 28 de setembro. Ainda faltavam algumas plantações por limpar, mas nelas as espigas eram pequenas e, à última hora, o Sr. Cairns decidiu que "as levasse o vento". A turma dezenove terminou seu último campo às duas da tarde, não sem que antes o pequeno capataz cigano subisse aos postes e recuperasse as espigas que tinham ficado abandonadas, enquanto o medidor carregava as últimas espigas. Quando este desapareceu, produziu-se um repentino alvoroço e, à voz de "metam-nas em sacas!", Dorothy viu seis homens avançando para ela com expressão diabólica e todas as mulheres do grupo correndo de um lado para o outro. Antes de poder raciocinar e sair correndo, os homens agarraram-na e, metendo-a numa saca de lúpulo, balançaram-na violentamente de um lado para o outro. Depois retiraram-na e um cigano jovem que cheirava a cebola beijou-a. Ela debateu-se no começo, mas, vendo que o mesmo estava acontecendo às demais mulheres do grupo, deixou de opor resistência. Era, pelo visto, uma tradição antiga meter as mulheres nas sacas no último dia de colheita. Naquela noite houve grande atividade no acampamento e praticamente ninguém dormiu.

Muito depois da meia-noite, Dorothy estava girando numa roda de gente em torno de imensa fogueira, de mãos dadas, de um lado, com um rapaz corado, e, do outro, com uma velha embriagada, de boina escocesa, e que parecia saída de um anúncio de biscoitos, todos cantando o Auld Lang Syne.

Pela manhã foram todos à sede da fazenda receber dinheiro. A Dorothy coube uma libra e quatro centavos, e ganhou cinco centavos a mais preenchendo os talonários para aqueles que não sabiam ler nem escrever. Os apanhadores *cockney* pagavam um centavo por esse trabalho de anotação; os ciganos pagavam só com elogios.

Depois, Dorothy pôs-se a caminho da estação de West Ackworth, seis quilômetros além, juntamente com os Turle — o Sr. Turle carregando o baú de latão, a Sra. Turle com o bebê ao colo, as outras crianças transportando várias bugigangas, e Dorothy empurrando um carrinho de bebê com duas rodas circulares e duas elípticas e no qual ia toda a louça da família.

Chegaram à estação por volta do meio-dia. O trem dos apanhadores devia sair à uma, mas chegou às duas e só saiu às três e quinze. Depois de uma viagem incrivelmente lenta e ziguezagueante através de todo o condado de Kent, parando aqui para receber meia dúzia de trabalhadores, acolá mais uma dúzia deles, avançando e recuando repetidas vezes ou entrando num desvio para deixar passar outros trens, desembarcaram finalmente em Londres passadas já as nove da noite, depois de terem levado seis horas para percorrer menos de sessenta quilômetros.

7

Dorothy dormiu nessa noite com os Turle. Tinham-se tomado de tanto carinho por ela que a teriam alojado por uma semana ou quinze dias se ela quisesse abusar da hospitalidade deles. Viviam num cortiço não distante da Tower Bridge Road, e os dois cômodos de que se compunha a casa mal davam para sete pessoas, incluídas as crianças. No entanto, prepararam para Dorothy, no chão, uma cama com dois pedaços de esteira, uma almofada velha e um casacão.

Pela manhã, ela se despediu dos Turle, agradecendo-lhes toda a gentileza, e foi diretamente até os banhos públicos de Bermondsey, onde se livrou de toda a sujeira acumulada em cinco semanas. Ao sair dali, dispôs-se a procurar alojamento, tendo em seu poder dezesseis xelins e oito centavos como único capital e a roupa do corpo. Tinha cerzido e lavado seu vestido, na medida do possível; e, como era preto, dissimulava melhor a sujeira do que se fosse de outra cor. Dos joelhos para baixo estava agora passavelmente decente.

No último dia que passou no acampamento, uma "apanhadora local" que trabalhava no setor seguinte ao seu, a Sra. Killfrew, oferecera-lhe um bom par de sapatos que tinha sido de sua filha, assim como um par de meias de lã.

Só ao entardecer Dorothy encontrou um alojamento. Durante umas boas dez horas, perambulou de cima para baixo, de Bermondsey a Southwark, de Southwark a Lambeth, num labirinto de ruas cheias, de crianças que jogavam amarelinha em calçadas horríveis cobertas de cascas de banana e folhas podres de verduras.

Em todas as casas em que batia à porta, repetia-se a mesma história: a senhoria negava-se categoricamente a admiti-la. Uma após outra sucederam-se mulheres hostis que, ao abrirem a porta e darem com Dorothy, assumiam atitude defensiva, como se estivessem diante de um bandido motorizado ou um fiscal do governo; olhavam-na de alto a baixo e diziam-lhe secamente: "Não admitimos moças solteiras", dando-lhe com a porta no nariz. Embora não o soubesse, é claro, seu aspecto era suspeito para qualquer senhoria respeitável. A sujeira e o mau estado de suas roupas talvez fossem tolerados, mas o que a condenava desde o primeiro instante era a falta de bagagem. Uma moça solteira e sem bagagem é invariavelmente um mau negócio — eis a primeira e mais importante máxima das senhorias de Londres.

Por volta das sete da tarde, quando já suas pernas se negavam a ir mais longe, aventurou-se num imundo boteco nas vizinhanças do Teatro Old Vic, e pediu uma xícara de chá. A dona, ao entabular conversa com ela, sabendo que Dorothy procurava alojamento, aconselhou-a a "tentar na Mary, em Wellings Court, logo ao lado do Cut". Ao que parecia, "Mary"' não era particularmente escrupulosa e admitia quem quer que pudesse pagar. Seu nome era Sra. Sawyer, mas todos os rapazes a chamavam de Mary.

Dorothy encontrou Wellings Court com alguma dificuldade. Era preciso seguir por Lambeth Cut até chegar a uma loja de roupas de um judeu chamada Knockout Trousers Ltd. Dobrava-se então para uma ruela, e depois de novo à esquerda, subindo uma outra ruela tão estreita que, ao passar, qualquer um corria o risco de levar consigo toda a sujeira das paredes de reboco, nas quais a mão de garotos perseverantes havia gravado inúmeras vezes a palavra..., com tanta força que não havia quem as apagasse. Seguindo por essa ruela desembocava-se lá no final num pequeno pátio fechado por quatro casas altas e estreitas, com escadas exteriores de ferro e de frente entre si.

Depois de várias indagações, Dorothy acabou por encontrar "Mary" num antro localizado no subsolo de uma delas. Era uma mulher velha e pardacenta, cabelos incrivelmente ralos e rosto tão descarnado que mais parecia uma caveira maquiada. Tinha a voz fanhosa, mal-humorada, mas inefavelmente triste. Não fez qualquer pergunta a Dorothy e, a bem da verdade, quase nem lhe dirigiu o olhar, limitando-se a pedir-lhe dez xelins e dizendo, em seguida, com uma horrenda voz:

— Número vinte e nove. Terceiro andar. Suba pela escada dos fundos.

Era a escada interna do prédio. Dorothy subiu a escura escada de caracol, entre paredes úmidas, e um intenso cheiro a mofo, água de lavar, e dejetos. Quando chegou ao segundo andar ouviu um estrépito de risos e deu de cara com duas moças de aspecto arruaceiro que saíam de um quarto e a olharam um instante. Pareciam jovens, com o rosto completamente escondido sob o ruge e o pó de arroz rosado, e os lábios pintados de vermelho como pétalas de gerânio. Mas em meio à camuflagem dos cosméticos, seus olhos de porcelana azul tinham um ar cansado e velho, e o efeito era horrível, porquanto fazia pensar numa máscara de jovem sobre um rosto de mulher velha. A mais alta das duas saudou Dorothy.

— Olá, querida!

— Olá!

— É nova aqui? Qual o seu quarto?

— O vinte e nove.

— Por Deus, como puderam metê-la nessa horrível masmorra? Vai sair esta noite?

— Não, acho que não — respondeu Dorothy, que ficou, em seu íntimo, algo atônita com a pergunta. — Estou cansada demais.

— Já imaginava, quando vi que não estava preparada. Mas diga, querida, não será por estar dura, hein? Não vai deixar que o barco se estrague por falta de marujo! Se, por exemplo, quiser que eu lhe empreste um batom, é só pedir. Aqui somos todas irmãs da mesma confraria, valeu?

— Oh... não, muito obrigada — disse Dorothy, desconcertada.

— Tudo bem. Está na hora de nos mandarmos, Doris e eu. Temos uma importante reunião de negócios na Leicester Square — e ao dizer isso bateu ligeiramente com o quadril na outra moça e as duas riram maliciosamente, mas com um ar desconsolado quase patético. — Mas até que não é ruim passar uma noite sozinha na cama de vez em quando. Se eu pudesse... Tudo à custa de um fulano aí, sem ter que suportar um cara a dar patadas o tempo todo. Deve ser joia quando a gente se pode dar a esse luxo, hein?

— Sim, acho que sim — disse Dorothy, pensando ser essa a resposta que esperavam dela e com uma vaga ideia do que a outra lhe dizia.

— Bom, queridinha! Durma bem. E se cuide, viu? Olho nos ladrões e arrombadores!

Quando as duas moças desapareceram escada abaixo, com outra série de risadas sem sentido, Dorothy procurou e encontrou o quarto número vinte e nove e abriu a porta. Um cheiro frio e nauseabundo bateu-lhe no rosto. O quarto mediria uns três metros quadrados, quando muito, e era muito escuro. O mobiliário era simples: no centro, uma cama de ferro estreita, com lençóis cinzentos e uma colcha esfarrapada; junto à parede, um caixote com uma bacia de estanho e uma garrafa vazia de uísque talvez para servir de jarro d'água; e sobre a cama uma foto de Bebe Daniels recortada da revista Film Fun.

Os lençóis estavam não só imundos, mas úmidos. Dorothy despiu-se para meter-se na cama, mas ficou de blusa ou o que restava dela, pois toda a sua roupa íntima estava em péssimo estado. Não podia pôr o seu corpo nu em contato com aqueles lençóis nauseabundos. Já deitada, embora a fadiga lhe fizesse doer o corpo todo, não conseguia adormecer. Sentia-se acovardada e cheia de maus pressentimentos. O ambiente daquele lugar detestável fazia-a ver mais ao vivo que antes a realidade de sua situação: não contava com a ajuda de ninguém, estava desamparada e sem amigos, e só a separavam das ruas os seis xelins que lhe restavam. Além disso, à medida que a noite avançava, a casa ia ficando cada vez mais ruidosa. As paredes eram tão finas que se podia ouvir tudo o que acontecia no outro lado. Havia risinhos agudos, vozes roucas de homens cantando, um gramofone remoendo poemas humorísticos, beijos ruidosos, estranhos gemidos e, vez por outra, o chocalhar violento de uma cama de ferro. Por volta da meia-noite, os ruídos começaram a organizar-se em ritmo no cérebro de Dorothy, e ela adormeceu num sono leve e intranquilo. Despertou cerca de um minuto depois, ou pelo menos assim lhe pareceu, ao abrir-se, de repente, a porta do seu quarto: dois vultos femininos entraram correndo, puxaram todo trapo que havia sobre ela, exceto os lençóis, e precipitaram-se de novo para fora. Na casa de "Mary" havia uma escassez crônica de mantas e cobertores, e o único jeito de arranjar um número suficiente era roubá-los da cama alheia. Daí a advertência "olho nos ladrões e arrombadores".

Na manhã seguinte, meia hora antes que abrisse, Dorothy dirigiu-se à biblioteca pública mais próxima com o intuito de ler os anúncios dos jornais. Já havia um montão de gente de aspecto miserável dando voltas de um lado para o outro, cujo número foi aumentando aos poucos até somar não menos de sessenta. Logo que se abriram as portas da biblioteca, todos se precipitaram em atropelo para dentro, correndo até um quadro colocado no outro extremo da sala de leitura, onde estavam afixados os recortes de vários jornais com ofertas de emprego. Junto com a onda de caçadores de empregos entrou também um bom número de homens e mulheres andrajosos que, tendo passado a noite pelas ruas, iam à biblioteca para dormir. Entraram aos tropeços atrás dos outros e deixaram-se cair com grunhidos de alívio nas cadeiras colocadas junto à mesa mais próxima, apoderando-se do jornal que lhes ficava mais à mão; tanto podia ser o Free Church Messenger como o Vegetarian Sentinel, não importava qual, já que ninguém podia permanecer na biblioteca se ao menos não fingisse estar lendo alguma coisa.

Eles abriam os jornais e no mesmo instante adormeciam sobre eles, com o queixo enterrado no peito. E, quando o encarregado passava junto à mesa, cutucando-os, uns após outros, como um foguista que atiça uma fileira de fogueiras, despertavam resmungando para voltar a adormecer assim que ele se afastava.

Ocorria uma verdadeira batalha em torno do quadro de anúncios, todos querendo ficar na primeira fila. Dois rapazes de macacão azul chegaram correndo atrás dos outros e um deles, baixando a cabeça, abriu caminho no grupo como se fosse um jogador de rúgbi. Ficou junto ao quadro de anúncios num abrir e fechar de olhos. Voltou-se para o seu companheiro:

— Aqui está, Joe! Consegui! "Mecânicos, Precisam-se — Oficina Locke, Camden Town". Vamos lá! — Abriu caminho de novo e os dois desapareceram porta afora. Dirigiram-se a Camden Town tão depressa quanto suas pernas lhes permitissem, pois nesse mesmo instante, em todas as bibliotecas públicas de Londres, haveria mecânicos desempregados que estavam lendo o mesmo anúncio e sairiam correndo rumo ao emprego oferecido, que, com toda a probabilidade, já estaria dado a alguém que dispunha de meios para comprar o seu próprio jornal e, por conseguinte, já lera o anúncio às seis da manhã.

Dorothy conseguiu finalmente chegar bem perto do quadro e anotou alguns endereços em que se pedia "empregada para todo o serviço que saiba cozinhar". Havia para escolher porque, segundo parecia, metade das senhoras de Londres estavam procurando desesperadamente moças para todo o serviço. Com uma lista de vinte endereços no bolso e um desjejum de três centavos no estômago — uma xícara de chá e pão com margarina — Dorothy iniciou a busca de trabalho, não sem esperanças.

Faltava experiência para saber que suas probabilidades de arranjar trabalho sem a ajuda de alguém eram praticamente nulas. Mas essa experiência ela foi adquirindo aos poucos durante os quatro dias subsequentes. Nesse período, foi oferecer-se em dezoito casas e escreveu a outras quatro. Percorreu a pé distâncias enormes por todos os bairros da zona sul de Londres: Clapham, Brixton, Dulwich, Penge, Sydenham, Beckenham, Norwood; chegou inclusive a Croydon numa ocasião. Foi recebida em asseadas salas de visita suburbanas e entrevistada por mulheres de todos os tipos imagináveis: corpulentas, gorduchas, ameaçadoras, magras, azedas, felinas, mulheres frígidas e desconfiadas com pincenê de ouro, mulheres que vagamente cheiravam a algo estranho, que tanto podia ser pela prática de prolongada dieta vegetariana ou pela frequência assídua a sessões de espiritismo. E todas, gordas ou magras, frias ou maternais, reagiam a Dorothy da mesma forma. Examinavam-na simplesmente de alto a baixo, ouviam-na falar, encaravam-na curiosamente e, depois de fazerem uma dúzia de perguntas embaraçosas e impertinentes, recusavam o seu serviço.

Qualquer pessoa com certa experiência teria explicado a Dorothy o que aconteceria. Em suas circunstâncias, não era de esperar que alguém se arriscasse a empregá-la. Suas roupas andrajosas e sua falta de referências eram pontos contra ela, e seu modo educado de falar, que ela não sabia como dissimular, deitava por terra qualquer oportunidade que pudesse ter tido. Os vagabundos e os *cockneys* com quem trabalhara no lúpulo não tinham notado o seu modo de falar, mas às donas de casa suburbanas isso não lhes passara despercebido e punha-as na defensiva, da mesma forma que a falta de bagagem assustara as donas de hospedarias. Assim que a ouviam falar e reconheciam nela uma pessoa educada, Dorothy perdia a partida.

Pouco a pouco, ela foi se acostumando à expressão aturdida e intrigada que se espelhava no rosto delas assim que abria a boca, ao olhar curioso e feminino que, dirigido primeiro a seu rosto, passava depois a suas mãos estragadas e, destas, aos remendos de sua saia. Algumas das mulheres chegaram a perguntar-lhe abertamente o que fazia uma moça de sua classe oferecendo-se para trabalhar como criada. Farejavam, sem dúvida, que ela havia "estado em apuros", isto é, que tinha um filho ilegítimo; e depois de a sondarem com suas perguntas, despachavam-na o mais depressa possível.

Assim que dispôs de um endereço, Dorothy voltara a escrever ao pai e, quando ao cabo de três dias não teve resposta, escreveu de novo, dessa vez em desespero — era sua quinta carta — dizendo-lhe que morreria de fome se não lhe mandasse dinheiro imediatamente. Era o tempo justo para receber notícias antes de terminar o adiantamento de uma semana pago na casa de "Mary" e a despejarem por falta de pagamento.

Persistia na busca infrutífera de trabalho, enquanto seu dinheiro encolhia ao ritmo de um xelim diário — que era a quantia mínima para mantê-la viva, embora permanentemente faminta. Tinha perdido quase por completo a esperança de que seu pai fizesse algo por ajudá-la. E, coisa estranha, à medida que a fome ia aumentando e as probabilidades de arranjar trabalho iam ficando mais remotas, seu pânico dos primeiros dias converteu-se aos poucos numa espécie de desconsolada apatia. Sofria, mas não se podia dizer que seu medo fosse enorme. O submundo em que estava caindo parecia-lhe menos terrível, agora que o tinha mais próximo.

O outono estava ficando cada vez mais frio. Cada dia o sol, lutando contra o inverno numa batalha já perdida, levava mais tempo para abrir caminho através da neblina e tingir as fachadas das casas com pálidos matizes de aquarela. Dorothy passava o dia todo na rua, ou na biblioteca pública, só voltando à pensão "Mary" para dormir, e então tomava a precaução de colocar a cama de forma a obstruir a porta. Já percebera que "Mary" era... não propriamente um bordel, pois dificilmente se encontrará tal coisa em Londres, mas um refúgio bem conhecido de prostitutas. Essa era a razão pela qual se pagavam dez xelins semanais por um cubículo que não valia mais de cinco. A velha "Mary" (que não era a senhoria da casa, mas simplesmente a gerente) também fora prostituta em seus tempos, coisa que saltava à vista.

O simples fato de morar em tal lugar condenava qualquer uma, até aos olhos de Lambeth Cut. As mulheres viraram a cabeça com desdém quando passavam por uma delas, e os homens demonstravam um interesse ofensivo. O pior de todos era o judeu da esquina, o proprietário da Knockout Trousers Ltd. Era um rapaz sólido, de seus trinta anos, as bochechas vermelhas e salientes, e cabelo negro tão encaracolado como o astracã. Passava doze horas por dia em pé no passeio, obstruindo a passagem dos transeuntes e gritando a plenos pulmões que era impossível encontrar calças mais baratas em toda Londres. Se alguém cometia a imprudência de parar por uma fração de segundo, via-se agarrado pelo braço e arrastado à viva força para o interior da loja. Uma vez capturado um incauto, tornava-se positivamente ameaçador. Se alguém dizia uma palavra depreciativa a respeito das suas calças, adotava uma franca atitude combativa, com o que atemorizava os fracos de espírito, que, tomados de autêntico terror físico, acabavam levando um par de calças. Mas, por mais ocupado que fosse, não lhe escapava nenhum "pássaro", como as chamava; e Dorothy parecia fasciná-lo mais do que qualquer das outras.

Percebera que ela não era uma prostituta, mas (pensava ele), morando no "Mary's", não tardaria muito em sê-lo. Tal pensamento deixava-o com água na boca. Quando a via descendo pela ruela, colocava-se na esquina com seu avultado peito bem estofado e um olhar turvo e luxurioso pousado interrogativamente nela. "Já está disposta a começar?", pareciam perguntar seus olhos ávidos. E, quando Dorothy passava por ele, beliscava-a discretamente nas nádegas.

Na última manhã de sua estada na pensão de "Mary", Dorothy desceu e consultou, com um débil lampejo de esperança, o quadro-negro no corredor de entrada onde estavam escritos a giz os nomes das pessoas para quem havia correspondência. Não havia nada para Ellen Millborough. Isso esclarecia de uma vez por todas a situação: nada mais podia fazer senão ir para a rua. Não lhe ocorreu fazer o que teria feito qualquer das outras mulheres da casa, isto é, inventar uma história mais ou menos complicada e tentar ficar uma noite mais no quarto sem pagar aluguel. Mas Dorothy limitou-se, simplesmente, a sair da casa, e nem coragem teve para dizer a "Mary" que ia embora.

Não tinha plano algum, absolutamente nenhum. Passou o dia inteiro na biblioteca pública lendo revistas, exceto a meia hora em que saiu, ao meio-dia, para tomar a última xícara de chá e pão com margarina com três dos quatro centavos que lhe restavam. Pela manhã leu o Barber's Record e, à tarde, o Cage Birds, os dois únicos jornais que pôde conseguir, pois era tal a afluência de desocupados que era preciso verdadeiramente lutar para conseguir um. Leu-os da primeira à última página, inclusive os anúncios. Passou horas a fio absorvida em problemas técnicos como "Modo de Afiar Navalhas de Barba Francesas", "Por que é Anti-Higiênica a Escova Elétrica para Cabelo?", "Óleo de Colza Prejudica o Corned Beef Enlatado?" etc. Era a única atividade para a qual se sentia ainda capacitada.

Estava em estranho estado de prostração em que lhe era mais fácil ocupar-se da maneira de afiar navalhas de barba francesas do que da situação desesperada em que se encontrava. Deixara de ter medo. Era-lhe totalmente impossível pensar no futuro. Nem mesmo num futuro tão próximo como era a noite que se avizinhava. A única coisa que sabia é que teria pela frente uma noite na rua; e já nem isso a preocupava muito. Nesse meio-tempo, havia o Cage Birds e o Barber's Record, cuja leitura, por estranho que pareça, era de um interesse absorvente.

Às nove da noite, apareceu o encarregado da biblioteca, tendo na mão uma vara comprida, com um gancho na ponta, e com a qual apagou os lampiões de gás. Com isso, fechava-se a biblioteca. Dorothy encaminhou-se para a esquerda e seguiu pela Waterloo Road em direção ao rio. Deteve-se por instantes sobre a ponte de ferro. Soprava o vento noturno. Do rio erguiam-se profundas massas de neblina, densas como dunas, que o vento arrastava na direção nordeste através da cidade. Um remoinho de neblina envolveu Dorothy, penetrando em suas esfarrapadas roupas e fazendo-a estremecer num arrepio que lhe percorreu todo o corpo, num repentino prenuncio da fria noite. Continuou andando e, pelo processo de gravitação que atrai para o mesmo lugar todas as pessoas sem teto, chegou a Trafalgar Square.

CAPÍTULO TRÊS

1

Cenário: Trafalgar Square. Ligeiramente escondidas em meio à neblina, umas doze pessoas, entre elas Dorothy, agrupadas em redor de um dos bancos próximo do parapeito do lado norte.

Charlie (cantando): — Ave Maria, Ave Maria, A...ve Maria!...

(O Big Ben bate as dez horas.)

Snouter (parodiando as badaladas): — Dim-dom, dim-dom! Quer calar... essa boca de uma vez? Mais sete horas ainda nesta malfadada praça... antes de conseguir me deitar e dormir um pouco. Que merda!

Sr. Tallboys (para si mesmo): — *Non sum qualis eram boni sub regno Edwardi!* Nos dias de minha inocência, antes que o demônio me conduzisse a um lugar alto e depois me deixasse cair na imprensa dominical, isto é, quando eu era pároco de Little Fawley-cum-Dewsbury...

Deafie (cantando): — Com meu biri, biri, biri, com meu biri, biri...

Sra. Wayne: — Ah, desde o primeiro momento em que vi você, percebi que era uma senhora de berço e educação. Você e eu sabemos o que é descer no mundo, não é, queridinha? O nosso caso não é o mesmo que o de alguns destes outros aqui...

Charlie (cantando): — Ave Maria, Ave Maria, A...ve Maria, cheia de graça!

Sra. Bendigo: — Chama-se a si mesmo um marido, esse malvado, hein? Quatro libras por semana em Covent Garden e sua mulher passando a noite ao relento nesta maldita praça! Marido, pfff...

Sr. Tallboys (para si mesmo): — Benditos dias, benditos dias! Minha igreja coberta de hera na encosta da colina, minha casa paroquial de telhado vermelho, dormitando entre vetustas árvores elisabetanas! Minha biblioteca, meu parreiral, meu cozinheiro, minha arrumadeira, meu jardineiro! Minha conta no banco, meu nome em Crockford! Meu terno negro de corte impecável, minha gola de trás para diante, minha sotaina de moiré no recinto da igreja!

Sra. Wayne: — Dou graças a Deus, queridinha, que minha pobre mãe não viveu para ver este dia. Pois se ela tivesse vivido para ver o dia em que sua filha primogênita, educada como foi, sim, sem olhar as despesas, o leite direto da vaca...

Sra. Bendigo: — Marido!

Ginger: — Vamos! Tomemos um trago de chá enquanto podemos. O último desta noite... Os botecos fecham às dez e meia.

O Gringo: — Santo Deus! Este maldito frio acaba comigo! Não tenho nada debaixo das calças! De...e...eus!

Charlie (cantando): — Ave Maria, Ave Maria...

Snouter: — Quatro centavos! Quatro centavos por seis horas ao relento! E esse veado intrometido da perna de pau bebendo em tudo quanto é boteco entre Aldgate e Mile End Road. Não é uma nojeira, com sua perna de pau e todas aquelas medalhas de guerra que comprou em Lambeth Cut! Filho da puta!

Deafie (cantando): — Com meu biri, biri, biri, com meu biri, biri...

Sra. Bendigo: — Mas eu disse a esse safado o que pensava dele: "E diz você que é um homem? No hospital vi coisas como você metidas numa garrafa de vidro", disse eu.

Sr. Tallboys (para si mesmo): — Carne assada e aldeões respeitosos, e a paz de Deus sobre todas as coisas! Manhãs de domingo em meu cadeirão de carvalho, aroma de flores recém-cortadas e o roçagar de sobrepelizes no ar adocicado que rodeia o cadáver! Tardes estivais quando os raios de sol entram oblíquos pela janela do meu escritório! E eu, pensativo, ébrio de chá, envolto em flagrantes espirais de Cavendish, folheando sonolento algum volume encadernado em pele... as Obras Poéticas do Cavalheiro William Shenstone, Relíquias da Poesia Inglesa Antiga, de Percy, e a obra do Dr. J. Lemprière, professor de teologia imoral...

Ginger: — Vamos ver quem resolve este quebra-cabeça? Temos o leite e temos o chá. A pergunta é: quem tem um pouco de açúcar?

Dorothy: — Que frio! Que frio! Parece que atravessa até os ossos! Será assim a noite toda?

Sra. Bendigo: — Oh, chega! Não aguento estas putas choronas!

Charlie: — Não será isto uma verdadeira catástrofe! Vejam como a maldita neblina do rio trepa até aquela coluna. Ao velho Nelson vão ficar gelados os dedos antes que amanheça.

Sra. Wayne: — Claro que me refiro à época em que ainda tínhamos a nossa lojinha de cigarros e caramelos na esquina, entende...

O Gringo: — Oh, De...e...eus! Empreste-me o seu casaco, Ginger. Estou enregelado!

Snouter: — Maldito traidor! E tão certo quanto dois e dois são quatro que lhe rebento o umbigo quando botar a mão em cima dele!

Charlie: — Azares do ofício, rapaz, azares do ofício. Esta noite, esta miserável praça... Filé mignon e colchão de penas amanhã. Que outra coisa se poderia esperar de uma condenada quinta-feira?

Sra. Bendigo: — Mexa-se, vovô, mexa-se! Pensa que tenho necessidade de sua velha cabeça piolhenta no meu ombro? Eu, uma mulher casada?

Sr. Tallboys (para si mesmo): — No sermão, no canto e no recitativo, eu não tinha rival. O meu "Erguei vossos corações" era famoso em toda a diocese. Podia cantá-lo em todos os estilos: Igreja Alta, Igreja Baixa, Igreja Gorda, Igreja Magra e Igreja Nada. Puros gorjeios guturais anglocatólicos, com a voz saindo diretamente das costas para o vigoroso estilo anglicano e trêmulos adenoides para o da Igreja Baixa, no qual ainda há reminiscências dos hinos que cantavam os nossos relinchantes antepassados eclesiásticos...

Deafie (cantando): — Com meu biri, biri, biri...

Ginger: — Tire as patas desse casaco, Gringo. Não lhe empresto nenhuma coisa enquanto você tiver piolhos.

Charlie (cantando): — Como o cervo corre a meter-se em frescos regatos, quando perseguido na caça...

Sra. McElligot (em sonhos): — És tu, querido Michael?

Sra. Bendigo: — Ninguém me tira da cabeça que o miserável cachorro tinha outra mulher quando nos casamos.

Sr. Tallboys (empostando a voz e com ar clerical e nostálgico): — Se algum dos presentes conhece algum motivo ou justo impedimento para que estas duas pessoas não possam ser unidas pelos laços do sagrado matrimônio...

O Gringo: — Um companheiro! Um condenado companheiro! E não quer me emprestar sua merda de casaco!

Sra. Wayne: — Bom, agora que se falou disso, devo admitir que nunca disse não a uma boa xícara de chá. Quando vivia a nossa pobre e querida mãe, era um bule atrás de outro...

Watson Narigudo (entre dentes, colérico): — Bicha! Incitar um cara a dar um golpe e depois metê-lo numa arapuca! Sem ter chegado a fazer o maldito serviço... Bicha!

Deafie (cantando): — Com meu biri, biri, biri...

Sra. McElligot (meio adormecida): — Querido Michael... Era realmente adorável. Era terno e leal... Nunca voltei a olhar para outro homem desde aquela tarde em que o conheci na porta do matadouro de Kronk e me deu o quilo de salsicha da International Stores que era para o seu próprio jantar...

Sra. Bendigo: — Bem, suponho que amanhã a esta hora teremos essa maldita xícara de chá.

Sr. Tallboys (cantando, nostálgico): — Junto aos rios de Babilônia, sentamo-nos e choramos, recordando-nos de ti, ó Sião!...

Dorothy: — Que frio, que frio...

Snouter: — Não ficarei nem mais... uma noite ao relento até o Natal. Terei minha cama amanhã, nem que tenha de sacá-la das tripas deles.

Watson Narigudo: — Detetive, não? Smith da Brigada Móvel! Um Judas móvel é o que ele era! Tudo o que sabem fazer é enredar os velhos delinquentes, para que nenhum juiz possa lhes dar depois uma boa oportunidade.

Ginger: — Bem, estou pronto para a farra. Quem tem um par de moedas para a água?

Sra. McElligot (despertando): — Ai de mim! Se desta vez não quebrei a espinha! Oh Jesus, este banco arrebenta com os rins de qualquer cristão! E eu que estava sonhando que estava quentinha na minha cama com uma xícara de chá e duas torradas com manteiga esperando-me na mesinha de cabeceira! Bem, vou dar o meu último cochilo antes de ir amanhã para a biblioteca pública de Lambeth.

Vovô (sacando a cabeça de dentro do seu capote como uma tartaruga de dentro de sua concha): — O que foi que disse, rapaz? Pagar pela água? Há quanto tempo está na confraria, sujeitinho ignorante? Dinheiro por uma miserável lata d'água? Peça água, rapaz, peça! Não compre o que puder mendigar e não mendigue o que puder roubar. Esse é o meu lema. Cinquenta anos de vagabundagem, toda uma vida. (Volta a desaparecer dentro do capote.)

Sr. Tallboys (cantando): — Ó todas vós, criaturas do Senhor...

Deafie: — Com meu biri, biri, biri...

Charlie: — Quem foi que meteu você em cana, Narigudo?

O Gringo: — Oh, Deus!...

Sra. Bendigo: — Mexa-se, homem, mexa-se! Chega pra lá! Parece que alguns acreditam que têm uma hipoteca sobre este maldito banco.

Sr. Tallboys (cantando): — Ó todas vós, criaturas do Senhor, maldizei ao senhor, maldizei-o e vilipendiai-o para sempre!

Sra. McElligot: — O que eu sempre digo é que somos nós, os pobres e desprezados católicos, quem acaba metido até o nariz no fedorento lixo.

Watson Narigudo: — Smithy. Da Brigada Móvel... uma bicha móvel é o que ele era! Deu-nos a planta da casa e tudo o mais, e depois tinha um furgão cheio de tiras esperando na esquina e botaram a mão na gente como patos. Quando me levavam, escrevi na parede do camburão: "O detetive Smith julga-se um mestre na sua arte, digam-lhe que é um filho da puta... de minha parte".

Snouter: — Eh, que se passa afinal com esse chá? Vamos, Gringo, cale o bico de uma vez e apanhe as latas. Não pague nada. File a água a essa velha piranha. Choramingue com ela. Banque o desgraçado.

Sr. Tallboys (cantando): — Ó todos vós, filhos dos homens, maldizei ao Senhor, que maldito e vilipendiado seja para toda a eternidade!

Charlie: — Mas como? O tal de Smithy era trapaceiro também?

Sra. Bendigo: — O que me tira do sério, minhas filhas, é pensar que o porco do meu marido está roncando debaixo de quatro mantas, enquanto eu viro picolé nesta maldita praça. Isso é algo que me embrulha o estômago! Um veado desnaturado!

Ginger (cantando): — Ali vão os dois, alegres, feliz ele, feliz ela... Eh, Gringo, não leve essa lata que tem a salsicha fria!

Watson Narigudo: — Trapaceiro? Trapaceiro? Perto dele um saca-rolhas parecia um chave de fendas! Todos uns bundas-moles, esses cachorros da Brigada Móvel; venderiam a mãe aos trapeiros por duas libras e meia e depois iriam chorar na sepultura dela e comer batatas fritas. O asqueroso alcaguete!

Charlie: — E em quantos penais você foi incurso, Narigudo?

Ginger (cantando): — Ali vão os dois, alegres, Feliz ele, feliz ela...

Watson Narigudo: — Quatorze. Não tem escapatória, com toda essa carga em cima da gente.

Sra. Wayne: — Mas como? Quer dizer então que ele não a sustenta?

Sra. Bendigo: — Não, estou casada com este, uma bicha louca!

Charlie: — A mim me pegaram em nove.

Sr. Tallboys (cantando): — Oh, Ananias, Azarias e Misael, maldizei ao Senhor, maldizei-O e vilipendiai-O para toda a eternidade!

Ginger (cantando): — Lá vão os dois, alegres, feliz ela, feliz ele. E aqui estou e... e... eu... Com o coração dilacera...a...a...do! Há três dias que não faço a barba. Há quanto tempo não lava a cara, Snouter?

Sra. McElligot: — Ai, querida! Se esse rapaz não chega depressa com o chá, vou ficar com as tripas mais secas que um arenque.

Charlie: — Nenhum de vocês sabe cantar direito. Deviam ter ouvido o Snouter e eu no Natal cantando "O Bom Rei Venceslau" na porta das tavernas. Também cantávamos hinos. Quando cantávamos, os caras que estavam dentro choravam à beça. Lembra-se de quando, por engano, fomos cantar duas vezes na mesma taverna, Snouter? A velha bruxa por pouco nos manda para o outro mundo!

Sr. Tallboys (cantando, ao mesmo tempo que caminha com ar marcial de um lado para o outro, ao som de um tambor imaginário): — Todas as coisas vis e detestáveis, Todas as criaturas grandes e pequenas...

(Soam as dez horas no Big Ben.)

Snouter (imitando o relógio): — Ding dong, ding dong! Ainda faltam seis horas e meia. Que saco!

Ginger: — O Gringo e eu limpamos quatro lâminas de barbear no Woolworth's esta tarde. Se puder afanar um pedaço de sabão, faço amanhã a barba na fonte.

Deafie: — Quando eu trabalhava como garçom de bordo na Peninsular & Orient, costumávamos encontrar índios pretos a dois dias de distância da costa, em suas grandes canoas, que eles chamam de catamarãs, apanhando tartarugas marinhas do tamanho de mesas de jantar.

Sra. Wayne: — Então o senhor era sacerdote?

Sr. Tallboys (detendo-se): — Da ordem de Melquisedeque. E não só "era", senhora. Porque uma vez sacerdote, sempre sacerdote. *Hoc est corpus, hocus pocus.* Embora deposto... sobreposto, dizemos nós... e despojado publicamente do colarinho pelo bispo da diocese.

Ginger (cantando): — Lá vão os dois, alegres... Até que enfim! Aí vem o Gringo. E agora, boca livre!

Sra. Bendigo: — Quando já estamos na lona!

Charlie: — Como foi que o botaram para fora, amigo? A encrenca de sempre, não? As meninas de coro de barriga, hein?

Sra. McElligot: — Puxa, como demorou, não lhe parece, mocinho? Ande, deixe-me tomar um gole antes que a língua me caia da boca.

Sra. Bendigo: — Saia daí, vovô. Não vê que está sentado em cima do meu pacote de açúcar?

Sr. Tallboys: — Meninas é um eufemismo. As famigeradas caçadoras de clérigos solteiros. Baratas de sacristia, solteironas ossudas e desesperadas, que passam os dias vestindo altares e polindo castiçais. Quando chegam aos trinta e cinco anos, entra-lhes o demônio no corpo.

O Gringo: — A velha bruxa não me queria dar a água quente e para pagar-lhe um centavo tive que pedi-lo a um cara na rua.

Snouter: — Essa história está furada. Aposto que veio bebendo pelo caminho.

Vovô (surgindo das profundezas de seu capote): — Uma lata de chá, hein? Tomaria todo um jarro de chá. (Solta um arroto.)

Charlie: — Quando é que as tetas delas ficam murchas como correias de afiar navalhas? Eu sei.

Watson Narigudo: — Isso é chá? Eu chamo água suja a essa mixórdia. Embora consiga estar melhor do que o chocolate que nos impingiam no xadrez. Empreste-me a sua xícara, companheiro.

Ginger: — Espere um momento até que eu faça um buraco nesta lata de leite. Quem quer? A bolsa ou a vida!

Sra. Bendigo: — Devagar com esse açúcar! Quem foi que o pagou, poderia saber?

Sr. Tallboys: — Quando as tetas ficam como afiadores de navalha. Agradeço esse seu lampejo de humor. O Pippin's Weekly fez uma boa história sobre o caso. "Romance cor-de-rosa do cônego desaparecido. Revelações íntimas." E também uma carta aberta no John Bull: "A um cafajeste disfarçado de pastor". Foi uma pena. Já estava pronto para ser promovido. (A Dorothy) Histórias de família, não sei se me entende. Você pode imaginar uma época em que o meu indigno traseiro se afundava em aveludadas almofadas no banco de uma catedral?

Charlie: — Aí vem Florry. Já desconfiava que chegaria assim que o chá estivesse pronto. Tem um olfato de abutre para o chá, essa moça.

Snouter: — Ai, sempre na roda! (Cantando) "Roda, roda, sempre na roda, comigo não há quem possa..."

Sra. McElligot: — Pobre moça, é uma boboca. Por que não vai para Picadilly Circus? Aí pode sacar seus cinco xelins mole, mole. O que é que ela ganha ficando aqui na praça com um bando de vagabundos e maltrapilhos?

Dorothy: — Esse leite está bom?

Ginger: — Bom? (Aplica a boca num dos orifícios da lata e sopra. Um líquido acinzentado e viscoso sai em borbotões pelo outro orifício na tampa.)

Charlie: — E então, Florry? Teve sorte com aquele cara com quem vi você há pouco?

Dorothy: — Aqui está escrito: "Impróprio para bebês".

Sra. Bendigo: — E daí? Você já não é nenhum bebê, não? Está na hora de abandonar esses ares de Palácio de Buckingham.

Florry: — O unha de fome pagou-me um café e um cigarro. É chá o que tem aí, Ginger? Você sempre foi o meu preferido, gostosão.

Sra. Wayne: — Somos exatamente treze.

Sr. Tallboys: — Como não se trata de nenhuma ceia, não temos por que nos preocupar.

Ginger: — Senhoras e senhores! O chá está servido. Por favor, vão passando as xícaras.

O Gringo: — Poxa! Nem me encheu metade da xícara!

Sra. McElligot: — Bom, que haja sorte para todos e a gente possa dormir melhor amanhã. Eu teria ido dormir numa dessas igrejas, mas os filhos da puta não nos deixam entrar se pensam que a gente tem piolhos. (Bebe.)

Sra. Wayne: — Bem, não é que seja exatamente a forma de tomar uma xícara de chá a que eu estava acostumada, mas... (Bebe.)

Deafie: — E havia revoadas de periquitos verdes nos coqueiros. (Bebe.)

Sr. Tallboys: — "Que poções bebi, de lágrimas de sereias feitas, Destiladas de imundos alambiques como infernal mistura!" (Bebe.)

Snouter: — É o último que poderemos tomar até as cinco da matina. (Bebe.)

Sra. Wayne: — Que gosto! Uma boa xícara de chá faz a gente ressuscitar! E não é que eu não sinta falta de uma toalha bonita e limpa, coisa a que estava acostumada, e num precioso aparelho de chá de porcelana, como o que tinha nossa mãe; e, claro, o chá sempre da melhor qualidade que se podia comprar... Pekoe Points autêntico, a cinco xelins e seis centavos o quilo...

Ginger (cantando): "Lá vão os dois, alegres, Feliz ela, feliz ele..."

Sr. Tallboys (cantando com a música de "Deutschland, Deutschland über alles"): — E viva a aspidistra...!

Charlie: — Há quanto tempo estão vocês dois em Londres?

Snouter: — Amanhã vou dar a esses dois pilantras uma lição que nem vão saber se estão de pé ou de cabeça para baixo. Vou sacar-lhes meia coroa nem que tenha de os virar do avesso!

Ginger: — Há três dias. Viemos de York, dormindo onde calhava. Não foi o que se pode chamar um passeio agradável, pode crer.

Florry: — Tem mais chá, Ginger querido? Bem, então, até logo, gente. Nos veremos amanhã de manhã no Wilkins, certo?

Sra. Bendigo: — Piranha ladra! Bebe o chá e se manda sem ao menos dizer obrigada! Não pode perder tempo!

Sra. McElligot: — Frio? Sim, bastante. Dormir na grama, sem um cobertor sequer, e quase se afogando na maldita garoa. E não poder acender o fogo pela manhã e ter que pedir ao leiteiro umas gotas de leite para poder fazer uma xícara de chá... Eu soube o que era isso quando andei com Michael por essas estradas.

Sra. Bendigo: — E vai até com negros e chineses, a grande porca!

Dorothy: — E quanto lhe dão de cada vez?

Snouter: — Seis centavos.

Dorothy: — Seis centavos?

Charlie: — E olhe lá. Ela vai até por um cigarro quando já vai chegando o dia.

Sra. McElligot: — Eu nunca aceitei menos de um xelim, nunca.

Ginger: — O Gringo e eu dormimos uma noite num cemitério. Quando acordei pela manhã, descobri que estava deitado em cima de uma lápide.

O Gringo: — Ela está meio comida pelos chatos.

Sra. McElligot: — Michael e eu dormimos uma vez numa pocilga. Estávamos entrando devagar, pra que ninguém nos surpreendesse lá dentro quando, de repente... "Virgem Santíssima!", disse Michael, "há aí um porco!" E eu respondi: "A merda o porco. Ele nos manterá quentes". Entramos e encontramos dentro uma velha porca deitada de lado e roncando como uma locomotiva. Arrastei-me até onde ela estava e abracei-a. E juro por Deus que me manteve quente toda a noite. Já dormi em piores lugares.

Deafie (cantando): — Com meu biri, biri, biri...

Charlie: — O velho Deafie não para com a lengalenga, hein? Diz que sente um espécie de zumbido dentro dele.

Vovô: — Quando eu era rapaz não vivíamos como agora, de pão, margarina e chá, e outras drogas parecidas. Enchíamos o pandulho até dizer chega. Carne guisada, morcela, pastel de carne, cabeça de porco... Comíamos como galos de briga por seis centavos diários. Desde esses tempos, já levo cinquenta anos jogado por aqui e por ali: apanhando batatas, ervilhas, nabiças, guardando ovelhas, qualquer coisa. Dormindo na palha úmida e sem encher a tripa decentemente uma só vez em todo o ano. Bom... (Desaparece outra vez no capote.)

Sra. McElligot: — Era muito cara de pau o Michael, sim que era. Metia-se em qualquer lugar. Muitas vezes entrávamos numa casa em que os donos tivessem saído e dormíamos na melhor cama que encontrássemos. Dizia ele: "Outras pessoas têm casa. Por que não teríamos também uma?"

Ginger (cantando): — "Mas eu estou cantando com lágrimas nos olhos..."

Sr. Tallboys (para si mesmo): — *Absumet haeres Caecuba dignior!* E pensar que ainda tinha em minha adega vinte e uma garrafas de Clos St. Jacques, safra 1911, na noite em que nasceu a criança e tive que sair para Londres no trem leiteiro...

Sra. Wayne: — E, quando nossa mãe morreu, vocês não podem imaginar a quantidade de coroas que nos mandaram. E de que tamanho!

Sra. Bendigo: — Se eu tivesse que viver de novo, só me casaria por dinheiro.

Ginger (cantando): — Mas eu estou dançando com lágrimas... nos olhos... Porque a moça... que tenho nos braços... não é você-ê-ê!

Watson Narigudo: — Alguns de vocês pensam que têm muito de que se queixar, não? E um pobre-diabo como eu, o quê? A vocês não os meteram em cana aos dezoito anos, não?

O Gringo: — Santo Deus!

Charlie: — Ginger, você canta como um gato com dor de barriga. Agora me ouçam. Vou dar um presente aos ouvidos de vocês. (Cantando) Jesus, amante de minh'alma...

Sr. Tallboys: — *Et ego* em Crockford... Com os bispos e arcebispos e toda a corte celestial...

Watson Narigudo: — Querem saber como me encanaram a primeira vez? Denunciado por minha própria irmã, sim... por minha própria irmã. A minha irmã é uma puta, tão puta como a pior. Casou-se com um maníaco religioso... é tão religioso o safardana que tem quinze filhos... e foi ele quem a empurrou para me dedurar. Mas podem estar certos de que ajustei contas com eles. A primeira coisa que fiz quando saí foi comprar um martelo; fui até a casa da minha irmã e fiz em cacos o seu piano, a marteladas. "Aí tem por me haver dedurado, cachorra intrometida", disse-lhe eu.

Dorothy: — Que frio, que frio! Não sei se ainda tenho pés ou não!

Sra. McElligot: — Este condenado chá não esquenta por muito tempo. Também estou gelada.

Sr. Tallboys (para si mesmo): — Meus dias de pároco, ah, meus dias de pároco! Minhas vistosas quermesses e bailes de máscaras beneficentes no jardim da cidade, minhas palestras na Associação das Mães, os quatorze slides sobre o trabalho das Missões na China Ocidental! O meu clube de Jovens Jogadores de Críquete, só para abstêmios, as minhas aulas preparatórias para a confirmação... palestras sobre a castidade, uma vez por mês, no salão paroquial... minhas orgias com os Escoteiros! Os Lobinhos soltaram o Grande Uivo. Sugestões domésticas para a Revista Paroquial: "As cargas usadas de esferográficas podem servir como clister para canários..."

Charlie (cantando): — Jesus, amante de minha alma...

Ginger: — Aí vem o tira! Preparar para levantar acampamento, vamos, todo o mundo! (O Vovô emerge de seu capote.)

Policial: — Acordem, excelências! (Dá uns safanões nos que dormiam no banco ao lado) Vamos, em pé! Se querem dormir vão para casa. Isto não é uma hospedaria pública. Vamos, de pé!

Charlie (cantando): — "Jesus, amante de minh'alma, Deixa-me voar para o teu seio..."

Policial: — E vocês aqui? Onde é que pensam que estão? Numa reunião batista? (Dirigindo-se ao Gringo) Vamos, de pé, e ande com cuidado, entende?

Charlie: — Não posso fazer nada, sargento. Esta é minha maneira de ser. É uma coisa que sai aqui de dentro.

Policial (sacudindo a Sra. Bendigo): — Ei, vovó, acorde!

Sra. Bendigo: — Vovó? Disse vovó? Bem, se sou avó dou graças a Deus por não ter um neto como você. E vou lhe contar mais um segredo, tira. A próxima vez que eu deseje sentir em meu pescoço as mãos gordas de um homem, pedirei a você que não ponha as suas, tá bom? Buscarei alguém mais charmoso.

Policial: — Vamos, vamos, não há necessidade de começar a xingar. Tenho que cumprir ordens. (Afasta-se com ar solene.)

Snouter: — Calma, amizade. (Depois, em voz baixa) Cai fora, filho da puta!

Charlie (cantando): "Enquanto as águas redemoinham e ainda não estalou a tempestade..." Nos dois últimos anos que passei em Dartmoor, cantei como baixo no coro do presídio.

Sra. Bendigo: — Tua avó uma ova! (Gritando para o policial) Por que não anda atrás dos assaltantes noturnos, em vez de vir meter o nariz onde uma respeitável mulher casada está tranquilamente descansando?

Ginger: — Toca a dormir. O tira já se foi. (O Vovô desaparece de novo nas profundezas insondáveis de seu capote.)

Watson Narigudo: — Em Dartmoor segue tudo igual? Me disseram que dão agora geleia no café da manhã.

Sra. Wayne: — É claro, eu entendo perfeitamente que não deixem as pessoas dormirem pelas ruas... não seria correto. Imaginem só o que aconteceria se toda a gente que não tem casa própria resolvesse dormir ao relento. Enfim, a gentinha, entenda-se...

Sr. Tallboys (para si mesmo): — Dias venturosos, dias venturosos! Excursões à floresta de Epping com as escoteiras, breque alugado e lustrosos cavalos, e eu na boleia, com meu terno de flanela cinza, chapéu de bolinha e discreta gravata secular. Bolos e refrigerantes sob os verdes olmos. Vinte escoteiras devotas, mas dadas a brincarem entre as altas samambaias, e eu, um pastor feliz, brincando com elas e, *in loco parentis,* beliscando-lhes o traseiro...

Sra. McElligot: — Bem, vocês podem falar de dormir, mas eu tenho a certeza de que os meus velhos e pobres ossos não vão encontrar muito descanso esta noite. Agora já não consigo dormir em qualquer parte, como fazíamos Michael e eu.

Charlie: — Geleia não. Mas davam queijo duas vezes por semana.

O Gringo: — Santo Deus! Não aguento mais. Vou para o Albergue Municipal. (Dorothy levanta-se, mas seus joelhos, hirtos de frio, quase não a sustêm.)

Ginger: — Sim, e te mandam para o Centro de Reabilitação. Que lhes parece se fôssemos amanhã de manhã a Covent Garden? Se chegarmos bem cedo ao mercado, dão pra gente umas quantas peras.

Charlie: — Fiquei de saco cheio de Dartmoor, pode crer. Quarenta dos nossos entraram na maior fria por termos ido transar com as mulheres no bloco delas. Nos apanharam de surpresa com elas, um punhado de velhas murchas que, se não tinham todas seus setenta anos, não andavam longe. E toma castigo: acorrentados à parede e a pão e água uma semana. Quase nos assassinaram!

Sra. Bendigo: — Nem pensar! Pelo menos enquanto estiver aí o meu maldito marido. Muito obrigado, me basta um olho roxo por semana.

Sr. Tallboys (cantando, com ar evocador): — Nos salgueiros de Babilônia dependuramos nossas cítaras!...

Sra. McElligot: — Cuidado, moça! Bata os pés no chão com força, para que lhe volte o sangue. Daqui a uns minutos, vamos dar as duas um passeio até St. Paul, quer?

Deafie (cantando): — Com meu biri, biri, biri...

(O Big Ben dá as onze.)

Snouter: — Seis horas ainda! Raios o partam!

(Passou uma hora. O Big Ben para de bater. A neblina adelgaça e o frio aumenta. O rosto carcomido da lua aparece e desaparece entre as nuvens que correm para o sul do firmamento. Uma dúzia de velhos insensíveis, calejados, permanece nos bancos e consegue ainda dormir, encolhidos e escondidos em seus capotes. Uma vez ou outra, resmungam em seu sono. Os outros saem em todas as direções, dispostos a caminhar a noite toda para que o sangue não se congele, mas por volta da meia-noite todos eles estão de volta à praça. Aparece outro policial. De meia em meia hora faz uma ronda pelos bancos, espiando os rostos dos vagabundos, a quem deixa em paz convencido de que estão apenas dormindo e não mortos. Em volta de cada banco movimenta-se um grupo de pessoas que se sentam e, não podendo resistir ao frio, voltam a pôr-se de pé minutos depois. Ginger e Charlie enchem duas latas com água das fontes e saem com a esperança de poder fazer chá nas brasas da fogueira do vigia das obras em

Chandos Street; mas um policial está se esquentando diante da fogueira e ordena-lhes que caiam fora. O Gringo desaparece repentinamente, talvez para ir pedir uma cama no Albergue Municipal. Por volta da uma hora, corre o boato de que uma senhora estava repartindo café quente, sanduíches de presunto e maços de cigarros perto da ponte de Charing Cross. Todos se precipitam para lá, mas não passava de um boato falso. Quando a praça se enche de novo, a mudança incessante de lugar adquire um ritmo tão acelerado, que se diria o jogo das cadeiras musicais. Sentado, com as mãos sob os sovacos, é possível cair numa espécie de sono, ou torpor, durante dois ou três minutos seguidos. Nesse estado parecem transcorrer séculos. Alguns afundam em complexos e turbulentos sonhos, mas não chegam a perder, mesmo assim, consciência do lugar e do frio intenso. A cada minuto a noite vai ficando mais clara e ainda mais fria. Ouve-se um coro de sons diversos: gemidos, imprecações, gargalhadas, cantorias e, em meio a tudo isso, o incontrolável castanholar de dentes.)

Sr. Tallboys (cantando): — Me derramo como água e todos os meus ossos estão fora do lugar...

Sra. McElligot: — Ellen e eu passamos duas horas dando voltas pela City. Garanto a vocês que parece um cemitério, com as lâmpadas iluminando a gente e nem uma alma pelas ruas, só os tiras que ficam rondando aos pares.

Snouter: — Uma e cinco... e sem comer nada desde o almoço! Claro que não se podia esperar outra coisa numa noite como esta!

Sr. Tallboys: — Uma noite para beber, diria eu. Mas cada um tem seu gosto. (Cantando) "Seco está como uma estaca o meu paladar, minha língua está colada às gengivas..."

Charlie: — Que tal? O Narigudo e eu acabamos de dar um golpe. Passamos diante da vitrina de uma tabacaria, cheia de vistosas caixas de “Gold Flake” e o Narigudo disse: “Putz! Vou abafar um punhado desses cigarros, nem que depois me ponham o gadanho em cima”. Enrolou a mão num cachecol e esperamos que passasse um caminhão. Então, o Narigudo, aproveitando o barulho, enfiou um murro no vidro e, paf!, botamos a mão numa dúzia de maços e demos no pé. Quando dobramos a esquina começamos a abri-los e... nem um só cigarro dentro! Tudo caixas vazias, só para vista! Puxa, o que eu ri!

Dorothy: — Meus joelhos estão vergando. Não consigo ficar mais tempo em pé.

Sra. Bendigo: — O grande filho da puta! Deixar a mulher fora de casa numa noite como esta! Espera que ele tome um porre no sábado à noite e não possa com uma gata pelo rabo, e você verá a surra que lhe dou! Vai virar mingau, de tanta porrada!

Sra. McElligot: — Deem lugar para a moça, para que ela possa sentar-se um pouco. Encoste-se no vovô, querida, e apoie-se no braço dele. Está cheio de piolho, mas servirá para aquecê-la.

Ginger (caminhando com rapidez de um lado para o outro): — A única coisa que se pode fazer é dar patadas no chão/Que alguém cante alguma coisa e assim marcaremos o compasso com os pés.

Vovô (acordando e pondo a cabeça de fora): — O que está acontecendo? (Ainda meio adormecido, deixa cair a cabeça para trás, com a boca aberta e o pomo de adão sobressaindo do pescoço encarquilhado como a lâmina de um machado pele vermelha.)

Sra. Bendigo: — Há mulheres que se tivessem que aguentar o que eu aguentei teriam botado sais de frutas em vez de açúcar na xícara de chá do sem-vergonha...

Sr. Tallboys: — Avante, hostes de bárbaros! (Rufa um tambor imaginário e canta.)

Sra. Wayne: — Enfim, quem não teria pensado, entre nós, naqueles dias felizes em que nos sentávamos junto da lareira, com a chaleira de água quente na grelha da chaminé e um bom prato de roscas torradinhas, acabando de chegar da padaria... (O bater dos dentes faz com que emudeça.)

Charlie: — Nada de cantoria de igreja, homem. Alguma coisa picante e alegre com que a gente possa dançar. Ouçam isto.

Sra. McElligot: — Não me fale de roscas, companheira. Tenho o estômago colado às costas!

(Charlie estende-se, pigarreia e com uma voz potente começa a cantar Rollicking Bill the Sailor. Soam no banco estrepitosas risadas, que, em parte, são um puro estremecer de frio. Todos repetem a canção e o barulho é cada vez maior, acompanhando a cantoria com palmas e batimento de pés no compasso. Os que estavam sentados, ombro com ombro, balançam-se de modo grotesco, ora para um lado, ora para outro, e mexem os pés como se pisassem os pedais de um harmônio. Todos riem, embora batendo os dentes. Até a Sra. Wayne acaba participando e ri a contragosto. O Sr. Tallboys marcha para cima e para baixo, empurrando o volumoso ventre, simulando carregar um estandarte ou um báculo episcopal à sua frente. O céu está completamente despojado e um vento gélido sopra a intervalos na praça, fazendo com que todos estremeçam. As palmas e o bater de pés vão subindo de tom até se tornarem frenéticos, à medida que eles vão sentindo o frio mortal penetrar-lhes até os ossos. Mas veem o policial aparecer em sua ronda no extremo leste da praça e a cantoria cessa bruscamente.)

Charlie: — Não me digam que um pouco de música não é ótimo para esquentar.

Sra. Bendigo: — Maldito vento! E nem sequer tenho calcinhas. O filho da mãe me botou no olho da rua tão depressa que nem tive tempo de me vestir direito.

Sra. McElligot: — Graças a Deus, já falta pouco para que a igreja de Gray's Inn Road comece com o horário de inverno, com o que pelo menos a gente encontra um teto por cima da cabeça à noite.

Policial: — Vamos, vamos! Vocês acham que isto é hora para armar uma barulheira destas? Se não ficarem quietos, terei que mandar vocês todos para casa, entendido?

Snouter (em voz baixa): — Filho da mãe...

Ginger: — Sim, e deixam a gente dormir em cima da pedra, com três folhas de jornal em vez de cobertores. Gostaria de o ver também na praça e ter que passar por isso. Caramba! Daria qualquer coisa para estar agora no Albergue!

Sra. McElligot: — Pelo menos dão uma xícara de Horlicks e duas fatias de pão. Já tive a alegria de poder dormir lá uma vez ou outra.

Sr. Tallboys: — Enchi-me de júbilo quando me disseram: Iremos à casa do Senhor!

Dorothy (levantando-se bruscamente): — Que frio! Não sei o que é pior, se estar sentada ou de pé. Como é que vocês podem suportá-lo? Têm que fazer isso todas as noites, a vida inteira?

Sra. Wayne: — Não pensará, queridinha, que alguns de nós não foram criados de maneira respeitável...

Charlie (cantando): — Coragem, companheiros, em breve estarão mortos! Brrr! Graças ao demônio! Estou com os dedos azuis! (Marca com os pés um compasso binário e golpeia os lados do corpo com o braços.)

Dorothy: — E como podem aguentar isso? Como podem resistir noite após noite, ano após ano? É impossível que se consiga viver desse modo. É tão absurdo que se custa a acreditar, se não se soubesse que é a pura verdade. É impossível!

Snouter: — Possível, se me pergunta.

Sr. Tallboys (com ênfase clerical): — Tudo é possível, com a ajuda de Deus!

(Dorothy volta a sentar-se, sentindo os joelhos ainda inseguros.)

Charlie: — Bem, já é uma e meia. Ou nos mexemos ou fazemos uma pirâmide neste maldito banco. A menos que a gente queira ficar mais duro que uma barata de patas pro ar. Quem quer dar um saudável passeio até a Torre de Londres?

Sra. McElligot: — Não serei eu quem dará um passo mais esta noite. Não tenho forças nas pernas.

Ginger: — Para a pirâmide! Isso é um velho truque para mim. Todos para o banco... desculpe, senhora...

Vovô (meio adormecido): — Que é que há? Já não se pode dormir sem que nos amolem e nos chacoalhem?

Charlie: — É o jeito, vovô! Cheguem todos para lá. Aperte um pouco, vovô, e deixe lugar para o meu assento. Vamos, uns em cima dos outros. Isso, assim. Não liguem pros piolhos dele. Todos apertados, como sardinhas em lata.

Sra. Wayne: — Escute aqui, moço. Não lhe pedi que se sentasse no meu colo.

Ginger: — Sente-se então no meu, vovó. Dá no mesmo. Vamos! É a primeira carne em que toco desde a Páscoa.

(Empilham-se num monstruoso coágulo informe, homens e mulheres misturados indistintamente, como um montão de sapos em época de desova. Há um movimento de contorção, até se acomodarem, desprendendo um fedor azedo. Somente o Sr. Tallboys continua caminhando de um lado para o outro.)

Sr. Tallboys (declamando): — Dias e noites, luz e trevas, relâmpagos e nuvens, maldizei o Senhor!

(Deafie emite um estranho ruído irreproduzível, ao sentar-se alguém sobre o seu diafragma.)

Sra. Bendigo: — Saia de cima da minha perna doente, tá? Quem pensa que sou? Um sofá?

Charlie: — Vocês não notam como o vovô fede quando ficamos por cima dele?

Ginger: — Os piolhos estão em festa!

Dorothy: — Meu Deus, meu Deus!

Sr. Tallboys (detendo-se): — Por que invoca a Deus, penitente e carpideira, desde o seu leito de morte? Mantenha-se firme e invoque o demônio, como eu faço! Glória a ti, Lúcifer, Príncipe dos Ares! (Cantando com a música de "Sanctus, Sanctus, Sanctus") Íncubos e súcubos, prostrados ante Ti!

Sra. Bendigo: — Cale essa boca, velho mancas blasfemo! Está gordo demais para sentir o frio, é o que o faz falar desse jeito.

Charlie: — Que traseiro mais macio você tem, mamãe. Ginger, olho vivo, que pode aparecer outra vez o tira.

Sr. Tallboys: — *Maledicite, omnia opera!* A Missa Negra! Por que não? Uma vez sacerdote, sempre sacerdote. Deem-me um pedaço de pão e farei o milagre. Velas de enxofre, o padre-nosso às avessas, crucifixo de cabeça para baixo. (Dirigindo-se a Dorothy) Se tivéssemos um bode negro, você nos seria muito útil.

(O calor animal dos corpos empilhados já se faz sentir e todos vão cedendo a uma espécie de torpor.)

Sra. Wayne: — Não pensem que estou acostumada a sentar-me no colo de um cavalheiro...

Sra. McElligot (sonolenta): — Eu cumpria regularmente com os sacramentos até que aquele maldito padre não me quis dar a absolvição por causa do meu Michael. O velho safado...

Sr. Tallboys (assumindo um ar solene): — *Per aquam sacratam quam nunc spargo, signumque crucis quod nunc facio...*

Ginger: — Quem tem um cigarro? Já fumei a minha última guimba.

Sr. Tallboys (como no altar): — Amadíssimos irmãos, estamos reunidos diante do Senhor para solenizar a ímpia blasfêmia. Ele nos afligiu com imundície e frio, com fome e solidão, com pústulas e sarna, com piolhos e chatos. Nosso alimento consiste em côdeas úmidas e restos de carne que nos dão embrulhados em jornal nas portas de serviço dos hotéis. Nosso prazer é chá requentado e bolos de serragem engolidos em porões cheios de mofo e fumaça, beber até as últimas gotas, em botecos, restos de copos de cerveja ordinária misturada com saliva, e beijar velhas desdentadas. O nosso destino é a vala comum: sete metros de profundidade em ataúdes de pinho, a hospedaria subterrânea. É verdadeiramente apropriado e justo, equitativo e saudável, que O maldigamos e O vilipendiemos sempre e em todos os lugares. E por isso, com os demônios e os arquidemônios (etc. etc. etc.).

Sra. McElligot (sonolenta): — Deus bendito, agora estou meio dormida, mas um filho da mãe está deitado em cima das minhas pernas quase que quebrando-as.

Sr. Tallboys: — Amém. Livrai-nos do mal a todos nós, mas não deixeis que a tentação nos abandone (etc. etc. etc.).

(Ao pronunciar a primeira palavra da oração, divide em dois pedaços o pão consagrado. O sangue escorre dele. Ouve-se um som prolongado, como de um trovão, e a paisagem muda. Os pés de Dorothy estão muito gelados. Monstruosas figuras aladas de demônios e arquidemônios deixam-se entrever, movimentando-se de um lado para o outro. Algo, uma garra ou um bico, segura com força o ombro de Dorothy, recordando-lhe que os pés e as mãos lhe doem de frio.)

Policial (sacudindo Dorothy pelo ombro): — Acorde, moça, acorde! Não tem ao menos um casaco? Está pálida como uma morta. Não lhe ocorre nada melhor do que ficar aqui deitada, com o frio que faz?

(Dorothy descobre que está hirta de frio. O céu está agora completamente limpo e salpicado de estrelas diminutas que piscam como lâmpadas elétricas imensamente remotas. A pirâmide humana desintegrou-se.)

Sra. McElligot: — A pobrezinha não está acostumada a suportá-lo como nós.

Ginger (movimentando os braços): — Brrr! Que frio!

Sra. Wayne: — Ela é de boa família.

Policial: — Isso é verdade? Ouça, senhorita, é melhor vir comigo até o Albergue. Nele lhe darão uma boa cama. Qualquer pessoa percebe que a senhorita não é como estes.

Sra. Bendigo: — Muito obrigada! Vocês ouviram isso? Ele diz que ela não é como a gente... Mas que simpático! (Para o policial) O nosso tira também é um elegante de Ascot, não acham?

Dorothy: — Não, não! Prefiro ficar aqui.

Policial: — Bem, como quiser. Você estava com uma cara muito estranha há uns instantes. Volto mais tarde para ver como se acha. (Afasta-se, não muito convencido.)

Charlie: — Vamos esperar que ele dobre a esquina e nos empilhamos de novo, de acordo? É a única forma de ficarmos aquecidos.

Sra. McElligot: — Vamos, moça. Meta-se por baixo e deixe que ele a esquente.

Snouter: — Faltam dez para as duas. Suponho que isto não vá durar sempre.

Sr. Tallboys: (cantando) — Me derramo como água, todos os meus ossos estão deslocados. Meu coração é como cera que se derrete em minhas entranhas!

(O grupo se acomoda como pode no banco. Mas a temperatura não vai muito além de zero grau e o vento sopra ainda mais cortante. Todos tratam de afundar o rosto golpeado pelo vento no calor da pirâmide humana, como leitões debatendo-se para alcançar o úbere materno. Os interlúdios de sono que alguns podem desfrutar encurtaram e não duram mais que alguns segundos, sono povoado de visões monstruosas, perturbadoras e aparentemente reais. Há momentos em que os nove ocupantes do banco conversam quase normalmente; outros em que chegam a rir de sua situação, e outros, enfim, em que se comprimem entre si numa espécie de frenesi permeado de profundos queixumes e lamentações. O Sr. Tallboys sente-se repentinamente exausto e seu monólogo degenera num caudal de tolices. Deixa-se cair com todo o seu peso sobre os outros, quase os sufocando. A montanha humana desintegra-se. Uns mantêm-se no banco, outros resvalam para o chão e despencam no parapeito ou contra os joelhos dos que estão sentados. O policial reaparece na praça e ordena aos que estão no chão que se ponham de pé. Eles se erguem para se deixarem cair de novo assim que ele desaparece. Nenhum som parte das dez pessoas, salvo os roncos, que são, em parte, queixumes. Baixam e levantam a cabeça à medida que adormecem e voltam a despertar, como aqueles chineses articulados de porcelana, com o mesmo ritmo do tique-taque de um relógio. Soam as três horas em alguma parte. Uma voz grita como uma trombeta desde o extremo leste da praça: "Levantem-se, rapazes! Estão chegando os jornais!".)

Charlie (desperta sobressaltado): — Os malditos jornais! Vamos, Ginger! Corra!

Eles correm, ou melhor, cambaleiam o mais depressa que podem, até a esquina da praça, onde três jovens distribuem as sobras dos cartazes cedidas por caridade pelos matutinos. Ginger e Charlie voltam com um bom rolo cada um. Os cinco homens mais corpulentos instalam-se agora bem juntinhos no banco, e Deafie e as quatro mulheres sentam-se atravessados no colo deles; depois, com infinita dificuldade (pois a operação tem que ser feita de dentro para fora), enrolam-se num monstruoso casulo de papel, de várias folhas de espessura, enfiando as pontas soltas no pescoço ou entre os seios, ou prendendo-as entre os ombros e as costas do banco. Finalmente, nada fica descoberto, exceto a parte inferior das pernas e a cabeça deles, que coroam com gorros de papel. Mas os cartazes escorregam continuamente, deixando passar geladas lâminas de vento; contudo, há pelo menos a possibilidade de dormirem agora cinco minutos seguidos. A essas horas da manhã — entre as três e as cinco — está convencionado que os policiais não perturbem os que dormem em Trafalgar Square.

Uma sensação de calor se insinua nos corpos de todos e estende-se, inclusive, até os pés. Há uma furtiva bolinação das mulheres sob a cobertura de papel. Dorothy está extenuada demais para se importar. Por volta das quatro e quinze, o papel está todo amassado e quase desfeito, e o frio é tão intenso que se torna impossível permanecer sentado.

Todos se levantam, praguejando, comprovam que suas pernas estão algo mais descansadas e começam a caminhar aos pares de um lado para o outro, ainda vacilantes e parando de vez em quando por mera lassidão. Todos os estômagos se contorcem agora de fome. A lata de leite condensado de Ginger é aberta e seu conteúdo, devorado; cada um deles enfiou um dedo na lata e lambeu-o depois. Os que não têm nenhum dinheiro abandonam a praça e dirigem-se ao Green Park, onde poderão permanecer até às sete sem que os perturbem. Aqueles que possuem nem que seja um meio centavo encaminham-se para o café de Wilkins, não distante da Charing Cross Road. É sabido que só abrirá às cinco; mas são vinte para as cinco e já há um grupo numeroso do lado de fora.

Sra. McElligot: — Tens por acaso meio centavo, queridinha? Esses unhas de fome não deixam passar por mais de quatro de nós cada xícara de chá!

Sr. Tallboys (cantando): — As tintas rosadas da nascente aurora...

Ginger: — Palavra que o pouco que dormi debaixo dos jornais me fez bem. (Cantando) Mas estou dançando com lágrimas nos olhos...

Charlie: — Turma... ei, turma! Olhem aquela janela! Olhem os vidros embaçados pelo calor! Olhem o bule de chá em cima do fogareiro e as enormes pilhas de torradas e fatias de presunto, e as salsichas ciciando na frigideira! O estômago de vocês não dá saltos mortais vendo aquilo?

Dorothy: — Eu tenho um centavo. Não dá para uma xícara de chá, não é?

Snouter: — Uma tonelada de salsichas é o que vão dar esta manhã os quatro centavos que reunimos! Meia xícara de chá, uma bela rosca e olhe lá... Um belo desjejum, não há dúvida!

Sra. McElligot: — Não precisa comprar uma xícara de chá só para você. Eu tenho meio centavo e o vovô também. Com isso e com o teu centavo podemos pedir uma xícara para os três. O vovô tem úlceras nos lábios, mas que importa! Bebe do lado da asa e você não tem por que se preocupar! (Soam quinze para as cinco.)

Sra. Bendigo: — Aposto uma coroa como meu velho está comendo seu filé de hadoque com o café da manhã. Tomara que se engasgue!

Ginger (cantando): — Mas eu estou dan... çando com lágrimas... nos olhos...

Sr. Tallboys (cantando): — Ao amanhecer, meu canto se elevará até Ti!

Sra. McElligot: — Lá dentro pode-se dormir um pouco e isso é o que me reconforta. Deixam dormir com a cabeça recostada no tampo da mesa até as sete. É uma sorte para a gente aqui da praça.

Charlie (babando-se como um cachorro): — Salsichas! Malditas salsichas! Torradas com queijo derretido! Torradas bem ensopadas em manteiga! E um bom filé de dois dedos de grossura com batatas fritas e uma caneca de cerveja! Raios os partam!

(Dá um salto para diante, abre caminho entre as pessoas e sacode ruidosamente o puxador da porta de vidro. Todos os que esperam, umas quarenta pessoas, avançam e tentam arrombar a porta, que o Sr. Wilkins, o dono do café, segura vigorosamente do lado de dentro, ao mesmo tempo que ameaça a turba irrequieta por trás do vidro. Homens apertam o rosto e mulheres os seios contra o vidro, como que em busca de um pouco de calor. De súbito, e ruidosamente, Florry e quatro outras moças comparativamente frescas por terem passado parte da noite na cama, desembocam de uma ruela próxima, acompanhadas por um bando de rapazes de terno azul. Lançam-se contra a retaguarda do grupo com tamanho ímpeto que por pouco a porta não cede. O Sr. Wilkins abre-a, furioso, e faz a turba retroceder com meia dúzia de safanões nos mais próximos. Do interior, um cheiro intenso de salsichas, peixe, defumado, café fresco e pão quente impregna o frio exterior.)

Vozes dos rapazes na retaguarda: — Por que é que esse cara não pode abrir antes das cinco este imundo boteco? Arrombem a porta!

Sr. Wilkins: — Para fora! Para fora, todos vocês! Ou juro que não entra nenhum de vocês!

Vozes das raparigas na retaguarda: — Sr. Wil-kins! Sr. Wilkins! Seja bonzinho e deixe a gente entrar! Ganhará um beijo sem lhe custar nada, valeu? Vamos, seja bonzinho!

Sr. Wilkins: — Fora daqui! Fora! Sabem muito bem que não posso abrir antes das cinco! (Bate a porta com força.)

Sra. McElligot: — Ai, Deus bendito! Estes são os dez minutos mais compridos de toda a noite! É melhor dar um pouco de descanso às minhas pobres pernas! (Agacha-se e senta-se sobre os calcanhares, à maneira dos mineiros de carvão. Muitos outros a imitam.)

Ginger: — Quem tem meio centavo? Estou disposto a repartir uma rosca com quem seja.

Vozes dos rapazes (imitando marcha militar e, depois, cantando):

"___!", era tudo o que a banda sabia tocar;

"___! ___!" E o mesmo para você!

Dorothy (para a Sra. McElligot): — Veja como estamos! Veja bem como estamos! Que roupas! Que caras!

Sra. Bendigo: — Se não se importa que lhe diga, você também não parece nenhuma Greta Garbo.

Sra. Wayne: — Como parece que o tempo não passa, quando estamos esperando uma bela xícara de chá!

Sr. Tallboys (cantando): — Porque o nosso espírito se abate até tocar o pó: nossa barriga rasteja na terra!

Charlie: — Arenques! Verdadeiros montões de arenques! Dá pra sentir o cheiro através desse maldito vidro!

Ginger (cantando): — Mas estou dançando com lágrimas nos olhos, Porque não és tu... a moça... que tenho nos braços!

(Passa-se muito tempo. Soam as cinco. Parece que transcorrem intoleráveis eternidades. Então a porta é aberta de par em par e a gente precipita-se por ela, lutando por ocupar as cadeiras dos cantos. Quase desmaiando por causa do brusco impacto de ar quente, lançam-se sobre as mesas, pelas quais se espalham, sorvendo o calor e o cheiro de comida por todos os poros.)

Sr. Wilkins: — Vamos, já podem entrar todos! Conhecem as regras, suponho. Nada de enrolar esta manhã! Se quiserem podem dormir até as sete, mas se vejo alguém dormindo depois dessa hora, boto-o para fora! Vamos, meninas, depressa com esse chá!

Um coro de gritos ensurdecedores: — Dois chás aqui! Um chá bem servido e uma rosca pra nós quatro! Arenques! Sr. Wilkins! Quanto valem as salsichas? Duas fatias! Sr. Wil-kins! Tem papel para fazer cigarros? A-ren-ques!

Sr. Wilkins: — Basta de gritaria! Calem a boca ou não sirvo a ninguém!

Sra. McElligot: — Não sente o sangue voltar aos pés, queridinha?

Sra. Wayne: — Ele falou muito grosso contigo, não acha? Não é precisamente o que eu chamo um cavalheiro...

Snouter: — Este é... o Beco da Fome! Maldito seja! E eu sem poder pedir um par de salsichas!

As raparigas (em coro): — Arenques pra'qui! Depressa com esses arenques! Sr. Wil...kins, arenques para todas! E uma rosca bem quentinha!

Charlie: — Nem meia! Esta manhã vamos ter que nos contentar com o cheiro. De qualquer modo, é melhor estar aqui do que na maldita praça!

Ginger: — Ei, Deafie! Já bebeu a sua metade! Me dá essa xícara!

Sr. Tallboys (cantando): — E então nossa boca se encheu de riso e nossa língua de júbilo!

Sra. McElligot: — Juro que já estou meio dormida. É o calor que faz aqui dentro.

Sr. Wilkins — Ei, aí, parem com essa cantoria! Vocês conhecem as regras, não?

As raparigas (em coro): — Aren...ques!

Snouter: — Condenadas roscas! Comida de merda! Estão revirando o meu estômago!

Vovô: — Até o chá que dão pra gente não passa de água suja com uma pitada de pó no fundo. (Arrota.)

Charlie: — O melhor é tirar um cochilo e esquecer o resto. Assim se pode sonhar ao menos que estamos diante de um prato de carne com duas variedades de legumes. Vamos deitar a cabeça na mesa e ajeitar-nos o mais comodamente possível.

Sra. McElligot: — Encoste-se no meu ombro, queridinha. Tenho mais carne sobre os ossos que você.

Ginger: — Daria seis centavos por um miserável cigarro... se tivesse!

Charlie: — Vamos, ajeite a sua cabeça contra a minha, Snouter. Assim está bem. Caramba, que sono o meu! (Passa uma bandeja de arenques fumegantes em direção à mesa das moças.)

Snouter (sonolento): — Mais... arenques... Queria saber quantas vezes tiveram que abrir as pernas para pagar esses pratos.

Sra. McElligot (meio adormecida): — Foi uma pena, uma verdadeira pena, quando Michael se mandou e me deixou com o bebê e tudo...

Sra. Bendigo (furiosa, acompanhando a bandeja de arenques com um dedo acusador): — Vejam só! Arenques! Isso não lhes revolta o sangue? Nós não teremos arenques para o desjejum, não é? E essas malditas piranhas engolindo os arenques tão depressa quanto são tirados da frigideira, enquanto aqui estamos nós repartindo uma xícara de chá por quatro, e olhe lá! Arenques...

Sr. Tallboys (com ar clerical): — O salário do pecado são os arenques.

Ginger: — Não sopre na minha cara, Deafie! Não aguento esse bafo!

Charlie (era sonhos): — Charles... o Sábio... bêbado... e... mais... do... que... bêbado? Sim... seis centavos... siga o próximo!

Dorothy (encostada no peito da Sra. McElligot): — Oh, que felicidade, que felicidade!

(Adormecem.)

2

Assim continua.

Dorothy suportou essa vida durante dez dias — para sermos exatos, nove dias e dez noites. Não é fácil imaginar que outra coisa poderia fazer. Tudo levava a crer que seu pai a abandonara definitivamente e, embora tivesse amigos em Londres que se mostrariam dispostos a ajudá-la, pensava que não poderia encará-los depois de tudo o que tinha acontecido ou do que se supunha que acontecera. Tampouco queria recorrer a qualquer organização de caridade, pois tinha a certeza de que acabariam por descobrir sua verdadeira identidadc, dando lugar com isso, talvez, a nova celeuma em torno do “caso da filha do Reverendo”.

Continuou em Londres, passando a fazer parte dessa curiosa tribo — rara, mas nunca totalmente extinta — de mulheres que, sem dinheiro e sem lar, fazem desesperados esforços para esconder esse fato, o que quase conseguem; mulheres que lavam a cara nos chafarizes públicos no frio da madrugada, que desamassam cuidadosamente seus vestidos após noites inteiras sem dormir, e que se conduzem com um tal ar de reserva e decência, que somente seus rostos, pálidos sob o tostado do sol, deixam transparecer sua condição de indigentes.

Não estava no temperamento de Dorothy converter-se numa pedinte endurecida, como a maioria das pessoas que a rodeavam. Suas primeiras 24 horas na praça, passaram-se sem outra coisa no estômago além da xícara de chá que bebera na noite anterior e um terço mais da xícara de chá que repartira nessa manhã no café de Wilkins. Mas, ao entardecer, a fome começou a atormentá-la de tal modo que, seguindo o exemplo das outras, dirigiu-se a uma senhora desconhecida e, esforçando-se por dominar a voz, disse: "Por favor, senhora, poderia dar-me dois centavos? Não como nada desde ontem". A mulher olhou-a, mas abriu a bolsa e deu a Dorothy três centavos. Dorothy não o sabia, mas sua maneira educada de falar, que a impedira de arranjar trabalho como criada, era um valioso trunfo para pedir esmola.

Após essa primeira e bem-sucedida tentativa, deu-se conta de que lhe era muito fácil obter o xelim diário de que necessitava para viver. Contudo, nunca esmolou — parecia-lhe que, de fato, não o conseguiria fazer — exceto quando a fome se tornava insuportável ou não contava com o precioso centavo que lhe permitiria o acesso matutino ao café de Wilkins.

Com Nobby, a caminho dos campos de lúpulo, ela pedira esmola sem temor ou escrúpulo algum. Mas tinha sido diferente, porque, então, ignorava o que estava fazendo. Agora só quando realmente se sentia acossada pela fome conseguia armar-se de coragem para pedir uns trocados às senhoras em cujo rosto via uma expressão de benevolência. Claro que só pedia às mulheres. Uma vez tentou abordar um homem... mas apenas uma vez.

Habituou se a esse tipo de vida: noites intermináveis sem dormir, o frio, a sujeira, o tédio e a horrível promiscuidade da praça. Após uns dois dias, sua situação deixara totalmente de surpreendê-la. Como todos os que a rodeavam, passara a aceitar essa existência horrível como a coisa mais natural do mundo.

A sensação que tivera na viagem aos campos de lúpulo voltara a apoderar-se dela e ainda com maior intensidade. Era a consequência da falta de sono e, sobretudo, da exposição à intempérie. Porque o viver continuamente ao ar livre, sem passar mais de uma hora ou duas por dia sob um teto, nubla tanto as percepções quanto ter uma luz forte diante dos olhos ou um ruído ensurdecedor martelando continuamente nos ouvidos. Age-se, fazem-se planos, sofre-se, mas tudo termina, porém, como que desfocado, algo irreal. O mundo, interior e exterior, vai ficando cada vez mais indistinto, até atingir quase a imprecisão de um sonho.

A polícia já estava conhecendo Dorothy de vista. A multidão de Trafalgar Square está se renovando continuamente e as pessoas vão e vêm mais ou menos despercebidas. Chegam de qualquer lado com seus bagulhos, acampam por alguns dias e noites, e então desaparecem tão misteriosamente como chegaram. Quem fica mais ou menos uma semana é fichado pela polícia como mendigo habitual e, mais cedo ou mais tarde, acaba sendo detido. Fica impossível para os policiais aplicar com regularidade as normas legais sobre a mendicância, mas de vez em quando fazem uma batida repentina e deitam a mão a duas ou três pessoas em quem já estavam de olho. E foi o que aconteceu no caso de Dorothy.

Uma tarde a pegaram com a Sra. McElligot e outra mulher cujo nome ignorava. Tinham-se descuidado e abordado uma velha desagradável, com cara de cavalo, que imediatamente se dirigiu ao policial mais próximo e as denunciou.

Dorothy não se importou muito. Tudo agora parecia um sonho: a cara da velha desagradável acusando-as com irritação e veemência, e a caminhada para a delegacia, com a mão delicada e até quase deferente do jovem policial em seu braço; depois a cela de ladrilho branco, e o sargento paternal estendendo-lhe uma xícara de chá através da grade, e dizendo-lhe que o juiz seria benévolo com ela se confessasse sua culpa.

Na cela ao lado, a Sra. McElligot esbravejava contra o sargento, chamando-o de monstro maldito, e depois levou metade da noite queixando-se de sua sorte.

Dorothy estava completamente insensível, excluindo um certo alívio que sentia por estar num lugar tão limpo e quente. Assim que chegou, arrastou-se até a cama de madeira, fixa, com uma prateleira, à parede e jogou-se nela, sem forças sequer para cobrir-se com os cobertores. Assim dormiu dez horas sem se mexer. Só na manhã seguinte é que começou a se dar conta de qual era, na realidade, a sua situação, enquanto o camburão se dirigia velozmente para o Juizado de Polícia na Old Street, ao som de Adeste Fideles entoado aos berros por cinco bêbados que iam com ela.

Colheita de lúpulo
na década de 30

CAPÍTULO QUATRO

1

Dorothy fora injusta com o pai ao crer que ele a condenara a morrer de fome na rua. Na realidade, o reverendo Hare tinha feito o possível para entrar em contato com ela, embora de maneira indireta e ineficaz.

Sua primeira reação ao inteirar-se do desaparecimento de Dorothy fora, pura e simplesmente, de cólera. Já passava das oito da manhã e começava a imaginar o que teria acontecido com a sua água de barbear, quando Ellen entrou em seu quarto e lhe anunciou, num tom ligeiramente assustado:

— Desculpe, senhor. A Srta. Dorothy não está em casa. Não consigo encontrá-la em lugar nenhum!

— Como? — gritou o pastor.

— Ela não está em casa, senhor! E parece que não dormiu na cama. Acho que foi embora, senhor!

— Que foi embora? — exclamou o pastor, soerguendo-se na cama. — O que quer dizer com isso?

— Bem, senhor, acho que fugiu de casa.

— Que fugiu de casa? A esta hora da manhã? E o que há com o meu café da manhã, pode dizer-me?

Quando ele desceu do quarto — sem fazer a barba, porque a água quente não aparecera — Ellen já fora até a cidade para perguntar por Dorothy. Ao fim de uma hora ela ainda não aparecera. Foi quando ocorreu algo espantoso e sem precedentes, algo para jamais ser esquecido: o pastor teve de preparar seu próprio café da manhã — sim, com suas próprias mãos sacerdotais — sim, teve que se haver com uma vulgar chaleira enegrecida e fatias fritas de bacon dinamarquês!

Depois disso, seu coração encheu-se de rancor eterno a Dorothy. Pelo resto do dia esteve preocupado demais com a impontualidade das refeições para pensar seriamente no possível motivo do desaparecimento da filha e se lhe teria ocorrido alguma desgraça.

O fato era que essa abominável criatura (repetiu por várias vezes "abominável criatura" e esteve a ponto de dizer algo mais forte) tinha desaparecido e com isso implantara o caos em toda a casa.

No dia seguinte, porém, teve que encarar a questão mais seriamente, pois a Sra. Semprill andava agora contando por toda a parte a história da fuga de Dorothy. E claro, o pastor negava-a com violência, mas, no fundo de seu coração, tinha uma secreta suspeita de que tudo aquilo podia ser verdade. Parecia-lhe agora ser esse o tipo de coisa que Dorothy faria. Uma moça capaz de sair de casa repentinamente sem pensar sequer no desjejum do próprio pai era capaz de qualquer coisa.

Dois dias depois, os jornais tomaram conta da história e um jovem repórter intrometido apareceu em Knype Hill e começou a fazer perguntas aqui e ali. O pastor piorou ainda mais as coisas negando-se furiosamente a receber o repórter, o que teve como consequência que a única versão impressa foi a da Sra. Semprill. Durante toda a semana, e até que os jornais se cansassem do caso de Dorothy e o abandonassem para concentrar todas as suas atenções numa suposição de que fora vista na foz do Tâmisa, o pastor gozou de horrenda notoriedade. Era difícil abrir-se um jornal sem que se encontrassem manchetes inflamadas sobre "A filha do reverendo. Novas revelações" ou "A filha do reverendo. Estará em Viena? Vista num cabaré de última categoria". Finalmente, apareceu um artigo no Spyhole de domingo, que começava assim: "Numa paróquia de Suffolk, abatido ancião, sentado, olha fixo para a parede", e de conteúdo tão intolerável que o pastor consultou um advogado sobre a possibilidade de instaurar um processo contra o jornal, por difamação. Mas o advogado considerou a iniciativa contraproducente, visto que, mesmo na hipótese de o veredicto ser favorável ao pastor, aquilo daria lugar, sem dúvida, a uma publicidade ainda maior em torno do caso. Assim, o reverendo nada fez, mas aumentou sua irritação contra Dorothy — causadora de sua desonra —, afastando qualquer possibilidade de perdão.

Depois disso, chegaram três cartas de Dorothy explicando o que tinha acontecido. Está claro que o pastor não acreditou, em absoluto, que sua filha tivesse perdido a memória. Era uma história sem pé nem cabeça. Sua opinião era que Dorothy fugira realmente com o Sr. Warburton, ou com qualquer outro, e que depois fora parar em Kent sem um níquel no bolso. Fosse como fosse, a culpa do sucedido era exclusivamente da filha e de ninguém mais: isso era ponto pacífico e ninguém convenceria o pastor do contrário.

A primeira carta que escreveu em resposta à dela não lhe foi endereçada, mas a seu primo Tom, o baronete. Para um homem da educação do pastor, a reação natural, em qualquer situação grave, era solicitar a ajuda de um parente rico. Nos últimos quinze anos não trocara uma única palavra com seu primo, com o qual se indispusera pelo simples motivo de um empréstimo de cinquenta libras; não obstante, escreveu a Sir Thomas em tom bastante confidencial, pedindo-lhe que tentasse entrar em contato com Dorothy e lhe buscasse algum tipo de emprego em Londres. Porque, naturalmente, depois do ocorrido, não se podia pensar em deixá-la voltar a Knype Hill.

Pouco tempo depois disso chegaram duas cartas angustiadas de Dorothy, em que lhe dizia estar morrendo de fome e lhe suplicava que lhe mandasse algum dinheiro. O pastor ficou consternado. Pela primeira vez em sua vida, se oferecia seriamente à sua consideração o fato de que era possível morrer de fome quando se carece absolutamente de dinheiro. Assim, depois de meditar por quase toda a semana, vendeu ações no valor de dez libras, quantia que enviou em cheque a seu primo com o pedido de que as guardasse até o aparecimento de Dorothy. Ao mesmo tempo, escreveu à filha uma carta muito fria, em que a aconselhava a entrar em contato com Sir Thomas Hare. Mas reteve a carta por vários dias, cheio de escrúpulos por ter que endereçá-la a Ellen Millborough, por considerar ilegal o uso de nomes falsos. Em consequência, a carta atrasou-se demais. Quando chegou à pensão "Mary's", Dorothy já tinha saído.

Sir Thomas Hare era um viúvo de uns 65 anos, dotado de bom coração, mas de inteligência curta, com um rosto rosado de expressão obtusa e bigode enrolado. Tinha preferência pelos casacos de xadrez e os chapéus-coco de aba revirada que, embora ostensivamente elegantes, correspondiam à moda de quatro décadas atrás. À primeira vista, parecia cuidadosamente disfarçado de major de cavalaria de finais do século, pelo que era difícil, ao vê-lo, não pensar em cabriolés com monograma entrelaçado, no Pink 'Un em seus bons tempos de batedor de críquete. Mas a característica principal de Sir Thomas era a sua profunda preguiça mental. Era uma dessas pessoas que dizem "Você não sabe?" e "Mas como?" e perdem-se na metade de suas frases. Quando alguma coisa o deixava perplexo ou tinha alguma preocupação, o bigode parecia eriçar-se ainda mais, o que lhe dava o aspecto de um camarão bem-intencionado mas excepcionalmente desprovido de massa encefálica.

Sir Thomas não tinha o menor desejo de ajudar seus primos, pois a própria Dorothy nem sequer conhecia e no pastor não via mais do que o clássico parente pobre da pior espécie. Mas o certo é que o assunto da "Filha do Reverendo" já extravasara de muito os limites do que ele podia suportar. O nefasto pormenor de que o sobrenome de Dorothy fosse o mesmo dele amargara-lhe a vida durante as duas últimas semanas e temia que o escândalo alcançasse proporções ainda maiores se Dorothy continuasse mais tempo solta por ali. De modo que, antes de ausentar-se de Londres a caça aos faisões, convocou seu mordomo, também seu confidente e assessor intelectual, e com ele celebrou um conselho de guerra.

— Escute, Blyth, por todos os demônios — disse Sir Thomas, com mais aspecto de camarão do que de costume (Blyth era o nome do mordomo) — suponho que tenha visto nos jornais toda essa malfadada história da "Filha do Reverendo", não? Trata-se da minha não menos malfadada sobrinha.

Blyth era um homenzinho de traços afilados, com uma voz que nunca passava de um sussurro. Era tão baixa quanto pode ser uma voz que ainda se diz voz. Só observando o movimento de seus lábios e escutando com extrema atenção, era possível captar o que dizia. Nesse caso concreto, seus lábios se mexeram para articular algo como "Dorothy é prima e não sobrinha de Vossa Excelência".

— Como? É minha prima? Ah, sim, tem toda a razão! Mas não importa. O que eu queria dizer é que já está na hora de fazermos alguma coisa com essa... essa malfadada moça... trancafiá-la em algum lugar... Entende o que quero dizer? Temos de encontrá-la antes que aconteça algo pior. Segundo creio, anda rodando em algum ponto de Londres. O que se poderia fazer para encontrá-la? Recorrer à polícia? Detetives particulares e tudo o mais? Acredita que se pode conseguir alguma coisa?

Os lábios de Blyth expressaram desaprovação. Era possível, parecia estar dizendo, seguir o rastro de Dorothy sem recorrer à polícia e evitando dar maior publicidade ao assunto.

— Homem de Deus! — exclamou Sir Thomas. — Então não perca um momento! E não olhe despesas. Daria cinquenta libras de ouro para não voltar a ter diante dos olhos esse maldito assunto da "Filha do Reverendo". E pelo que mais queira, Blyth — acrescentou confidencialmente —, assim que lhe tiver posto a mão em cima, não a perca de vista. Traga a moça aqui para casa e retenha-a por todos os meios. Entende o que quero dizer? Tranque-a se preciso for, até que eu volte. Senão, sabe Deus que encrencas ela voltaria a armar.

Sir Thomas nunca vira Dorothy, pelo que era compreensível ter formado uma ideia sobre ela baseada no que os jornais relataram.

Blyth levou uma semana para localizar Dorothy. Ela saiu do xadrez da delegacia na manhã seguinte àquela em que foi detida (o juiz impusera-lhe uma multa de seis xelins e, na falta destes, doze horas de detenção; quanto à Sra. McElligot, teria de permanecer sete dias, porque era reincidente).

Na porta da delegacia deu com Blyth, que, erguendo o chapéu-coco um quarto de polegada, lhe perguntou, com voz quase imperceptível, se era a Srta. Dorothy Hare. Só quando repetiu a pergunta, ela compreendeu o que queria dizer-lhe, e respondeu afirmativamente. Blyth explicou-lhe, então, que fora enviado pelo primo dela, Sir Thomas Hare, que estava ansioso por ajudá-la e que iriam imediatamente para casa.

Dorothy acompanhou-o sem dizer palavra. Parecia-lhe estranho que seu primo tivesse sido tomado daquele interesse súbito por ela, mas não mais estranho do que tudo o que lhe viera acontecendo nessas últimas semanas. Subiram no ônibus para o

Hyde Park Corner (Blyth pagou as passagens) e, depois, caminharam até uma mansão de aspecto luxuoso e persianas baixadas, situada entre Knightsbridge e Mayfair. Depois de descerem vários degraus, Blyth apanhou uma chave e entraram. Desse modo, após uma ausência de pouco mais de seis semanas, Dorothy voltava à sociedade respeitável, mas pela porta de serviço.

Passou três dias na casa vazia antes do regresso do primo. Foram uns dias estranhos e de grande solidão. Havia vários criados na casa, mas Dorothy não via ninguém, menos Blyth, que lhe levava comida e lhe falava mansinho, com um misto de deferência e desaprovação. Ele não sabia se a considerava uma jovem de boa família ou uma Madalena resgatada, de modo que a tratava entre esses dois extremos.

A casa tinha esse ar soturno de velório das casas cujo dono está fora e que faz a gente instintivamente andar nas pontas dos pés e manter baixadas as persianas. Dorothy não se atrevera sequer a entrar nas peças principais. Passava o dia enfiada num quarto poeirento e abandonado do último piso, espécie de museu de objetos estranhos ali reunidos desde 1880. Lady Hare, falecida cinco anos antes, fora uma diligente colecionadora de objetos de sucata, e a grande maioria tinha ido parar naquele quarto logo após sua morte. Não era fácil dizer se o objeto mais insólito de todos era uma fotografia amarelada do pai de Dorothy aos dezoito anos — embora já com umas suíças muito respeitáveis, posando com ar sério ao lado de uma bicicleta "comum" — era em 1888 — ou uma pequena caixa de sândalo com uma placa gravada "Pedaço de pão tocado por Cecil Rhodes no Banquete da Cidade e África do Sul, junho de 1897". Os únicos livros ali existentes eram uns quantos horríveis prêmios escolares conquistados pelos filhos de Sir Thomas — eram três, tendo o caçula a mesma idade de Dorothy.

Era evidente que os criados tinham ordens de não deixar Dorothy sair de casa. Contudo, chegara o cheque de dez libras enviado por seu pai e, não sem dificuldade, conseguiu que Blyth o descontasse para ela, após o que, no terceiro dia de sua estada na mansão, saiu para comprar algumas roupas: um tailleur de tweed comprado feito e uma suéter que combinava com ele; um chapéu, um vestido de seda artificial estampado baratíssimo, um par de razoáveis sapatos marrons, três pares de meias de fio de Escócia, uma pequena bolsa que não dissimulava seu baixo preço e um par de luvas cinzentas de algodão que, a distância, poderiam passar por camurça. Em todas essas compras consumiu oito libras e dez xelins, pelo que não se atreveu a gastar mais. Teria que esperar um pouco mais para comprar roupa íntima, camisolas de dormir e lenços. No fim de contas, o que importa é a roupa que se vê.

Sir Thomas chegou no dia seguinte e, na realidade, nunca se recuperou do assombro que lhe produziu o aspecto de Dorothy.

Esperava encontrar uma espécie de sereia maquilada que o importunasse com tentações a que, infortunadamente, já não era capaz de sucumbir, e essa moça rústica e com aspecto de solteirona estava fora de todos os seus cálculos. Dera voltas à cabeça pensando na possibilidade de encontrar-lhe um emprego como manicura ou talvez como secretária particular de um bookmaker, mas teve de cancelar todos esses projetos.

De vez em quando, ela se surpreendia a observá-lo com um olhar de camarão perplexo, no qual se adivinhava o assombro diante do fato de que uma jovem como ela se tivesse envolvido numa fuga escandalosa. Era inútil, evidentemente, dizer-lhe que não tinha fugido. Ela lhe dera sua versão do acontecido, que ele aceitou com um cavalheiresco "Naturalmente, querida, naturalmente", após o que, a cada frase, deixava transparecer sua descrença no que lhe contava.

Os dois dias seguintes não trouxeram qualquer mudança. Dorothy continuou levando sua vida solitária no quarto de cima, e Sir Thomas fazia no clube a maior parte das refeições. À tardinha, mantinham diálogos da mais indescritível inocuidade. Sir Thomas estava realmente desejoso de encontrar um trabalho para sua prima, mas era-lhe tremendamente difícil lembrar por mais de alguns minutos o que dissera momentos antes. "Bem, querida", começava, "compreenda que desejo fazer por você tudo o que estiver ao meu alcance. É natural, não acha?... sendo seu tio... O quê? O que está dizendo? Que não sou seu tio? Ah, sim, claro, suponho que não, caramba! Primo... isto é, primo. Bem, querida, sendo seu primo... quer dizer, primo... mas o que é que eu estava mesmo dizendo?" E depois, quando Dorothy o devolvia de novo ao tema da conversa, ele aventurava alguma sugestão como: "Por exemplo, querida, não lhe agradaria ser acompanhante de uma senhora idosa? Uma simpática velhinha... sabe, com mitenes pretos e artrite reumatoide, que ao morrer lhe deixasse dez mil libras de ouro e o encargo de cuidar do papagaio? Como? O que está dizendo?". E não passava daí.

Dorothy repetia-lhe mil vezes que preferia trabalhar como camareira numa casa de família, mas Sir Thomas opunha-se terminantemente a isso. Só a ideia de semelhante trabalho despertava nele um instinto de classe de que geralmente se esquecia, tão distraído era. "Como!", exclamava indignado. "Uma pobre" criada? Uma jovem educada como você? Era o que faltava! Não, querida, de maneira nenhuma. Nem pensar!". Finalmente, tudo acabou por se resolver com uma facilidade surpreendente. E não por obra de Sir Thomas, incapaz que era de solucionar coisa alguma, mas por mediação do advogado, a quem de repente lhe ocorreu consultar. Este, que nem mesmo vira Dorothy, pôde sugerir um trabalho para ela. Com toda a certeza, disse ele, poder-se-ia encontrar-lhe emprego de professora de crianças. De todos os trabalhos, era o mais fácil de conseguir.

Sir Thomas voltou para casa encantado com a ideia, que considerava muito apropriada. (Intimamente, pensava que Dorothy tinha exatamente o tipo de cara que uma professora devia ter.) Mas Dorothy ficou momentaneamente estupefata diante de semelhante proposta.

— Professora! — disse. — Mas não sou professora! Com certeza nenhuma escola me contrataria. Não há uma única matéria que eu possa ensinar.

— Como? O que está dizendo? Que não pode ensinar nada? Ora essa! Claro que pode! Onde está a dificuldade?

— Não há nada que eu saiba suficientemente bem. Nunca ensinei nada a ninguém... só culinária às escoteiras. É preciso estar convenientemente qualificada para ser professora.

— Bobagem! Ensinar é a coisa mais fácil do mundo. Tudo consiste em utilizar bem a palmatória nos nós dos dedos. Qualquer família se sentirá feliz por contar com uma jovem bem-educada para ensinar seus garotos a ler e escrever. Essa é a sua verdadeira vocação, querida: ser professora. Você foi feita para isso.

Nem seria preciso dizer que Dorothy se tornou professora. O invisível advogado de Sir Thomas arranjou tudo em menos de três dias. Uma tal Sra. Creevy, que mantinha um colégio de meninas no bairro de Southbridge, necessitava de uma assistente e estava disposta a dar o posto a Dorothy. Esta não podia imaginar a razão pela qual tudo foi resolvido tão rapidamente, nem que tipo de colégio empregaria uma ilustre desconhecida, sem qualificação alguma e em pleno ano letivo. Ignorava, claro, que uma gorjeta de cinco libras, convenientemente chamada de prêmio, passara de mãos.

Assim foi que, exatamente dez dias após ter sido detida por mendicância, Dorothy seguia para a Ringwood House Academy, na Brough Road, em Southbridge, com um baú decentemente repleto de roupa e quatro libras e meia no bolso, pois Sir Thomas presenteara-a com dez libras.

Quando pensava na facilidade que tinha sido conseguir esse emprego e em seus desesperados e inúteis intentos para encontrar trabalho três semanas atrás, assombrava-se com o contraste. Apreciou, como nunca lhe ocorrera antes, o misterioso poder do dinheiro e isso lembrou-lhe uma das sentenças favoritas do Sr. Warburton, a de que, se tomarmos o capítulo 13 da Primeira Epístola aos Coríntios e substituirmos a palavra "caridade" pela palavra "dinheiro", o capítulo adquire um significado dez vezes mais denso que em sua forma original.

2

Southbridge era um bairro imundo situado a pouco mais de quinze quilômetros de Londres. Brough Road ficava no coração desse bairro, no meio de labirintos de ruas mediocremente decentes, todas tão iguais entre si, com suas fileiras de casas geminadas, suas sebes de alfena e louro, suas pequenas ilhas de arbustos raquíticos nas encruzilhadas, que qualquer um se perdia nele quase com a mesma facilidade que na selva brasileira. Não só as casas eram iguais umas às outras; os nomes nos seus portões também se repetiam com monotonia confrangedora.

Subir pela Brough Road lendo os nomes escritos nas portas dos jardins das casas dava a impressão de se estar obcecado por um trecho de poesia de que só se recorda a metade, e, quando nos detemos para identificá-lo, descobrimos que se tratava dos dois primeiros versos do Lícidas, de Milton.

Ringwood House ocupava a metade de uma casa de tijolo amarelo e aspecto sombrio, de três andares, e cujas janelas do andar térreo ficavam encobertas da rua por uma cerca de loureiros disformes e poeirentos. Acima destes e sobre a fachada principal havia uma tabuleta em que se via inscrito em já apagadas letras douradas:

RINEWOOD HOUSE ACADEMIA
DE DANÇA PARA MENINAS
Dos 5 aos 18 anos
Aulas de música e dança
Solicite seu programa

Junto dessa tabuleta havia sobre a outra fachada uma outra tabuleta, na qual se lia:

RUSHINGTON GRANGE COLÉGIO PARA MENINOS
Dos 6 aos 16 anos
Especializado em contabilidade e aritmética comercial
Solicite seu programa

O bairro estava cheio de pequenas escolas particulares: só na Brough Road havia quatro. A Sra. Creevy, diretora de Ringwood House, e o Sr. Boulger, diretor de Rushington Grange, andavam em guerra declarada, embora sob nenhum aspecto seus interesses conflitassem.

Ninguém sabia qual era o motivo dessa briga, nem sequer eles próprios. Tratava-se de uma relação de inimizade que tinham herdado dos proprietários anteriores de ambas as escolas. Pelas manhãs, depois do desjejum, caminhavam ao longo do muro baixo que separava os respectivos jardins dos fundos, fingindo não se verem e alvejando-se com esgares carregados de ódio.

Dorothy sentiu um aperto no coração. Não que esperasse algo majestoso e atraente, mas alguma coisa melhor do que aquela casa de aspecto lúgubre e desleixado, sem nenhuma janela iluminada, apesar de já passar das oito da noite. Bateu à porta, que foi aberta por uma mulher alta e magra. Na penumbra do vestíbulo, Dorothy tomou-a por uma criada, mas, na realidade, era a própria Sra. Creevy. Perguntou a Dorothy seu nome e, sem uma palavra mais, conduziu-a por uma escada escura até uma sala sombria e com a lareira apagada, onde acendeu o bico de gás, revelando um piano negro, várias cadeiras forradas de pelo de cavalo e umas quantas fotografias amareladas e espectrais nas paredes.

A Sra. Creevy era uma mulher de seus quarenta e poucos anos, empertigada, seca e angulosa, de movimentos bruscos e decididos que denotavam uma vontade férrea e, provavelmente, um caráter temível. Embora não se pudesse dizer, em absoluto, que estivesse suja ou desalinhada, havia algo de descolorido em seu aspecto geral, como se ela vivesse permanentemente no escuro; e a expressão rancorosa de sua boca mal desenhada, com o lábio inferior caído, lembrava a de um sapo.

Falava com voz aguda e autoritária, e sotaque e expressões vulgares. Bastava olhá-la para se ver que era uma pessoa que sabia exatamente o que queria e estava disposta a consegui-lo com a mesma inflexibilidade inumana de uma máquina; não exatamente uma mulher intimidativa — de seu aspecto deduzia-se que não se interessava suficientemente por ninguém a ponto de querer intimidá-lo: tratava-se, antes, daquele tipo de pessoa que se aproveita ao máximo do próximo e, depois, dele se desfaz com a mesma indiferença com que joga fora uma vassoura imprestável.

A Sra. Creevy não gastou palavras em saudações de boas-vindas a Dorothy. Indicou-lhe uma cadeira num gesto que era mais ordem que convite, e sentou-se em seguida, com as mãos apoiadas em seus antebraços descarnados.

— Espero que nos entendamos bem, Srta. Millborough — começou com voz penetrante e veladamente ameaçadora. (A conselho do advogado de Sir Thomas, sempre atento a todos os detalhes, Dorothy voltara a adotar o nome de Ellen Millborough.) — E que não ocorra com a senhorita o mesmo problema desagradável que aconteceu com as minhas duas últimas assistentes. Disse que nunca lecionou antes, não é assim?

— Sim, nunca em colégio — disse Dorothy, de cuja carta de apresentação podia deduzir-se algo tão falso como o fato de ter dado aulas particulares.

A Sra. Creevy encarou Dorothy, como se hesitasse em iniciá-la nos segredos mais profundos do ensino num colégio, mas acabou optando por não o fazer.

— Bem, já veremos — disse ela. E, queixando-se, acrescentou: — Hoje em dia não está fácil encontrar assistentes dispostas a trabalhar a sério. Paga-se-lhes bem, são tratadas com toda a consideração, e nem obrigado são capazes de dizer quando saem. A Srta. Strong, a última que tive e de quem acabo de me desembaraçar, não estava mal de todo no que se refere a seu trabalho nas aulas; afinal de contas, era licenciada em letras, e não creio que se possa ter algo melhor, a não ser uma doutora em letras. Será, por acaso, licenciada ou doutora, Srta. Millborough?

— Não, lamento muito não ser — disse Dorothy.

— É uma pena, porque o folheto dos cursos causa muito mais efeito quando o nome da professora é seguido de um título universitário. Mas, enfim, talvez isso não importe muito. Não creio que muitos dos nossos pais saibam o que quer dizer licenciado em letras, e não têm o menor desejo de pôr a descoberto sua ignorância. Suponho que fale francês.

— Bem... estudei francês.

— Ah, então ótimo. Basta que se possa mencionar isso no folheto. Também causa um excelente efeito. Mas, voltando ao que estava dizendo: a Srta. Strong estava indo bem como professora, mas, quanto ao que eu chamo o aspecto moral, não correspondia em absoluto às minhas ideias. Em Ringwood House somos muito exigentes no que respeita à moral. Você verá que, para os pais é o que mais conta. E a que esteve antes da Srta. Strong, a Srta. Brewer, bom, era o que eu chamo um caráter fraco. E uma professora de caráter fraco não serve para lidar com meninas. Tudo terminou na manhã em que uma das pequenas entrou furtivamente no gabinete da Srta. Brewer com uma caixa de fósforos na mão e tocou fogo na saia dela. Como é natural, não podia conservá-la depois disso. Eu a fiz sair nessa mesma tarde e, obviamente, não lhe dei nenhuma carta dc referência.

— Quer dizer que expulsou a menina que fez isso? — perguntou Dorothy, desconcertada.

— Como a menina?! De forma alguma! Não vá supor que sou de jogar dinheiro pela janela desse jeito! Quero dizer que me desfiz da Srta. Brewer, não da menina. Não faz sentido ter professoras que permitam às alunas serem insolentes com elas. No momento, temos vinte e uma alunas e logo verá que é preciso ter mão de ferro para evitar que o colégio vire baderna.

— A senhora também leciona?

— Ah, não, por Deus! — exclamou a Sra. Creevy, quase com desdém. — Tenho coisas demais a fazer para perder o meu tempo dando aulas. Tenho que cuidar da casa, pois agora só estou com uma faxineira que vem ajudar-me todos os dias, e sete das meninas comem aqui. Além disso, já perco o tempo todo para arrancar dos pais as mensalidades. Afinal, o que mais importa são as mensalidades, não lhe parece?

— Sim, acho que sim — anuiu Dorothy.

— Ótimo. Creio que devemos falar agora de seu salário — continuou a Sra. Creevy. — Durante o ano letivo, terá comida e alojamento e dez xelins semanais; durante as férias, só cama e mesa. Para lavar sua roupa poderá usar a caldeira que há na cozinha, e, quanto ao banho, costumo acender o aquecedor de água todos os sábados à noite ou, pelo menos, a maior parte deles. Não pode usar a sala em que estamos agora, porque é onde recebo as visitas, e não quero que desperdice gás em seu quarto. Mas de manhã pode permanecer no refeitório todo o tempo que quiser.

— Muito obrigada — disse Dorothy.

— Bem, creio que é tudo. Presumo que quererá ir para a cama. Porque, naturalmente, já terá jantado há muito tempo.

Estava claro que, com isso, queria dar-lhe a entender que não lhe serviria jantar nessa noite, de modo que Dorothy respondeu afirmativamente, embora não fosse verdade que tivesse jantado, e com isso se encerrou a conversa. Era o jeito da Sra. Creevy: jamais prolongava uma conversa um segundo mais que o estritamente necessário. Era tão concisa e sem rodeios quando conversava, que, na realidade, nem chegava a ser uma conversa, mas apenas um esboço de conversa; como o diálogo de um romance mal escrito, em que cada personagem fala de maneira

Escola fundamental feminina na
Europa no começo do século XX

excessivamente ajustada ao seu papel. Se bem que, na realidade, não se pudesse dizer que a Sra. Creevy conversava, na acepção literal da palavra; ela limitava-se a dizer, em seu tom mal-humorado, o que era estritamente necessário, após o que despachava o interlocutor o mais depressa possível.

Em seguida, ela conduziu Dorothy pelo corredor até ao quarto que lhe estava destinado, e acendeu um bico de gás não maior que uma bolota. Era um dormitório sombrio, mobiliado com uma cama estreita coberta por uma colcha branca, um armário desengonçado, uma cadeira e um lavatório com uma bacia e um jarro, ambos de fria porcelana branca. Parecia-se muito com os dormitórios das casas de hóspedes dos lugares de veraneio à beira-mar, mas faltava nele o que dá a essas pensões baratas seu ar decente e familiar: uma passagem emoldurada das Sagradas Escrituras acima da cabeceira da cama.

— Este é o seu quarto — disse a Sra. Creevy. — Só espero que o conserve mais limpo do que a Srta. Strong costumava fazê-lo. E, por favor, não fique com o bico de gás aceso até altas horas da noite, pois posso saber quando o apaga pelo clique por baixo da porta.

E com essas palavras de despedida deixou Dorothy sozinha no quarto desoladamente frio. De fato, toda a casa era gelada e cheirava a umidade, como se as lareiras só raramente fossem acesas. Dorothy meteu-se na cama o mais rápido possível, achando que era o lugar mais quente. Quando estava guardando sua roupa, encontrou em cima do armário uma caixa de papelão em que havia pelo menos nove garrafas vazias de uísque, vestígio, sem dúvida, da fragilidade da Srta. Strong quanto ao aspecto moral.

Dorothy desceu às oito e meia e encontrou a Sra. Creevy já tomando o café da manhã no que ela chamava o "refeitório da manhã". Era uma peça de dimensões reduzidas contígua à cozinha, que inicialmente fora uma copa, convertida pela Sra. Creevy em pequeno refeitório mediante a simples transferência para a cozinha do tanque e da caldeira de ferver a roupa. A mesa do café, coberta por uma toalha de pano ordinário, era muito grande e desagradavelmente despojada. Na ponta em que estava sentada a Sra. Creevy havia uma bandeja com um bule de chá muito pequeno e duas xícaras, uma travessa com dois ovos fritos duros e um pratinho de geleia; no centro, e ao alcance de Dorothy, desde que esticasse bem o braço, um prato de pão com manteiga; e ao lado de seu prato, como se fosse a única coisa que lhe podia ser confiada, um galheteiro com restos coagulados.

— Bom dia, Srta. Millborough — cumprimentou a Sra. Creevy. — Por hoje não tem importância, pois é a sua primeira manhã aqui, mas, de agora em diante, lembre-se de que quero que desça com tempo suficiente para ajudar-me a preparar o desjejum.

— Desculpe — murmurou Dorothy.

— Espero que goste de ovos fritos no desjejum — prosseguiu a Sra. Creevy.

Dorothy apressou-se em responder que gostava muito de ovos fritos.

— Bem, fico contente em sabê-lo, porque terá de comer o mesmo que eu. Espero, pois, que não seja daquelas a que chamo melindrosas para a comida. Sempre fui de opinião — acrescentou, pegando no garfo e na faca — que os ovos fritos são muito melhores se os cortarmos bem cortados antes de comê-los.

Cortou os dois ovos em tiras fininhas e depois repartiu-os de tal maneira que Dorothy recebeu apenas dois terços de um. Com certa dificuldade, conseguiu Dorothy fazer de sua porção de ovo meia dúzia de pedaços e, em seguida, quando apanhou uma fatia de pão e manteiga não pôde evitar que seus olhos se dirigissem, esperançosos, para o prato de geleia. Mas a Sra. Creevy colocara seu braço magrela não propriamente rodeando o prato, mas em tal posição que o protegia com o flanco esquerdo, como se temesse que Dorothy desfechasse um ataque contra ele. Faltou, no entanto, coragem a Dorothy, e ela não teve geleia nessa manhã... nem mesmo nas que se seguiriam.

A Sra. Creevy não voltou a falar durante todo o desjejum, mas passos no cascalho do jardim e vozes esganiçadas na sala de aula anunciaram a chegada das primeiras alunas. Elas entravam por uma porta lateral deixada aberta com essa intenção. A Sra. Creevy levantou-se e recolheu ruidosamente os pratos do desjejum numa bandeja. Era uma dessas mulheres que não podem tocar em nada sem estardalhaço: as coisas eram arrastadas, batidas e golpeadas, como nas mãos de um diabrete. Dorothy levou a bandeja para a cozinha. Quando voltou, a Sra. Creevy retirou de uma gaveta do aparador um caderninho barato e colocou-o aberto sobre a mesa.

— Olhe aqui — disse ela. — É uma lista dos nomes das meninas que estive preparando para você. Quero que as conheça todas para esta tarde. — Umedeceu o polegar e folheou três páginas. — Está vendo estas três listas?

— Sim.

— Pois bem, terá que aprender as três de cor e salteado, sem se equivocar, e saber em qual delas figura cada garota. Pois não quero que pense que terá de tratá-las a todas da mesma forma, já que nem todas são iguais, muito pelo contrário. Meninas diferentes, tratamentos diferentes — esse é o meu sistema. Está vendo este grupo que figura na primeira página?

— Sim — voltou a dizer Dorothy.

— Bem, os pais destas meninas são os que eu chamo bons pagadores. Entende o que quero dizer com isso? São os que pagam em dia e hora, e não se negam a soltar meio guinéu mais, de vez em quando, por gastos extras. Às deste grupo, não pode pôr-lhes a mão em cima, sob nenhum pretexto, façam o que fizerem. Este outro grupo é dos pagadores médios: pessoas que acabam sempre por pagar, mais cedo ou mais tarde, mas que é preciso andar atrás delas dia e noite para que soltem o dinheiro. Às filhas deles pode dar um tapa caso se portem de maneira insolente, mas cuidado para não deixar qualquer marca que os pais possam ver. Se quer um bom conselho, a melhor maneira de castigá-las é torcer-lhes as orelhas. Já usou alguma vez esse método?

— Não senhora — disse Dorothy.

— Pois creio que é o melhor. Não deixa sinal e as garotas não podem suportá-lo. Estas três últimas que está vendo aqui formam o grupo dos maus pagadores. Seus pais já estão devendo seis mensalidades e estou pensando em dirigir-me a eles por intermédio de um advogado. Não me importa absolutamente nada o que você faça com as filhas deles... é claro, desde que não lhes dê pé para recorrerem à polícia. E agora vou levá-la à sala de aula, para que possa encarregar-se de suas meninas. O melhor será levar o caderninho consigo e tê-lo sempre à vista para evitar desagradáveis equívocos.

Foram para a sala de aula. Era uma peça ampla, com as paredes cobertas de papel cinzento, que parecia ainda mais cinzento pela escassez de luz, porquanto a compacta cerca de loureiros do jardim tapava as janelas e impedia a entrada direta do sol. Havia uma mesa para a professora ao lado da lareira vazia, uma dúzia de pequenas carteiras duplas para as alunas, um quadro-negro de pequenas dimensões e, sobre o consolo da lareira, um relógio preto que parecia um mausoléu em miniatura; mas não havia mapas, nem quadros ilustrativos, nem um livro sequer, pelo que Dorothy pôde ver.

Os únicos itens na sala que, com muito boa vontade, poderiam ser chamados de ornamentais eram as duas folhas de papel preto pregadas na parede, nas quais estava escrito a giz em boa caligrafia: "A palavra é de prata. O silêncio é de ouro" e "A pontualidade é a cortesia dos príncipes".

As meninas, 21 ao todo, já estavam sentadas. Ao ouvirem os passos que se aproximavam, foram-se calando e, assim que a Sra. Creevy entrou, pareceram encolher-se, cada uma em seu lugar, como perdizes quando um gavião paira acima delas. Em sua maioria, eram meninas de aspecto pouco inteligente, criaturas letárgicas de compleição franzina, em quem as vegetações adenoides pareciam ser um mal frequente. A mais velha dessas crianças poderia ter uns quinze anos, e a mais nova teria deixado de ser um bebê há muito pouco tempo. O colégio não exigia uniforme e uma ou duas das meninas estavam quase andrajosas.

— De pé, meninas! — ordenou a Sra. Creevy, quando chegou junto à mesa da professora. — Vamos começar com a oração da manhã.

As meninas levantaram-se, juntaram as palmas das mãos sobre o peito e fecharam os olhos. Em uníssono, começaram a recitar a oração com voz fraca e aguda, dirigidas pela Sra. Creevy, que não tirava os olhos delas para ver se estavam atentas.

— Pai Todo-poderoso e eterno — esganiçaram-se todas —, suplicamos que Te dignes inspirar no dia de hoje os nossos estudos com a Tua divina graça. Faze com que sejamos boas e obedientes; protege o nosso colégio e torne-o próspero, para que possa crescer em número e sirva de exemplo a todo o bairro e não uma vergonha como outros que Tu muito bem conheces, ó Senhor! Faze com que sejamos estudiosas, pontuais e bem-educadas, ó Senhor, e em tudo dignas de Ti! Por Jesus Cristo, Nosso Senhor. Amém.

Essa oração era obra da Sra. Creevy. Ao terminar, as alunas recitaram ainda o padre-nosso e, depois, sentaram-se.

— Agora, meninas — disse a Sra. Creevy —, quero apresentar a vocês a sua nova professora, a Srta. Millborough. Como sabem, a Srta. Strong teve que nos deixar repentinamente depois de sua indisposição durante a aula de aritmética, e posso assegurar a vocês que passei uma semana inteira procurando uma nova professora. Recebi 73 propostas, antes de optar pela Srta. Millborough, e tive de recusá-las todas, porque suas qualificações não eram compatíveis com o nosso alto padrão de ensino.

Lembrem-se bem disso e transmitam-no aos seus pais. 73 propostas! Pois bem, a Srta. Millborough se encarregará de ensinar a vocês latim, francês, história, geografia, matemática, literatura inglesa e composição, ortografia, gramática, caligrafia e desenho; e o Sr. Booth continuará a dar a vocês aulas de química como sempre às quintas-feiras à tarde. Vejamos agora qual é a primeira lição que têm no horário de hoje.

— História, senhora! — gritaram uma ou duas vozes.

— Muito bem. Espero que a Srta. Millborough comece por fazer-lhes algumas perguntas sobre o que estudaram até agora, para que ela possa avaliar o grau de aproveitamento de todas vocês. Procurem responder-lhe da melhor maneira possível e demonstrar-lhe que não desperdiçaram todo o interesse que lhes temos dedicado. Verá, Srta. Millborough, que, quando querem, estas crianças formam um grupo de excelente nível de inteligência.

— Estou certa disso — respondeu Dorothy.

— Bem, vou deixá-las, então. E portem-se bem, meninas! Não tentem fazer com a Srta. Millborough o que fizeram com a Srta. Brewer, pois já vou avisando que ela não estará disposta a consenti-lo. Se eu ouvir qualquer barulho vindo desta sala, isso custará caro a alguma de vocês. Entendido?

Lançou uma olhada à sua volta, nela incluindo Dorothy, como para sugerir-lhe que certamente seria ela essa "alguma", e saiu.

Dorothy encarou a turma. Não estava com medo dela — acostumara-se a lidar com crianças para temê-las — mas, por um momento, sentiu certa apreensão. Oprimia-a a sensação de ser uma impostora (que professor não experimentou alguma vez essa mesma sensação?). Deu-se conta, de repente, de algo que até esse momento só se formulara de maneira muito indistinta, a saber, que conseguira esse emprego de professora alegando méritos completamente falsos, sem ter qualquer tipo de qualificação para ele. A matéria que deveria estar explicando nesse momento era história e, como a maioria das pessoas "educadas", os conhecimentos que tinha de história eram praticamente nulos. Que coisa horrível, pensou ela, se aquelas crianças soubessem mais história do que ela! E, a título de prova, perguntou:

— Que período estavam estudando com a Srta. Strong? Ninguém respondeu. Dorothy surpreendeu as meninas mais velhas entreolhando-se, como que se consultando sobre a conveniência de dizer alguma coisa, e decidiram, finalmente, que o melhor seria não confiar na nova professora.

— Bem, até onde chegaram, mais ou menos? — perguntou desta vez, imaginando que a palavra "período" talvez fosse excessiva para elas.

Também não houve resposta.

— Vejamos, então, se recordam alguma coisa do que estudaram. Digam-me, por exemplo, os nomes de alguns personagens que figuraram na última aula de história que tiveram.

Novas trocas de olhares entre as meninas, e uma que estava na primeira fila, muito feinha, de saia e jérsei marrons e o cabelo recolhido em dois rabos de cavalo muito apertados, respondeu finalmente, meio confusa:

— Era sobre os antigos bretões...

Depois disso, outras duas meninas ganharam ânimo e responderam simultaneamente. Uma disse "Colombo" e a outra "Napoleão".

Depois dessa primeira sondagem, Dorothy pareceu ver mais claro o panorama que se lhe oferecia. Era evidente que a turma, em vez de estar comprometedoramente bem preparada em história, como ela temera, sabia o menos possível sobre a matéria. Com essa descoberta, se livrou de todo o medo de enfrentar suas alunas. Compreendeu que, antes de começar a trabalhar com elas, tinha de avaliar o nível de conhecimentos delas, se é que possuíam algum.

Assim, em vez de limitar-se ao horário desse dia, passou o resto da manhã perguntando a toda a classe sobre todas as matérias que figuravam no programa: quando terminou história (e em cinco minutos de exploração esgotou todos os conhecimentos históricos da turma), passou para geografia, gramática inglesa, francês, aritmética — por tudo o que se supunha que haviam aprendido. Por volta das doze horas já sondara os tremendos abismos de ignorância das meninas da escola, embora sem os ter verdadeiramente explorado.

Elas não sabiam nada, absolutamente nada... nada de nada, como os dadaístas. Era estarrecedor que até crianças pudessem ser tão ignorantes. De toda a turma, somente duas meninas sabiam se a Terra gira em torno do Sol ou se é o Sol que gira em torno da Terra; nem uma única dentre elas foi capaz de dizer quem foi o último rei antes de Jorge V, ou quem escreveu Hamlet, ou o que era uma fração decimal, ou que oceano era preciso atravessar para ir à América, se o Atlântico ou o Pacífico.

As meninas mais velhas, de quinze anos, não eram melhores que as de oito, exceto que as primeiras podiam, pelo menos, ler corrido e escrever com boa caligrafia. Essa era uma única coisa que quase todas as mais crescidas podiam fazer: escrever com boa letra. A Sra. Creevy cuidara para que assim fosse. Naturalmente, em meio à ignorância geral, apareciam algumas ilhotas desconexas de "sabedoria": por exemplo, algumas estrofes de poesias que tinham decorado e poucas frases em francês, como *Passez-moi le beurre, s'il vous plaît* e *Le fils du jardinier a perdu son chapeau,* que tinham aprendido provavelmente como um papagaio aprende a dizer "papagaio real".

Quanto à aritmética, era a matéria em que estavam menos mal. A maior parte da classe sabia somar e subtrair, cerca de cinquenta por cento tinham uma certa noção de como multiplicar, e, inclusive, havia três ou quatro capazes de dividir por algarismos superiores a dois. Mas esse era o limite máximo de seus conhecimentos, além do qual não havia mais do que trevas impenetráveis, em qualquer direção que se fosse.

Além disso, não só os seus conhecimentos eram praticamente nulos, mas estavam tão pouco habituados a serem questionados que, com frequência, era difícil arrancar-lhes uma resposta. Obviamente, as poucas coisas que sabiam tinham aprendido mecanicamente; e, quando lhes pediam que pensassem por si mesmas, só conseguiam abrir a boca de tanto assombro. Entretanto, pareciam cheias de boa vontade, e era evidente que se esforçavam para serem boas — as crianças são sempre boas com uma nova professora. Dorothy persistiu e, aos poucos, as meninas foram ficando — ou pareciam estar ficando — menos obtusas. Pelas respostas que lhe davam, Dorothy foi adquirindo uma noção bastante precisa do que tinha sido o regime ao tempo da Srta. Strong.

Embora teoricamente tivessem aprendido todas as matérias estudadas normalmente na escola, parecia que a única coisa que lhes fora ensinado seriamente tinha sido caligrafia e aritmética. A Sra. Creevy era particularmente exigente em caligrafia. As crianças tinham passado grande quantidade de tempo — uma ou duas horas diárias, era de supor — dedicadas à espantosa tarefa das chamadas "cópias". "Cópias" consistia em copiar trechos tomados das seletas ou diretamente do quadro negro.

A Srta. Strong escrevia, por exemplo, um sentencioso pequeno "ensaio" (havia um intitulado "Primavera", que estava nos cadernos de todas as alunas mais velhas e que assim começava: "Agora, quando o jovial abril saltita pela terra, quando os passarinhos cantam alegremente nos galhos e as delicadas flores surgem de seus botões" etc. etc.), e as meninas copiavam-no com grande esmero em seus cadernos; e os pais, a quem se fazia ver esses trabalhos de vez em quando, ficavam, sem dúvida, convenientemente satisfeitos.

Dorothy logo notou que tudo quanto se tinha ensinado às meninas visava, na realidade, aos pais. Daí as "cópias", a insistência na caligrafia e o papaguear de cediças frases em francês: três meios fáceis e econômicos de impressionar. Entretanto, as crianças menores, que eram as mais atrasadas, mal sabiam ler e escrever, e uma delas, chamada Mavis Williams — menina de onze anos, de ar sinistro e olhos muito afastados — nem sequer sabia contar. Tudo indicava que, durante o trimestre e meio anterior, ela nada fizera além de rabiscos. Tinha um montão de cadernos cobertos de garatujas indecifráveis, páginas e páginas de rabiscos entrelaçados, como raízes de mangue num pântano tropical.

Dorothy procurou não ferir as meninas com exclamações contra a ignorância delas, mas em seu íntimo estava perplexa e horrorizada. Jamais imaginara que no mundo civilizado existissem ainda escolas semelhantes. Toda a atmosfera do lugar era tão curiosamente antiquada, lembrava tanto aquelas tristíssimas escolas particulares descritas nos romances vitorianos. Quanto aos escassos compêndios à disposição da turma, era difícil folheá-los sem a sensação de estar voltando a meados do século passado. Só havia três manuais, dos quais cada menina possuía um exemplar: Um era o livro de aritmética (custo: um xelim), editado antes da Grande Guerra, mas suficientemente utilizável, e um outro era um livrinho espantoso intitulado A História da Inglaterra em Cem Páginas: um opúsculo repelente com capa marrom e tendo como frontispício um retrato de Boadiceia com a bandeira inglesa desfraldada por sobre a frente de seu carro de guerra. Dorothy abriu-o ao acaso na página 91 e leu:

"Ao terminar a Revolução Francesa, o autonomeado imperador Napoleão Bonaparte tentou consolidar o seu poderio, mas, embora ganhasse ainda umas quantas batalhas contra tropas continentais, não tardou a descobrir que na 'estreita linha vermelha' encontrara um adversário com o qual não lhe seria fácil medir forças. Decisões foram tentadas no campo de batalha de Waterloo, quando 50 mil ingleses puseram em fuga 70 mil franceses (os prussianos, nossos aliados, chegaram tarde demais para a batalha). Com um grito retumbante, nossos soldados lançaram-se colina abaixo, destroçando o inimigo, que fugiu. Chegamos agora à grande reforma eleitoral de 1832, a primeira de toda uma série de benéficas reformas que fizeram da liberdade inglesa o que ela é na atualidade, distinguindo-nos assim de outras nações menos afortunadas (etc. etc.)".

O livro fora editado em 1888. Dorothy, que jamais vira um livro de história semelhante, examinou-o com um sentimento próximo do horror. Também havia um extraordinário livro de leitura, com data de 1863. Era formado, em sua maior parte, por trechos de Fenimore Cooper, do Dr. Watts e de Lorde Tennyson, e, como fecho, a mais insólita coleção de Notas de História Natural, ilustrada com xilogravuras. Sob a gravura que reproduzia o elefante, estava escrito em tipo menor: "O elefante é um animal muito esperto. Sente-se feliz à sombra das palmeiras e, embora tenha mais força que seis cavalos juntos, deixa-se conduzir por uma criança. Alimenta-se de bananas". E na mesma veia seguiam-se a baleia, a zebra, o porco-espinho e a girafa. Na mesa de Dorothy havia também um exemplar de Belo Joe, um melancólico livro intitulado Uma olhada sobre países distantes e um manual de conversação francesa de 1891, cujo título era Tudo o que precisa saber em sua viagem a Paris, que começava com a seguinte frase: "Ate-me o espartilho, mas não aperte demais". Em toda a sala nada havia parecido com um Atlas ou um estojo de instrumentos geométricos.

Às onze havia um descanso de dez minutos, que algumas das meninas dedicavam ao insípido jogo-da-velha ou a brigar por um estojo de lápis, enquanto outras, que tinham vencido sua timidez inicial, reuniram-se em torno da mesa de Dorothy para conversar com ela. Falaram-lhe da Srta. Strong, de seus métodos de ensino e de como costumava lhes puxar as orelhas quando faziam borrões nos cadernos.

Ao que parecia, a Srta. Strong tinha sido uma professora muito rigorosa, exceto quando "se sentia indisposta", coisa que ocorria duas vezes por semana. Nessas ocasiões, costumava beber um remédio que levava numa garrafinha marrom-clara; depois de beber, ficava muito alegre durante um certo tempo e lhes falava de um irmão seu que vivia no Canadá. Mas no seu último dia, quando se sentiu muito mal na aula de aritmética, o remédio parece que lhe fez mais efeito do que nunca, porque, depois de o beber, pôs-se a cantar e em seguida despencou sobre uma carteira, como se estivesse morta, pelo que a Sra. Creevy teve de retirá-la da sala.

Depois do pequeno intervalo, trabalhava-se ainda por mais três quartos de hora, antes de se dar por terminado o período da manhã. Ao final dessas três horas passadas na aula gelada, mas tensa, Dorothy sentia-se entorpecida e exausta, pelo que teria gostado de sair para o jardim e respirar um pouco de ar fresco; mas a Sra. Creevy avisara-a de antemão de que teria de ajudá-la a preparar o almoço.

As meninas que moravam nas vizinhanças do colégio iam comer em casa, mas havia sete que ficavam para comer no "refeitório da manhã" por dez centavos diários. Era uma refeição pouco agradável e transcorria quase em completo silêncio, pois as meninas não se atreviam a falar diante da Sra. Creevy. O almoço consistia num guisado de carne de pescoço de cordeiro, e a Sra. Creevy demonstrava grande perícia ao servir os pedaços de carne magra às filhas dos "bons pagadores" e os de gordura às dos "pagadores médios". Quanto às três filhas dos "maus pagadores", comiam seu modesto sanduíche, que levavam numa bolsa de papel, na própria sala de aula.

As aulas reiniciavam-se às duas da tarde. A primeira manhã bastou para que Dorothy retornasse já pela tarde ao seu trabalho com um secreto retraimento e temor. Começava a compreender como seria sua vida, dia após dia, semanas após semana, naquela sala onde nunca entrava a luz do sol, tratando de inculcar certas noções naquelas cabecinhas completamente desinteressadas. Contudo, ao voltar a reunir as crianças e chamá-las uma por uma, uma delas — pequena e franzina, cabelo cor de rato, chamada Laura Firth — acercou-se da mesa de Dorothy e ofereceu-lhe um patético ramalhete de crisântemos amarelo-amarronzados "da parte de todas nós". As meninas tinham gostado de Dorothy, e haviam reunido entre si quatro centavos para comprar-lhe um ramo de flores.

Algo tocou o coração de Dorothy ao receber as melancólicas flores. Contemplou com maior atenção os rostos anêmicos e os vestidos surrados daquelas garotas e, de repente, sentiu-se terrivelmente envergonhada ao pensar que, pela manhã, as olhara com indiferença, quase com desagrado. E encheu-se de piedade. Pobres crianças! Como tinham sido amedrontadas e maltratadas! E, apesar de tudo, tinham conservado essa delicadeza infantil que as fizera gastar os poucos centavos de que dispunham numas flores para a sua professora.

Desde esse momento, Dorothy entregou-se a seu trabalho com uma disposição de ânimo completamente diferente. Nasceu no coração um sentimento de lealdade e carinho. Esse colégio era o seu colégio; trabalharia para ele e sentia orgulho dele, fazendo todo o possível para converter aquele local de escravidão em algo humano e respeitável. Provavelmente poderia fazer muito pouco: tinha tão pouca experiência, e estava tão pouco preparada para aquele tipo de trabalho, que teria de começar por educar a si mesma, antes de se dedicar a educar qualquer outra pessoa. Entretanto, poria todo o seu empenho, toda a sua vontade e energia para resgatar aquelas meninas da terrível escuridão em que tinham sido mantidas.

3

Durante as primeiras semanas que se seguiram houve duas coisas que absorveram Dorothy, fazendo-a esquecer tudo o mais: uma foi pôr certa ordem na turma; a outra, estabelecer um pacto com a Sra. Creevy.

A segunda dessas duas coisas era, de longe, a mais difícil. Na casa da Sra. Creevy, a vida era mais desagradável do que possa ser imaginado por alguém. Estava sempre fria, não existia uma só cadeira cômoda em qualquer peça e a comida era repugnante. Ensinar é uma tarefa mais árdua do que parece e um professor necessita de boa alimentação para manter-se em forma. Assim, era horrivelmente desalentador para Dorothy ter de trabalhar alimentando-se apenas de insossos guisados de cordeiro, batatas cozidas cheias de pequenos olhos negros, pudins de arroz aguados, pão e resto de biscoitos, e um chá fraco e insípido, tudo isso, ainda por cima, em quantidades muito limitadas.

A Sra. Creevy, que era suficientemente sovina para desfrutar até com escassez a sua própria alimentação, comia o mesmo que Dorothy, mas reservando-se sempre a parte do leão. Todas as manhãs, no desjejum, cortava em fatias os dois ovos fritos, repartindo-os de modo desigual; quanto ao prato de geleia, permanecia invulnerável. Assim, Dorothy ia acumulando fome à medida que avançava o trimestre. As duas tardes por semana em que conseguia sair de casa recorria à sua minguada reserva pecuniária e comprava tabletes de chocolate, que comia no mais absoluto segredo, porque, embora a Sra. Creevy a matasse de fome mais ou menos intencionalmente, ter-se-ia considerado mortalmente ofendida se soubesse que Dorothy comprava algo de comer por conta própria.

O pior de sua situação é que não gozava de independência alguma e raras vezes podia dispor livremente de algum tempo. Uma vez terminadas as aulas, seu único retiro era o "refeitório da manhã", onde ficava continuamente sob as vistas da Sra. Creevy, a quem obcecava a ideia de que não devia deixar Dorothy em paz por mais de dez minutos seguidos. Metera na cabeça ou, pelo menos, simulava-o muito bem, que Dorothy era uma criatura preguiçosa a quem era preciso trazer sempre em rédea curta. Daí os eternos comentários: "Pelo que vejo, Srta. Millborough, não me parece que tenha muito que fazer esta tarde, hein? Por acaso não terá de corrigir cadernos? Por que não cose um pouco? Eu, confesso, não conseguiria ficar sentada numa cadeira sem fazer nada, como você fica!". Sempre buscava algum trabalho caseiro do qual pudesse encarregar Dorothy; fazia-a, inclusive, esfregar o assoalho da sala de aula aos sábados pela manhã, dia em que as alunas não tinham aula; mas fazia-o somente por pura maldade, já que nunca lhe satisfazia o que Dorothy pudesse fazer e, em geral, voltava a fazê-lo ela própria.

Uma tarde, teve Dorothy a ousadia de levar para casa um romance que retirara emprestado da biblioteca pública. A Sra. Creevy não conteve uma explosão de cólera assim que viu o livro. "Ora, vejam só, Srta. Millborough! Pensava que não lhe sobrava tempo para ler!". Ela mesma nunca em sua vida lera um livro da primeira à última página e orgulhava-se disso.

Mesmo naqueles momentos em que Dorothy não estava sob suas vistas, a Sra. Creevy arranjava jeito de fazer com que sua presença fosse sentida. Vivia rondando as proximidades da sala de aula, de modo que Dorothy nunca se sentia completamente segura de que não entrasse a qualquer momento; e, quando achava que havia barulho demais, batia na parede com o cabo da vassoura, de forma tão inesperada que as meninas se sobressaltavam e perdiam o fio do que estavam fazendo. A todas as horas do dia mantinha-se ruidosamente ativa, sem repouso. Quando não estava preparando a comida, ficava batendo com a vassoura e a pá, ou apressando a faxineira, ou precipitando-se inopinadamente pela sala de aula, na esperança de surpreender Dorothy ou alguma das alunas em falta, ou ia "trabalhar um pouco no jardim", isto é, apanhar uma tesoura e dedicar-se a mutilar os pequenos e enfezados arbustos que cresciam entre restos de pedras acumuladas no jardim dos fundos.

Dorothy só gozava de liberdade duas tardes por semana, e era quando a Sra. Creevy saía em suas incursões a que chamava "ir à cata de meninas", em outras palavras, ir oferecer os serviços do colégio aos pais que considerava fáceis de convencer. Dorothy costumava passar essas tardes na biblioteca pública, pois quando a Sra. Creevy se ausentava de casa não queria que Dorothy ali permanecesse, a fim de economizar luz e combustível. Outras tardes, a Sra. Creevy dedicava-se a escrever cartas insistentes aos pais das alunas, ou cartas ao diretor do jornal local, regateando o preço de uma dúzia de anúncios; ou então ia fuxicar nas carteiras das alunas para ver se seus cadernos tinham sido convenientemente corrigidos, ou "cosia um pouco". Sempre que não tinha nada que fazer, ainda que fosse apenas por cinco minutos, ia buscar a caixa de costura e "cosia um pouco", geralmente bombachas de pano branco e grosso, de que possuía inúmeros pares. Eram a peça de vestuário íntimo de aspecto mais reservado que se possa imaginar; pareciam o distintivo da mais tenebrosa e gélida castidade, mais do que possam parecer a coifa de uma freira ou o cilício de um monge. Ao vê-las, não se podia deixar de pensar com curiosidade no falecido Sr. Creevy, a ponto de chegar-se a perguntar se teria realmente existido.

Para um observador de fora, a vida que a Sra. Creevy levava parecia totalmente carente de qualquer tipo de prazer. Com efeito, nunca fazia nada do que as pessoas costumam fazer para divertir-se: nunca ia ao cinema, não lia livros, não comia doces, não preparava um ou outro quitute para suas refeições, nem se vestia com qualquer espécie de requinte feminino. A vida social não significava absolutamente nada para ela. Não tinha amigos — era incapaz, muito provavelmente, de imaginar isso a que se chama amizade — e raras vezes trocava uma palavra com alguém, a não ser por motivos de negócios. Não possuía o menor vestígio de crença religiosa, e sua atitude para com a religião era a de um anticlericalismo baseado na noção de que o clero "só andava atrás do dinheiro da gente", embora fosse todos os domingos à igreja batista para impressionar os pais das alunas com sua devoção. Parecia um ser inteiramente desconhecedor da alegria, totalmente mergulhado na opacidade de sua existência. Mas, na realidade, não era assim. Havia diversas coisas que lhe produziam um profundo e inesgotável prazer.

Por exemplo, a sua avareza. O dinheiro era o principal interesse de sua vida. Há duas espécies de pessoas avarentas: as do tipo audacioso e ganancioso, que arruínam o seu semelhante se puderem, mas nunca olham duas vezes para uma moeda de dois centavos, e os avarentos mesquinhos e sem talento ou iniciativa para fazer dinheiro, mas que, como se costuma dizer, "são capazes de ir buscar com os dentes meio centavo no fundo de um monte de esterco". A Sra. Creevy pertencia a este segundo tipo. À força de perseguir uns e outros e de falsear as coisas com incrível descaramento, conseguira reunir 21 alunas, mas era evidente que nunca chegaria muito mais longe, pois era sovina demais para gastar dinheiro no material de que a escola precisava e para pagar um salário decente à professora. As meninas pagavam — ou não pagavam — cinco guinéus por trimestre, à parte algumas pequenas quantias extras, de modo que, mesmo matando de fome e explorando quanto podia a professora, dificilmente poderia esperar um lucro líquido de cento e cinquenta libras anuais no máximo. Mas sentia-se plenamente satisfeita com essa soma. Para ela, era mais importante poupar seis centavos do que ganhar uma libra. Pensar no melhor modo de reduzir a ração de batatas do jantar de Dorothy, de conseguir uma redução de um centavo numa dúzia de cadernos, ou de adicionar meio guinéu na fatura destinada a um dos "bons pagadores", era o bastante para a Sra. Creevy sentir-se feliz e realizada à sua maneira.

Outro passatempo de que nunca se cansava era, por maldade pura e gratuita, cometer pequenos atos rancorosos mesmo que nada tivesse a lucrar com eles. Era uma dessas pessoas que sentem uma espécie de orgasmo espiritual toda vez que conseguem prejudicar alguém com uma jogada desleal. Estava sempre em guerra sem quartel com o seu vizinho, o Sr. Boulger, guerra unilateral, por certo, já que o pobre Sr. Boulger não era antagonista que pudesse medir-se com ela. Era tanto o prazer que a Sra. Creevy sentia em derrotar o Sr. Boulger que chegava até a se dispor a gastar, vez por outra, algum dinheiro com isso.

Cerca de um ano atrás, o Sr. Boulger escrevera ao proprietário da casa (os dois passavam a vida escrevendo ao proprietário, queixando-se um do outro) para comunicar-lhe que a chaminé da cozinha da Sra. Creevy lançava toda a fumaça para dentro das janelas dos fundos de sua residência, pelo que agradeceria se a Sra. Creevy mandasse levantar uns sessenta centímetros mais a sua incômoda chaminé. No mesmo dia em que recebeu a carta do proprietário, ela chamou um pedreiro para baixar a chaminé uns sessenta centímetros. Custou-lhe trinta xelins, mas pagou-os com prazer. Depois disso, deflagrara-se uma prolongada campanha de guerrilhas, que consistia em jogar coisas de um jardim para o outro na calada da noite, da qual saiu vitoriosa a Sra. Creevy, ao despejar uma lata cheia de cinzas molhadas sobre o canteiro de tulipas do Sr. Boulger. Pouco depois da chegada de Dorothy, a Sra. Creevy obteve uma decisiva e incruenta vitória: como descobrira por acaso que as raízes da ameixeira do Sr. Boulger tinham passado para o seu jardim por baixo do muro, apressou-se em injetar toda uma lata de herbicida nas raízes, com o que matou a árvore. E acrescente-se ter sido essa a única vez em que Dorothy viu a Sra. Creevy rir.

Mas, no começo, Dorothy estava ocupada demais para prestar muita atenção à Sra. Creevy e sua abominável conduta. Percebia claramente quanto ela era odiosa e como sua própria situação naquela casa era, na realidade, a de uma escrava, mas não se afligiu muito com isso. O seu trabalho era bem mais importante e absorvente. Em comparação com ele, não só o seu bem-estar mas até mesmo o seu futuro pareciam ocupar um plano secundário.

Assim, não demorou mais de dois dias para implantar certa ordem na classe. Foi realmente curioso que, sem ter experiência alguma de ensino, nem qualquer teoria preconcebida sobre ele, desde o primeiro dia, e quase obedecendo ao puro instinto ou à mais invejável intuição, tenha começado a mudar, a esquematizar, a inovar. Havia muitas coisas que reclamavam ação imediata.

A primeira coisa que fez foi pôr fim à melancólica rotina das "cópias" e, a partir de seu segundo dia no colégio, não houve mais "cópias" nas aulas, apesar de por uma ou duas vezes a Sra. Creevy ter torcido o nariz à inovação. Também reduziu as lições de caligrafia, que, se fosse por ela, teria suprimido completamente para as meninas mais velhas (parecia-lhe ridículo que mocinhas de quinze anos perdessem o tempo desenhando letras floreadas), mas a Sra. Creevy, que dava a esse exercício um valor quase supersticioso, nem quis ouvir falar nisso.

A segunda medida de Dorothy foi abolir a abominável História da Inglaterra em Cem Páginas, que rasgou e jogou na cesta do lixo, bem como o absurdo compêndio de "leitura". Teria sido inútil, se não contraproducente, pedir à Sra. Creevy que comprasse livros novos para as meninas, mas em sua primeira tarde de sábado Dorothy pediu licença para ir a Londres (foi-lhe concedida, embora a contragosto) e gastou duas libras e três xelins das suas preciosas quatro e meia que lhe restavam na compra de uma dúzia de exemplares usados de uma edição escolar muito barata de Shakespeare, um grande Atlas de segunda mão, alguns volumes de contos de Hans Andersen para as alunas mais jovens, um jogo de material de geometria e meio quilo de plasticina. Pensou que, com esse material e alguns livros de história que retirasse por empréstimo da biblioteca pública teria o suficiente para começar.

Desde o primeiro momento, percebera que a necessidade mais urgente para as meninas era uma atenção individual que nunca lhes fora dada. Assim, começou por dividi-las em três grupos diferentes, de modo que dois deles pudessem trabalhar por sua conta enquanto ela se ocupava do terceiro. No princípio, esse sistema mostrou-se difícil, sobretudo com as mais jovens, que se distraíam mal Dorothy as deixava sozinhas, a ponto de não poder perdê-las completamente de vista.

Foi assombroso, inesperado até, quanto quase todas avançaram nessas primeiras semanas. Pois a maioria das meninas não era estúpida — acontecia que estavam embotadas por um sistema de aprendizagem estéril, mecânico e massacrante. Durante uma semana, talvez, elas continuaram fechadas a qualquer aprendizagem; mas depois, repentinamente, suas mentes até então reprimidas como que renasceram e desabrocharam como margaridas em curiosidade e ânsia de saber.

Assim, em pouco tempo e com inesperada facilidade, Dorothy conseguiu habituá-las a pensar por si mesmas. Estimulou-as a fazerem exercícios de redação estritamente pessoais, em lugar de copiarem bobagens sobre pássaros que cantam nos galhos e botões que se abrem em formosas flores. Retomou a aritmética na base, iniciando as alunas mais jovens na multiplicação e orientando as mais velhas desde a divisão por mais de dois algarismos até as frações; três delas adiantaram-se tanto que pensou em começar com os números decimais.

Ensinou-lhes as primeiras noções de gramática francesa, em lugar do *Passez-moi le beurre, s'il vous plaît* e *Le fils du jardinier a perdu son chapeau.* Como observasse que nenhuma das alunas fazia a menor ideia da fisionomia e localização geográfica dos vários países do mundo (embora algumas soubessem que Quito é a capital do Equador), fê-las montar com plasticina um grande mapa em relevo da Europa, copiado na escala do Atlas, sobre uma prancha de madeira compensada. Era uma tarefa que encantava as garotas, que viviam pedindo licença para fazer outros. E começou a ler Macbeth com toda a turma, exceto as seis menores e Mavis Williams, a especialista em garatujas. Nenhuma das meninas jamais lera nada por iniciativa própria, à parte, talvez, o Girl's Own Paper, mas encantaram-se logo com Shakespeare, como acontece a todas as crianças, quando alguém não lhes pede que analisem gramaticalmente e comentem o texto, tornando-o odioso.

A matéria mais difícil de ensinar-lhes era história. Dorothy não percebera até então a dificuldade para crianças oriundas de meios humildes em formar sequer uma ideia do significado da história. Todas as pessoas de classes elevadas, ainda que mal informadas, possuem sempre certas noções de história: podem visualizar um centurião romano, um cavaleiro medieval ou um nobre do século XVIII; os termos Antiguidade, Idade Média, Renascimento ou Revolução Industrial evocam algo nelas, embora sejam ideias mais ou menos confusas. Mas essas crianças provinham de lares onde não havia livros e de pais que ririam da noção de que o passado tem qualquer significado para o presente. Nunca tinham ouvido falar de Robin Hood, nem brincado de "Cavaleiros e Roundheads", nem se interessado em saber quem construiu as igrejas inglesas ou o que significa o Fid nas moedas de um centavo. Havia somente dois personagens históricos dos quais todas as meninas, quase sem exceção, tinham ouvido falar: Colombo e Napoleão. Deus sabe por quê! Talvez porque os dois apareciam nos jornais com maior frequência do que a maioria dos outros. Parecia terem-se sedimentado na mente das crianças, como Tweedledum e Tweedledee até bloquearem toda a paisagem do passado. Uma menina de dez anos, ao ser-lhe perguntado em que época fora inventado o automóvel, arriscou: "Por Colombo, há mais de mil anos".

Dorothy chegou à conclusão de que algumas das alunas mais velhas tinham lido a História da Inglaterra em Cem Páginas algo assim como quatro vezes, desde Boadiceia até ao primeiro Jubileu, e esquecido praticamente tudo, o que, aliás, não importava muito, pois quase tudo o que se dizia no livro era pura mentira.

Assim, resolveu recomeçar com a invasão de Júlio César, usando no começo livros de história que levava da biblioteca pública e lhes lia em voz alta. Mas esse método não deu resultado, porque elas só entendiam o que lhes era explicado com palavras de uma ou duas sílabas. Por isso Dorothy, fazendo uso de seus escassos conhecimentos e empregando suas próprias palavras, teve de explicar-lhes tudo tim-tim por tim-tim, parafraseando o que lia, o que ficava ao alcance do entendimento das crianças; esforçou-se para enfiar em suas pequenas cabeças desabituadas do exercício mental algumas cenas do passado e, o que era mais difícil, a curiosidade e o interesse.

Um dia ocorreu-lhe uma ideia brilhante. Comprou um rolo de papel de parede barato, branco e liso, numa loja de decorações, e pôs as crianças a trabalharem num quadro cronológico da história. Dividiram o rolo em séculos e anos e colaram nele recortes de revistas ilustradas — ilustrações de cavaleiros com armadura, galeões espanhóis, máquinas de imprimir e trens — nos lugares que lhes correspondiam. Pregado ao longo das paredes da sala, o quadro apresentava, à medida que o número de recortes ia aumentando, um panorama da história da Inglaterra. As crianças gostaram ainda mais disso do que do mapa em relevo.

Dorothy pôde comprovar que a inteligência das crianças parecia mais desperta quando se tratava de fazer alguma coisa que simplesmente aprender. Houve até uma ideia de fazerem um mapa-múndi em relevo que medisse um metro e meio quadrado utilizando papel machê, se Dorothy conseguisse "passar uma conversa" na Sra. Creevy para permitir a preparação da pasta, um processo razoavelmente sujo para o qual eram precisos baldes de água.

A Sra. Creevy observava as inovações de Dorothy com um olhar ciumento, mas, no começo, não interferiu de modo ativo. Não queria confessá-lo, claro, mas em seu íntimo estava assombrada e satisfeita por ter encontrado uma professora que queria trabalhar de verdade. Quando viu Dorothy gastando seu próprio dinheiro em compêndios para as alunas, experimentou a mesma sensação de prazer que teria sentido ao praticar impunemente uma fraude. Entretanto, franzia as sobrancelhas e torcia o nariz a tudo o que Dorothy fizesse, e perdia tempo insistindo sobre o que chamava a "correção esmerada" dos cadernos das alunas. Seu sistema de correção, como todo o plano de trabalho da escola, tinha como objetivo essencial agradar aos pais das alunas. Estas levavam periodicamente os cadernos para casa a fim de que os pais os verificassem, e a Sra. Creevy jamais permitia que se escrevesse neles alguma coisa que pudesse ser um descrédito. Não se podia marcar "Mau", nem riscar, nem sublinhar com muita força; tanto que, pelas tardes, Dorothy adornava os cadernos com comentários a tinta vermelha mais ou menos elogiosos que a Sra. Creevy lhe ditava. "Trabalho muito apreciável" e "Excelente! Está fazendo grandes progressos.

Continue assim" eram as suas expressões favoritas. Todas as crianças da escola estavam eternamente "fazendo grandes progressos", embora não ficasse muito claro em que direção progrediam. Os pais, entretanto, pareciam dispostos a engolir um número quase ilimitado desse tipo de avaliações.

Como era de prever, havia ocasiões em que Dorothy tinha dificuldade com as próprias crianças. O fato de serem de idades muito diferentes tornava difícil lidar com todas de maneira idêntica e, apesar de gostarem muito da professora e se portarem "bem" com ela no princípio, não seriam crianças se tivessem sido invariavelmente "boazinhas". Por vezes, mostravam-se preguiçosas ou então sucumbiam ao pior vício das colegiais: as risadinhas às costas da professora.

Nos primeiros dias, Dorothy dedicou especial atenção à pequena Mavis Williams, que era mais estúpida do que se julgaria possível numa criança de onze anos. Dorothy não conseguiu tirar dela nenhum partido. À primeira tentativa de levá-la a fazer algo que não fossem suas costumeiras garatujas, espelhou-se em seus olhos arregalados uma expressão de vazio quase subumana. Outras vezes, porém, dava-lhe para falar e fazia então as perguntas mais desconcertantes e difíceis de responder. Por exemplo, abria seu livro de leitura, procurava uma das ilustrações — o "esperto" Elefante, por exemplo — e perguntava a Dorothy:

— Por favor, professora, o que é isto? (Tinha um modo curioso de pronunciar mal todas as palavras.) — Isso é um elefante, Mavis.

— O que é um elefante?

— O elefante é um animal selvagem.

— O que é um animal?

— Bem... O cachorro é um animal.

— O que é um cachorro?

E assim por diante, mais ou menos indefinidamente.

Pelo meio da manhã do quarto dia, Mavis levantou a mão e perguntou, com um excesso de polidez que deveria ter posto Dorothy em guarda:

— Por favor, professora, posso sair?

— Sim — respondeu Dorothy.

Uma das mais velhas levantou por sua vez a mão, mas corou e voltou a baixá-la, como se tivesse vergonha de falar. Incitada por Dorothy, explicou timidamente:

— Desculpe, professora. Era para lhe dizer que a Srta. Strong não deixava Mavis ir sozinha ao banheiro, porque se fecha por dentro e depois não quer sair mais, e a Sra. Creevy fica furiosa.

Dorothy despachou rapidamente uma pessoa até lá, mas tarde demais. Mavis permaneceu *in latebra pudenda* até o meio-dia. Mais tarde, a Srta. Creevy explicou a Dorothy, em particular, que Mavis era uma criança anormal congênita, ou, para utilizar suas próprias palavras, "não regulava bem da cabeça". Era totalmente impossível ensinar-lhe o que quer que fosse. É claro, a Sra. Creevy não queria dizê-lo aos pais, que acreditavam ser sua filha apenas um pouco "retardada" e eram dos que pagavam as mensalidades regularmente. Na realidade, Mavis não criava problema algum: bastava dar-lhe um livro e lápis, dizer-lhe que pintasse e pedir-lhe que fosse "boa menina". Mas, para Mavis, a rotina era sempre a mesma: ficava desenhando nada mais que rabiscos e mais rabiscos, calada e aparentemente feliz, horas a fio, os olhinhos muito separados e um palmo de língua de fora.

À parte essas dificuldades de menor importância, como correu tudo bem durante as primeiras semanas! Por volta do dia 10 de novembro, e depois de inúmeros protestos sobre o preço do carvão, a Sra. Creevy permitiu que se acendesse a estufa na sala de aula. A inteligência das meninas pareceu aguçar-se notavelmente quando a sala ficou convenientemente aquecida. Passavam, por vezes, horas felizes quando a Sra. Creevy estava fora de casa e o fogo crepitava na grelha; então as meninas trabalhavam tranquilamente, absortas em suas lições favoritas.

Os melhores momentos eram aqueles em que os dois grupos mais adiantados liam Macbeth, as garotas esganiçando-se nas cenas de um só fôlego, e Dorothy fazendo-as pronunciar corretamente as palavras e explicando-lhes quem era o noivo de Bellona e como as bruxas cavalgavam em cabos de vassoura. E as alunas querendo saber, com a mesma excitação provocada por uma novela policial, como a floresta de Birnam poderia chegar a Dunsinane e de que maneira Macbeth poderia ser assassinado por um homem que não fosse nascido de mulher.

Esses são os momentos que fazem com que ensinar valha a pena, os momentos em que o entusiasmo das crianças brota como uma chama, respondendo ao entusiasmo de quem ensina, e em que inesperados lampejos de inteligência recompensam todo o trabalho inicial. Pois nenhum trabalho é mais fascinante do que ensinar, quando se tem carta branca para levá-lo avante. Só que Dorothy ainda ignorava que esse "se" é um dos maiores "ses" do mundo.

Dorothy gostava do que fazia e sentia-se feliz assim. Já conhecia intimamente a mentalidade das alunas, as particularidades de cada uma e os estímulos especiais necessários para as colocar em situação de pensar por conta própria. Teria sido difícil imaginar, pouco tempo antes, até que ponto lhes tomaria carinho e se interessaria pela educação delas, sentindo-se disposta a fazer por esse punhado de crianças quanto lhe fosse possível. A interminável e complexa tarefa de ensinar enchia tanto a sua vida quanto o tinham feito suas obrigações paroquiais em casa de seu pai. Seu pensamento e seus sonhos tinham por centro o ensino; procurava na biblioteca pública livros em que estudava teorias sobre educação, e sentia que podia ser feliz ensinando a vida inteira, mesmo que fosse apenas por dez xelins semanais, cama e mesa, se tudo continuasse como até então. O ensino era a sua verdadeira vocação, pensava Dorothy.

Qualquer trabalho que a ocupasse inteiramente teria sido um alívio para ela, depois daqueles dias passados na mais horrível ociosidade. Mas esse era mais do que um simples emprego: Dorothy via nele uma missão a cumprir na vida. Tentar despertar a mente embotada daquelas crianças, tentar reparar a fraude de que estavam sendo vítimas em nome da educação, não era uma tarefa a que merecia a pena entregar-se de corpo e alma? E, de momento, punha tanto interesse em seu trabalho que passava por alto as péssimas condições em que vivia na casa da Sra. Creevy, chegando a esquecer completamente a sua posição estranha e anômala e a incerteza do seu futuro.

4

Mas, claro, isso não poderia durar. Ao cabo de poucas semanas, os pais começaram a interferir nos planos de trabalho de Dorothy. Os conflitos com os pais das alunas fazem parte da vida cotidiana de uma escola particular. Todos os pais são uma inevitável amolação, do ponto de vista de um professor, mas os pais de crianças que frequentam um colégio particular de quarta categoria são absolutamente impossíveis.

Por um lado, têm uma noção muito elementar e deturpada acerca do que seja a educação; por outro, consideram as "despesas com a escola" com os mesmos olhos com que analisam a conta do açougueiro ou do armazém, e vivem perpetuamente desconfiados de que estão sendo roubados. Assediam o professor com cartas mal escritas em que formulam pedidos absurdos; essas cartas são levadas ao colégio pelas alunas, que as leem no caminho. Assim, no final da primeira quinzena, Mabel Briggs, uma das alunas mais promissoras da sala de aula, entregou a Dorothy a seguinte nota:

Prezada Srta. Millborough,

Quer fazer o favor de ensinar a Mabel um pouco mais de aritmética? Acho que o que lhe está ensinando não serve para nada. Os mapas e tudo isso. O que ela precisa é de algo que lhe seja útil e não todas essas fantasias. Assim, por favor, mais aritmética.

Atenciosamente,
Geo. Briggs

P.S.: Mabel disse que vai agora aprender uma coisa que se chama decimais. Não quero que lhe ensine decimais, quero que lhe ensine aritmética.

Assim foi que Dorothy deixou de ensinar geografia a Mabel e, em troca, fê-la dedicar mais tempo à aritmética, coisa que arrancou lágrimas da menina. Seguiram-se novas cartas. Uma senhora mostrava-se muito alarmada ao saber que faziam sua filha ler Shakespeare. E escreveu:

Ouvi dizer que esse Sr. Shakespeare é um autor de obras de teatro. Estaria a Srta. Millborough bem certa de que não era um autor muito imoral? De sua parte, ela raramente foi ao cinema em sua vida, e muito menos ainda ao teatro, e sentiu que inclusive na leitura de obras teatrais havia um grave perigo etc. etc.

Ficou mais tranquila, porém, ao ser informada de que o Sr. Shakespeare já falecera. Um outro pai pedia mais atenção à caligrafia de sua filha; outro opinou que as lições de francês eram uma perda de tempo; e assim por diante, resultando em que do programa de estudos que Dorothy organizara tão cuidadosamente restou quase nada. A Sra. Creevy deu-lhe a entender claramente que teria de fazer ou fingir que fazia o que os pais desejassem. Em muitos casos, isso era quase impossível, pois ter uma aluna estudando aritmética, por exemplo, enquanto o resto da turma se ocupava de história ou geografia supunha a desorganização de todo o trabalho. Mas nos colégios particulares o desejo dos pais é lei. Tais escolas existem sobre a mesma base de casas comerciais, ou seja, satisfazendo-se a clientela. E se o pai de um menino deseja que se ensine o filho a jogar a cama de gato ou a escrita cuneiforme, o professor ou o atende, ou perde o aluno.

O certo é que os pais se mostravam cada vez mais alarmados com as histórias que suas filhas levavam para casa acerca dos métodos de ensino usados por Dorothy. Não descortinavam sentido algum nessas ideias recém-inventadas de fazer mapas com plasticina e ler poesia, e consideravam altamente razoáveis os velhos métodos baseados na mera rotina que tanto haviam horrorizado Dorothy. Cada vez se sentiam mais apreensivos e inquietos, e a palavra "prático" era o ingrediente principal de suas cartas, querendo significar com efeito mais aulas de aritmética e mais caligrafia. E convém esclarecer que o que eles entendiam por aritmética limitava-se às operações de somar, subtrair e multiplicar, e exercícios em que se incluíssem divisões por vários algarismos, o que era considerado uma façanha espetacular. Poucos seriam os pais capazes de fazer uma soma com números decimais, e não sentiam o menor desejo de que suas filhas aprendessem a fazê-las.

Nada de sério teria ocorrido se as coisas ficassem por aí. Os pais teriam importunado Dorothy como fazem todos os pais; mas Dorothy teria acabado por compreender — como acabam fazendo todos os professores — que com um pouco de tato é possível fazer caso omisso daqueles sem qualquer perigo. Mas havia um fato que, sem dúvida alguma, acabaria por ser motivo de complicações, e era que os pais de todas, com exceção de três, eram não conformistas, ao passo que Dorothy era anglicana. Certo que ela havia perdido a fé — na realidade, durante os dois últimos meses, raramente pensara em sua fé ou em sua perda no meio de tantas aventuras. Mas, na verdade, tudo isso fazia pouca diferença: católico romano, anglicano, dissidente, judeu, turco ou ateu, um indivíduo conserva sempre os moldes de pensamento em que foi educado. E Dorothy, nascida e educada no âmbito da Igreja, era incapaz de compreender a mentalidade não conformista. Embora com toda a boa vontade do mundo, não podia evitar conduzir-se de maneira que ofendesse a alguns dos pais.

Quase no início de sua entrada para a Ringwood House ocorreu um incidente que teve como origem as lições sobre as Sagradas Escrituras. Duas vezes por semana, as meninas costumavam ler um par de capítulos da Bíblia, alternando o Antigo e o Novo Testamento. Vários pais escreveram pedindo à Srta. Millborough que fizesse o favor de não responder às perguntas que as meninas lhe fizessem sobre a Virgem Maria; os textos em que houvesse alusões à Virgem Maria teriam de ser lidos sem comentários ou, melhor ainda, passados por alto. Mas foi Shakespeare, esse escritor imoral quem fez desencadear a tempestade. As meninas tinham acompanhado a leitura de Macbeth, ansiosas por saber como chegaria a cumprir-se a profecia das bruxas. Já estavam nas cenas finais. A floresta de Birnam chegara a Dunsinane — pelo menos isso já estava solucionado. Mas o que sucedia com o homem que não tinha nascido de mulher? E chegaram à passagem fatal:

MACBETH:
Vãos esforços!
Pois mais fácil será o ar impalpável
Marcares tu com o gume do teu ferro
Do que ferir-me.
Descarrega tua arma
Sobre elmos vulneráveis: minha vida
Não a pode cortar homem nascido
De nenhuma mulher.

MACDUFF:
O teu encanto
Não vale contra mim.
Diga-te o anjo que é teu senhor:
"Macduff foi arrancado
*Do ventre de sua mãe antes do tempo!"**

As alunas ficaram perplexas. Produziu-se um momento de silêncio e, logo depois, toda a classe perguntou em coro:

— Por favor, Srta. Millborough, que quer dizer isso?

Dorothy explicou. Explicou-o de maneira vacilante e incompleta, com um horrível e repentino temor, como se pressentisse que aquilo iria acarretar nefastas consequências. Mas, ainda assim, explicou. E, como era de esperar, ao terminar a explicação, começou o alvoroço.

Ao voltarem para casa, metade das crianças perguntaram a seus pais o que queria dizer "ventre". Houve uma súbita comoção, um vaivém de recados, uma descarga elétrica de horror nos quinze lares de decentes não conformistas.

Na mesma noite, os pais devem ter realizado alguma espécie de reunião, pois na tarde seguinte, no final das aulas, uma comissão foi visitar a Sra. Creevy. Dorothy ouviu-os entrar sós ou aos pares e previu o que iria acontecer. Assim que se despediu das meninas, ouviu a Sra. Creevy chamá-la asperamente do alto da escada.

— Suba aqui um momento, Srta. Millborough!

Dorothy subiu, procurando controlar seus joelhos, que tremiam. Na sala de recepção, a Sra. Creevy estava de pé, a expressão carrancuda, ao lado do piano, e seis pais ocupavam as cadeiras de assento de pele de cavalo como um círculo de inquisidores. Ali estava o Sr. Geo. Briggs, autor da carta sobre a aritmética de Mabel — um verdureiro de olhar alerta, com sua mulher, uma espécie de hárpia ossuda; um segundo casal formado por um homem da corpulência igual à do búfalo, de bigodes caídos, e uma mulher pálida e achatada, que dava a impressão de ter sido amassada sob a pressão de um objeto pesado — seu marido, talvez. Dorothy não conseguiu captar o nome deles.

Estava também a Sra. Williams, a mãe da menina com problemas, uma mulherzinha miúda, morena e muito obtusa, sempre de acordo com o último que tivesse falado antes dela; e havia o Sr. Poynder, um viajante comercial, homem entre jovem e de meia-idade, rosto acinzentado, lábios irrequietos e cabeça calva, sobre a qual levava cuidadosamente colados, atravessados, uns quantos cabelos úmidos e de aspecto um tanto repelente. Em homenagem à visita dos pais, três grossas achas de lenha consumiam-se lentamente sobre a grelha da lareira.

— Sente-se ali, Srta. Millborough — disse a Sra. Creevy, apontando um banco de madeira colocado no meio do círculo de pais, à maneira de um banco de réu.

Dorothy sentou-se.

— Escute o que o Sr. Poynder tem a dizer.

O Sr. Poynder tinha muito que dizer. Era evidente que fora escolhido como porta-voz de todos os pais, e falou até que seus lábios se enchessem de franjas de espuma amarelada. E o curioso foi que, em virtude de seu esmerado respeito pela decência, arranjou-se de maneira a nem uma só vez proferir a palavra que dera motivo ao incidente.

— Creio que expresso a opinião de todos — começou com a eloquência fácil de um viajante comercial — ao dizer que, se a Srta. Millborough sabia que nessa peça de teatro... Macduff, ou como se chame... apareciam palavras como... bem, essas palavras a que nos referimos, nunca deveria permitir que as crianças as lessem. É uma vergonha que se consinta imprimir livros escolares em que aparecem tais palavras. Se algum de nós tivesse sabido que Shakespeare é um elemento dessa espécie, teríamos tomado, desde o início, as medidas oportunas. Devo dizer que essa me surpreendeu muito. Só numa destas manhãs, estive lendo um artigo no meu New Chronicle em que se dizia que Shakespeare era o pai da literatura inglesa; pois bem, eu digo: se isso é literatura, então ocupemo-nos menos de literatura! Creio que estão todos de acordo comigo nesse ponto. Por outra parte, se a Srta. Millborough não sabia que a palavra... hum, a palavra a que estou me referindo... ia aparecer, o que deveria ter feito era seguir em frente, sem deter-se nela. Não havia a menor necessidade de explicar essas coisas às crianças. Bastaria dizer-lhes que ficassem caladas e não fizessem perguntas... que é o que se deve fazer com crianças.

— Mas as meninas não teriam compreendido a obra se eu não lhes tivesse explicado! — protestou Dorothy pela terceira ou quarta vez.

— Naturalmente que não! Parece-me que não está entendendo o que quero dizer, Srta. Millborough! Nós não queremos que elas compreendam. Acha que desejamos que nossas filhas andem tirando ideias sujas dos livros? Já chegam todos esses filmes indecentes e todas essas revistas para meninas que se podem comprar por dois centavos: todas essas histórias de amor, sujas e obscenas, com ilustrações de... bom, não quero insistir nisso. Nós não mandamos nossas filhas ao colégio para que lhes metam ideias na cabeça. E, ao dizer isso, falo em nome de todos os pais. Somos pessoas decentes e tementes a Deus... alguns batistas, outros, metodistas e até há um ou dois entre nós que pertencem à igreja anglicana. Mas, quando surge um caso sério como este, passamos por cima das diferenças que possam existir entre nós... porque todos nós, sem exceção, tratamos de educar decentemente as nossas filhas, procurando que ignorem tudo o que se refere aos "fatos da vida". Se dependesse de mim, nenhum menino... de qualquer modo, nenhuma menina... saberia nada disso antes de chegar aos 21 anos.

Houve um gesto de aprovação geral por parte dos pais, que o homem com aspecto de búfalo sublinhou com um "É isso mesmo! Estou de acordo, Sr. Poynder. É isso mesmo!" que retumbava de suas entranhas.

Uma vez terminado o tema de Shakespeare, o Sr. Poynder acrescentou algumas observações sobre os novos métodos de ensino utilizados por Dorothy, o que deu azo a várias intervenções do Sr. Geo. Briggs.

— É isso aí. O que queremos são coisas práticas. Coisas práticas! Nada dessas bobagens de ler poesia, fazer mapas ou colar recortes em tiras de papel. Que aprendam a escrever bonito e a fazer contas, e vamos esquecer o resto. Coisas práticas, como disse o amigo...

Continuaram por mais vinte minutos. No começo, Dorothy tentou expor seus argumentos, mas viu que a Sra. Creevy, furiosa, lhe fazia sinais com a cabeça por detrás do homem-búfalo, e interpretou-os corretamente como uma recomendação para que permanecesse calada. Quando os pais acabaram de falar, Dorothy estava a ponto de chorar. Já se preparavam para sair quando a Sra. Creevy os deteve.

— Um momento, senhoras e senhores — disse. — Agora que tiveram todos a palavra... e sinto-me muito satisfeita por ter lhes dado a oportunidade de falarem... quero acrescentar algumas coisas de minha parte. Desejo apenas deixar as coisas bem claras, na hipótese de que algum dos senhores pense que eu tive alguma coisa a ver com esse lamentável assunto. E fique também, Srta. Millborough — acrescentou em tom imperioso.

Voltou-se para Dorothy e, diante dos pais, dirigiu-lhe um sermão que durou mais de dez minutos. Em essência, declarou que Dorothy levara para o colégio esses livros indecentes à revelia dela, o que tinha sido uma traição monstruosa e uma prova de ingratidão; e que, se voltasse a acontecer alguma coisa parecida, a poria na porta da rua com o salário de uma semana no bolso. E repetiu isso uma e outra vez, entremeando-o com frases como "essa moça a quem recolhi em minha casa", "comendo o meu pão" e até "vivendo graças à minha caridade".

Os pais permaneciam sentados ao redor, contemplando a cena, e a expressão de seus rostos opacos — não duros, nem malévolos, mas simplesmente embotados pela ignorância crassa e virtudes mesquinhas — traduzia uma concordância enfática, um solene prazer diante do espetáculo de exprobração do abominável pecado. Dorothy interpretou-o assim; compreendeu ser necessário que a Sra. Creevy a repreendesse na presença dos pais, com a finalidade de que eles ficassem convencidos do bom emprego de seu dinheiro e, por conseguinte, saíssem satisfeitos.

À medida que ia recebendo toda aquela avalancha de censuras e recriminações, seu peito ia se enchendo de tanta cólera que com prazer se levantaria e esbofetearia a Sra. Creevy. Pensava repetidamente: "Não estou disposta a suportar isso, não suportarei nem mais uma palavra. Vou dizer-lhe o que penso dela e em seguida abandonarei esta casa!"

Não fez nada disso. Via com uma clareza horrível sua desesperada situação. Sejam quais forem os insultos e vexames que tivesse de suportar, teria de conservar o seu emprego. Permaneceu sentada, o rosto vermelho de humilhação e revolta, no meio do círculo de pais, e logo sua cólera se convertia em angústia, a ponto de temer que, se não fizesse um esforço tremendo para evitá-lo, acabasse em lágrimas. Sabia que, se chorasse, entornaria o caldo e os pais pediriam sua demissão. Assim, para conter-se, cravou as unhas com tal força nas palmas das mãos que as fez sangrar, conforme descobriria mais tarde.

No momento, a reprimenda foi se convertendo em garantias, por parte da Sra. Creevy, de que o fato nunca voltaria a se repetir e de que o escandaloso Shakespeare seria queimado imediatamente. Os pais se deram por satisfeitos. Dorothy recebera uma boa lição que, sem dúvida, aproveitaria. Eles não lhe guardavam rancor, nem tinham sequer consciência de havê-la humilhado. Despediram-se da Sra. Creevy e, com uma certa frieza, de Dorothy, e saíram. Também Dorothy se levantou para sair mas a Sra. Creevy fez-lhe sinal para ficar onde estava.

— Você espere um momento — disse em tom que nada pressagiava de bom, enquanto os pais abandonavam a sala. — Ainda não terminei com você, Srta. Millborough... muito pelo contrário.

Dorothy voltou a se sentar, as pernas trêmulas e sentindo-se mais perto do que nunca de chorar. Depois de acompanhar os pais até a porta da rua, a Sra. Creevy voltou a aparecer com uma panela cheia d'água que despejou sobre o fogo... porque, que sentido haveria em continuar queimando bons pedaços de carvão, já que as visitas tinham ido embora? Dorothy pensou que a briga ia recomeçar. Mas a cólera da Sra. Creevy parecia ter-se apaziguado... pelo menos abandonara o ar de dignidade ofendida que tivera de adotar diante dos pais.

— Queria falar um momento com você, Srta. Millborough — disse ela —, pois está na hora de deixarmos acertado, de uma vez por todas, o que tem de ser feito neste colégio e o que não vai ser feito, entende?

— Sim senhora — disse Dorothy.

— Pois bem, vou ser franca com você. Quando chegou aqui, percebi, só de olhá-la, que não tinha a menor ideia do que fosse ensinar num colégio. Mas isso não me importaria grande coisa, se você tivesse mostrado um pouco de bom senso, como o teria feito qualquer outra moça nas suas circunstâncias. Mas, pelo que parece, é o que você não tem. Por uma semana ou duas, deixei-a em liberdade para fazer o que quisesse, e a primeira coisa que fez foi provocar a indignação de todos os pais. Bem, não vou deixar que se repita isso. De agora em diante as coisas vão ser feitas à minha maneira e não à sua. Está claro?

— Sim senhora — voltou a dizer Dorothy.

— Não creia que eu não poderia me arranjar sem você — prosseguiu. — Posso arranjar professoras não importa que dia da semana, até duas por um centavo: doutoras, licenciadas, bacharéis, o que quiser. Só que a maioria dessas doutorazinhas adoram beber e até mesmo... Bem, seja lá o que for... Devo dizer que não me parece que você seja inclinada a qualquer dessas coisas. E mais: atrevo-me a dizer que você e eu poderemos nos entender muito bem, desde que você abandone todas essas ideias inovadoras e compreenda o que significa ensino prático. Assim, escute-me bem.

Dorothy escutou. Com admirável clareza e um cinismo particularmente desagradável, porque não tinha sequer consciência dele, explicou a Sra. Creevy o mecanismo da repugnante vigarice a que ela chamava ensino prático.

— A única coisa que importa num colégio são as mensalidades, e que todas essas ideias sobre o "desenvolvimento da inteligência das meninas", como você diz, não valem um tostão furado. Vendo bem, isso nada mais é do que bom senso. Não se imagine que nos metemos em toda a espécie de transtornos e encargos para instalarmos um colégio e permitimos que um bando de pirralhas broncas e ranhetas revirem a casa de pernas pro ar, se não fosse pelo dinheiro que isso nos traz, ainda que não muito, claro. Em primeiro lugar estão as mensalidades, e tudo o mais vem depois. Não foi o que eu lhe disse logo no primeiro dia?

— Sim — admitiu Dorothy humildemente.

— Ora bem, quem paga as mensalidades são os pais, e é neles que você tem de pensar. Fazer o que os pais querem, esse é o nosso lema. Não creio que todo esse negócio de plasticina e recortes de jornais faça qualquer dano especial às garotas; mas aos pais não interessa nada disso! Só há duas coisas que os pais querem que se ensine a suas filhas: aritmética e caligrafia. Especialmente caligrafia, porque é uma coisa cuja utilidade eles veem. Portanto, do que você terá de se ocupar com maior insistência é da caligrafia. Que as meninas levem para suas casas páginas e mais páginas de escrita clara e limpa, que os pais possam mostrar aos vizinhos, fazendo com isso uma propaganda gratuita do nosso colégio. Quero que as meninas tenham duas horas diárias exclusivamente de caligrafia.

— Duas horas diárias exclusivamente de caligrafia — repetiu Dorothy, submissa.

— Sim. E outras tantas de aritmética, claro. Os pais interessam-se muito por aritmética, sobretudo pelas somas de dinheiro. Pense neles o tempo todo. Se encontrar um deles na rua, aproxime-se e fale-lhe da filha. Diga-lhe que é a melhor aluna da classe e que se continuar ainda três semestres mais no colégio acabará fazendo maravilhas. Entende o que quero dizer? Não caia na tolice de lhe dizer que a filha não está progredindo nada, que não há jeito de fazê-la adiantar-se, porque, se lhe diz isso, o mais provável é que ele tire a filha imediatamente do colégio. Só três semestres mais... é o que tem de lhes ser dito. E, quando você tiver prontos os relatórios semestrais, passe-os para mim para que os veja. Eu mesma ponho as classificações.

O olhar da Sra. Creevy cruzou-se com o de Dorothy. Estivera a ponto de acrescentar que sempre fazia as coisas de maneira que as notas de todas as alunas se aproximassem da máxima; mas conteve-se. Dorothy foi incapaz de responder durante vários minutos. Estava muito pálida e em atitude aparentemente submissa, mas, em seu íntimo, sentia-se tão furiosa e tão profundamente enojada que teve de fazer um esforço antes de poder falar. Contudo, não tinha a menor intenção de contradizer a Sra. Creevy. A reprimenda deixara-a completamente arrasada. Dominou a voz e disse:

— Só tenho que ensinar caligrafia e aritmética, não é isso?

— Bem, eu não disse exatamente isso. Há muitas outras matérias que ficam bem no programa. O francês, por exemplo. O francês faz muito bom efeito no programa. Mas não faz falta que lhe dedique muito tempo, nem que massacre as crianças com gramática, sintaxe, verbos e tudo mais. Ensine-lhes umas quantas frases, como "Parle vu france" e "Passe muá le berre", que lhe serão muito mais úteis que a gramática. O latim também cai bem, sempre ponho o latim no programa. Mas parece-me que você não é muito forte no latim, não?

— Não — admitiu Dorothy.

— Não precisa ensiná-lo. Nenhum dos nossos pais deseja que suas filhas percam tempo com o latim. Mas gostam de vê-lo no nosso folheto. Dá classe, entende? Naturalmente, há uma porção de matérias que não podemos ensinar, na realidade, mas de qualquer modo convém anunciá-las no folheto, com o programa dos cursos. Por exemplo, contabilidade e taquigrafia figuram sempre, além de música e balé. Tudo isso faz um bonito efeito no nosso folheto.

— Aritmética, caligrafia, francês... Alguma outra coisa mais? — perguntou Dorothy.

— Sim, claro, história, geografia e literatura inglesa. Mas abandone imediatamente essa história do mapa... É pura perda de tempo. A melhor maneira de ensinar geografia às meninas é fazê-las decorar listas de cidades. Faça isso de modo que elas possam recitar a lista das capitais de todos os condados da Inglaterra, como se fosse a tabuada de multiplicar; em última análise, é uma coisa que serve para provar que aprendem alguma coisa. E, quanto à história, continue com a história da Inglaterra em cem páginas. Não quero que utilize para ensinar esses enormes livros que anda trazendo da biblioteca pública.

Outro dia abri um deles e a primeira coisa que vi foi um parágrafo em que se dizia que os ingleses tinham perdido não sei que batalha não sei onde. Isso é coisa que se ensine a crianças? Asseguro-lhe que os pais não gostam nada desse tipo de coisas!

— E literatura? — perguntou Dorothy.

— É preciso fazê-las ler um pouco e não compreendo por que você olha com desprezo para os nossos livrinhos de leitura. Continue a utilizá-los. Estão um pouco antiquados, mas são perfeitamente adequados para um trabalho com meninas. Poderiam decorar algumas poesias. Certos pais gostam de ouvir suas filhas recitarem uma poesia quando têm visitas. O menino em pé no convés em chamas está muito bem; e também O naufrágio do vapor... como se chamava o diabo do barco? O naufrágio do Hesperus, sim, é isso. Uma poesia de vez em quando não faz mal nenhum. Mas, por favor!... nada de Shakespeare!

Dorothy ficou sem chá nessa tarde. Tinha passado a hora de tomá-lo, mas, quando a Sra. Creevy terminou sua arenga, mandou Dorothy retirar-se sem mencionar o chá. Talvez fosse esse um pequeno castigo extra por causa de Macbeth.

Dorothy pegou o chapéu e o casaco e desceu a rua mal iluminada, dirigindo-se à biblioteca. Eram fins de novembro. Embora o dia tivesse sido úmido, o vento da noite soprava cortante e ameaçador através das árvores quase desfolhadas, fazendo tremular os lampiões de gás, apesar de suas cúpulas de vidro protetoras, e revolutear as folhas amarelas e molhadas dos plátanos que juncavam as calçadas. Dorothy sentiu um breve arrepio.

O vento cortante despertou nela a lembrança soterrada do frio de Trafalgar Square. Embora não pensasse, na realidade, que a perda de seu emprego sugerisse o regresso ao submundo de onde saíra — sua situação, de fato, não era desesperada a esse ponto; na pior das hipóteses, seu primo ou qualquer outra pessoa a ajudaria. Compreendia agora muito mais claramente que antes a importância do mandamento supremo da vida moderna — o undécimo mandamento, que anulara todos os outros: “Não perderás o teu emprego”.

Sra. Creevy nada mais fizera do que considerar a realidade dos fatos. Ela simplesmente dissera em voz alta o que a maioria das pessoas que se encontram em sua situação nunca diz. Sua tantas vezes repetida frase “O que me interessa são as mensalidades” é a divisa que poderia — ou, de fato, deveria — estar escrita sobre a porta de todas as escolas particulares da Inglaterra.

Na Inglaterra há um grande número de escolas particulares. Escolas de segunda, terceira e quarta categorias (Ringwood House era um exemplo de colégio de quarta categoria); elas existem aos montes em todos os bairros da periferia de Londres e em cada cidade de província. Num dado momento, poderiam contar-se até vários milhares delas, das quais não chega a mil o número das que estão sujeitas à inspeção oficial. E, embora haja algumas melhores que outras, e seja provável que um certo número delas supere as escolas oficiais, com as quais concorrem, todas elas sofrem do mesmo mal, isto é, sua única finalidade é fazer dinheiro. Surgiram dentro do mesmo espírito com que se monta um bordel ou uma casa de apostas, embora nada exista de ilegal no comércio da educação. Um homenzinho de negócios espertalhão (é muito frequente esses colégios pertencerem a pessoas inteiramente estranhas ao ensino) diz certa manhã à mulher:

— Ema, tenho uma ideia! Que tal se montássemos um colégio? Pode-se ganhar muito dinheiro, sabe?, e não dá tanto trabalho quanto uma loja ou um bar. Além disso, não se arrisca quase nada nem dá muitas dores de cabeça; tudo se reduz a pagar o aluguel da casa, algumas carteiras e um quadro-negro. Mas temos de fazê-lo com estilo. Buscamos um desses caras de Oxford ou Cambridge que estão desempregados, assim nos sairá mais barato, e vestimo-lo com uma toga e... como chamam àqueles chapéus quadrados com uma borla pendurada? Isso deixará os pais encantados, hein? Só é preciso ter os olhos bem abertos e escolher um bom bairro onde ainda não haja muita gente no mesmo jogo.

O homem escolhe então um local num desses bairros de classe média, onde as pessoas são pobres demais para pagar a seus filhos um colégio decente e orgulhosas demais para mandá-los à escola pública; e aí se instala. A clientela vai se formando pouco a pouco, de um modo muito semelhante àquele como a consegue um leiteiro ou um verdureiro; e se for astuto e insinuante, e não tiver muitos competidores na sua área, pode fazer várias centenas de libras anuais.

Todos esses colégios não são semelhantes. Nem todos os diretores são uma bruxa tão gananciosa e mesquinha quanto a Sra. Creevy; há muitos colégios em que a atmosfera é acolhedora e decente, e onde o ensino é tão bom quanto se poderia esperar por cinco libras semestrais. Há outros que são um verdadeiro escândalo.

Quando Dorothy conheceu uma das professoras de outra escola particular de Southbridge, soube coisas incríveis de escolas muito piores do que Ringwood House. Ficou sabendo da existência de um internato onde os atores ambulantes depositavam seus filhos como quem deposita bagagens no depósito de uma estação ferroviária, e onde as crianças se limitavam a vegetar, não fazendo nada, a ponto de chegarem aos dezesseis anos sem sequer saber ler; também soube de um outro em que os alunos passavam os dias em permanente motim, com o pobre velho decrépito professor ameaçando-os com uma bengala, até se deixar tombar subitamente sobre sua mesa chorando, em meio ao coro de gargalhadas dos garotos. Enquanto os colégios funcionarem unicamente com fins lucrativos, sucederão coisas desse tipo e muitas outras. Os colégios particulares para onde os ricos mandam seus filhos não são — pelo menos aparentemente — tão maus quanto os outros, porque podem pagar um pessoal competente e porque o sistema que os obriga a se submeterem a um exame oficial faz com que mantenham um nível satisfatório — mas têm essencialmente o mesmo vício de origem.

Dorothy percebeu só mais tarde o mecanismo das escolas particulares. No começo, tinha um medo absurdo de que, no dia menos esperado, os inspetores escolares se apresentassem na Ringwood House e descobrissem a impostura e a fraude que ali imperavam, com o consequente escândalo. Mas não tardou a saber que isso jamais poderia ocorrer. Ringwood não era um colégio "reconhecido" e, portanto, não era passível de fiscalização. Um dia apareceu um inspetor do Ministério para visitar a escola, mas depois de tomar as dimensões da sala de aula e de comprovar que cada aluna contava com o número devido de pés cúbicos de ar, foi-se embora sem fazer mais nada — tampouco estava em suas atribuições fazer qualquer outra coisa. Apenas os poucos colégios "reconhecidos" — menos de um em cada dez — está sujeito a uma fiscalização governamental que decide se o padrão de instrução é ou não admissível. Quanto aos demais, têm plena liberdade de ensinar ou não ensinar, segundo lhes apeteça. Ninguém os controla ou os inspeciona, exceto os pais dos alunos — um cego conduzindo outro cego.

5

No dia seguinte, Dorothy começou a mudar seu programa de aulas de acordo com as ordens da Sra. Creevy. A primeira aula do dia era de caligrafia e a segunda, de geografia.

— Chega, meninas — disse Dorothy quando o lúgubre relógio fez soar as dez horas. — Agora vamos começar a lição de geografia.

As crianças abriram rapidamente suas carteiras e guardaram o odiado caderno de caligrafia com um audível suspiro de alívio. Ouviram-se murmúrios de "Oba, geografia, que bom!". Era uma das matérias favoritas. As duas meninas que estavam de "monitoras" essa semana, e cujo trabalho consistia em limpar o quadro-negro, recolher os cadernos etc. (as crianças brigam para ter o privilégio de executar esses trabalhos), saltaram de seus lugares para ir apanhar o mapa meio por terminar que estava encostado na parede. Mas Dorothy deteve-as:

— Esperem um momento. Sentem-se vocês duas. Esta manhã não vamos continuar com o mapa.

Houve um "oh!" de consternação:

— Por que não podemos, Srta. Millborough? Por favor, deixe a gente continuar com ele.

— Não. Acho que perdemos ultimamente tempo demais com o mapa. Vamos começar a decorar o nome de algumas das capitais dos condados da Inglaterra. Quero que, quando terminar o semestre, todas vocês saibam de cor a lista completa.

As meninas se desanimaram e Dorothy, tentou animá-las com esse entusiasmo oco e pouco convincente com que o professor procura despertar o interesse sobre um tema enfadonho:

— Pensem em como os seus pais ficarão contentes quando lhes perguntarem qual é a capital de qualquer condado da Inglaterra e vocês souberem responder na ponta da língua.

As crianças não se mostraram nem um pouco interessadas e se encolheram diante da nauseante perspectiva.

— As capitais?! Aprender as capitais?! Mas isso foi o que fizemos sempre com a Srta. Strong. Por favor, por que não continuamos com o mapa?

— Não discutam. Abram os cadernos e tomem nota delas à medida que eu for ditando. Depois repetiremos os nomes todas juntas.

De muito má vontade, as garotas colocaram os cadernos sobre as carteiras, ainda insistindo:

— Por favor, professora, poderemos continuar o mapa no próximo dia?

— Não sei. Vamos ver.

Nessa tarde desapareceu o mapa da sala de aula, e a Sra. Creevy arrancou a plasticina do tabuleiro e jogou-a no lixo. O mesmo aconteceu com todas as demais matérias de estudo, uma após outra. Todas as mudanças que Dorothy introduzira foram sumariamente abolidas. Voltou-se à rotina das intermináveis cópias e das intermináveis somas, ao papaguear do *Passez moi le beurre* e *Le fils du jardinier a perdu son chapeau,* à história da Inglaterra em cem páginas, e à insuportável seleta de leituras. (A Sra. Creevy tinha recolhido os Shakespeares, aparentemente para queimá-los, embora seja mais provável que os tenha vendido.) Dedicaram-se duas horas diárias a lições de caligrafia, e as duas depressivas folhas de papel preto que Dorothy retirara da parede voltaram ao seu lugar, com seus provérbios escritos de novo em impecável letra de forma. No tocante ao quadro cronológico de história, a Sra. Creevy encarregou-se de jogá-lo no fogo.

Diante das odiadas lições, das quais acreditavam ter escapado para sempre, as alunas primeiro ficaram atônitas, logo tristíssimas e, depois, mal-humoradas. Mas a mudança foi ainda pior para Dorothy do que para as suas alunas. Ao cabo de dois dias de ter que guiar as meninas através daquela mixórdia batizada pela Sra. Creevy de "ensino prático", Dorothy sentiu-se tão enojada que começou a duvidar de poder suportá-la por mais tempo. Acariciou uma e outra vez a ideia de desobedecer à Sra.

Creevy. Por que não?, pensava ela, enquanto as meninas choramingavam, protestavam entre os dentes, sujeitas àquela melancólica servidão. Por que não suspender semelhante martírio e voltar de novo às lições decentes, ainda que apenas por uma ou duas horas? Por que não abandonar todo aquele simulacro de ensino e deixar simplesmente que as crianças brincassem? Seria muito melhor para elas.

Deixá-las pintar ou fazer qualquer coisa real, algo que lhes pudesse interessar, em lugar daquela espantosa estupidez. Mas não se atrevia. A Sra. Creevy poderia entrar a qualquer momento e, se encontrasse as meninas "ocupadas com bobagens" em vez do trabalho de rotina, as consequências seriam imprevisíveis. Assim, Dorothy armou-se de coragem e seguiu ao pé da letra as instruções da Sra. Creevy, com o que voltou a ser tudo exatamente como havia sido antes de a Srta. Strong "sentir-se mal".

As aulas chegaram a um tal grau de monotonia que o ponto mais atraente de toda a semana passou a ser a chamada aula de química do Sr. Booth, nas tardes de quinta-feira. O Sr. Booth era um homem malvestido e trêmulo que podia ter uns cinquenta anos, com um bigode grande e úmido cor de cocô de vaca. Fora em tempos idos diretor de uma escola pública de ensino secundário, mas agora limitava-se a ganhar o suficiente para levar uma existência de alcoólico crônico, dando aulas a dois xelins e seis centavos cada uma. Suas aulas eram de uma irremediável inutilidade. Mesmo em seus melhores tempos, o Sr. Booth nunca fora um professor brilhante, e agora que tivera sua primeira crise de *delirium tremens* e vivia no contínuo temor da segunda, os conhecimentos de química que algum dia tivesse possuído o estavam abandonando rapidamente. Permanecia de pé e trêmulo diante da classe, repetindo a mesma coisa uma e duas vezes e tratando inutilmente de recordar o tema sobre o qual dissertava: "Lembrem-se disto, meninas", dizia ele com sua voz rouca e semipaternal, "existem noventa e três elementos... noventa e três, meninas. Vocês todas sabem o que é um elemento, não? Pois bem, há exatamente noventa e três... fixem bem este número, meninas: noventa e três". E assim continuava até que Dorothy (a quem a Sra. Creevy obrigava a ficar na sala de aula, porque considerava "inconveniente" deixar as meninas sozinhas com um homem) sentia vergonha por ele.

Aas aulas começavam com os noventa e três elementos e nunca iam muito mais longe. Também falava de "um pequeno experimento muito interessante que vou apresentar-lhes na próxima semana... verão como é muito interessante, será feito sem falta na próxima semana... um pequeno experimento muito interessante" que, é claro, nunca foi concretizado. O Sr. Booth não tinha instrumentos de química mas, ainda que os tivesse, de nada lhe serviriam, por causa do tremor de suas mãos. As meninas passavam suas aulas numa espécie de modorra viscosa gerada pelo tédio, mas o Sr. Booth era mesmo assim recebido com alívio, pois suas aulas supunham uma mudança em relação às lições de caligrafia.

Desde a visita dos pais, as crianças tinham mudado completamente em relação a Dorothy, embora não de um dia para o outro. Tinham tomado carinho pela "querida Millie" e esperavam que, depois de alguns dias atormentando-as com a caligrafia e a "aritmética comercial", ela voltasse a fazer algo interessante. Mas a caligrafia e a aritmética prosseguiram inexoravelmente e a popularidade alcançada por Dorothy como professora, cujas lições não eram enfadonhas, que não lhes dava bofetadas nem beliscões, nem lhes torcia as orelhas, foi declinando aos poucos.

E mais: a história da discussão em torno de Macbeth não tardou a espalhar-se. As alunas deram-se conta de que a querida Millie cometera algum erro — não sabiam exatamente qual — e ganhara uma boa reprimenda por isso. Isso a diminuiu aos olhos delas. Impossível relacionar-se com as crianças, mesmo com as que gostam de nós, a menos que possamos manter nosso prestígio de adulto; se esse prestígio for arranhado, ainda que seja uma única vez, até mesmo a criança mais boazinha nos desprezará.

Logo as meninas passaram a comportar-se mal, de acordo com as normas tradicionais. Até então, Dorothy só tivera de enfrentar uma ocasional crise de preguiça, gritaria repentina ou acessos de riso sem motivo aparente; agora tinha de haver-se também com a rebeldia e o desprezo. As crianças revoltavam-se continuamente contra a horrível rotina. Esqueceram as poucas semanas em que a "querida Millie" lhes parecera uma pessoa estupenda e a própria escola um lugar divertido. Agora, a escola voltava a ser o que sempre fora, e o que se esperava que fosse: um lugar em que se deixa correr o tempo, se boceja e se entretém beliscando a colega do lado e tratando de fazer a professora perder as estribeiras, e de onde se sai, ao fim do dia, com um grito de alívio, mal termina a última aula.

Às vezes, elas ficavam taciturnas e tinham crises de choro; outras vezes, discutiam daquela maneira exasperante e obstinada que têm as crianças: "Por que temos de fazer isso?", "Por que temos de aprender a ler e a escrever?", repetidas vezes, até que Dorothy não tinha outra alternativa senão impor-se e fazê-las calar com ameaças de castigo.

Ela estava ficando irritável, coisa que a surpreendia e chocava, mas que não podia evitar. A cada manhã jurava para si mesma: "Hoje não vou me encolerizar". E todas as manhãs encolerizava-se; especialmente por volta das onze e meia, quando as meninas estavam no auge. Nada no mundo é mais irritante do que ter de tratar com crianças rebeldes. Dorothy sabia que, mais cedo ou mais tarde, acabaria perdendo o controle e começaria a bater nelas. Bater numa criança parecia-lhe uma ação imperdoável; mas quase todos os professores acabam por fazer isso. Era impossível manter as alunas ocupadas em suas tarefas, salvo se não se lhes tirasse os olhos de cima. Assim que voltava as costas, começavam a chover de todos os lados bolinhas de papel. Conseguiu que as meninas fizessem alguns progressos em caligrafia e "aritmética comercial", e não havia dúvida de que os pais estavam muito satisfeitos.

As últimas semanas do semestre foram péssimas. Durante mais de quinze dias, Dorothy andou sem um único centavo no bolso, porque a Sra. Creevy lhe fez saber que não poderia pagar-lhe o salário do semestre "enquanto não entrasse parte das mensalidades". Assim, teve de privar-se das barras de chocolate compradas em segredo, que até então lhe tinham permitido ir levando, e sofreu de permanente fomezinha que a deixava mole e desanimada. Os minutos lhe pareciam horas, tendo de lutar para desviar os olhos do relógio. O coração lhe apertava no peito só de pensar que, depois daquela aula, viria outra igual, outra e mais outra, prolongando-se indefinidamente numa eternidade monótona. Muito pior era quando as crianças estavam dispostas a fazer algazarra ao menor ensejo, e necessário se tornava um constante e exaustivo esforço de vontade para mantê-las sob controle; porque, é claro, a Sra. Creevy estava sempre vigiando do outro lado da parede, escutando tudo e disposta a todo instante a irromper sala adentro, escancarando a porta com um "O que que há? Que bagunça é esta?!", enquanto passeava o olhar por toda a sala com expressão ameaçadora.

Dorothy tinha agora plena consciência das condições inumanas de vida que tinha de suportar na casa da Sra. Creevy. A comida imunda, o frio e a falta de banho pareciam-lhe agora muito mais importantes do que lhe haviam parecido pouco tempo antes. Por outro lado, começava a sentir o peso da solidão em que se encontrava, como não lhe pesara no começo, quando seu trabalho lhe dava satisfação e contava com o carinho das alunas. Nem seu pai nem o Sr. Warburton lhe tinham escrito, e nos dois meses de Ringwood House não fizera uma só amizade em Southbridge.

Para uma pessoa na situação em que ela se encontrava, sobretudo sendo mulher, era quase impossível fazer amigos. Não tinha dinheiro nem casa e, fora da escola, seus únicos lugares de refúgio eram a biblioteca pública, nas poucas tardes em que ali podia ir, e a igreja aos domingos de manhã. Ia regularmente à igreja; a Sra. Creevy insistira nisso, é claro. Resolvera a questão das práticas religiosas de Dorothy logo no primeiro domingo pela manhã, durante o desjejum:

— Creio que tenha sido educada na Igreja Anglicana, não é verdade?

— Sim — respondeu Dorothy.

— Hum, bem... Não sei exatamente aonde mandá-la. Há aqui perto a de São Jorge, que é anglicana, e a Capela Batista, aonde eu mesma vou. A maioria dos pais de nossas alunas são não conformistas, e não sei se aprovarão sem reservas uma professora que pertença à Igreja Anglicana. Todo o cuidado que se tenha com os pais é pouco. Há uns dois anos houve certo alarme entre eles quando se inteiraram de que a professora que eu tinha então era católica, imagine! Ela escondeu-o o tempo que pôde, mas acabou por se saber, e três dos pais tiraram suas filhas do colégio. Demiti-a no mesmo dia em que tive conhecimento disso.

Dorothy continuou calada.

— Temos três alunas da anglicana — prosseguiu a Sra. Creevy — e não vejo motivo para que não se promova um pouco a aproximação entre as igrejas. Assim, o melhor é que você se arrisque e vá à de S. Jorge. Mas tem que ter cuidado, já sabe. Disseram-me que a de S. Jorge é uma dessas igrejas em que se passa o tempo todo fazendo reverências, fazendo o sinal da cruz e todas essas coisas. Temos dois pais que são da Irmandade de Plymouth e teriam um ataque se se inteirassem de que a viram fazendo sinal da cruz três vezes. Por isso, haja o que houver, não faça isso!

— Muito bem — disse Dorothy.

— Ah, e durante o sermão, fique de olhos bem abertos. Observe tudo à sua volta e veja se entre os fiéis há alguma menina em que possamos botar a mão. Se vir alguma, informe-se logo com o pastor do nome e endereço dos pais, para lhes mandarmos o nosso folheto.

Dorothy passou a frequentar a igreja de S. Jorge. Era um pouco mais ritualista do que a de St. Athelstan; tinha cadeiras em lugar de bancos corridos, mas não havia incenso, e o reverendo (seu nome era Gore-Williams) vestia uma batina lisa e sobrepeliz, exceto nos dias festivos. Quanto aos serviços, eram tão semelhantes aos de casa, que Dorothy pôde acompanhá-los perfeitamente e dar as respostas no momento exato, apesar de sua permanente abstração.

Não houve um único momento em que sentisse ter-lhe voltado a emoção do culto; de fato, o sentimento religioso deixara de ter qualquer significado para ela, sua fé dissipara-se total e irrevogavelmente. A perda da fé é um fenômeno tão misterioso quanto a própria fé. Carece também de lógica; é uma mudança radical no clima do pensamento. Contudo, por muito pouco que significassem para ela os serviços religiosos, não lamentava as horas que passava na igreja. Pelo contrário, esperava as manhãs de domingo como abençoados interlúdios de paz, não só porque nelas podia escapar da cerrada vigilância de ave de rapina e da voz irritante da Sra. Creevy, mas também, porque a atmosfera da igreja era tranquilizante e reconfortadora.

Dorothy compreendia que em tudo o que nela sucede existe algo dificilmente definível que não é fácil encontrar no mundo exterior — algo como um sentimento de decência e de elegância espiritual. Parecia-lhe que, mesmo perdida a crença, é melhor continuar indo à igreja do que deixar de ir; que é melhor deixar-se levar pelo caminho de sempre do que ser arrastado por uma liberdade carente de raízes. Sabia muito bem que nunca mais seria capaz de murmurar sinceramente, com devoção, uma prece; mas também sabia que, durante o resto de sua vida, continuaria cumprindo com as práticas em que fora educada. Isso era tudo o que lhe restava daquela fé que dera unidade à sua vida em outros tempos.

Ela ainda não refletia profundamente sobre a sua perda de fé, nem o que isso poderia representar para ela no futuro. O simples fato de existir já a ocupava bastante, simplesmente lutando para dominar os nervos no restante daquele infeliz semestre. Ia ficando cada vez mais difícil a tarefa de manter a ordem na classe.

As alunas comportavam-se espantosamente mal e estavam ressentidas com Dorothy, justo porque lhe tinham antes dedicado seu carinho. Parecia-lhes que a professora as enganara, as traíra. No começo, mostrara-se tão razoável e compreensiva com elas, e agora convertera-se numa velha professora tão desumana quanto as demais, uma velha irritante que as martirizava o tempo todo com aquelas horríveis lições de caligrafia e lhes batia na cabeça só porque um borrão de tinta caíra no caderno.

Dorothy surpreendia-as às vezes olhando-a fixamente no rosto, com aquele olhar distante, cruel e indagador das crianças. Antes, tinham-na achado até bonita, mas agora parecia-lhes feia, velha e magricela. Era certo que Dorothy emagrecera muito desde que chegara a Ringwood House. Tinham chegado a odiá-la, como haviam odiado as professoras anteriores.

As mais velhas e mais inteligentes tinham se dado perfeitamente conta da situação: que a Sra. Creevy dominava agora a "Millie", e que, cada vez que faziam algazarra na sala, ela repreendia a mestra com desmedida. Às vezes, faziam todo o barulho possível e imaginável para provocar a intervenção da Sra. Creevy e adoravam ver a cara de "Millie" quando a velha a descompunha por sua falta de pulso.

Às vezes Dorothy conseguia não perder a paciência e as perdoava, compreendendo ser apenas um instinto saudável o que as levava a se rebelarem contra a monotonia de seu trabalho. Mas outras vezes, quando tinha os nervos mais à flor da pele que de costume e via à sua volta aqueles vinte rostos fazendo caretas ou insubordinados, julgava ser possível chegar a odiá-las.

As crianças são tão cegas, tão egoístas, tão cruéis. Elas não sabem quando estão atormentando alguém além do suportável e, se o sabem, pouco lhes importa. Uma pessoa pode fazer o possível por elas, ter paciência em circunstâncias em que até um santo poderia perder. No entanto, se essa mesma pessoa se vê forçada a contrariá-las, a odiarão por isso, sem ao menos procurar saber se a culpa é dela. Quando não se é professor, que certos são estes versos tão amiúde citados: "Sob um cruel olho cansado, as crianças veem consumir-se o dia entre suspiros e melancolia".

Mas, quando esse cruel olho cansado é o da própria pessoa, ela compreende que a cena é reversível.

Chegou a última semana e, com ela, a repugnante farsa dos "exames". O sistema, tal como explicou a Sra. Creevy, era muito simples. Treinava as meninas numa série de somas, por exemplo, até haver a certeza de que elas seriam capazes de as fazer sem erro, e então pedia-lhes que fizessem as mesmas somas numa folha de prova de aritmética, antes que elas tivessem tempo de esquecer as respostas.

Usavam esse mesmo sistema com todas as outras matérias, uma por uma; e, claro, as provas de exame eram enviadas logo para a casa dos pais, a fim de que as vissem. Dorothy acrescentava as observações ditadas pela Sra. Creevy e escrevia a palavra "excelente" tantas e tantas vezes que, como ocorre sempre que se escreve repetidas vezes a mesma palavra, acabava por duvidar de sua própria ortografia e começava a escrever "escelente", "eccelente", "exelente" ou "exselente".

O último dia transcorreu em meio a um tumulto espantoso. Nem mesmo a Sra. Creevy conseguia manter as crianças disciplinadas. Ao meio-dia, os nervos de Dorothy já estavam no limite, e a Sra. Creevy repreendeu-a diante das sete meninas que ficaram para comer. Pela tarde, houve mais alvoroço que nunca na sala de aula, até que Dorothy, extenuada e quase chorando, pediu-lhes que se calassem.

— Meninas! — gritou, elevando a voz para fazer-se ouvir em meio ao clamor. — Calem-se, por favor! Calem-se! Vocês são muito más comigo! Acham que está certo portarem-se assim?

Isso foi fatal, claro. Pois o que nunca pode acontecer é a gente se pôr à mercê de uma criança. Houve um instante de calma, e então uma das alunas gritou, com voz esganiçada e zombeteira:

"Mi...llii!" Num ápice, toda a turma, inclusive Mavis, a anormal, estava berrando em coro: "Mi...lliii! Mi...lliii! Mi...lliii!"

Dorothy sentiu que algo se partia dentro de si. Ficou imóvel por alguns segundos; depois, localizou a que estava fazendo mais alvoroço, dirigiu-se até ela e desfechou-lhe uma bofetada na orelha o mais vigorosamente que pôde. Por sorte, tratava-se de uma das "pagadoras médias".

6

No primeiro dia de férias, Dorothy recebeu uma carta do Sr. Warburton:

"Minha Querida Dorothy (escrevia ele), ou tenho que chamar-lhe Ellen, como sei que é o seu novo nome? Receio que pense muito mal de mim por não lhe ter escrito antes, mas asseguro-lhe que somente há dez dias tomei conhecimento de nossa suposta fuga. Estive fora, primeiro em vários lugares da França, depois na Áustria e em Roma, e, como sabe, nessas viagens evito o mais que posso os meus compatriotas. Já em nosso próprio país eles são bastante desagradáveis, mas, no estrangeiro, o comportamento deles causa-me tanta vergonha que na maioria das vezes faço-me passar por americano.

Seu pai negou-se a receber-me, mas consegui falar com Victor Stone, que me deu o seu endereço e o nome que está usando. Pareceu-me pouco disposto a fazê-lo, pelo que deduzo que também ele — como todo o resto desta venenosa cidadezinha — ainda acredita que, de uma forma ou de outra, você tenha dado o que se costuma chamar de um escorregão. Creio que já foi abandonada a teoria de que você e eu fugimos juntos, mas continuam acreditando que você deve ter feito algo escandaloso. Uma jovem abandonou sua casa de repente, logo tem que haver homem na história. Esse é o modo de pensar provinciano, como sabe. Seria desnecessário dizer-lhe que desmenti toda a novela a nosso respeito da maneira mais enérgica. Talvez lhe agrade saber que consegui encurralar essa miserável bruxa, a Sra. Semprill, e disse-lhe em público tudo o que pensava dela — e asseguro-lhe que o que penso é absolutamente arrasador. Mas essa mulher é um exemplar infra-humano. Não pude arrancar dela outra coisa senão choraminguices hipócritas sobre a 'pobre, pobre Dorothy'.

Contaram-me que seu pai sente muito a sua falta e que se sentiria muito feliz com sua volta a casa, se não fosse pelo escândalo. Segundo parece, queixa-se muito de que nunca lhe servem as refeições na hora. Explica sua ausência dizendo que você 'viajou para restabelecer-se de uma doença ligeira e que agora conseguiu um excelente cargo num colégio de meninas'. Você se surpreenderá se lhe contar algo que aconteceu com seu pai. Teve de pagar todas as suas dívidas! Disseram-me que os comerciantes formaram causa comum e celebraram uma reunião de credores na Casa Paroquial. Não foi o tipo de coisa que poderia ter ocorrido nos velhos tempos; mas, lamentavelmente, vivemos em tempos democráticos! É evidente que você era a única pessoa que sabia fazer frente aos comerciantes. E agora passo a dar-lhe algumas notícias minhas..."

Nesse ponto, Dorothy rasgou a carta com desilusão e até certa irritação. Ele poderia ter expressado um pouco mais de solidariedade, pensou. Era típico do Sr. Warburton mostrar-se petulante e indiferente, depois de lhe ter ocasionado tantos desgostos, pois, em última análise, a culpa do ocorrido tinha sido principalmente dele. Mas depois, refletindo sobre tudo isso, absolveu-o de sua falta de coração. Fizera o pouco que lhe era possível fazer por ajudá-la, e não era de esperar que se compadecesse por coisas de que não tivera o menor conhecimento. Além disso, a própria vida dele tinha sido uma série de ruidosos escândalos e provavelmente não podia compreender que, para uma mulher, um escândalo é um caso muito sério.

Seu pai também lhe escreveu no Natal e mandou-lhe duas libras de presente. Pelo tom de sua carta, era evidente que já lhe perdoara. Não estava claro o que era que ele lhe tinha perdoado, pois não estava claro o que era exatamente que ela havia feito; mas, de qualquer modo, perdoava.

A carta começava com uma série de perguntas puramente formais, embora amistosas. Esperava que lhe agradasse o seu novo emprego. Eram confortáveis suas instalações no colégio e simpático o resto do pessoal docente? Tinham-lhe dito que tratavam agora muito bem os professores nos colégios, de maneira completamente diferente do que ocorria quarenta anos atrás. Em seus tempos... etc.

Dorothy compreendeu que seu pai não tinha a menor ideia de qual era a sua situação real. Diante da palavra colégio, o pensamento dele voara até Winchester, seu velho colégio; um lugar como Ringwood House estava muito além de seu poder de imaginação.

O resto da carta era dedicado a lamentar-se de como iam as coisas na paróquia. Queixava-se das preocupações e do excessivo trabalho que pesava sobre ele. Os insuportáveis mordomos da igreja importunavam-no constantemente com uma coisa ou outra; de Proggett e de suas histórias sobre o iminente desmoronamento do campanário já estava farto; a criada que tinha contratado para ajudar Ellen era mais um estorvo do que outra coisa e enfiara o cabo de uma vassoura pelo mostrador do relógio de pêndulo do seu escritório; e assim por diante, até encher várias folhas.

Com muitos rodeios, dizia várias vezes que gostaria que Dorothy estivesse em casa para ajudá-lo; no entanto, não lhe sugeria abertamente que voltasse. Evidentemente, ainda era necessário que ela permanecesse afastada da vista e do pensamento, como um esqueleto metido num armário distante e bem fechado.

A carta encheu Dorothy de repentina e dolorosa nostalgia. Sentia saudades de suas visitas paroquiais e das lições de culinária às suas escoteiras, pensando tristemente como se arranjara seu pai durante sua ausência e imaginando se aquelas duas mulheres estariam cuidando bem dele. Queria a seu pai muito mais do que nunca se atrevera a demonstrar, pois era um homem a quem não se podiam fazer demonstrações de carinho. Descobriu com assombro — e pareceu-lhe deveras chocante — o pouco que se lembrara dele nesses últimos quatro meses. Passaram várias semanas sem que se recordasse sequer da existência do pai, mas a verdade é que a simples preocupação de manter vivos corpo e alma tinham-na absorvido por completo, sem dar margem para outros sentimentos.

Agora, nas férias escolares, a Sra. Creevy não conseguia inventar tarefas caseiras suficientes para manter Dorothy ocupada o dia inteiro. Fazia-lhe ver com total clareza que, durante as férias, sua estada ali era uma despesa inútil, e vigiava-a durante as refeições (parecia-lhe evidentemente um ultraje que ela comesse quando não trabalhava) de tal forma que se tornou insuportável. Por isso Dorothy preferia permanecer fora de casa todo o tempo possível e, sentindo-se rica com suas posses (quatro libras e meia por nove semanas de trabalho) e as duas libras que seu pai lhe mandara, comprava sanduíches de presunto numa lanchonete e comia-os na rua. A Sra. Creevy só parcialmente aprovava isso, porque se, por um lado, alegre da vida, podia economizar algumas refeições, por outro, carrancuda, gostava de ter Dorothy em casa para importuná-la com suas constantes censuras.

Dorothy dava grandes passeios solitários, explorando Southbridge e seus desolados arredores: Dorley, Wembridge e West Holton. O inverno chegara, úmido e sem vento, mais sombrio ainda naqueles subúrbios labirínticos e descoloridos do que no mais desolado deserto. Em duas ou três ocasiões, e apesar de que isso poderia significar futuros dias de fome, Dorothy comprou uma passagem de terceira classe de ida e volta para Iver Heat ou Burnham Beeches. Os bosques estavam encharcados e melancólicos, com o solo coberto de espessa camada de folhas de faia que brilhavam com reflexos acobreados no ar quieto e molhado, e os dias eram tão temperados que se podia ali ficar sentado a ler, com a única condição de não descalçar as luvas.

Na véspera de Natal, a Sra. Creevy retirou de um armário alguns ramos de azevinho que conservara do ano anterior, limpou-lhes o pó e pregou-os aqui e ali; mas avisou Dorothy de que não pensava fazer ceia natalina. Não estava de acordo com todas essas bobagens de Natal, disse, que não passavam de um montão de embustes dos comerciantes e de um gasto supérfluo; além disso, detestava peru e o pudim de Natal.

Dorothy sentiu-se aliviada; não queria nem pensar no que seria uma ceia de Natal naquele triste "refeitório da manhã" (por um momento, teve a medonha visão de uma Sra. Creevy saindo de um bolo-surpresa, com um gorro de papel no cocuruto). Naquele ano, Dorothy celebrou o Natal num bosque próximo a Burnham, encostada em enorme faia nodosa, com um exemplar de The Odd Women, de George Gissing, sobre os joelhos e um ovo cozido, dois sanduíches de queijo e uma garrafa de refrigerante.

Em dias úmidos demais para passear, passava a maior parte do tempo na biblioteca pública: convertera-se num de seus leitores mais assíduos, junto com os desempregados que ali passavam horas e horas, tristemente inclinados sobre revistas ilustradas que não liam, e com um velho solteirão descorado que vivia num abrigo de duas libras por semana e passava o dia na biblioteca consultando livros sobre iatismo.

O fim do período produzira em Dorothy uma grande sensação de alívio, que logo se dissipou. Pois a verdade é que não tinha um ser vivente com quem falar, e os dias tornavam-se ainda mais intermináveis do que antes. Não é provável que exista em todo o mundo habitado um lugar em que uma pessoa possa sentir-se tão absolutamente só como nos subúrbios de Londres.

Nas grandes cidades há o vaivém da multidão em rebuliço, o que traz uma certa sensação de companhia, e nas pequenas cidades do interior cada um se interessa pelos outros... até demais. Mas em lugares como Southbridge, se não se tem uma família e um lar próprio, pode-se passar metade da vida sem chegar a ter um amigo. Nesse gênero de lugares há mulheres, especialmente senhoras que, por um motivo ou outro, ficaram desamparadas, que vivem de empregos mal pagos e passam anos e anos na mais completa solidão. Não tardou muito para que Dorothy caísse num estado de sem fim, em que nada parecia poder chegar a interessar-lhe, apesar de seus esforços para evitá-lo. E foi então, nesses dias de odioso tédio que ela teve plena consciência do que significa ter perdido a fé.

Tentou se entorpecer com livros e, durante mais ou menos uma semana, conseguiu. Mas logo todos os livros lhe pareciam enfadonhos e ininteligíveis; pois o espírito totalmente imerso na solidão não trabalha de modo algum. Percebeu que não podia aguentar nada mais difícil do que uma novela policial.

Caminhava de quinze a vinte quilômetros, procurando no cansaço um remédio para seu estado de ânimo; mas as péssimas estradas suburbanas, os úmidos e enlameados caminhos dos bosques, as árvores nuas, o musgo empapado e os cogumelos inchados como esponjas enchiam-na de mortal melancolia. O que necessitava era de companhia humana e parecia não haver forma de consegui-la.

À noite, no caminho de volta ao colégio, quando via as casas com as janelas iluminadas e ouvia risos e a música dos gramofones que vinham de dentro, o coração se enchia de inveja. Ah, ser como aquela gente, ter ao menos um lar, uma família, alguns amigos que se interessassem por ela!

Havia dias em que desejava ter a coragem de falar a estranhos com quem cruzava na rua. Em outros, propunha-se também simular devoção com o propósito de estabelecer amizade com o pároco de S. Jorge e sua família, e, talvez, ter a oportunidade de realizar algum trabalho paroquial; houve dias, até, em que se sentiu tão desesperada que acalentou a ideia de filiar-se à Associação Cristã de Moças.

Contudo, já perto do final das férias, graças a um encontro fortuito na biblioteca, fez amizade com uma mulher chamada Srta. Beaver, professora de geografia no Toot's Commercial College, outra das escolas particulares de Southbridge. Era uma escola muito maior e mais pretensiosa do que Ringwood House, com cerca de 150 alunos de ambos os sexos e vangloriava-se, inclusive, de ter uma dúzia de internos — e seu plano de estudos era um pouco menos escandalosamente fraudulento. Era um desses colégios que visam ao tipo de pais que sonham com a "formação moderna para os negócios" e cujo lema é "Eficiência", querendo significar com isso um tremendo alarde de atividade e a abolição de todos os estudos de natureza humanística. Uma das características do colégio era uma espécie de catecismo chamado "Ritual da Eficiência", que todos os alunos tinham de decorar assim que nele ingressavam. Havia perguntas e respostas como estas:

P.: *Qual é o segredo do êxito?*
R.: *O segredo do êxito é a eficiência.*

P.: *Qual é a prova da eficiência?*
R.: *A prova da eficiência é o êxito.*

E assim por diante. Dizia-se que era um espetáculo impressionante ver todo o colégio, rapazes e meninas, recitando o Ritual da Eficiência, com o diretor do colégio à frente, cerimônia que acontecia duas vezes por semana em substituição das orações.

A Srta. Beaver era uma mulher miudinha e muito empertigada, redonda de corpo e rosto fino, de nariz avermelhado e porte de galinha-d'angola. Depois de vinte anos de trabalhos forçados, conseguira alcançar um salário de quatro libras semanais e o privilégio de "viver fora", em vez de ter que meter os internos na cama todas as noites. Vivia num quarto alugado para onde convidava Dorothy quando ambas tinham a tarde livre. Com que ansiedade Dorothy esperava essas visitas! Mas só eram possíveis em algumas tardes, pois a senhoria dela não aprovava tais visitas; e quando finalmente chegava a entrar lá, a única coisa que podia fazer era ajudar a resolver as palavras cruzadas do

Daily Telegraph e ver as fotografias que a Srta. Beaver tirara em sua viagem ao Tirol em 1913, viagem que lhe tinha coroado de glória a vida. Mas, quanto significava para Dorothy poder sentar-se a conversar amistosamente com alguém, tomar uma xícara de chá menos aguado que o da Sra. Creevy!

A Srta. Beaver tinha uma lamparina de álcool num estojo de viagem de couro envernizado que a acompanhava desde sua histórica viagem ao Tirol, e na qual fazia um chá tão negro como alcatrão de hulha e do qual bebia um balde ao longo do dia. Confessou a Dorothy que sempre levava uma garrafa térmica para o colégio, para poder tomar uma ou duas xícaras durante o recreio da manhã e outra depois do almoço. Dorothy chegou à conclusão de que todas as professoras seguiam por um destes dois caminhos bem trilhados: o da Srta. Strong, via uísque, que desemboca num asilo, ou o da Srta. Beaver, via chá forte, a uma morte decorosa no Lar das Senhoras Inválidas.

Na realidade, a Srta. Beaver era uma mulherzinha apagada. Para Dorothy, era um *memento mori,* ou melhor, um *memento senescere.* Seu espírito parecia ter ido murchando, definhando, até ficar tão triste quanto um sabonete ressequido numa saboneteira esquecida. Chegara ao extremo onde o único destino que podia imaginar era viver num quarto mobiliado sob o jugo de uma senhoria tirânica, e viver da "eficiente" tarefa de fazer as crianças digerirem a geografia comercial. No entanto, Dorothy chegou a sentir carinho por ela, e as poucas horas que passavam juntas no quarto, fazendo as palavras cruzadas do Daily Telegraph diante de uma boa xícara de chá fumegante, eram como um oásis em sua vida.

O início do segundo semestre foi recebido com alegria por parte de Dorothy, pois até a rotina diária de fazer as meninas trabalharem era melhor do que o vazio e a solidão das férias. Além disso, as alunas mostravam-se mais manejáveis nesse trimestre e não voltou a ter necessidade de bater-lhes. Dorothy acabara por compreender que não é difícil manter as crianças na linha quando se é duro com elas desde o primeiro dia. No semestre anterior, as meninas tinham-se comportado mal porque, desde o começo, ela as tratara como seres humanos; e, como tal, se rebelaram mais tarde quando foram canceladas as aulas que lhes interessavam. Mas, quando se é obrigado a ensinar-lhes idiotices, a única solução é tratá-las como animais, isto é, submetê-las pela força e não pela persuasão. Antes de mais nada, é preciso fazê-las entender que acaba sendo mais doloroso para elas revoltarem-se do que obedecerem. Possivelmente, essa maneira de tratar as crianças não é boa, mas o que é indubitável é que elas a entendem e são-lhe sensíveis.

Dorothy aprendeu, pois, a arte funesta de ser mestre-escola. Aprendeu a proteger sua mente com uma capa de verniz contra as intermináveis horas de tédio, a poupar os nervos, a ser desapiedada, a estar sempre alerta, a sentir uma espécie de orgulho e prazer diante de um caderno repleto de tolices, mas benfeito.

Foi como se, de repente, tivesse endurecido e alcançado a maturidade. Seus olhos tinham perdido aquela expressão quase infantil de antes, seu rosto adelgaçara, com o que o nariz parecia agora mais comprido. Às vezes, sua fisionomia era definitivamente a de uma professora de escola e era fácil imaginá-la com pincenê. Mas não descambara ainda para o cinismo; tinha ainda consciência de que aquelas garotas eram vítimas indefesas de uma espantosa vigarice e, se estivesse em sua mão, teria feito alguma coisa para evitá-lo. Se as pressionava e lhes enchia a cabeça com todo aquele festival de estupidez era pela razão única de que, custasse o que custasse, tinha de conservar o próprio emprego.

Havia muito menos barulho na classe nesse semestre. A Sra. Creevy, sempre desejosa de uma oportunidade para encontrar falhas, raríssimas vezes tinha motivo para dar golpes de cabo de vassoura do outro lado da parede. Certa manhã, durante o desjejum, encarou seriamente Dorothy, como se estivesse calculando o peso e o efeito de uma decisão, e empurrou o prato de geleia até o outro extremo da mesa.

— Sirva-se de um pouco de geleia, se lhe apetece, Srta. Millborough — disse a Sra. Creevy, o mais cortesmente de que era capaz.

Era a primeira vez que Dorothy provava a geleia desde a sua chegada a Ringwood House. Corou ligeiramente, enquanto pensava: "Então a mulher percebeu que fiz quanto podia por ela".

A partir desse dia, pôde comer geleia todas as manhãs. Por outra parte, as maneiras da Sra. Creevy para com ela tornaramse, se não cordiais — o que nunca poderiam ser —, menos brutalmente ofensivas. Houve até ocasiões em que fez uma espécie de careta que pretendia ser um sorriso. Dorothy teve a impressão de que o rosto da Sra. Creevy estalara com o esforço. A conversação entre elas era salpicada de alusões ao "próximo semestre": "No próximo semestre faremos isto", "No próximo semestre quero que faça aquilo", a ponto de Dorothy começar a pensar que conquistara a confiança da Sra. Creevy e que esta a tratava mais como uma colega do que como uma escrava. Daí que uma pequena, infundada, mas excitante esperança foi ganhando raízes em seu íntimo. Quem sabe se a Sra. Creevy não lhe aumentaria o salário! Como não era muito provável, tratou de não alimentar ilusões em vão. Ah, um aumento de meia coroa por semana faria uma grande diferença!

Chegou o último dia. Com um pouco de sorte, a Sra. Creevy lhe pagaria o salário no dia seguinte, pensou Dorothy. Ansiava desesperadamente pelo dinheiro; passara as últimas semanas sem um centavo no bolso e não só estava terrivelmente faminta, mas também lhe faziam falta meias novas, pois não tinha um único par que não fosse mais uma combinação de remendos do que propriamente uma meia.

Na manhã seguinte, executou as tarefas domésticas habituais e depois, em vez de sair, ficou esperando no "refeitório da manhã", enquanto a Sra. Creevy se fazia ouvir no andar de cima, varrendo da sua habitual forma ruidosa. Momentos depois desceu.

— Ah, está você aí, Srta. Millborough! — disse num tom especialmente significativo. — Não sei por que, tinha o pressentimento de que esta manhã não teria tanta pressa em sair. Bem, já que está aí, vou aproveitar para pagar-lhe o salário.

— Muito obrigada — disse Dorothy.

— Além disso — acrescentou a Sra. Creevy —, ainda tenho uma coisinha para dizer-lhe.

Pulsou mais forte o coração de Dorothy. Quereria aquele "uma coisinha" significar um aumento de salário? A suposição era cabível. A Sra. Creevy apanhou uma chave do molho que sempre trazia consigo e abriu a gaveta do aparador, de onde retirou uma surrada e gorda bolsa de couro, puxou-lhe os cordões e umedeceu o polegar com a língua.

— Doze semanas e cinco dias — disse. — Bem, vamos deixar os quebrados. Doze semanas é mais exato. Não vejo necessidade de contar até o último dia. Portanto, são seis libras.

Sacou cinco notas sujas de uma libra e duas de dez xelins; depois, achando que uma das notas ainda estava demasiado limpa, voltou a metê-la na bolsa e retirou outra em duas metades. Foi até ao aparador, apanhou um pedaço de fita adesiva transparente e uniu cuidadosamente as duas partes.

Depois estendeu-a a Dorothy, junto com as outras seis notas.

— Aqui tem, Srta. Millborough. — Fez uma curta pausa e disse: — E agora faça-me o favor de sair desta casa imediatamente. Não preciso mais de você.

— Não está...

Dorothy sentiu o coração gelar-se. O sangue fugiu-lhe do rosto. Entretanto, em meio ao terror e ao desespero, não estava ainda completamente segura do significado do que acabara de ouvir. Quis acreditar que a Sra. Creevy somente desejava dar-lhe a entender que deveria passar o resto do dia fora de casa.

— Não necessita mais de mim? — repetiu Dorothy debilmente.

— Não. Conto com outra professora para o começo do próximo período. E não pensará que vou mantê-la inutilmente durante as férias, não?

— Mas não quer dizer que deseja que eu me vá embora, que estou despedida...

— Claro que é isso mesmo! Que outra coisa pensa que eu quis dizer? Não fui bem clara?

— Mas nem sequer me avisou!

— Avisar?! — exclamou a Sra. Creevy, subitamente colérica. — O que é que tem a ver com você que eu a avise ou não? Tem algum contrato escrito comigo?

— Não... acho que não.

— Pois então o quê? O melhor é subir e começar a fazer sua mala. Não faz sentido que fique mais tempo por aqui, porque não trouxe comida para o seu almoço.

Dorothy subiu ao quarto e sentou-se na borda da cama. Não podia dominar o tremor que a sacudia e passaram-se vários minutos antes que conseguisse recobrar o ânimo e começar a arrumar suas coisas. Estava aturdida. A desgraça que a atingira produzira-se de maneira tão inesperada e tão injustificada que não podia realmente crer no que estava acontecendo. Mas, na verdade, o motivo por que a Sra. Creevy a despedira era tão simples quanto suficiente.

Não distante de Ringwood House havia um pequeno e agonizante colégio chamado The Gables, que contava apenas com seis alunos. A professora era uma velha e incompetente mercenária chamada Srta. Allcock, que já passara por trinta e oito escolas diferentes em sua vida e não era capaz de encarregar-se sequer de um canário. Mas possuía um notável talento para trair as escolas onde trabalhava. Nessas escolas particulares de terceira ou quarta categoria pratica-se continuamente uma espécie de pirataria. Os pais são "trabalhados" e os alunos são roubados das outras escolas. Na base de tudo isso está quase sempre a traição do professor. Este, em segredo, põe-se em contato com os pais, um por um ("Envie-me sua filha e faço-lhe um desconto de dez xelins por semestre"), e quando convence com suas artimanhas um número suficiente deles, abandona repentinamente o colégio e estabelece-se por conta própria. Ou então leva as crianças para outro colégio. A Srta. Allcock conseguira roubar três meninas dos sete alunos com que se alimentava The Gables e fora oferecê-las à Sra. Creevy. Em troca, exigia o posto de Dorothy e quinze por cento de comissão sobre os alunos que trouxesse.

Ao cabo de várias semanas de barganha sigilosa, o negócio foi fechado com a aceitação, por parte da Srta. Allcock, de doze e meio por cento em vez de quinze. A Sra. Creevy resolveu intimamente livrar-se da Srta. Allcock logo que tivesse bem segura nas mãos as três alunas prometidas. De sua parte, a Srta. Allcock pensava começar a "trabalhar" as alunas da velha Creevy logo que se instalasse em Ringwood House.

Uma vez decidida a demissão de Dorothy, era preciso evitar por todos os meios que ela suspeitasse do que ia acontecer porque, naturalmente, se o soubesse, ela mesma trataria de levar as alunas ou, na melhor das hipóteses, não trabalharia nada no restante do trimestre. (A Sra. Creevy orgulhava-se de conhecer a natureza humana melhor que ninguém.) Daí a geleia, os sorrisos e demais argúcias para evitar qualquer suspeita por parte de Dorothy. Qualquer outra pessoa mais maliciosa teria começado a pensar em outro emprego desde o momento em que o prato da geleia passou de um extremo ao outro da mesa.

Só meia hora depois de ser despedida, Dorothy saiu pela porta do jardim com sua bolsa. Era o dia 4 de abril e fazia um tempo claro e ventoso, frio demais para ficar perambulando pelas ruas, com um céu tão azul quanto um ovo de tico-tico, e um desses malévolos ventos primaveris que chegam varrendo o chão em repentinas rajadas jogando poeira no rosto das pessoas. Dorothy fechou a porta do jardim atrás de si e começou a caminhar devagar rumo à estação.

Dissera à Sra. Creevy que lhe deixaria um endereço para onde poderia despachar seu baú, e esta exigira imediatamente cinco xelins para o porte. Contava, pois, Dorothy com cinco libras e quinze xelins, quantidade com que, fazendo muitas economias, poderia passar três semanas. Não tinha a menor ideia do que iria fazer, exceto que deveria começar por ir a Londres e procurar acomodações adequadas. Vencido o pânico inicial, concluiu que sua situação não era assim tão desesperadora. Não tinha dúvidas de que seu pai a ajudaria, pelo menos por algum tempo. Na pior das hipóteses, embora só de pensar, já lhe repugnasse, poderia recorrer a seu primo uma segunda vez. Além disso, suas possibilidades de encontrar emprego eram provavelmente muitas. Era jovem, falava com educação e estava disposta a trabalhar com afinco pelo salário de uma criada — qualidades essas que eram todas muito apreciadas pelos proprietários dos colégios de quarta categoria. O mais certo é que tudo lhe saísse bem. Mas, de momento, e disso não tinha a menor dúvida, tinha pela frente uns dias ruins, à caça de emprego, e provavelmente passando fome.

CAPÍTULO CINCO

1

Tudo aconteceu de maneira completamente diferente. Mal Dorothy se afastara cinco metros do portão de Ringwood House cruzou com um entregador de telegramas que subia a rua de bicicleta, assobiando e olhando os números dos prédios. Ao chegar a Ringwood House deu a volta e, apoiando a bicicleta no meio-fio, aproximou-se de Dorothy.

— Vive aqui uma Srta. Mill... burrow? — perguntou, designando com a cabeça Ringwood House.

— Sim, sou a Srta. Millborough.

— Vou esperar para ver se tem resposta — disse o rapaz, retirando um envelope alaranjado do cinturão.

Dorothy pousou a bolsa no chão. Voltou a tremer violentamente, mas não sabia se de alegria ou de temor, porque em seu cérebro se debatiam pensamentos opostos. Um era: "São boas notícias", e o outro: "Meu pai está muito doente". Conseguiu abrir o envelope e encontrou um telegrama de duas folhas que lhe custou trabalho para entender. Assim rezava:

REJUBILAI NO SENHOR OH JUSTOS PT GRANDES NOTICIAS PT SUA REPUTASSAO TOTALMENTE ILIBADA PT SRA SEMPRILL CAIU COVA QUE ELA CAVOU PT PROCESSO DIFAMASSAO PT NINGUEM ACREDITA NELA PT SEU PAI DESEJA VOLTE IMEDIATAMENTE PARA CASA PT EU MESMO VOU AA CIDADE VG IREI BUSCALA SE DESEJAR PT CHEGO IMEDIATAMENTE PT ME ESPERE PT DEH GRAÇAS A ELE COM RESSOANTES CIMBALOS PT MUITO CARINHO PT

Nem era necessário ler a assinatura. Era do Sr. Warburton, evidentemente. Dorothy sentiu-se mais fraca e mais trêmula que nunca. Mal se deu conta de que o rapaz do telegrama estava lhe perguntando algo.

— Tem resposta? — disse ele pela terceira ou quarta vez.

— Hoje não — respondeu Dorothy vagamente. — Obrigada.

O rapaz voltou a montar na bicicleta e afastou-se assobiando mais forte que antes, para mostrar seu desprezo por Dorothy, que não lhe dera gorjeta. Mas esta não estava em condições de reparar na atitude do mensageiro. De todo o telegrama, a única frase que ficara gravada na íntegra era "seu pai deseja volte imediatamente para casa", e a surpresa que isso lhe causou deixara-a meio aturdida. Por um período de tempo indefinido permaneceu no meio da calçada, completamente imóvel, apesar do vento gelado, baralhando as ideias mais imprecisas que se podem imaginar, até que apareceu um táxi rua acima, com o Sr. Warburton dentro. Ao ver Dorothy, fez parar o táxi, saltou e aproximou-se, esfuziante de alegria. Tomou-lhe ambas as mãos:

— Olá! — exclamou e, rodeando-lhe os ombros com um braço, pseudopaternalmente, puxou-a contra si, sem se importar de que alguém estivesse vendo. — Como está, Dorothy? Mas, santo Deus, você emagreceu um bocado! Posso contar-lhe as costelas! Onde está esse seu colégio?

Dorothy, que ainda não conseguira soltar-se dos braços do Sr. Warburton, voltou-se um pouco e indicou com o olhar as escuras janelas de Ringwood House.

— Mas como! É aquilo? Que pardieiro! Que fez você com a sua bagagem?

— Está lá dentro. Deixei dinheiro para que a despachem. Creio que não há problema.

— Que tolice! Para que gastar esse dinheiro? Vamos levá-la conosco. Pode ir no teto do táxi.

— Não, não! Deixe que a mandem. Não me atrevo a voltar. A Sra. Creevy ficaria terrivelmente furiosa.

— Sra. Creevy? Mas quem é essa Sra. Creevy?

— A diretora ou, pelo menos, a proprietária do colégio.

— Mas será um dragão, por acaso? Deixe comigo, eu me encarrego dela. Perseu e a Górgona, que lhe parece? Você é Andrômeda. Ei! — gritou para o chofer do táxi.

Os dois se aproximaram da porta principal, e o Sr. Warburton bateu. Por alguma razão, Dorothy não acreditava que conseguissem resgatar seu baú das mãos da Sra. Creevy. De fato, quase esperava terem os dois que bater rapidamente em retirada, perseguidos pela vassoura da Sra. Creevy. Dois minutos depois, entretanto, os dois homens reapareceram com o baú, carregado aos ombros do chofer. O Sr. Warburton ajudou Dorothy a subir no táxi e, já sentados, colocou meia coroa na mão dela.

— Que mulher! Que mulher! — disse, enquanto o táxi arrancava. — Como demônios pôde você suportar essa megera todo este tempo?

— O que é isto? — perguntou Dorothy olhando a moeda.

— A meia coroa que você deixou para a expedição do baú. Não foi fácil arrancar isso da velha, sabe?

— Mas eu deixei-lhe cinco xelins!

— Como! Ela disse-me que você só deixara meia coroa! Mas que bruxa mais sem-vergonha! Vamos voltar e fazer com que ela nos dê a outra meia coroa! — e bateu no vidro.

— Não! Não! — exclamou Dorothy, agarrando-lhe o braço. — Não tem importância. Vamos embora daqui. Não suportaria voltar de novo àquela casa... nunca!

Era mesmo verdade. Estava disposta a sacrificar não só meia coroa, mas tudo o que possuía para nunca mais voltar a pôr os olhos em Ringwood House. Assim, seguiram em frente, deixando a Sra. Creevy vitoriosa. Seria interessante saber se foi essa outra das ocasiões em que a Sra. Creevy riu.

O Sr. Warburton insistiu para que continuassem no táxi até Londres, e falou tão copiosamente nos trechos do percurso em que o tráfego menos ruidoso o permitia, que Dorothy apenas pôde soltar uma palavra ou outra. Só quando chegaram aos primeiros bairros da capital, conseguiu que ele lhe explicasse a repentina mudança de sua situação.

— Diga-me o que se passou. Não entendi nada. Por que é que agora, sem mais nem menos, posso voltar subitamente para casa? Por que a gente deixou de dar crédito às histórias da Sra. Semprill? Ela confessou?

— Confessar? Nem louca o faria! Mas seus pecados a delataram, apesar de tudo. Foi uma daquelas coisas em que as pessoas devotas como você costumam ver a mão da Providência. Lança teu pão à água etc. etc. O certo é que ela está metida numa encrenca das boas e vai ter que responder um processo por calúnia e difamação. Não se fala de outra coisa em Knype Hill nestas últimas semanas. Pensei que tivesse visto alguma coisa nos jornais.

— Há séculos que não leio um jornal. E quem fez a denúncia? Não terá sido meu pai, não?

— Claro que não! Os clérigos não podem denunciar ninguém por difamação. Foi o diretor do Banco. Lembra-se daquela história dela de que o homem estava mantendo uma mulher com dinheiro do Banco?

— Sim, creio que sim.

— Pois há uns meses ela cometeu a estupidez de contar isso por escrito a alguém. Uma boa amiga, pois suponho que seria uma mulher, levou a carta ao diretor do Banco. Este entrou com uma ação e a Sra. Semprill foi condenada a pagar cento e cinquenta libras por danos morais. Não creio que tenha pago nem meio centavo, mas, ainda assim, foi o fim de sua carreira de fabricante de escândalos. Uma pessoa pode passar anos e anos manchando a reputação dos outros e todos lhe dão crédito, em maior ou menor medida, ainda que seja inteiramente óbvio que esteja mentindo. Mas, uma vez demonstrada, num tribunal de justiça, que essa pessoa é mentirosa, ela fica desmoralizada para sempre, por assim dizer. Foi isso o que aconteceu com a Sra. Semprill no que diz respeito a Knype Hill. Ela abandonou a cidade de um dia para o outro na calada da noite. Creio que está agora fazendo das suas em Bury St. Edmunds.

— Mas o que tem tudo isso a ver com o que ela disse a nosso respeito?

— Nada, absolutamente nada. Mas para que se preocupa? O importante é que você está reabilitada e que todas as bruxas que andaram chupando os dedos às suas custas durante estes últimos meses agora andam dizendo: "Pobre Dorothy! Como essa horrível mulher foi espantosamente má!"

— Quer dizer que pensam que, se a Sra. Semprill mentiu num caso, também deve estar mentindo em outro?

— Não há dúvida de que isso é o que diriam, se fossem capazes de raciocinar direito... o que duvido. O certo é que a Sra. Semprill caiu em desgraça, abandonou a cidade e, por conseguinte, todos os que foram vítimas dela são agora considerados mártires. Até eu, imagine, estou com a minha reputação livre de mácula neste momento.

— E acredita que isso é realmente o fim de tudo? Pensa que acreditam que tudo foi, na verdade, um acaso, que o que aconteceu foi que perdi a memória e não fugi com ninguém?

— Bom, não me atreveria a ir tão longe. Nessas cidades provincianas fica sempre uma leve suspeita pairando no ar. Não é que se suspeite de nada em especial, já sabe. Trata-se de uma desconfiança generalizada, produto de um tipo de intuitiva e rústica mentalidade mórbida. Posso imaginar que, dentro de uns dez anos, no salão de tertúlia do Dog and Bottle, ainda haverá vagos rumores de que você teve no seu passado algum segredo inconfessável, só que ninguém mais se lembrará do que foi. De qualquer modo, acabaram-se os seus problemas. Eu, no seu lugar, não daria explicação nenhuma, a menos que a peçam. A versão oficial é que você teve uma gripe maligna e teve de mudar de ares para recuperar-se. Verá como a aceitam sem mais averiguações. Oficialmente, nada há contra você.

Ao chegarem a Londres, o Sr. Warburton levou Dorothy para almoçar num restaurante de Coventry Street, onde comeram frango assado, com aspargos e minúsculas batatas cor de pérola retiradas prematuramente da mãe-terra, e também torta de melado e uma garrafa de Borgonha agradavelmente tépida; mas nada proporcionou maior prazer a Dorothy, depois de ter aguentado aquele chá morno e aguado da Sra. Creevy, do que a xícara de café negro e forte que beberam no final. Terminado o almoço, tomaram outro táxi que os levou à estação de Liverpool Street, onde compraram passagens para o trem das 2h45min. Tinham quatro horas de viagem até Knype Hill.

O Sr. Warburton insistiu em que viajassem de primeira classe e não permitiu que Dorothy pagasse sua própria passagem. Além disso, aproveitando um momento em que ela estava distraída, deu uma gorjeta ao encarregado do carro para que lhes conseguisse um compartimento em que ficassem sozinhos. Fazia um daqueles dias claros e frios que são primavera ou inverno, segundo se esteja dentro de casa ou na rua. Por trás dos vidros das janelas, o céu, de um azul intenso, parecia temperado e agradável, e toda aquela paisagem desolada de ruelas sujas através das quais o trem avançava — aqueles labirintos de pequenas casas de cor indefinida, as grandes e caóticas fábricas, os canais de água lodacenta e fétida, os terrenos baldios semeados de lixo e sucata onde cresciam ervas enegrecidas pela fumaça — mudava inteiramente de aspecto sob os raios redentores do sol.

Dorothy quase não falou durante a primeira hora de viagem. De momento, sentia-se feliz demais para falar. Nem sequer pensava em algo concreto; ia simplesmente sentada ali, desfrutando a luz do sol que se filtrava pela janela, a comodidade do assento estofado e a sensação de ter escapado às garras da Sra. Creevy. Sabia, no entanto, que essa sua disposição de ânimo não podia durar muito. Seu contentamento, tal como o calor que nela produzira o vinho do almoço, ia diminuindo, e em sua mente iam tomando forma pensamentos dolorosos ou inexprimíveis. O Sr. Warburton estivera observando atentamente o rosto de Dorothy, como se procurasse sondar as mudanças que os últimos oito meses tinham operado nela.

— Você parece mais velha — disse ele finalmente.

— E sou — respondeu Dorothy.

— Sim, mas parece... bem, como se tivesse atingido a plena maturidade. Talvez uma expressão mais dura. Algo mudou em seu rosto. Parece... perdoe a expressão... que a chefe das escoteiras foi definitivamente exorcizada do seu íntimo. Espero que o lugar não tenha sido ocupado por sete demônios...

Dorothy não respondeu e o Sr. Warburton prosseguiu:

— Pelo que depreendo, devo supor que você passou maus momentos.

— Horrivelmente maus! Às vezes tão horrivelmente maus que não há palavras para descrevê-los... Sabe que, algumas vezes...

Deteve-se. Estivera a ponto de contar-lhe que chegara a pedir esmola para comer, que dormira na rua, que fora detida por mendigar e passara uma noite numa cela da delegacia; que a Sra. Creevy a tratava com crueldade e a matava de fome. Mas deteve-se, pois, de súbito, deu-se conta de que não era disso que queria falar. Compreendeu que nada daquilo tinha agora verdadeira importância; eram incidentes irrelevantes, que em nada se distinguiam do fato de contrair uma bronquite ou de ter que esperar duas horas num entroncamento ferroviário. Desagradáveis, sim, mas sem importância. O axioma de que só é real o que acontece no espírito impressionou-a mais vivamente que nunca e disse:

— São coisas que, na realidade, não têm importância. Quero dizer, a falta de dinheiro ou não ter o suficiente para comer. Mesmo quando se está perto de morrer de fome... nada muda no íntimo da pessoa.

— Não? Confio em sua palavra. Muito me desagradaria fazer a prova.

— Bem, é horrível, naturalmente, no momento em que se passa por isso. É um transe angustioso mas isso não muda nada. O que importa é o que ocorre dentro de nós mesmos.

— Que quer você dizer com isso?

— Oh, as coisas mudam dentro de nós. Então, todas as pessoas mudam, porque as vemos de maneira diferente.

Continuava olhando pela janela. O trem deixara para trás os bairros pobres do East End e ia ganhando velocidade entre regatos orlados de salgueiros e prados onde surgiam, como uma nuvem baixa de um verde pálido e suave, os primeiros brotos. Num campo próximo da estrada de ferro, um vitelo de um mês, tão esquemático quanto um animal da Arca de Noé, brincava e pulava, com suas pernas ainda duras, atrás da mãe, e na horta de pequena casa, com movimentos lentos e reumáticos, um velhote removia a terra, perto de uma pereira coberta de flores fantasmagóricas. Sua enxada refulgiu ao sol no momento em que passava o trem. Na cabeça de Dorothy perpassaram aquelas palavras deprimentes de um hino: "Ao meu redor só vejo mudanças e corrupção". Estava certo o que acabara de dizer. Algo ocorrera em seu coração, e era como se o mundo tivesse ficado um pouco mais vazio, mais empobrecido desde esse momento. Em dias como esse, na primavera passada ou de qualquer outra primavera anterior, com que alegria e com que espontaneidade rendera graças a Deus pelo primeiro céu azul e pelas primeiras flores do renascer do ano! E, agora, parecia-lhe que não havia Deus a quem agradecer e nada — nem uma flor, nem uma pedra, nem um tufo de grama — voltaria a ser igual.

— As coisas mudam no interior da gente — repetiu ela — Eu perdi a fé — acrescentou quase abruptamente, porque se sentia envergonhada ao pronunciar tais palavras.

— Perdeu o quê? — perguntou o Sr. Warburton, menos acostumado do que ela a esse gênero de fraseologia.

— A minha fé. Você entende muito bem o que eu quero dizer! Há poucos meses pareceu-me, de repente, que tudo mudara em meu espírito. Tudo aquilo em que eu acreditava até então, tudo, pareceu-me de repente vazio de sentido, quase estúpido. Deus, o que para mim queria dizer Deus... a vida eterna, o céu, o inferno... tudo. Tudo desapareceu. E não foi através da razão, mas assim, sem mais nem por quê. Como quando se é criança, e um dia, sem qualquer motivo especial, se deixa de acreditar nos contos de fadas. Não podia, simplesmente, continuar a acreditar nessas coisas.

— Você nunca acreditou em nada disso — interveio o Sr. Warburton, imperturbável.

— Sim, sim, acreditava! Sei que você pensou sempre que não era assim. Pensava que eu fingia crer porque tinha vergonha de confessar o contrário. Mas estava enganado. Eu acreditava em tudo isso tão completamente quanto sei estar sentada neste carro do trem.

— Você não acreditava em nada, minha querida! Como poderia acreditar em sua idade? Você era inteligente demais para crer nessas histórias da carochinha. O que acontece é que você tinha sido educada nessas crenças absurdas e, de certo modo, habituara-se a pensar que ainda as aceitava. Tinha fabricado para si mesma um certo padrão de vida que a condicionara... se me permite usar um pouco de terminologia psicológica... um padrão só admissível num indivíduo crente, e, é claro, isso começava a produzir em sua mente um estado de tensão. De fato, sempre foi óbvio para mim o que lhe estava acontecendo. Eu diria que, com toda a probabilidade, foi esse o verdadeiro motivo de sua amnésia.

— Que quer você dizer? — perguntou Dorothy, perplexa diante dessa observação.

O Sr. Warburton viu que ela não compreendia e explicou-lhe que a perda de memória é apenas um ardiloso recurso do subconsciente para escapar a uma situação intolerável. A mente, disse ele, recorre a mecanismos muito curiosos quando se vê num beco sem saída. Dorothy jamais ouvira nada parecido até então e, a princípio, não podia aceitar essa explicação. Entretanto, depois de refletir por breves instantes, chegou à conclusão de que, mesmo que aquilo fosse certo, em nada alterava o fato fundamental.

— Não vejo que isso faça qualquer diferença — disse finalmente.

— Não? Pois asseguro-lhe que faz uma diferença considerável.

— Mas, não vê? Se perdi a fé, não compreende que, na realidade, tanto faz que a tenha perdido agora ou que, de fato, a perdesse há anos? A única coisa que importa é que a perdi e tenho de começar minha vida de novo.

— Suponho que não quer dizer que, na realidade, lamenta ter perdido a fé, como você diz. É como lamentar-se por ter ficado sem bócio. Leve em conta que não estou falando doutoralmente, mas como um homem que nunca teve muita fé para perder. A pouca que tinha desapareceu sem a menor dor aos nove anos de idade. É o tipo de coisa cuja perda nunca me ocorreu pensar que possa ser motivo de lamentação para alguém. Se não me equivoco, creio recordar que você costumava fazer coisas tão horríveis como levantar-se às cinco da manhã para ir comungar em jejum. Será que sente nostalgia de coisas como essa?

— Deixei de acreditar nelas, se é o que você quer dizer. E acho que quase tudo aquilo era bastante estúpido. Mas isso não resolve nada. A questão é que perdi todas as minhas crenças e não tenho nada para substituí-las.

— Mas, por Deus! Para que diabos você quer pôr alguma coisa no lugar delas? Libertou-se de um montão de superstições absurdas e deveria ficar exultante com isso! Ou será que se sente mais feliz andando por aí tremendo de medo diante da ideia das penas do inferno?

— Mas não percebe? Tem de perceber como tudo fica diferente quando, da noite para o dia, o mundo inteiro ficou vazio?

— Vazio!? — exclamou o Sr. Warburton. — Que quer você dizer com isso de que o mundo ficou vazio? Essa ideia me parece simplesmente escandalosa numa jovem de sua idade. Não está vazio, em absoluto, mas, pelo contrário, diabolicamente cheio! Esse é que é o problema: está cheio demais. Estamos aqui hoje e amanhã teremos desaparecido sem ter tido tempo de desfrutar tudo o que está ao nosso alcance.

— Mas como podemos desfrutar algo que ficou vazio de sentido?

— Ora! Mas para que quer que tudo tenha um sentido? Quando como o meu almoço, não o faço para maior glória de Deus, mas porque gosto de almoçar. O mundo está cheio de distrações e prazeres: livros, pintura, viagens, amigos, vinho. Nunca encontrei um sentido em tudo isso, nem quero encontrar. Por que não aceita a vida tal como ela se oferece?

— Mas...

Dorothy interrompeu-se porque viu que gastava palavras em vão, tentando fazer-se compreender. O Sr. Warburton era totalmente incapaz de entender as dificuldades de sua situação, incapaz de compreender como um espírito devoto por natureza tem de retroceder em face de um mundo que descobriu ser carente de sentido.

Até as trivialidades abomináveis dos panteístas resultariam incompreensíveis para o Sr. Warburton. Provavelmente, a ideia de que a vida é essencialmente inútil, na hipótese de que ele afinal pensasse nisso, parecer-lhe-ia muito mais divertida do que qualquer outra coisa. E, no entanto, a ele não faltava perspicácia. Podia perceber muito bem como era difícil a posição dela, e não deixou de se referir a isso momentos depois.

— É claro — disse ele — que me dou conta de que as coisas vão ser um pouco difíceis quando você voltar para casa. Vai ser vista, por algum tempo, como um lobo vestido com pele de ovelha. Suponho que o trabalho paróquial, as reuniões de mães, as rezas com os moribundos e por aí adiante podem resultar um tanto desagradáveis. É esse o problema?

— Oh, não! Não era nisso que eu estava pensando. Continuarei fazendo o mesmo que antes. É a isso que estou mais acostumada. E meu pai necessita de que o ajude. Ele não pode pagar um coadjutor e o trabalho precisa ser feito.

— Então, o que é que a preocupa? É a hipocrisia? Tem medo de se engasgar com o pão consagrado ou coisa assim? No seu caso, eu não me preocuparia. Na Inglaterra, metade das filhas dos pastores encontram-se provavelmente na mesma dificuldade que você. E diria até que noventa por cento dos pastores também.

— Em parte é isso. Terei de estar sempre fingindo... e não pode imaginar de que maneira! Mas não é o pior. Talvez esse aspecto do assunto seja o que menos importa. Provavelmente é melhor ser uma hipócrita, esse tipo de hipócrita, do que outras coisas.

— Por que diz esse tipo de hipócrita? Espero que não esteja insinuando que o melhor, depois de ser crente, é fingir que se crê.

— Sim, suponho ser isso o que quero dizer. Talvez seja melhor, menos egoísta, fingir que se crê do que dizer abertamente que não se é crente, arrastando com isso outras pessoas para a mesma descrença.

— Minha querida Dorothy — disse o Sr. Warburton, sinto dizer-lhe que sua cabeça está numa condição que eu classificaria de mórbida. Que diabos! Pior do que mórbida: francamente cética! Está ameaçada por uma espécie de gangrena mental causada por sua educação cristã. Diz-me que se libertou de todas essas crenças ridículas que lhe foram inculcadas desde o berço e, no entanto, adota uma atitude em face da vida que, uma vez desaparecidas essas crenças, carece de sentido. Acha isso sensato?

— Talvez não seja. Mas eu acho que isso é natural em mim.

— O que você está tentando fazer é menosprezar ambos os mundos. Apega-se a um esquema cristão das coisas, mas deixa o Paraíso de fora. Provavelmente, se fosse possível saber a verdade, veríamos quantas pessoas vagam desorientadas como você por entre as ruínas da Igreja Anglicana. Na realidade, vocês constituem uma seita à parte — acrescentou pensativamente, os ateus anglicanos, seita a que eu não quereria pertencer, devo acrescentar. — prosseguiu o Sr. Warburton.

Prosseguiu falando ainda por algum tempo, mas sem chegar a nenhum resultado positivo. Na realidade, todo o tema das crenças e das dúvidas religiosas resultava enfadonho e incompreensível para o Sr. Warburton. O único atrativo para ele era constituir um pretexto para dar vazão a suas blasfêmias. Não tardou, pois, em mudar de conversa, como se renunciasse a todo o intento de compreender os pontos de vista de Dorothy.

— Não faz sentido continuarmos falando disso. Você está obcecada com todas essas ideias pessimistas, mas estou certo de que mais tarde mudará aos poucos. O cristianismo não é uma doença incurável. Quero falar-lhe sobre uma outra coisa inteiramente distinta. Peço-lhe que me escute um momento. Você vai voltar para casa depois de uma ausência de oito meses, numa situação bem... Antes, sua vida já era bastante difícil... pelo menos, parecia-me que era uma vida bem difícil... mas agora que a velha alma escoteira se eclipsou, a coisa vai ficar ainda mais difícil. Acha que é absolutamente necessário voltar a essa vidinha?

— Não sei que outra coisa posso fazer, a menos que encontre outro trabalho. Não vejo uma alternativa.

O Sr. Warburton, com a cabeça um pouco inclinada para um lado, pousou em Dorothy um olhar estranho.

— Creio — disse ele, num tom mais grave do que o habitual — poder sugerir-lhe ao menos outra alternativa.

— Quer dizer que eu poderia continuar ensinando num colégio? É possível que seja isso o que eu deva fazer. Mais cedo ou mais tarde, voltarei a ensinar, já sei.

— Não, não é isso o que lhe aconselharia — durante todo esse tempo, o Sr. Warburton, querendo como sempre dissimular sua calvície, mantivera na cabeça seu chapéu de feltro cinza, de abas largas. Agora, porém, tirara-o e colocara-o cuidadosamente sobre o assento vazio, ao seu lado. Sua cabeça, que apenas conservava um ou dois tufos de cabelo louro nas proximidades das orelhas, parecia uma monstruosa pérola rosada.

Dorothy observou-o com uma leve surpresa.

— Tirei o chapéu para que me possa ver no pior ângulo — disse ele. — Já irá entender. Agora deixe-me oferecer-lhe outra alternativa que não seja o regresso às suas escoteiras e à Associação das Mães, nem a reclusão numa escola de meninas, como num calabouço.

— Que quer dizer? — perguntou Dorothy.

— Quero dizer, bem... pense nisso antes de me responder. Compreendo que existem algumas objeções inteiramente óbvias, mas... quer casar comigo?

Dorothy abriu a boca, de surpresa. Empalideceu um pouco. Num movimento rápido e quase inconsciente afastou-se do seu interlocutor tanto quanto lhe permitia o espaldar do assento, embora ele não tivesse feito qualquer gesto de aproximar-se e prosseguiu falando com inteira serenidade:

— Você sabe, é claro, que Dolores (Dolores era a ex-amante do Sr. Warburton) me deixou há um ano.

— Mas eu não posso! Não posso! — exclamou Dorothy. — Você sabe que não posso. Não sou... assim. Pensava que você o tivesse sabido sempre. Nunca poderei casar-me.

O Sr. Warburton não se deu por achado.

— Sei que não sou qualificável exatamente como um bom partido. Sou mais velho que você. Parece estarmos hoje pondo, os dois, as cartas na mesa, vou confiar-lhe um grande segredo: estou com 49 anos. Além disso, tenho três filhos e uma péssima reputação. Nem seria preciso acrescentar que seria um casamento que seu pai... bem, veria com maus olhos. E a minha renda não passa de setecentas libras anuais. Apesar de tudo isso, não acha que vale a pena estudar a proposta?

— Não posso aceitar. Você sabe por que não posso aceitar — repetiu Dorothy.

Partia do pressuposto de que ele "sabia por que não podia", embora nunca lhe tivesse explicado — nem a qualquer outro mortal — por que não podia casar. Provavelmente, ele não a teria compreendido, mesmo que ela lhe explicasse.

O Sr. Warburton continuou falando, aparentemente sem reparar no que ela dissera.

— Deixe que eu o apresente como um negócio vantajoso, embora não necessite dizer-lhe que é muito mais do que isso. Não sou o que se costuma chamar o tipo de homem talhado para o casamento e não lhe pediria que casasse comigo se você não exercesse sobre mim uma atração especial. Mas deixemos primeiro bem claro o lado financeiro de tudo. Você necessita de um lar e de meios de vida. Eu preciso de uma mulher que cuide de mim. Perdoe se faço alusão a isso. Estou farto dessas mulheres detestáveis com quem tenho vivido, e estou desejoso de assentar. Um pouco tarde, talvez, mas antes tarde do que nunca. Além disso, preciso de alguém que cuide das crianças... os bastardos, você sabe. Não espero que você me ache atraente — acrescentou, passando a mão pela careca —, mas, por outro lado, é muito fácil conviver comigo. De fato, com as pessoas amorais costuma ser fácil um bom convívio. E, do seu próprio ponto de vista, o plano ofereceria certas vantagens. Por que haveria de passar toda a vida distribuindo a revista paroquial e esfregando as pernas de umas velhas horríveis com linimento Elliman? Seria mais feliz casando-se, mesmo com um marido calvo e de passado duvidoso. Você tem tido uma vida triste e dura para uma jovem de sua idade, e seu futuro não é exatamente cor-de-rosa. Já pensou no que será sua vida futura se não se casar?

— Não sei. Já pensei, até certo ponto — disse ela. Como ele não tentara pôr-lhe as mãos em cima, nem acariciá-la, Dorothy respondeu à pergunta sem repetir sua negativa anterior.

Ele olhou pela janela e continuou a falar num tom inusitadamente ponderado, em voz mais baixa do que lhe era normal, a ponto de, em certos momentos, Dorothy quase não poder ouvi-lo por causa do matraquear do trem. Mas, depois, a voz alteou-se de novo, com um toque de seriedade que ela não só desconhecia, mas nem mesmo podia imaginar que fosse possível nele.

— Considere como será sua vida no futuro. O mesmo futuro de todas as mulheres de sua classe que não têm marido nem recursos. Suponha que seu pai viva mais dez anos. Até esse momento, já terá sumido o dinheiro dele. O desejo de gastar o manterá vivo enquanto lhe restar algum, mas, provavelmente, nem um só dia a mais. Durante todo esse tempo, irá ficando mais senil, mais exigente, mais difícil de suportar; você será cada vez mais tiranizada, cada vez lhe dará menos dinheiro, e sua situação ficará cada vez mais incômoda no que se refere aos vizinhos e aos comerciantes. E durante anos e anos você continuará arrastando essa vida de escravidão e de preocupações que sempre levou, lutando por se livrar das dívidas, instruindo as escoteiras, lendo romances baratos na Associação das Mães, dando brilho aos metais do altar, pedindo dinheiro para o famoso órgão, fazendo botas de papel pardo para as representações das crianças da escola, aguentando as brigas mesquinhas entre famílias e os mexericos do galinheiro da igreja. Ano após ano, no inverno e no verão, continuará indo de bicicleta para distribuir os centavos da anêmica caixa de esmolas e repetindo as orações em que deixou de acreditar. Assistirá a intermináveis serviços religiosos, que, por sua monotonia e futilidade, acabarão pondo-a física e mentalmente enferma. Ano após ano, sua vida irá ficando cada vez mais vazia e você tratará de enchê-la com essas pequenas ocupações anódinas a que se veem impelidas as mulheres solitárias. E lembre-se de que não vai ter sempre 28 anos. Com o rolar do tempo, você irá murchando, até que uma bela manhã se olhará no espelho e descobrirá que deixou de ser uma moça para converter-se numa solteirona magra e enrugada. Lutará contra isso, é claro. Conservará sua energia física, suas maneiras juvenis; talvez as conserve um pouco em excesso. Você conhece esse tipo de solteirona toda deslumbrada. Afinal, é de uma energia esplêndida, utilíssima nas representações teatrais de amadores e se lança com uma espécie de desespero a seu trabalho como chefe das escoteiras, é a alma das obras sociais da igreja e sempre, entra ano e sai ano, pensa que ainda é uma mocinha, sem perceber nunca que, às suas costas, todos riem e a chamam de "pobre solteirona encalhada"? Pois isso é o que você será, o que terá de ser por muito que o preveja e se esforce por evitá-lo. Não existe para você outro futuro possível, a menos que se case. As mulheres que não se casam murcham... elas murcham como gerânios nas janelas da sala de estar; e o pior é que nem se dão conta de que estão murchando.

Dorothy permanecia silenciosa e escutava atenta, dominada por horrível fascínio. Nem percebeu que o Sr. Warburton se pusera de pé e estava agarrado à porta do compartimento para defender-se do vaivém do trem. Estava como que hipnotizada, não tanto pela voz, quanto pela visão que as palavras suscitavam nela. Ele descrevera com tanta fidelidade o que havia de ser a vida dela, que lhe parecia estar, realmente, vivendo dez anos mais tarde, no futuro ameaçador e sentiu que já não era uma moça cheia de juventude e energia, mas uma virgem de trinta e oito anos, desgastada e vazia de esperança. Ao mesmo tempo que continuou falando, o Sr. Warburton pegou-lhe a mão, que permanecia imóvel no braço do assento, e até isso Dorothy mal notou.

— Daqui a dez anos — prosseguiu ele, seu pai terá morrido, sem deixar-lhe um só centavo, mas apenas dívidas. Você estará rondando os quarenta anos, sem dinheiro, sem profissão, sem oportunidade de se casar... simplesmente uma filha de pastor abandonada, como as dez mil outras que existem na Inglaterra. E já pensou o que será de você mais tarde ainda? Terá que procurar um emprego, o tipo de emprego que conseguem as filhas de pastores. Zeladora de creche, por exemplo; ou dama de companhia de uma bruxa enferma que se divertirá pensando na melhor maneira de humilhá-la. Ou voltará a ensinar num colégio: professora de Inglês num sinistro colégio de meninas por setenta libras de salário anual e comida; e todos os anos, em agosto, quinze dias numa casa de hóspedes à beira-mar. E cada vez mais seca, mais angulosa, mais sozinha. E, portanto...

Dorothy ficou em pé. Ela não ofereceu a menor resistência. A voz dele enfeitiçara-a. Ante a perspectiva daquele sombrio futuro, cujo vazio ela podia avaliar melhor do que ninguém, sentiu-se tão desesperada que, se tivesse falado, teria sido para dizer: "Sim, casarei com você". Ele rodeou-a suavemente com o braço e atraiu-a um pouco para si, e Dorothy nem mesmo assim tentou resistir. Seus olhos, meio hipnotizados, estavam fixos nele. E, quando ele a rodeou com seu braço, foi como se a estivesse protegendo, amparando, afastando-a da beira daquela pobreza cinzenta e mortal, e devolvendo-a ao mundo da amizade e das coisas desejáveis — à segurança e ao desafogo, às casas de boa aparência, aos bons vestidos, aos livros, aos amigos e às flores, aos dias de verão e aos países distantes.

Durante quase um minuto, o gordo solteirão libertino e a solteirona magra permaneceram face a face, olhos nos olhos, os corpos quase se tocando, enquanto o trem os balançava em seu movimento. As nuvens, os postes telegráficos, as sebes cobertas de botões de flores silvestres e os verdes campos de trigo iam ficando para trás, sem que eles lhes prestassem atenção.

O Sr. Warburton estreitou mais seu abraço e Dorothy ficou com o corpo colado ao dele. O que desfez o feitiço. As visões que a tinham deixado indefesa — visões de pobreza e de fuga da pobreza — dissiparam-se bruscamente, deixando-a distante da chocante realidade do que estava ocorrendo.

Encontrava-se nos braços de um homem, de um homem gordo e muito mais velho do que ela! Sentiu-se sacudida por uma onda de repugnância e de medo mortal, que lhe gelou as entranhas. O corpo compacto do homem empurrava-a para trás e para baixo, e seu rosto largo, corado e liso — que a ela parecia o de um velho — inclinava-se para o dela. O acre cheiro de macho entrava-lhe pelas narinas.

Dorothy retrocedeu. As coxas peludas dos sátiros! Começou a debater-se com fúria, se bem que, na realidade, ele não fizesse esforço algum para retê-la, e num instante libertou-se e se deixou cair no assento, pálida e trêmula. Durante alguns minutos, ficou com o olhar erguido para ele como uma estranha, tal a aversão e o medo que expressava.

O Sr. Warburton permaneceu de pé, contemplando-a com uma expressão de contrariedade resignada e quase divertida. Não parecia consternado, em absoluto. Recuperada a calma, Dorothy compreendeu que tudo quanto ele lhe estivera dizendo fora um simples estratagema para apossar-se de seus sentimentos e fazê-la dizer que estava disposta a casar com ele; e, no entanto, o mais estranho era que a ele tampouco parecia importar demais que ela aceitasse ou não sua proposta de casamento. Na realidade, parecia a Dorothy que ele fizera toda aquela encenação para divertir-se, nada mais. O mais provável era que tudo não tivesse passado de mais uma das suas periódicas tentativas de seduzi-la.

O Sr. Warburton sentou-se, mais deliberadamente do que ela fizera momentos antes, cuidando de não amassar os vincos das calças.

— Se você quiser puxar o sinal de alarma — disse ele amenamente, será melhor que me deixe ver antes se tenho cinco libras no bolso.

Ele continuou falando sem o menor indício de mal-estar. Se alguma vez fora capaz de sentir-se embaraçado, já perdera tal capacidade havia muitos anos, provavelmente esgotada ao longo de uma vida de desagradáveis complicações com mulheres.

Durante uma hora, talvez, foi Dorothy quem se sentiu contrafeita, envergonhada, mas, ao chegar a Ipswich, o trem fez uma parada de quinze minutos, com o que houve a oportunidade de distrair-se um pouco, descendo para tomar uma xícara de chá no restaurante da estação. Os últimos trinta quilômetros da viagem transcorreram em clima de amistosa conversa. O Sr. Warburton não voltou a referir-se à proposta de casamento; entretanto, quando o trem se aproximava de Knype Hill, retomou o tema do futuro de Dorothy, embora com menos seriedade do que antes.

— Você mantém seu propósito de voltar a seu trabalho paroquial. Não a assusta essa melancólica perspectiva?

— Não sei... às vezes sim. Mas espero que tudo corra bem assim que retomar o trabalho. Estou acostumada, sabe disso.

— E sente-se com forças para viver anos e anos de calculada hipocrisia? Porque isso é o que vai ser. Não teme que a lebre salte? Está completamente certa de que não se surpreenderá um dia ensinando às crianças da escola dominical o padre-nosso às avessas ou lendo na Associação das Mães o capítulo quinze de Gibbon, em lugar do melífluo Gene Stratton Porter?

— Não... porque penso que esse tipo de trabalho, embora consista em dizer orações que deixaram de significar alguma coisa para mim ou em ensinar às crianças da escola coisas que não tenho mais por verdades, ainda é útil... apesar de tudo.

— Útil?! — exclamou o Sr. Warburton, em tom desgostoso. — Você gosta muito dessa deprimente palavra... Hipertrofia do sentido de dever, isso é o que você tem. A mim, pelo contrário, parece-me coisa do mais simples bom senso divertir-se um pouco, enquanto tudo corre bem.

— Isso é puro hedonismo — objetou Dorothy.

— Pode indicar-me uma filosofia de vida que não seja hedonista? Seus piolhentos santos cristãos são os maiores hedonistas imagináveis. Vivem retirados em troca de uma eternidade de bem-aventurança, enquanto nós, pobres pecadores, não esperamos mais que uns quantos anos de prazer. Em última análise, todos perseguimos o mesmo: um pouco de divertimento. O que ocorre é que algumas pessoas o fazem dessa maneira pervertida. A ideia que você tem de diversão parece consistir em dar massagens nas pernas da Sra. Pither.

— Não é isso... mas não posso explicar isso!

O que Dorothy pretendera dizer era que, embora tivesse perdido a fé, ela não mudara, nem mudaria, nem desejava mudar as raízes espirituais de seu pensamento; que seu cosmo, se bem que lhe parecesse agora vazio e carente de significado, continuaria sendo, de certa maneira, o cosmo cristão; que o tipo de vida que ela teria de levar continuava sendo, por razão natural, o de um cristão. Mas era incapaz de traduzir tudo isso em palavras. Além disso, estava certa de que, se o fizesse, o Sr. Warburton zombaria dela. Assim, concluiu debilmente:

— Creio ser melhor para mim continuar como era antes.

— Exatamente a mesma de antes? Com o repertório completo? As Escoteiras, a Associação das Mães, a Confraria da Esperança, a Liga dos Defensores do Matrimônio, as visitas paroquiais, a Escola Dominical, a Sagrada Comunhão duas vezes por semana e o andamento soporífero do cantochão gregoriano? Está certa de que poderá aguentar tudo isso?

Dorothy sorriu.

— Canto gregoriano, não — disse ela. — Meu pai não gosta.

— E você pensa que sua vida será exatamente o que era antes de ter perdido a fé, exceto no que se refere a seus pensamentos mais íntimos? Que não mudará em absoluto seus hábitos?

Dorothy refletiu por momentos. Sim, alguma mudança haveria, mas poderia manter em segredo a maioria delas. A lembrança do alfinete disciplinar cruzou-lhe a mente. Era um segredo que nunca confessara a ninguém e decidiu não mencionar. Finalmente, disse:

— É possível que para receber a comunhão eu me ajoelhe à direita da Srta. Mayfill e não à sua esquerda.

2

Tinha-se passado uma semana.

Dorothy, de volta à sua pequena cidade, pedalou colina acima, até a porta do jardim da casa paroquial. Fazia uma tarde agradável, límpida e fria, e o sol, livre de nuvens, começava a mergulhar no horizonte longínquo e esverdeado. Ao entrar, Dorothy observou que o freixo junto à porta tinha florescido e estava repleto de botões de um vermelho escuro, como gotas de sangue escorrendo de uma ferida.

Sentia-se bastante cansada. Não parara um só momento durante toda a semana, ocupada em visitar, uma por uma, todas as mulheres que figuravam em sua lista, e tratando de devolver certa ordem aos assuntos da paróquia. Desde sua partida, reinava uma tremenda desordem em tudo.

A igreja estava incrivelmente suja e Dorothy teve de passar quase um dia inteiro limpando-a de alto a baixo, armada de escovas de esfregar, vassouras, pás e sabão, pois só pensar nos ninhos de ratos que encontrara atrás do órgão, ficava doente. (Os ratos eram assíduos, porque George Frew, o encarregado de manobrar os foles do órgão, levava sempre pacotes de biscoitos para a igreja, que ficava comendo durante o sermão.) Todos os grupos patrocinados pela paróquia tinham sido negligenciados, com o resultado de que a Confraria da Esperança e a Liga dos Amigos do Matrimônio tinham acabado; o número de frequentadores da Escola Dominical estava reduzido à metade, e na Associação das Mães travava-se uma briga de foice por causa de alguns comentários impertinentes da Srta. Foote.

O estado do campanário era mais alarmante do que nunca. A revista paroquial não fora distribuída com regularidade, nem se fizera a coleta que a financiava. Nenhuma das contas dos Fundos da Igreja estava em ordem: havia dezenove xelins que nem sequer constavam dos livros; quanto aos registros paroquiais, também tinham sido descuidados. E por aí seguia... *ad infinitum*. O pastor não se ocupara de nada.

Dorothy tinha estado assoberbada de trabalho desde que chegara em casa. De fato, tudo voltara à velha rotina com assombrosa rapidez. Era como se ela tivesse saído de casa no dia anterior. Agora que o escândalo se apaziguara, seu regresso a Knype Hill havia despertado muito pouca curiosidade. Algumas das mulheres, de sua lista de visitas, em especial a Sra. Pither, mostraram-se verdadeiramente exultantes por tê-la de volta, e Victor Stone dava a impressão de estar um tanto encabulado por ter dado crédito, se bem que apenas temporariamente, às calúnias da Sra. Semprill; mas logo esqueceu tudo isso ao descrever para Dorothy, em todos os detalhes, seus últimos êxitos no Church Times.

Várias das senhoras do café tinham-na parado na rua com um: "Querida, que alegria vê-la de novo! Ficou fora muito tempo e sentimos tanto a sua falta! Ai, querida, todas pensamos que era uma vergonha que aquela horrível mulher andasse contando todas aquelas coisas! Mas espero que me acredite se lhe digo que o que quer que pensassem os outros, nunca acreditei numa só palavra daquilo!" Mas ninguém lhe fizera qualquer das embaraçosas perguntas que ela tanto estivera temendo. A simples explicação

"Estive ensinando num colégio dos arredores de Londres" satisfizera a todas: nem sequer lhe perguntaram o nome do colégio. Convenceu-se de que nunca teria de confessar que dormira em Trafalgar Square e que fora detida por pedir esmola. A verdade é que a gente que vive nas pequenas cidades provincianas tem apenas uma ideia muito confusa do que pode acontecer dez quilômetros mais além da porta de sua casa. O mundo exterior é para ela terra incógnita, habitada, sem dúvida, por dragões e antropófagos, mas nunca particularmente interessante.

O próprio pai de Dorothy a recebeu como se ela só tivesse estado ausente de casa um fim de semana. Quando a filha chegou, ele estava em seu escritório, fumando meditativamente seu cachimbo diante do relógio de carrilhão, cujo vidro, estilhaçado quatro meses antes, vítima do cabo da vassoura da empregada, ainda não substituíra. Quando Dorothy entrou no escritório, o reverendo tirou o cachimbo da boca e guardou-o no bolso num gesto distraído e senil. Parecia muito mais velho, pensou Dorothy.

— Então finalmente está aqui — disse ele. — Fez boa viagem?

Dorothy abraçou-o e tocou com seus lábios as faces pálidas do pai. Quando ela se soltou, o pastor acariciou-a com leves palmadinhas, no ombro, num gesto apenas pouco mais perceptível de afeição do que lhe era habitual.

— O que foi que lhe deu na cabeça de ir embora assim, sem mais nem menos?

— Já lhe disse, pai... Perdi a memória.

— Hum...

E Dorothy compreendeu que o pai não acreditava nela, que nunca acreditaria e que, em muitas e muitas ocasiões futuras, quando estivesse de péssimo humor, a recordação daquela escapada seria lançada contra ela.

— Quando subir para levar sua bolsa, traga para baixo a máquina de escrever, sim? Quero que bata o meu sermão.

Na cidade muito pouco acontecera de interessante. Ye Old Tea Shoppe estava ampliando suas instalações, com a consequente desfiguração da Rua Principal. O reumatismo da Sra. Pither ia melhor (graças ao chá de angélica, sem dúvida), mas o Sr. Pither "estivera sob cuidados médicos" e temiam que tivesse uma pedra na vesícula. O Sr. Blifil-Gordon ingressara no Parlamento e limitava-se a fazer número nos fundos da bancada do Partido Conservador. O velho Sr. Tombs falecera pouco depois do Natal, e a Srta. Foote, que se encarregara de sete dos gatos do morto, desenvolvia esforços heroicos para encontrar lares para os restantes. Eva Twiss, a sobrinha do Sr. Twiss, o dono da loja de ferragens, tivera um filho natural que morrera. Proggett, depois de cavar uma pequena horta, fizera uma semeadura e tanto o feijão quanto a ervilha já começavam a despontar. As dívidas, depois da reunião dos credores, principiavam a acumular-se de novo e já se deviam seis libras a Cargill. Victor Stone tivera uma controvérsia com o professor Coulton no Church Times acerca da Santa Inquisição, sendo ele o vencedor inconteste. Ellen passara um inverno muito ruim com seus eczemas. Walph Blifil-Gordon conseguira que o London Mercury aceitasse dois poemas seus.

Dorothy entrou no jardim de inverno. Tinha pela frente uma boa tarefa: as roupas para um espetáculo que os meninos da escola iam fazer no dia de São Jorge, com o objetivo de arrecadar fundos para o órgão. Nos últimos oito meses não pagara nem um só centavo da dívida, e o motivo pelo qual o pastor não abria nunca os envelopes com o timbre da casa que o vendera era que o tom das cartas estava ficando cada vez mais violento. Dorothy estivera dando tratos à imaginação para encontrar um meio de conseguir algum dinheiro e decidiu-se finalmente por um espetáculo histórico que começasse com Júlio César e terminasse com o duque de Wellington. Com semelhante espetáculo poderiam fazer facilmente duas libras e, se o dia estivesse bom e tivessem sorte, até três.

Passeou o olhar pelo jardim de inverno, onde mal entrara desde o seu regresso: era evidente que nada fora tocado durante a sua ausência. Suas coisas estavam no mesmo lugar onde as deixara, só que cobertas por espessa camada de pó. Sua máquina de costura estava sobre a mesa, em meio à velha desordem de sempre: retalhos de pano, rolos de papel pardo, linhas e latas de tinta... e a agulha, embora enferrujada, ainda com a linha enfiada. Ah, sim, ali estavam as botas de cano alto que estivera fazendo na noite em que foi embora. Apanhou uma delas e examinou-a. Seu coração agitou-se. Eram, sem dúvida, umas boas botas! Que pena não terem chegado a ser usadas! Mas poderiam servir para o espetáculo que estava preparando. Talvez para Carlos II. Não, era melhor não meter Carlos II, substituí-lo por Oliver Cromwell, porque para este não era preciso arranjar peruca.

Dorothy acendeu o fogareiro de querosene, apanhou a tesoura e dois rolos de papel pardo e sentou-se. Tinha de fazer um montão de trajes. Seria melhor começar pela couraça de Júlio César, pensou. Pois o mais difícil era sempre a maldita couraça! Como era a couraça de um soldado romano? Fez um grande esforço para recordar a estátua de algum imperador romano idealizado, de barba encaracolada, na Sala Romana do Museu Britânico. Poderia fazer uma espécie de peitilho muito tosco com papel pardo e cola, e pôr-lhe depois por cima tiras de papel entrecruzadas que, pintadas com purpurina prateada, pareceriam as chapas da couraça. Felizmente não tinha de fazer um elmo! Júlio César levava sempre uma coroa de louros — sem dúvida porque tinha vergonha de sua calvície, como o Sr. Warburton. E as grevas? Já eram usadas no tempo de Júlio César? E as botas?

Deteve-se com a tesoura no colo. Voltava a distrair-se com o pensamento que, como um espírito inexorcizável, a vinha perseguindo durante toda a semana, assediando-a nos momentos de ócio. Era a lembrança do que o Sr. Warburton lhe dissera no trem sobre o que seria a vida dela dali em diante, solteira e sem dinheiro.

Não que tivesse a menor dúvida sobre os fatos externos do seu futuro, que via nitidamente desenhados diante de si. Passaria uns dez anos, talvez, trabalhando como coadjutor não remunerado e, depois, voltaria a dar aulas num colégio. Não necessariamente num colégio do tipo do da Sra. Creevy — claro que poderia aspirar a algo melhor, pelo menos em algum colégio mais ou menos mixuruca, mais ou menos parecido com uma escola-presídio. Ou dedicar-se-ia a outro tipo de trabalho ainda mais penoso, ainda menos humano o tipo de servidão. De qualquer modo, teria de enfrentar o destino comum a todas as mulheres solitárias e sem recursos. "As velhas solteironas da velha Inglaterra", como alguém as apelidara. Estava com vinte e oito anos, quer dizer... a idade suficiente para ingressar em suas fileiras.

Mas nada importava! E isso era o que não havia como enfiar na cabeça dos Srs. Warburtons dos mundos, mesmo que lhes falasse durante mil anos: que a pobreza e a escravidão, e até a solidão, coisas puramente externas, não têm nenhuma importância em si. O que importa são as coisas que acontecem dentro do coração. Por uma escassa fração de tempo, um confrangedor momento, soubera o que significava o temor à pobreza — e isso no trem, enquanto o Sr. Warburton lhe falava. Mas superara esse temor: não era coisa com que valesse a pena preocupar-se. Não fora por isso que decidiu armar-se de coragem e reformular toda a estrutura de sua mente.

Não, era algo muito mais fundamental; era o vazio mortal que descobrira no âmago das coisas. Pensava como, um ano antes, se sentara naquela mesma cadeira, com aquela mesma tesoura na mão, fazendo exatamente o que estava fazendo agora; e, no entanto, era como se o seu "eu" de agora fosse totalmente distinto do de então. O que fora feito daquela moça inocentona e ridícula que rezava extasiada nos campos perfumados pelo verão e espetava o braço para castigar-se por algum pensamento sacrílego? E o que resta do que qualquer um de nós já foi há apenas um ano? E no entanto, apesar de tudo, ela era a mesma Dorothy. Mudam as crenças, as ideias, mas existe algo em algum ponto profundo da alma que não muda nunca. Perde-se a fé... mas a necessidade da fé continua a mesma de antes.

E quando se tem apenas fé, o que importa tudo o mais? Como poderá alguma coisa desencorajar-nos, se existir no mundo alguma causa a que servir, e que, enquanto a servimos, nos propicia o seu próprio entendimento? Toda a nossa vida é iluminada pelo sentido que essa causa encerra. Não há tédio no coração, nem dúvidas, nem sensação de futilidade. Cada ato é significativo, cada momento, santificado, urdido pela fé como um corte de fazenda, um tecido de interminável júbilo.

Dorothy pôs-se a meditar sobre a natureza da vida. Saímos do ventre materno, vivemos sessenta ou setenta anos, e então morremos e apodrecemos. E cada pormenor da vida — se não existe uma finalidade última que a redima — está impregnado de uma tristeza e de uma desolação dificilmente descritíveis, mas que podemos sentir como uma dor física no coração. Se realmente tudo termina na sepultura, a vida é algo monstruoso e horrível. E é inútil tentar negá-lo. Pensemos na vida tal como na realidade ela é, pensemos nos detalhes da vida; e pensemos então que ela carece de significado, que não tem outro objetivo, outra finalidade, senão o túmulo. Certamente, apenas os loucos, ou os que se iludem a si mesmos, ou aqueles cuja vida é excepcionalmente afortunada podem enfrentar semelhante ideia sem vacilar?

Ela mudou de posição na cadeira. Mas, afinal, em tudo isso tem que haver algum significado, alguma finalidade. O mundo não pode ser um mero acaso. Tudo o que acontece tem de ter uma causa última e, por conseguinte, uma finalidade. Se existes, Deus teve de criar-te; e se Ele te criou um ser consciente, Ele próprio também tem de ser consciente. O maior não procede do menor. Ele te criou e Ele te matará, e a finalidade de ambos os atos está nele próprio. Mas essa finalidade é inescrutável. Está na natureza intrínseca das coisas que não possas descobrir nunca o sentido de sua existência e, provavelmente, se chegasses a descobri-lo, tu te oporias a ele. É possível que tua vida e tua morte sejam tão somente uma nota única na eterna orquestra que toca para a Sua diversão. E no caso de que não te agrade a melodia? Dorothy pensou naquele horrível pastor destituído que conhecera em Trafalgar Square. Teria ela sonhado as coisas que ele dizia ou tê-las-ia ele realmente dito? "Por isso, com os demônios e os arquidemônios, e com toda a milícia infernal..." Mas isso era realmente absurdo. Porque o fato de não se gostar da melodia também é parte da própria melodia.

A mente de Dorothy debatia-se com o problema, ao mesmo tempo que se dava conta de que ele não tinha solução. Via claramente que não existe nenhum substituto possível para a fé: nem a autossuficiente aceitação pagã da vida, nem as reconfortantes exaltações panteísticas, nem a pseudorreligião do "progresso" com visões de utopias resplendentes e formigueiros humanos de aço e concreto. É tudo ou nada. Ou a vida na terra é uma preparação para algo maior e mais duradouro, ou então carece de significado, é tenebrosa e horrível.

Dorothy saltou da cadeira. Um som crepitante escapava da lata de cola. Esquecera-se de lhe deitar água e a cola começava a queimar. Agarrou a lata e correu com ela até o tanque de lavar, onde a encheu de água suficiente, após o que a colocou de novo no fogareiro. "Simplesmente tenho de terminar aquela couraça antes da hora do jantar!", pensou. Depois de Júlio César, era preciso pensar em Guilherme, o Conquistador. Mais couraça! Mas agora tinha de ir à cozinha lembrar a Ellen que fizesse batatas cozidas para acompanhar o picadinho de carne do jantar. Também tinha de anotar as coisas que deveria fazer no dia seguinte. Deu forma às duas metades da couraça, cortou os buracos para enfiar os braços e o pescoço, e parou outra vez.

Aonde chegara em suas meditações? Ah, sim, que se a morte era o final de tudo, então não existe esperança e sentido em nada. Bem, e daí?

O fato de ter ido ao tanque encher de água a lata de cola tinha alterado o curso de seus pensamentos. Compreendeu, pelo menos momentaneamente, que se entregara ao exagero e à autocomiseração. No final das contas, tanto barulho para nada! Como se, na realidade, não houvesse um número incalculável de pessoas no mesmo caso que ela! Milhares e milhares de pessoas pelo mundo inteiro; pessoas que tinham perdido a fé sem perder a necessidade de a ter. "A metade das filhas de pastores da Inglaterra", dissera o Sr. Warburton. Ele estava provavelmente certo. E não só as filhas de pastores, mas gente de todos os tipos: pessoas doentes, solitárias, fracassadas, pessoas com uma vida frustrada, pessoas desalentadas — pessoas que precisariam de uma fé para sustentá-las, mas que não a tinham alcançado.

Talvez até monjas em seus conventos, esfregando o chão e cantando Ave-Marias, secretamente descrentes.

E, no entanto, que covardia, afinal, sentir a falta de uma superstição de que se logrou desvencilhar-se, querer acreditar em algo que, no fundo, se sabe falso!

Mas...

Dorothy largara a tesoura. Como se a sua volta para casa, que não lhe fizera recuperar a fé, a tivesse levado a reatar seus hábitos piedosos, ajoelhou-se junto à cadeira, impelida quase pela força do hábito e, escondendo o rosto entre as mãos, começou a rezar:

— Senhor, eu creio, ajuda a apagar a minha descrença! Senhor, eu creio, eu creio; ajuda-me em minha descrença.

Era inútil, completamente inútil. Mesmo ao pronunciar as palavras tinha consciência da inutilidade delas e sentia-se envergonhada do que estava fazendo. Ergueu a cabeça. E naquele momento chegou até ela o cheiro tépido e nauseabundo, mas pouco familiar, que esquecera durante aqueles oito meses: o cheiro da cola. A água da lata estava fervendo aos borbotões. Dorothy pôs-se em pé de um salto e pegou no cabo do pincel de cola: esta começava a desmanchar e dali a cinco minutos estaria completamente líquida. O relógio de carrilhão do escritório de seu pai deu as seis horas. Dorothy sobressaltou-se. Percebeu que tinha perdido vinte minutos e sentiu tamanho remorso que esqueceu as perguntas que a estavam atormentando. O que fez durante todo esse tempo? — pensou.

E nesse momento pareceu-lhe que realmente não o sabia. "Vamos, Dorothy! Não seja preguiçosa, por favor! Nada de divagações estéreis e trate de acabar essa couraça antes do jantar!" Voltou a sentar-se, meteu um punhado de alfinetes entre os dentes e começou com eles a unir as duas partes dá couraça, a fim de lhe dar a forma conveniente antes que a cola estivesse no ponto.

O cheiro da cola era a resposta à sua prece. Não refletiu, conscientemente, que a solução de suas dificuldades estava em aceitar o fato de que elas não tinham solução; de que, se nos empenhamos no trabalho que temos nas mãos, a finalidade desse trabalho torna-se insignificante; de que a fé e a ausência de fé vêm a dar no mesmo, desde que se esteja ocupado naquilo que é habitual, útil e aceitável. No entanto, ela não podia formular ainda tais pensamentos, somente vivenciá-los. Muito mais tarde, talvez viesse a formulá-los e deles tirar conforto.

A cola ainda levaria um ou dois minutos para ficar pronta. Dorothy acabou de prender as duas metades da couraça com os alfinetes e, ao mesmo tempo, esboçou mentalmente os inúmeros trajes ainda a serem feitos. Depois de Guilherme, o Conquistador (será que nos tempos de Guilherme, o Conquistador, se usava cota de malha?), estavam na fila Robin Hood... Lincoln Green armado de arco e flecha... e Thomas Beckett, em sua pluvial e mitra, e a gargantilha da rainha Elisabeth, e o bicorne do duque de Wellington. E às seis e meia tenho de ir ver o que se passa com essas batatas. E precisava tomar nota das coisas a fazer no dia seguinte. Amanhã é quarta-feira. Não posso esquecer o despertador para as cinco e meia. Apanhou um pedaço de papel e começou a escrever:

"7 S.C.
Sra. J. espera bebê no próximo mês. Ir visitá-la.
Desjejum: Bacon."

Pensou em que outras coisas teria que fazer. A Sra. J. era a Sra. Jowett, a mulher do ferreiro; costumava ir à igreja depois de dar à luz, mas era preciso de antemão induzi-la a isso com muito tato.

"Tenho de levar à velha Sra. Frew algumas pastilhas de paregórico", recordou Dorothy, "e assim talvez ela fale com Georgie e o convença a deixar de comer biscoitos durante o sermão".

Anotou a Sra. Frew em sua lista. E o jantar de amanhã... ou almoço? "Temos de pagar alguma coisa ao Cargill!", pensou. E amanhã seria o dia da Associação das Mães, e já acabaram o romance que a Srta. Foote lhes estava lendo. O que iria dar-lhes agora como leitura? Parecia não haver mais livros de Gene Stratton Porter, que é o autor preferido delas. Warwick Deeping? Talvez lhes pareça um pouco petulante. "E tenho de pedir a Proggett que nos arranje alguns pés de couve-flor para plantar na horta", pensou finalmente.

A cola já estava pronta. Dorothy apanhou duas folhas inteiras de papel pardo e cortou-as em tiras delgadas, que foi colando horizontalmente sobre as metades frontal e traseira da couraça, de um modo um tanto inepto, pois era muito difícil fazer com que ela não perdesse sua forma convexa. Tudo ia endurecendo gradualmente entre as mãos de Dorothy. Quando a couraça estava reforçada por todos os lados, colocou-a em pé para apreciar melhor o trabalho. Não estava mal de todo.

"Essa apresentação tem que ser um sucesso!", pensou. "É uma pena que não temos quem nos empreste um cavalo para que Boadiceia apareça em seu carro de guerra. Se tivéssemos um carro de verdade, com foices nas rodas! Com isso poderíamos chegar até as cinco libras de receita. E Hengist e Horsa? Jarreteiras entrelaçadas e elmos com asas."

Dorothy cortou em tiras outras folhas de papel e apanhou a couraça para a camada final. O problema da fé e da ausência de fé dissipara-se por completo de seu pensamento. Estava começando a escurecer, mas, ocupada demais para parar e acender a lâmpada, seguiu em frente, colando no lugar tiras após tiras de papel, piedosamente absorta e concentrada em meio ao penetrante cheiro da cola.

FIM

BBC / DOMÍNIO PÚBLICO
George Orwell, na BBC, em 1943